本書爲全國高等院校古籍整理研究工作委員會直接資助項目

蕭穎士集校箋

〔唐〕蕭穎士 撰　黄大宏　張曉芝 校箋

中華書局

圖書在版編目(CIP)數據

蕭穎士集校箋/(唐)蕭穎士著;黄大宏,張曉芝校箋. —北京:中華書局,2017.11
ISBN 978-7-101-12636-5

Ⅰ.蕭… Ⅱ.①蕭…②黄…③張… Ⅲ.中國文學-古典文學-作品綜合集-唐代 Ⅳ.I214.212

中國版本圖書館 CIP 數據核字(2017)第 136577 號

封面題簽: 劉飛濱
責任編輯: 許慶江

蕭穎士集校箋
〔唐〕蕭穎士 著
黄大宏 張曉芝 校箋
*
中 華 書 局 出 版 發 行
(北京市豐臺區太平橋西里 38 號 100073)
http://www.zhbc.com.cn
E-mail:zhbc@zhbc.com.cn
北京瑞古冠中印刷廠印刷
*
850×1168 毫米 1/32 · 13¾印張 · 2 插頁 · 340 千字
2017 年 11 月北京第 1 版 2017 年 11 月北京第 1 次印刷
印數:1-2000 册 定價:46.00 元

ISBN 978-7-101-12636-5

整理説明

據李華《揚州功曹蕭君集序》云，蕭穎士「有文十卷，行於世」，但「其篇目雖存，章句遺落」，知當時已無完帙，但如四庫館臣所言，「殘膏賸馥，猶足沾溉，正不必以不完爲歉」（《四庫全書總目》卷一百五十別集類三）。進而傳本亦大約佚于宋。今檢《文苑英華》與《唐文粹》二書，共收録蕭穎士諸體文廿八篇（按《答李清河書》一篇，《英華》誤署李嶠撰），爲後人鈔輯本所從出。明人曹溶鈔廿五篇，題《蕭茂挺文集》，收入文淵閣《四庫全書》。清康熙四十五年，陳元龍編成《歷代賦彙》，盡收蕭賦十篇。嘉慶時纂《全唐文》，編録蕭文兩卷廿七篇。又有錢塘丁氏鈔本，爲武進盛宣懷所得，光緒廿二年由思惠齋刊行，臨桂況周儀、陽湖吴文郁、江寧馬長儒同校，題《蕭茂挺集》，收于《常州先哲遺書》第一集第十册，録文廿七篇。此外尚有《唐故沂州丞縣令賈君墓誌銘并序》（見《唐代墓誌彙編》下册）、《送劉方平沈仲昌秀才同觀所試雜文》（見《唐詩紀事》卷四七）二篇，與《答李清河書》一起，皆爲諸本所遺落。故蕭氏今存諸體文卅篇（計賦十、表六、書八、序五、銘一）。蕭穎士的詩亦散在《唐文粹》、《唐詩紀事》和一些唐詩總集或選本之中，共十九組四十四章，現收於《全唐詩》第一五四卷和第八八二卷。其中，歷代多將《江有歸舟三章》之序以《送劉太真詩序》爲名，列於文目，本書首次彙録蕭氏詩文於一集，自不應再援舊例而别行。本次以今知最早收録蕭穎士詩文之文獻爲底本重輯成書，共編六卷，前五卷收諸體文，第六卷收詩，各卷内依繫年先後爲序，不能繫年者置於卷末。

本書校勘體例遵循以下原則：凡底本文字有誤、有闕，可據校本改訂補正者，出校記説明；底本文字不誤、不闕，校本誤者、闕者，不出校記；底本與校本文字兩通者，亦出校記；充分吸收底本及校本原有校記，然校誤者不録；凡異體字、俗體字、古今字、通假字等一般不校，只對易生歧義者酌情處理；凡闕文數量可確知者，用□號標示；所補文字以［　］號標示；校勘記中的「諸本」一詞，是對各篇目後所列除輯録底本以外的諸載録文獻的總稱。

本次校勘還吸收了傅增湘《文苑英華校記》的成果。傅氏依據《文苑英華》宋刊本、景宋鈔本、明鈔本、舊鈔本等，對明隆慶黄氏刊本進行了全面校勘，收穫甚巨。本書校勘記按前述原則收録了《文苑英華校記》所記録的隆慶本的異文和校記，以及傅氏依據諸本對隆慶本的校勘成果，可與其書參照使用。

本書所用主要輯録底本及簡名：中華書局版宋刻殘本配明刊本《文苑英華》，簡稱《英華》；《中華再造善本》影印南宋紹興九年臨安府刻本《唐文粹》，簡稱《文粹》，其所録蕭氏篇目與《英華》相同者，亦用以參校；清康熙四十六年揚州書局刊本《全唐詩》，簡稱《全詩》；上海古籍出版社本《唐代墓誌彙編》。

所用主要參校本及簡名：《中華再造善本》影印宋嘉泰元年至四年周必大刻本《文苑英華》，簡稱宋本《英華》；清康熙四十五年刻本《淵鑒類函》，簡稱《類函》；清康熙四十五年刻本《歴代賦彙》，簡稱《賦彙》；清文淵閣《四庫全書》本明鈔《蕭茂挺文集》，簡稱《四庫》；清嘉慶内府刊本《全唐文》，簡稱《全文》。民國《常州先哲遺書》本清光緒廿二年思惠齋刊錢塘丁氏鈔《蕭茂挺集》，簡稱盛本。傅增湘《文苑英華校記》之明隆慶黄氏刊本，簡稱隆慶本；依據宋刊本、景宋鈔本等對隆慶本之校勘成果，統稱傅校。

本書蒐集相關傳記、文獻著録、詩文贈答、評論及蕭存資料，並撰《蕭穎士年譜》、《師友考》、《門弟子考》等，皆附於書後，以便學界使用。

目録

附録

第一卷　賦

登臨河城賦并序

亡舅孝廉元君，才高位下，一命屈臨河尉。尋遭風瘵〔一〕，有加無瘳〔二〕，憂悒迄逾一紀，故不復仕。而風標俊傑，文史清雋〔三〕，則君所著别傳詳矣。舅於予有教授〔四〕之恩，隻詞片字，皆資訓誘。既而射策桂林，校書芸閣，首爲知己名稱〔五〕，舅氏之力也。天寶元年秋八月，奉使求遺書於人間。越來月，届於臨河〔六〕之舊邑，覽物增懷，泫然有賦。羊曇是日，獨吟零落之篇；周翼終身，寧亡〔七〕吐哺之愛。詞曰：

登孤城兮見河水之漫漫，城有隍兮水有瀾，欻翻覆兮無端，俯崇墉兮心〔八〕酸，心斷絶兮河水之干。借如韓伯懷恩，羊曇念昔，追北渚之曩餞，嘆西夠〔九〕之忽覿。曾一顧兮不可忘〔一〇〕，況仁深與密戚〔一一〕也！惟佩觿之弱歲，荷哲舅之矜憐。枉月旦之殊品，超等夷而獨偏〔一二〕。過雖小而必誡，善無微而不悛〔一三〕。備潤身之黼藻，聞染〔一四〕翰之蹄筌。豈期文嗣作者，價參時賢，謬崑墟而比玉，濫蓬島而懷鉛。匪舅德其焉爾，諒師資乎在焉！痛才高

傾，凌永路而隧羽，傃層飈而束。甯兮媒無蹇，城[一五]兹於命一甫。促運而悠道悲，下位而

今愴，昨如以紀一懷，樓兹於賦作陪，豫暇而公自昔。瀆莫之良秦哀，深行之豎晋悼。軸

揮而風臨徒。留不而逝川長，目在其悽館舊，秋徂之落零對，里邑之條蕭俯。遊獨[一六]而晨

！[一七]也者憂銷以可望四夫知孰，涕

録自《英華》卷一百三十，又載《類函》卷二六四、《賦彙》卷一一一、《四庫》、《全文》卷三二二、盛本。

【校　記】

〔一〕瘵，《英華》校「集作疹」，盛本校「一作疹」。按《英華》本卷校勘記云「凡一作皆集本並碑本」；又《英華》校「集作某」處，盛本多云「一作某」，凡二字同者，皆合校。

〔二〕瘳，原作「廖」，據《賦彙》、《全文》、盛本本改。

〔三〕雋，《英華》、盛本校「一作藻」。

〔四〕授，《英華》、盛本校「集作道」，傅校云「道作導」。

〔五〕「首爲」六字，《英華》、盛本校「二句字集作道爲知己遇名爲海内稱」，《四庫》、《全文》作此十字。

〔六〕臨河，《英華》、盛本校「集作河干」。

〔七〕亡，《全文》、傅校作「忘」。

〔八〕心，《英華》校「集作辛」，《賦彙》、《全文》作「辛」，盛本作「心」，校「一作墨釘」。

〔九〕剡，《全文》、傅校作「州」。

〔一〇〕曾一顧兮不可忘，《賦彙》、《全文》、《四庫》、盛本作「曾一顧而不忘」，《英華》、盛本在句下校「又作曾一顧兮不可忘」。

〔一一〕密戚，盛本二字乙倒。

〔一二〕偏，《英華》、隆慶本、盛本校「一作賢」。

〔一三〕悛，《英華》、盛本校「一作遷，集作甄」，《賦彙》、《全文》作「甄」。

〔一四〕染，《英華》、隆慶本、盛本校「集作洒」。

〔一五〕兹，《英華》、盛本校「集作河」。

〔一六〕而，《英華》、盛本校「集作之」。

〔一七〕可以銷憂者也，《英華》、盛本校「集作而可銷憂者哉」。

【箋證】

天寶元年（七四二）十月作，在相州臨河。

蕭序曰：「天寶元年秋八月，奉使求遺書於人間。越來月，届於臨河之舊邑，覽物增懷，泫然有賦。」故知作年，潘呂棋昌《蕭穎士研究》（以下稱潘呂氏《研究》）説同。按天寶元年春，穎士補秘書正字，即賦云「校書芸閣」者；隨奉使括遺書趙、衛間，九月至魯山訪元德秀，十月至臨河，故云「越來月，届於臨河」，繼因感亡舅昔日訓誘教授之恩而作是篇。又從「昔自公而暇豫，陪作賦於茲樓；懷一紀以如昨，愴今晨而獨遊」，知開元十九年（七三一）前後，穎士在此從舅氏受教，因致「射策桂林」之譽。蕭氏舅曾「一命屈臨河尉」，生平無考。臨河屬相州（治所在今河南安陽），黄河南去縣五里，故名，東與魏州濮陽毗鄰。據穎士《爲南陽尉六舅上鄧州趙王箋》及「顧瞻兄弟，童丱五人」語，知穎士舅氏有六位，名諱皆不可考，有官秩者即「孝廉元君」及南陽尉二人。穎士西行途中，于重陽日抵汝州魯山見元德秀，有《重陽日陪元魯山德秀登北城矚對新霽因以贈别》詩，再北上至相州，參該篇箋證。

羊曇，謝安甥。《晋書·謝安傳》：「羊曇者，太山人，知名士也，爲安所愛重。安薨後，輟樂彌年，行不由西州路。嘗因石頭大醉，扶路唱樂，不覺至州門，左右白曰：『此西州門。』曇悲感不已，以馬策扣扉，誦曹子建詩曰：『生存華屋處，零落歸山丘。』慟哭而去。」乃感舊興悲之故典。周翼，郤鑒甥。《晋書·郤鑒傳》：「初，鑒值永嘉喪亂，在鄉里甚窮餒，鄉人以鑒名德，傳共飴之。時兄子邁、外甥周翼並小，常攜之就食。鄉人曰：『各自饑困，以君賢，欲共相濟耳，恐不能兼有所存。』鑒於是獨往，食訖，以飯著兩頰邊，還吐與二兒，後並得存，同過江。邁位至護軍，翼爲剡縣令。鑒之薨也，翼追撫育之恩，解職而歸，席苫心喪三年。」乃終身不忘親養之恩的典故。穎士引此二事以明作意。

滯舟賦

攝提歲，拂衣海嶽，應調函洛。詠佩服之皋蘭，美縶維之場藿，徵良圖以趨事，窘中道以摧落。昔謬價於當年，今後來之不若。枲飛鉗〔一〕以抵巇，余矩枘〔二〕而規鑿，悲介直之不可媒，想雲林以自託。眷眷離憂，行行獨愁，邅我車而北上，揭吾道以東遊。爰遲遲之暮春〔三〕，登泛泛之輕舟，過巖邑以信次，纜縈波之下流。于時丙丁守位，恢台肇節，朱雲四騰，瑶草半歇，景沖沖〔四〕而熾旱，風翳翳以歊〔五〕熱。赫中潬〔六〕之平沙，滲通川而殆竭。則有危檣巨舸，長艤廣艘，龍翼錦軸，雀顱方艚，材木蘭兮竹箭，紉齒革與羽毛，頓〔七〕修笮於迴塘，騈曲岸以戢篙。於是迅拏輕槳，河舠漢艇，乘時泝洄，赴利馳騁，混漁商而沸雜，期數日而俄頃。事也！時哉！咸適其才。

于〔八〕嗟大艦，安得而來！借如三江五湖之渺漫，礐石飄沙之汩淈，望赤岸以天低，臨清波而景没，峻艫衝濤以直透，高帆雲卷而上彗。朝發乎荆衡，夕止乎楊越。晷刻千里之外，一何去留之倏忽？彼斗筲鐘鬲之餘，捷逕趨時之末，曾壓溺以不暇，亦何知於歲月？

材微則致遠而自覆，量大則俟時而可貴，苟或喻於窮通，又奚分於器類！運之來也，賈長淵〔九〕高視於三台；謀不用焉，梅子真近辭於一尉。吾將斂策以飲氣，覩維舟而歔欷。

録自《英華》卷一一二。又載《賦彙》外集卷十、《四庫》、《全文》卷三二二、盛本。

【校記】

〔一〕鉗，原作「下」，據《全文》、盛本改。

〔二〕枘，原作「柄」，據《賦彙》、《全文》、盛本改。

〔三〕春，《全文》、盛本作「景」。

〔四〕沖沖，《全文》、盛本作「蟲蟲」。

〔五〕畝，原作「畞」，據《賦彙》、《全文》、盛本改。

〔六〕潬，《英華》、隆慶本注「大亶功沙堆爲潬」，傅校云「功作切」，盛本注「大亶切沙堆爲潬」。按《爾雅注疏》卷七釋水第十二注「潬」云：「沙出。今河中呼水中沙堆爲潬。」音義：「潬，徒坦反。堆字或作雁，又作塠，字同，都回反。」疏：「言潬者，是沙堆出於水中之名也，故曰沙出。」《六書故》卷六釋「潬」：「他干切。《爾雅》曰：沙出也。江東呼水中沙堆爲潬。今河陽縣南有潬城。按越人以川流淺急處爲潬。潬、灘實一字。」二本注「大亶功」、「大亶切」皆有訛誤。

〔七〕頓，盛本作「顧」。

〔八〕于，《賦彙》、《全文》、盛本作「吁」。

〔九〕淵，盛本作「沙」。

【箋證】

天寶九載（七五〇）孟夏間作。

潘呂氏《研究》據賦曰「攝提歲拂衣海嶽，應調函洛……於時丙丁守位，恢台肇節……朝發乎荆衡，夕止乎揚越」句，謂攝提歲乃太歲在寅之歲，即天寶九載庚寅也。「丙丁守位，恢台肇節」，孟夏也。姜光斗謂本年蕭氏東下維揚赴任，先到洛陽，再南下荆衡，復東下揚州。①其説皆是。陳鐵民《蕭穎士繫年考證》（以下稱陳《考》）繫於開元二十六年戊寅（七三八），其據「邅我車而北上，揭吾道以東遊……於時丙丁守位，恢台肇節。……朝發乎荆衡，夕止乎揚越」數句，認爲作者當自桂州（治所在今廣西桂林）參軍任應調北上，過衡陽，復沿湘水北行至荆衡，再沿江東下至揚越（見陳《考》開元二十四年丙子條）。按賦云首途原因是「應調函洛」，與李華《序》謂穎士「爲揚（按陳《考》認爲是「桂」字之誤）州參軍也，丁家艱去官」之説不合。對此，陳《考》解釋爲「穎士自桂州參軍應調入京後不久，即因父喪去官」（見陳《考》開元二十六年丙寅條），按此與李《序》行文又不合。且賦旨頗以仕途蹉跎，不伸懷抱爲嘆，有「徵良圖以趨事，窘中道以摧落。昔謬價於當年，今後來之不若。衆飛鉗以抵巇，余矩枘而規鑿。悲介直之不可媒，想雲林以自託」等句可證，而隻字不涉家難，故難信從。又按穎士生平，僅開元二十六年戊寅、天寶九載庚寅兩年與「攝提歲」相關，仍當以潘呂氏、姜氏所斷爲是。

按賦云「邅我車而北上，揭吾道以東遊」者，乃回北上之車，轉而東遊之意；所謂「揭吾道」者，當與《伐櫻桃樹賦》所述「天寶八載，以前校理罷免，降資參廣陵太府軍事」之事有關。綜合而言，此二句賦文當是説其不得留北，轉而東去之意，故「應調函洛」者，乃自函洛受調赴任之意。廣陵太府即淮南道揚州大都督府，正在函洛之東。穎士此去即爲赴揚州都督府參軍事任。穎士素志修史，天寶初爲秘書正字，怏怏不以爲意，遂因慢官而被謫，行夫子之道有年。天寶中受詔歸京，爲集賢校理，雖品秩甚微，仍以修撰爲務。未料得罪李林甫，至此被謫出京，遂歎吾道之不行，而有「眷眷離憂」，欲借雲林以自託之意。故此行當自北而南，既而東行，自函洛至荆衡，終達於揚越。穎士以「滯舟」自喻，云「吾將斂策以飲氣，睹維舟而歔欷」者，知其志不泯。穎士在途，有《舟中遇陸棣兄西歸數日得廣陵二三子書知遲晚次沙墊西岸作》詩。在廣陵，因所遇未佳，又作《伐櫻桃樹賦》以明志。皆可參。

漢人梅福字子真。晋人賈謐字長淵，即賦所云「賈長淵」者，其人雖「好學，有才思」，穎士未必肯視之爲同道，盛本「淵」作「沙」，指漢人賈誼，當是。

【注釋】

① 姜光斗《蕭穎士習籍世系和生平仕履考》，南通師專學報，一九九三年第四期，第二五—二六頁。

伐櫻桃樹賦并序

天寶八載，以前校理罷免，降資參〔一〕廣陵太府軍事。任在限外，無官舍〔二〕是處，寓居于紫極宫之道學館，因領其教職焉。廟庭之右，有大櫻桃樹，厥高累數尋〔三〕，條暢薈蔚，攢柯比葉，擁蔽風景。腹皆〔四〕微禽，是焉栖託，頡頏上下，喧呼甚適。登其喬枝，則俯逼軒屏，中外斯隔，予實惡之。懼寇盜窺窬，因是爲資，遂命伐焉。聊託興兹賦，以儆夫在位者爾。賦曰：

古人有言：芳蘭當〔五〕門，不得不鋤。眷兹櫻之攸止，亦在物而〔六〕宜除。觀其體異脩直，材非棟幹，外陰森〔七〕以茂密，中紛錯而〔八〕交亂。先群卉以效諂，望嚴霜而〔九〕凋换。綴繁英兮霰集，騈朱實兮星燦〔一〇〕。故當小鳥之所啄食，妖姬之所攀翫也。赫赫閟宇，玄之又玄，長廊[一一]霞截，高殿雲褰。實吾君聿修祖德，論道設教之筵，宜乎蒔以芬馥，樹以貞堅。莫匪夫松篠桂檜[一二]，茝若[一三]蘭茎，猗具美而[一四]在兹，爾何德[一五]而居焉？擢無用之瑣質，蒙本枝而自庇。汩群林而非據，專廟廷之右地。雖先寢而式[一六]薦，豈和羹之正味？每俯臨乎蕭牆，姦回得而窺覬[一七]，諒何惡之能爲，終物情之所畏。於是命尋斧，伐盤根，密葉剥，攢柯焚，朝光無陰，夕鳥不喧，肅肅明明，暗[一八]蕩乎階軒。嗟乎！草無滋蔓，瓶不假器，苟恃勢而將逼，雖見親而益忌。譬諸人事也，則翼[一九]吞并於僭沃，魯出逐於强季；緋峻[二〇]擅而吴削，倫冏專而晋墜。其大者虎遷趙嗣，鸞竊齊位，由履霜而莫戒，聿堅冰而荐至。嗚呼！乃終古覆車之軌轍，豈尋常散木之足議。

録自《英華》卷一四四。又載《文粹》卷六、《賦彙》卷一二六、《四庫》、《全文》卷三二二、盛本。

【校記】

〔一〕「以」上，《文粹》、《四庫》、《全文》有「予」字。資參，《英華》、盛本校「二字作鼇」。

〔二〕官舍，《文粹》作「舍」。

〔三〕厥高累數尋，《英華》、盛本校「一作厥高累尋」，《文粹》、《四庫》作「高累數尋」。按《英華》本卷校勘記云「凡一作皆文粹」，實有不然。

〔四〕皆，《英華》、盛本校「一作背」，《全文》、《四庫》作「背」。

〔五〕當，《文粹》、《四庫》作「在」。

〔六〕而，《文粹》、《四庫》、《全文》作「之」。

〔七〕陰森，《英華》、盛本校「一作森沉」，《四庫》亦作「森沉」。

〔八〕而，《文粹》、《四庫》作「以」。

〔九〕而，《文粹》、《四庫》作「以」。

〔一〇〕兮，《英華》、盛本校「一作以」，《四庫》亦作「以」。燦，《文粹》、《四庫》作「粲」。

〔一一〕廊，原作「廓」，據諸本改。

〔一二〕莫匪，《文粹》、《四庫》作「匪」。

〔一三〕若，《英華》、隆慶本、盛本校「一作告」，傅校「一作若」。按茝、若即白芷和杜若，皆香草名。

〔一四〕而，《英華》、盛本校「一作其」，《四庫》亦作「其」。

〔一五〕德，《英華》、盛本校「一作斯」。

〔一六〕而式，《英華》、盛本校「式」字「一作或」，《四庫》作「之或」。

〔一七〕覬，《文粹》、《四庫》作「伺」，《英華》、盛本校「一作伺」。

〔一八〕暗，《文粹》、《四庫》作「曠」，傅校作「暿」。

〔一九〕翼，《文粹》、《四庫》作「晋」。

〔二〇〕峻，原作「峧」，據諸本改。

【箋證】

天寶九載（七五〇）作，在廣陵。

潘吕氏《研究》引賦序云：「天寶八載，予以前校理罷免降資參廣陵太府軍事。……寓居於紫極宫之道學館，……廟庭之右，有大櫻桃樹，……余實惡之，……遂命伐焉。聊託興兹賦，以儆夫在位者爾。」故稱此賦作于天寶八載（七四九）。今按天寶八載乃穎士罷集賢校理，降資授廣陵府參軍事職之年，故云「寓居於紫極宫之道學館，因領其教職焉」，此後方以宫中櫻桃樹起興作賦，時當已在廣陵無疑。《滯舟賦》亦云「攝提歲，拂衣海嶽，應調函洛……邅我車而北上，遏吾道以東遊……朝發乎荆衡，夕止乎楊越」，即穎士「止乎楊越」之時，非天寶八載，而在「攝提歲」，即九載。「八載」者，乃追述任職由來之語。又因其至十載時已去官（參《白鷴賦》箋證），則此賦作年當以九載爲上限。

《伐櫻桃樹賦》的作意，世有異説。《新唐書》本傳曰：「（自濮陽）召爲集賢校理。宰相李林甫欲見之，穎士方父喪，不詣。林甫嘗至故人舍邀穎士，穎士前往，哭門内以待，林甫不得已，前吊乃去。怒其不下己，調廣陵參軍事，穎士急中不能堪，作《伐櫻桃樹賦》，曰：『擢無庸之瑣質，蒙本枝以自庇。雖先寢而或薦，非和羹之正味。』以譏林甫云。君子恨其褊。」按此謂穎士爲外貶事譏刺林甫。然趙璘駁斥其説曰：「或傳功曹爲李林甫所召，時在禫制中，謁見林甫，薄之不復用，蕭遂作《伐櫻桃樹賦》以刺，此蓋不與者所誣也。功曹孝愛著於士林，李吏部華稱其冒難葬親，豈有越禮之事？此事且下蕭公數等者不爲。余嘗聞外族長老説林甫聞功曹名，欲見之，知在艱棘，後聞禫制已畢，令功曹所厚之人導意，請於蕭君所居側僧舍一見，遂許之。林甫出中書至寺，自以宰輔之尊，意謂功曹便於下馬處趨見，功曹乃於門内哭以待之，林甫不得已前吊，由此怒其恃才，敢與宰相敵禮，竟不問。後余見今丞相崔公鉉説正同。崔公外祖母柳夫人亦余族姨，即李北海之外孫也，柳夫人聰明强記，且得於其外族，可爲實録。」（《因話録》卷三）趙氏認爲穎士固守禮制，必不能先在禫制中求謁林甫以希見用，又在「薄之不復用」後以抒怨怒，此無非是與穎士有隙者借賦含譏刺之旨而附會誣陷之耳。晁公武亦有不平，曰：「《唐書》云：『穎士作《伐櫻桃賦》以詆李林甫，君子恨其褊。』按集載其詞，有曰：『每俯臨乎蕭牆，姦回得而窺伺。』蓋謂林甫之必致寇也。其後果階禄山之禍，唐遂不振。然則穎士可謂知幾矣，宜褒而反加以貶辭，何哉？」（衢本《郡齋讀書志》卷十七）《四庫提要》頗有取于晁氏之説，而疑《唐書》評價之不公。今觀賦中所舉僭沃吞翼、强季逐魯等事，知作意以「權歸臣兮鼠變虎」爲旨歸，絶非僅僅關注一己進退得失之作。

《唐會要》卷五十「尊崇道教」云：「至（天寶）二年三月十二日制：聖祖所理，本在諸天。將欲降靈，固宜取象。況惟帝號，豈可名宫。其在京元元宫宜改爲太清宫，東都改爲太微宫，天下諸郡改爲紫極宫。」亦見《舊唐書·玄宗紀下》。

白鷴賦并序

白鷴，羽族之幽奇〔一〕。素質黑章，爪觜純丹，體備冠距，頗類夫雞翟，神貌清閑，不雜〔二〕於衆禽。栖心〔三〕遐深，與人境罕接，固莫得而馴狎也。上聞而徵〔四〕焉，處以雕籠，致以驛遽〔五〕，是將集長揚，遊太液，行有日矣。天寶辛卯［歲］〔六〕，予飄泊江介〔七〕，流宕踰時。秋八月，自山陰前次東陽，方議夫南登西泛，極聞見之義，諒褊懷所素蓄，而未之從也。會有命自天，召〔八〕赴京闕，適與兹鳥偕，至於會稽〔九〕傳舍。觀其宛頸旁睨，迴惶〔一〇〕掩抑，往往孤鳴，音韻淒涼，如慕侶而不獲。因感而賦之曰：

鳥之生矣，于彼南〔一一〕山。彩必玄素，文不綺班，備文武之正〔一二〕飾，懋〔一三〕妖姬之殊顔。情莽眇以耿潔，貌軒昂以安閑，無馴擾之近性，故不愜於人寰。遊必海裔，栖必雲間，曾〔一四〕養拙以自保，祛未萌之憂患。不然，豈陋彼都邑之佳麗，顧投身乎阻艱，以至〔一五〕標自然之静，故名之曰白鷴者歟！何天聽之緬邈，辱微禽之瑣細！偶一日〔一六〕之見羈，委微軀以受制，望層城以斂翼，懷衆侶而孤唳，從廏置之駿奔，仰君門以遐逝。君門兮九重，洞杳窱兮穹崇，池太液兮島〔一七〕方壺，萬族翔泳乎其中。晝聒未央之繁弦，夕驚長樂之虚〔一八〕鍾。顧疎野之踐〔一九〕迹，豈敢求一枝而見容。越水清兮鏡色，吴山遠兮天逼，窺淺深以飄〔二〇〕影，逗清〔二一〕冥兮一息。謂杉松可得永日而噪聚，蕁荇足以窮年而唼〔二二〕食。一與心賞兮睽違，念歸飛兮何極！鸚能言而入座，鶴善舞而登〔二三〕軒。殊二者之常〔二四〕態，諒慚惶於主恩。是以雖信美而非其志，獨屏營而兢〔二五〕魂者焉。

録自《英華》卷一三五。又載《文粹》卷七、《賦彙》卷一三一、《四庫》、《全文》卷三二二、盛本。

【校記】

〔一〕「奇」下，《英華》、盛本校「一有也字」，《文粹》、《四庫》、《全文》有「也」字。按《英華》本篇校勘記云「凡一作皆文粹」，實有不然。

〔二〕「雜」下，《英華》、盛本校「一有於字」。

〔三〕心，《英華》、隆慶本、盛本校「一作正」，《文粹》、《四庫》、傅校作「止」。

〔四〕徵，《英華》、隆慶本、盛本校「一作攸」，傅校「悠作徵」。

〔五〕驛遽，《文粹》作「[illegible]騎」，《全文》作「驛遞」；《英華》、盛本校「遽」云「一作騎」，《四庫》作「騎」，傅

校「驛作駟」。

〔六〕「卯」下,《英華》校「一有歲字」,《四庫》、《全文》亦有「歲」字,故補。

〔七〕飄泊江介,《文粹》、《四庫》作「旅泊江會」;飄,《英華》、盛本校「一作旅」;泊,原作「洎」,據盛本、傅校改;介,《英華》、盛本校「一作會」。

〔八〕召,《文粹》作「台」。

〔九〕「稽」下,《英華》、盛本校「一有之字」,《四庫》、《全文》有「之」字。

〔一〇〕迴惶,《文粹》、《四庫》作「徊徨」。

〔一一〕南,《文粹》、《四庫》、傅校作「江」。

〔一二〕正,《文粹》、《四庫》作「玉」。

〔一三〕懋,《英華》、隆慶本、盛本校「一作徵」,傅校「一作微」,《四庫》迹作「微」。

〔一四〕曾,《英華》、盛本校「一作冀」,《四庫》、《全文》亦作「冀」。

〔一五〕至,《英華》、盛本校「一作其」,《四庫》、《全文》亦作「其」。

〔一六〕日,《英華》校「一作目」。

〔一七〕島,原作「皛」,據《文粹》、《四庫》、《全文》、盛本及傅校本改。

〔一八〕虚,《英華》、盛本校「一作靈」,《四庫》作「靈」。

〔一九〕踐，《英華》、盛本校「一作賤」，《四庫》、《全文》亦作「賤」。

〔二〇〕飄，《英華》、盛本校「一作颺」，《四庫》、《全文》亦作「颺」。

〔二一〕清，《文粹》、《四庫》作「杳」。

〔二二〕喽，《英華》、盛本校「一作啄」，《四庫》亦作「啄」。

〔二三〕登，《四庫》作「乘」。

〔二四〕常，《英華》、盛本校「一作俗」，《四庫》亦作「俗」。

〔二五〕兢，原作「競」，據諸本及傳校改。

【箋證】

天寶十載（七五一）秋，應召赴京待選史職，自東陽歸會稽傳舍，有感而作。

序曰：「天寶辛卯歲，予飄泊江介，流宕逾時。秋八月，自山陰前次東陽……會有命自天，召赴京闕，適與兹鳥偕至於會稽傳舍……因感而賦之。」按「辛卯歲」即十載。潘吕氏《研究》説同，陳《考》誤繫於九載。時蕭氏因韋述推薦，入京待選史職，《庭莎賦序》曰「天寶十載，予以史臣推擇，待詔闕下」，《三賢論》謂「工部侍郎韋述修國史，推蕭同事」，《新唐書》本傳稱「史官韋述薦穎士自代，召詣史館待制，穎士乘傳詣京師」云云，皆指此事。然《新唐書》謂其在廣陵，「會母喪免，流播吴、越」，似有未妥。天寶八載穎士被授廣陵府參軍事，九載仍在職，至十載秋奉召還京，在廣陵首尾二年有餘，其母當卒於何時，可令其免官守制二十餘月，並在「流播吴、越」之餘，尚能從容還京待選？且《白鷴賦》中無一語涉及家艱事，也是一疑。故吾頗疑《新唐書》本傳誤讀「飄泊江介，流宕逾時」八字，穎士在廣陵，因所居之官「任在限外」，可謂之「飄泊」、「流宕」，但未必與母喪有關。

考天寶九載韋述遷尚書工部侍郎，因薦蕭氏爲史館待制。十載秋，蕭氏自廣陵入京，因李林甫作梗而未償所願。至十一載十月，林甫卒，遂調河南府參軍事，至十二載春離京赴任，前後滯京實兩年有餘，論首尾則三年，仍未能償平生所願。按蕭氏嬰心經術，志在著史，作於開元二十九年之《贈韋司業書》已極道此情，所謂「區區咫尺之判，曷足牽丈夫壯思哉」，「又溺志著書，放心前史，乍窺律令，無殊桎梏」，「正應陪侍從近臣之列，以箴規諷諭爲事，進足以獻替明君，退足以潤色鴻業。決不能作擒奸摘伏，以吏能自達」，唯願「專心舊史，企望有成」。但當時得官秘書正字，奉使括書，使「校理是司，於今絶望」；刊削之志，即事都損」，慘沮鬱悒之情溢於言表。時隔八年，機會再次降臨，可見韋氏並未忘懷穎士之志。但穎士對此行結果卻深懷憂懼之情，遂以「神貌清閑，不雜於衆禽。棲止遐深，與人境罕接，固莫得而馴狎也」的白鷴自託，在赴京途中表達了惝惶徘徊的心境，所謂「一與心賞兮睽違，念歸飛兮何極」，「是以雖信美而非其志，獨屏營而兢魂者焉」云云。天寶十二載春，穎士在河南府作《庭莎賦》，尚追述云：「予人質鄙野，雅不之好，常願鷗鳥爲儔，江海是處。往歲久游剡中，將遂終焉。

朝旨迫召，故不獲展，著《白鷳賦》以寄斯意。」與本篇皆爲「厭公門之窘束」、「憂好尚之傾奪」而作也。

愛而不見賦

丙辰歲待詔京邑貽舊知作

嗟乎！或愛之而不見者有之矣〔一〕。何必周秦異代，夷夏殊軌，阻嚴城之九重，限方舟之一水。苟時事之多怨，故人遐而室邇。關山起於足下，堂上遠乎千里，聳專專之目成，遽將〔二〕逝而復止。詩人所以思婉孌而搔首，賦城隅之有俟。吁！不得其已也。惟夙昔之良會，夢佳期於北方。叙渤澥〔三〕之三山，吸流霞之景光。含芳詞以況〔四〕予，云惠好〔五〕之不忘。願報義於永日〔六〕，陪遊宴〔七〕於帝鄉。廣莫忽而號〔八〕怒，鯨波洶而騰張。俄驚魂以輟寐，問〔九〕窮髪之茫茫。將揭厲以復從，駭〔一〇〕風濤之匪量。思〔一一〕投軀以靡吝，撫遺體以兢〔一二〕惶。晨切切以悽悽〔一三〕，夕屏營以彷徨。追前歡之俯〔一四〕邇，嘆此恨之攸〔一五〕長。於是收神返慮，澄澹靜默，冥然就寢，兀若無識，冀良宵之復遇，希舊遊之可即。徒有賴〔一六〕兮且未克，憂深沉〔一七〕兮萃胸臆。風兮雨兮，思君子兮何極〔一八〕！

録自《英華》卷九三。又載《文粹》卷九、《賦彙》卷六八、《四庫》、《全文》卷三二一、盛本。

【校記】

〔一〕之矣，《英華》、隆慶本校「一作之字」，傅校「作作無」，《文粹》無「之」字，盛本校「一無之字」。按本篇《英華》校「一作」皆指《文粹》。

〔二〕將，《英華》、盛本校「一作時」。

〔三〕叙，《文粹》、《全文》作「款」。叙渤澥，《英華》校「一作疑渤海」，盛本校「一作疑澥海」。

〔四〕況，《文粹》作「貺」。

〔五〕惠好，《文粹》二字乙倒。

〔六〕顧報，《文粹》作「顧服」，隆慶本、盛本校「一作願服」，傅校「一作顧服」。之，《四庫》、《全文》、盛本作「於」。

〔七〕宴，《英華》、盛本校「一作嬉」。

〔八〕而號，《英華》、盛本校「一作其飄」。

〔九〕問，《英華》、盛本校「一作間」。

〔一〇〕駭，《英華》、盛本校「一作駃」。

〔一一〕思，《英華》、盛本校「一作顧」。

〔一二〕 競，原作「竸」，據《文粹》、《全文》、傅校改。

〔一三〕 悽悽，《英華》、盛本校「一作悽愴」。

〔一四〕 俯，《四庫》作「甫」。

〔一五〕 攸，《英華》校「一作悠」，《文粹》作「攸」，《全文》、盛本作「悠」。

〔一六〕 賴，《英華》校「一作顧」，《賦彙》、《全文》作「願」，盛本校「一作願」。

〔一七〕 深沉，《英華》校「一作沉深」，盛本亦作「沉深」。

〔一八〕 「風兮」十字，《文粹》作「風兮雨兮何極」。

【箋　證】

天寶十一載（七五二）壬辰作，時在京待詔。

《英華》所配明刊本有題注云「丙辰歲待詔京邑貽舊知作」語，《全文》、盛本同，《賦彙》以爲序，未見諸《文粹》及《四庫》本。考開元四年（七一六）爲「丙辰歲」，時穎士未生；若以「待詔京邑」爲是，當指天寶十載秋至十一載末待詔闕下事，則「丙辰」應作「壬辰」，即天寶十一載。因爲陳《考》定穎士生於神龍三年（即景龍元年，七〇七），遂據此題注定爲開元四年丙辰作，謂其「十歲。待詔京邑，尋入太學讀書」，並以《新唐書》本傳「十歲補太學生」爲補證。今按即使穎士「聰儁過人」（《舊唐書·韋述傳》），「十歲」孩童又有何「舊知」？觀此賦之語辭情志，豈能出於稚子之手！《庭莎賦序》謂至京後，因「僻直多忤，連歲不偶。未選叙，求參河南府軍事」。《新唐書》本傳則稱「穎士乘傳詣京師。而林甫方威福自擅，穎士遂不屈，愈見疾，俄免官，往來鄠、杜間」，皆記待詔翰林時的境況。蕭氏於天寶十載秋至京，因李林甫阻撓而求官不遂，必至李林甫天寶十一載十一月丁卯卒後，才得選任出京，故其滯留長安有年矣，亦知「免官」之説不實，因穎士在京時並無任官。劉太真《送蕭穎士赴東府序》曰：「從官三年，始參謀於洛京……春雲輕陰，草色新碧；皎皎匹馬，出於青門。吾徒喟然，瞻望不及。」正是記述蕭氏十二載春得官東去情景。所謂「從官三年」，就天寶十載至十二載待選事言之也。賦又云「徒有顧兮且未克，憂沉深兮萃胸臆。風兮雨兮何極」，知其借賦作以抒其抑鬱徘徊之情也。

然穎士在京，頗不廢著述之事。劉太真《送蕭穎士赴東府序》云其「退然貧居，述作萬卷，去其浮辭，存乎正言。昔《左氏》失於煩，《穀梁》失於短，《公羊》失於俗，而夫子爲其折衷。王公交辟，拒而不應」。按此説與《贈韋司業書》所述志尚頗相契合，其云：「僕不揆，顧嘗有志焉。思欲依魯史編年，著《歷代通典》，起于漢元十月，終於義寧二年，約而删之，勒成百卷。應正數者，舉年以繫代；分土宇者，附月以表年。於《左氏》取其文，《穀梁》師其簡，《公羊》得其覈，綜三傳之能事，標一字以舉凡；扶孔、左而中興，黜遷、固爲放命。」《新唐書》本傳亦云：「（穎士）嘗謂：『仲尼作《春秋》，爲百王不易法，而司馬遷作本紀、書、表、世家、列傳，叙事依違，失褒貶體，不足以訓。』乃起漢元年訖隋義寧編年，依《春秋》義類爲傳百篇。在魏書高貴崩，曰：『司馬昭弑帝於南闕。』在梁書陳受禪，曰：『陳霸先反。』又自以梁枝孫，而宣帝逆取順守，故武帝得血食三紀；昔曲沃篡晉，而文公爲五伯，仲尼弗貶也。乃黜陳閏隋，以唐土德承梁火德，皆自斷，諸儒不與論也。有太原王緒者，僧辯裔孫，撰《永寧公輔梁書》，黜陳不帝，穎士佐之，亦著《梁蕭史譜》及作《梁不禪陳論》以發緒義例，使光明云。」則三説内涵一脈貫通，似《歷代通典》確曾成書，再加《梁蕭史譜》及《梁不禪陳論》等，篇帙浩繁，即使並非盡成於待選期間，也必有所撰著，使劉氏有「述作萬卷」之譽，故此期亦成爲穎士著史立言的一個重要時期。

太真《序》又云時有「東倭之人，踰海來賓，舉其國俗，願師於夫子。弗敢私，請表聞於天子，夫子辭以疾而不之從也」之事，既爲世所盛傳，也是此説之源頭。《新唐書》本傳在叙及穎士調任河南府參軍事後云：「倭國遣使入朝，自陳國人願得蕭夫子爲師者，中書舍人張漸等諫不可而止。」更坐實其事。並參穎士《留别二三子得韻字》詩箋證。

唐初置翰林院，凡文辭經學之士及醫卜等有專長者，使值日于翰林院，給以糧米，以待詔命，有畫待詔、醫待詔等。

庭莎賦并序

天寶十載〔一〕，予以史臣推擇，待詔闕下，僻直多忤，連歲不偶。未選叙〔二〕，求參河南府軍事。府尹裴公以予浮名，枉顧遇焉。而尹之外姻，或綰紀綱之局，怙〔三〕勢矜權，求府僚降禮於己。予清慎自守，不能附會，爰逝我陳〔四〕，嫌怒遂構。又〔五〕同官多貴遊右戚，酒食之會，絲竹之娱，無間旬朔。予人質鄙野，雅不之好，常願鷗鳥爲儔〔六〕，江海是處。往歲久遊剡〔七〕中，將遂終焉。朝旨迫召，故不獲展，著《白鷴賦》以寄斯意。至是鬱悒，彌用增想。廳堦之下，蹊〔八〕有莎草，故參軍宋之問徙於伊川而植焉。結根五紀，綿羃庭際，廣累萬步〔九〕，高樹十餘，間以雜果，陰蔽其上，俗吏往來，必凌踐之。嘆其稟山野之姿，而託非其所，以就窘迫。因而賦曰〔一〇〕：

厭公門之窘束，玩纖草於兹亭〔一一〕。奚卑弱之斯極，豈雨露之愆靈。尚含和以順時，隨春夏之淒清〔一二〕。軒房洞啓，廣階脩直。槐楊蔽虧，桃李〔一三〕對植。横層陰之冥密，綴繁英之翕赩。既高低以異姿，亦濃淡而殊色。胥徒牒訴，雜沓乎其側。遊塵浮烟，蒙翳而不息。雖蕭颯以自得，亦喧卑〔一四〕而見逼。宜夫坐莽〔一五〕浪之野，帶江湖之涘。託〔一六〕根山阿，搖穎綠水，芊綿靃靡，連亘乎十數〔一七〕里。何推遷而連〔一八〕會，繆産蒔於庭隅。憂好尚之傾奪，見芟夷於難〔一九〕除。既無心於寵辱，又奚議於〔二〇〕親疏。承滴〔二一〕瀝之甘潤，蔽衣衿之曳婁。雖爲幸於斯日，諒禀性之云殊。聞哲王之布澤，迨蕭葦而霑鋪。苟一類而〔二二〕失所，猶納隍之在予。矧皇穹之播氣，陶庶彙於靈樞。曷兹卉之攸託，慘終年而莫舒！吾將徵宰物之至理，聿歸問於玄虚者焉。

録自《英華》卷一四八，又載《賦彙》卷一百二十、《四庫》、《全文》卷三三二、盛本。

【校記】

〔一〕十載，《英華》、盛本校「集作十有二載」。按《英華》校云「集作某」處，盛本則云「一作某」，凡二字同者，皆合校。

〔二〕未選叙，《英華》、隆慶本、傅校、盛本校「集作未以選叙」。

〔三〕怙，原作「估」，據《賦彙》、《全文》、盛本改。

〔四〕陳，《英華》、隆慶本、盛本校「《詩》：胡逝我陳。注：陳，堂塗也。集作隟，非」。按《英華》「塗」作「金」，傅校「金作塗」。

〔五〕又，《四庫》作「凡」。

〔六〕人，《英華》、盛本校「集作受」。願，傅校作「顧」。

〔七〕剡，《英華》、盛本校「集作吴」。

〔八〕蹊，《英華》、盛本校「集作爰」。

〔九〕廣累萬步，《全文》作「廣不累步」。

〔一〇〕曰，《英華》、盛本校「集作云」。

〔一一〕亭，傅校作「庭」。

〔一二〕之凄清，《英華》校「集作而簍清」，隆慶本、傅校云「簍作萋」，盛本校「一作而萋清」。

〔一三〕桃李，《英華》、盛本校「集作珍果」。

〔一四〕卑，《英華》、盛本校「集作闐」。

〔一五〕莽，《英華》、盛本校「集作漭」，諸本作「莽」，通。

〔一六〕託，《英華》、盛本校「集作結」。

〔一七〕數，《英華》、盛本校「集作百字」。

〔一八〕連，《全文》、傅校作「運」。

〔一九〕於難，《英華》、隆慶本校「集作及萑」，傅校「萑作薙」，盛本校「一作及薙」。

〔三〇〕議，《全文》作「誘」。於，《英華》、盛本校「集作夫」。

〔三一〕滴，《英華》、盛本校「集作弚」，《賦彙》、《全文》作「弚」。

〔三二〕而，《英華》、盛本校「集作其」。

【箋證】

天寶十二載（七五三）春作，爲河南府參軍事，在洛州。

按「府尹裴公」乃裴迥，天寶九載至十四載（七五〇—七五五）十一月前，爲河南尹兼東都留守（《唐刺史考全編》卷十）。十二載春，穎士任河南府參軍事，正在其任内。又《序》稱庭中莎草乃「故參軍宋之問徙於伊川而植焉」，時已「結根五紀」，宋之問於天授二年（六九一）任洛州參軍（見王啓興《宋之問生平事蹟考辨》），下延「五紀」（即六十年），亦當天寶十載左右。河南府即東都洛州，其參軍事爲正八品下。穎士在府，雖蒙裴公垂顧，卻有外姻怙勢弄權，遂構嫌怒：「又同官多貴遊右戚，酒食之會，絲竹之娱，無間旬朔」，而「予人質鄙野，雅不之好」，兩相困辱，遂增欝悒。穎士《贈韋司業書》曾云：「州縣之禮，舍義重權。小人跨躡，便成簡倨。卑身下氣，已自不堪。詞色之端，更求附會。守初心則嫌猜頓起，將任節則操履全乖。丈夫行已三十年，讀書數千卷，尚不能揣摩捭闔，取權豪意旨，況復終年怏怏，折腰於掾吏之下哉？」可見其爲人耿介，不堪折腰之辱，一生不易其志，遂寄情於被俗吏淩踐之庭莎，而作斯賦。李華《揚州功曹蕭穎士文集序》亦云：「爲河南參軍也，寮屬多嫉君才名，上司以吏事責君，君拂衣渡江。」可與之互證，且知此後之餘響。

賦首云「天寶十載，予以史臣推擇，待詔闕下。僻直多忤，連歲不偶。未選叙，求參河南府軍事」。按「十載」，《英華》校「集作十有二載」，看似出入，實自待詔計，當起於「十載」；以「連歲不偶，未選叙，求參河南府軍事」之結果計，則至「十有二載」，味諸文意，以集本爲是。又賦謂其十載到京後未授官，知《新唐書》本傳云穎士在京師被「免官」説不實（參《愛而不見賦》之箋證）。

大中七年（八五三）十月，《庭莎賦》被刻碑立石，正書，書者未詳（見《金石録》卷十，《寶刻叢編》卷二十「諸書所録刻石地里未詳」據録）。

蓮蘂散賦并序

予同生繼夭〔一〕，憯戚所萃。乙未〔二〕歲夏六月，旅寄韋城，憂傷感〔三〕疾，腫生於左〔四〕脇之下，彌旬不愈，楚痛備至。友生于逖、張南容在大梁聞之，以言於方牧李公。公，予之舊知也，俯垂驚嗟，遠致是散，題曰蓮蘂〔五〕。合之〔六〕以蘇，用附腫上，又覆以油帛以羃〔七〕之。其瘳如洗，一夕復故。感恩嘆異，于以賦焉：

彼散維黄，曰蓮之蘂。有輕其質，如雪伊灑。君子賚焉，厥疾遄已。揆艱疾〔八〕之永戚，矧羈孤〔九〕之遠情。諒積悲而成疢〔一〇〕，爰彼腫而〔一一〕斯嬰。遘徂夏之赫曦，蹇憂虞於此城。堆以壅蓄，介于腰腹，如煙〔一二〕斯焮，如蠆斯觸，靡宵〔一三〕靡晝，莫獲偃伏。亦既浹辰，寘予於毒，惴然〔一四〕其恐兮，如集於木。幸于、張之久要，干至貴而爲言。感知己於名公，降踰涯之厚恩。旅信宿以〔一五〕問至，致良散以〔一六〕斯存。於是滫以蘇膏，羃〔一七〕以油帛，兹焉塗附。未始竟夕，有瘳如神兮，厥痛斯滌。彼挂帆而奔駟，曾莫速乎靈跡。雖兼金而〔一八〕製錦，豈厥價而能〔一九〕敵。異哉！討奇篇〔二〇〕於緑帙，搜秘卷於青囊，奚《要術》之備列，獨無聞於此方。苟佳名之是徵，乃菡萏之餘芳。原夫託根清泚，敷蕍馨香，宜蠲穢而蕩邪，救吾人之疾〔二一〕瘍。于以用之，終然允臧。愷悌君子，德音不忘。昔禽蛇之見拯，尚有答於〔二二〕隋噲。矧圓首之爲貴，聿稱靈於覆載，慚力微而施重，懼殞墜於酬戴〔二三〕。蓮之蘂兮，永以爲佩。

録自《英華》卷一四八。又載《賦彙》卷一二二、《四庫》、《全文》卷三二二、盛本。

【校記】

〔一〕 夭，《英華》、盛本校「集作殂」。按《英華》校云「集作某」處，盛本則云「一作某」，凡二字同者，皆合校。

〔二〕乙，諸本原作「己」，按玄宗朝僅開元七年歲當「己未」，故「己未」應是「乙未」之誤，即天寶十四載，故改。

〔三〕感，《英華》、盛本校「集作成」。

〔四〕左，《英華》、盛本校「集作右」。

〔五〕蘂，原作「葉」，據諸本改。

〔六〕合，《英華》、盛本校「合字集作命和」。合之，《全文》作「命和」。

〔七〕羃，《英華》、盛本校「集作密」。

〔八〕疾，《英華》、盛本校「集作疚」。

〔九〕孤，《英華》校「一作旅」，盛本校「一作■」。

〔一〇〕痛，傅校作「疹」，盛本作「疚」。

〔一一〕彼，《四庫》作「被」。而，《英華》、盛本校「集作之」。

〔一二〕煙，《英華》、盛本校「集作熛」。

〔一三〕宵，《英華》、隆慶本作「霄」，據《全文》、傅校改。

〔一四〕然，《英華》、盛本校「集作焉」。

〔一五〕以，《英華》、隆慶本、盛本校「集作而」。

〔一六〕以，《英華》、盛本校「集作之」。

〔一七〕羃，《英華》、《四庫》作「幕」，《英華》、隆慶本、盛本校「集作瑾」，《賦彙》、《全文》作「羃」，盛本作「冪」，傅校「幕作羃」，故改。

〔一八〕而，《英華》、盛本校「集作與」，《全文》作「與」。

〔一九〕而能，《英華》、盛本校「集作之云」。

〔二〇〕篇，盛本作「編」。

〔二一〕疾，《英華》、隆慶本、盛本校「集作疵」，傅校「疵作疢」。

〔二二〕於，《英華》、盛本校「集作乎」。

〔二三〕戴，《英華》、盛本校「集作載」。

【箋　證】

天寶十四載（七五五）夏六月作。

序云賦乃潁士「己未歲夏六月」旅寄韋城時，爲「腫生於左脇之下」之疾，得「方牧李公」贈予蓮藥散而一夕復故事而作。按玄宗在位僅開元七年歲當「己未」，故「己未」應是「乙未」之誤，即天寶十四載。潘呂氏《研究》説同；陳《考》繫潁士「旅寄韋城」事於開元七年，無據。又，潘呂氏以「方牧李公」乃李暐，時代李憕爲河南採訪處置使、河東郡太守，亦誤。《舊唐書·李憕傳》曰：「天寶初，出爲清河太守。十一載，累轉河東太守、本道採訪。」按河東郡即河東道蒲州，李憕守蒲州，例兼河東採訪使，而與「河南採訪處置使」無干。穎士《陪李採訪泛舟蓬池宴李文部序》叙及前文部侍郎李暐代「鉅鹿守李公」出爲河北道鉅鹿郡（即邢州）太守事，潘吕氏誤以此「鉅鹿守」即嘗爲河東太守兼本道採訪使的李憕，使對該序的考證有誤，連帶誤判本篇史實。

河南採訪處置使駐汴州（今河南開封），例由陳留（即汴州）太守兼任。韋城乃河南道滑州屬縣（治所在今河南滑縣東南），大梁即汴州浚儀縣（今屬河南開封）。穎士在韋城患疾，于逖、張南容等在大梁聞訊，報本州「方牧李公」求治，於情理、地理皆合。張南容，范陽人，穎士同年，見李華《楊騎曹集序》。于逖，汴州人，行十一，與李白、李頎皆有交，《篋中集》詩人之一；乾元元年（七五八）卒，約五十九歲，玄、肅時人。二人並參附録《師友考》。

序云「予同生繼夭，憯戚所萃」，遂「憂傷感疾」。「同生」者，同父所生之兄弟。「繼夭」者，相繼夭亡。「憯戚」，猶憯悽，憂傷也。按史載穎士兄弟不詳。此後所作《與崔中書圓書》尚提及「親弟某乙」一人，此外則見于本序，故從「同生繼夭」語知其兄弟至少有四人。

登故宜城賦

丙申歲避地襄陽，見召掌節度書記，陪幕府源公赴江陵作。

升彼墟兮，遐眺荆江，邇矚樊沔，頹淹以隱嶙，欹缺而巇嵯。野茫茫其靡極，何人户之單尠！悵青春[一]兮始交，又白日兮其[二]晚。悲世事[三]之艱阻，慨征途之未返。憑寒皋以盡目，究林莽之深淺。烟迴起於殘燎，鳥群飛於絶巘。曾是感時而戀舊，孰不酸辛而僶俛也。矧乎寓縣乖剌，關河阻遏。去枌榆兮地表，離[四]骨肉兮天末。涕横墮以[五]若注，懷永痛其[六]如割。悠悠蒼天，不日不月，曷其有佸！撫艱勤之此土，偶四海[七]而承平。方神武之君臨，尚未遑於戢兵。警山戎之外虞，重燕代[八]之專征。罄帑藏之實，窮干甲之精。陸隘幽冀，水填滄溟[九]。其爲盛也，入師長於庶僚，出董率於連城。冢婦降於[一〇]王姬，餘子超乎正卿。睚眦則浹日誅夷，攀附則累歲尊榮。玉帛車輿，鐘鼓臺亭，焕赫而鏗[一一]鍧。三十年中，初不戒其滿盈，終大都之偶國，逸漏網之奔鯨。潰亂[一二]河淇，虔劉汴滎，覆東洛，隳陝坰，抗靡堅陣，守無完營，呼吸三旬，遂至[一三]乎上京。爟燧燭於王宫，潼關爲之晝扃。暨而將吏逋竄，烝民駭散，崩騰郡邑，空闃閭閈，荒凉我汝潁，牢落我睢涣。傳置載馳於商鄧，兵符薦集於淮漢。彼邦畿之尹守，藩牧之垣翰，莫不光膺俊選，踐履清貫，榮利溢乎姻族，繁華恣[一四]其侈翫。或拘囚就戮，或胥附從亂，曾莫愧其愚懦，又奚聞於殉難。甚乎！昔先王之經國，仗文武之二事。苟茲道之不墜[一五]，實經天而緯地，邦家可得而理，禍亂無從而至。今執事者反諸，而儒書是戲，蒐狩鮮[一六]備，忠勇翳鬱，澆風[一七]横肆，蕩然一變而風雅殄瘁。故時平無直躬之吏，世難無死節之帥，其所由來者尚矣！不其哀哉！

變之始也，予旅寓於淇園。初提挈而南奔，崩波滑臺，逼迸夷門，亡車徒於鼎城[一八]，擯圖籍於轘轅。背維嵩，遵汝濆[一九]，迴環乎郟、葉，飄泊乎穰、宛。嗟歲聿[二〇]之云暮，結窮陰之涸沍。市[二一]蕭條以罕人，盜充斥以盈路。微奔走之僕御，有啼呼之幼孺。川層冰而每涉，塗積雪而猶步。晝兮夜兮，曾莫解於[二二]馳騖。惟寢與食，曷嘗忘於[二三]恐懼。略南鄉之左鄙，凌北津之勁[二四]渡。偉夫峴首之爲鎮也！峻隅百雉，危甍萬井。森松篁之薈蔚，劃鄽街以周整。前山縈依而秀拔[二五]，斜漢杳映以清迥。秔稌蔗橘，雜荆衡之蓄；桑麻黍粟，侔冀魏之境。漢之盛也，移[二六]南國之冠蓋；晉之衰也，爲北門之捍屏。今方嶽之仁明，惠久要於平生。幸羈旅而獲宥，旋載筆於戎旌。陪後車乎南紀，儼四牡以專征。歷隤墉而訊諸，乃楚鄢之遺城。昔[二七]漢皇之標季，間諸侯之釋位。聞景升之是牧，嘆興廢於茲地。其後綏懷勁楚，抗拆[二八]强魏，雄九域以高視，爲一方之所[二九]庇，亦謀猷所賴而致也。

于時寇盜蜂聚，生民失土。賢雖避世，才亦擇主。有卧龍之奇英〔三〇〕，視江漢而胥宇。遭劉后之側席，聿疇咨於草莽。若游魚之在〔三一〕水，尚三顧而後語。其始也，亦將稜威漢沔，用武荆楚。俟時觀釁，終然義舉。然後包并〔三二〕河洛，盪滌陳汝，迎帝配天，不失厥序。既中流之顛覆，故宏算而乖〔三三〕阻。信雲長之寡謀，亦天命之弗與。猶復廓邛峨之險，奮賨濮之旅。鋪叙隴阺，震懾〔三四〕關輔，致中原於旰食，振衰〔三五〕漢之遺緒。洸洸乎俾千祀而景慕，宜其易名於忠武，不其偉歟？方其躬耕漢渚，獨詠《梁甫》，輕夫管樂〔三六〕，莫之云許。伊唱高而和寡，亦惆悵於前古，道不同不相爲謀，斯之謂矣。荆雲兮蔽虧，朔雁兮差池。雲有迴兮雁有歸，嗟予行兮愴遲遲。諒窮愁兮莫諼，雖九醞兮奚施？。

録自《英華》卷一一二八。又載《類函》卷三百八、《賦彙》卷一一一、《四庫》、《全文》卷三二一、盛本。題注又見《全文》、盛本。

【校記】

〔一〕春，《英華》、盛本校「集作陽」。按《英華》本卷校勘記云「凡一作皆集本」。又《英華》校云「集作某」處，盛本則云「一作某」，凡二字同者，皆合校。

〔二〕其，《英華》、盛本校「集作將」，《賦彙》、《全文》作「將」。

〔三〕世事，《全文》作「事事」。

〔四〕離，《英華》、盛本校「集作望」。

〔五〕墮以，《英華》、盛本校「集作臆而」。

〔六〕其，《英華》、盛本校「集作兮」。

〔七〕海，《英華》、盛本校「集作絶」。

〔八〕代，原作「伐」，據《賦彙》、《全文》、傅校改。

〔九〕溟，《英華》、盛本校「集作瀛」。

〔一〇〕於，《英華》校「集作乎」。

〔一一〕鏗，原作「鑑」，據傅校及諸本改。

〔一二〕潰亂，《英華》、盛本校「集作横潰」。

〔一三〕至，《英華》、盛本校「至字集作陵憑」。

〔一四〕恣，《英華》、盛本校「集作極」。

〔一五〕墜，《全文》、《四庫》作「墮」。

〔一六〕鮮，《英華》、盛本校「集作罕」。

〔一七〕風，《英華》、盛本校「集作浮」。

〔一八〕城，《英華》、盛本云「集作域」。

〔一九〕瀆，《英華》、盛本校「集作墳」，《賦彙》、《全文》作「墳」。

〔二〇〕聿，《英華》、盛本校「集作律」。

〔二一〕市，原作「布」，據傅校及諸本改，《英華》、盛本校「集作野」。

〔二二〕於，《英華》校「集作于」。

〔二三〕於，《英華》、盛本校「集作其」。

〔二四〕之勁，《英華》校「集作而徑」，盛本校「集作而脛」。

〔二五〕拔，《英華》、盛本校「集作聳」。

〔二六〕縈，原作「榮」，據傅校改。移，《英華》、盛本校「集作稱」。

〔二七〕昔，《英華》、盛本校「集作在」。

〔二八〕拆，《英華》、盛本校「集作衡」，《賦彙》、《全文》作「衡」，《四庫》作「抑」，盛本、傅校作「折」。

〔二九〕所，《英華》、盛本校「集作大」。

〔三〇〕奇英，《英華》、盛本校「集作英彦」。

〔三一〕在，《英華》、盛本校「集作有」。

〔三二〕包并，《英華》、盛本校「集作并包」。

〔三三〕乖，《英華》、盛本校「集作遂」。

〔三四〕懾，《英華》、盛本校「集作疊」，《全文》作「攝」。

〔三五〕衰，《英華》、盛本校「集作炎」。

〔三六〕夫，盛本校「一作此」。《英華》在篇末有「輕夫」二字，校「集作此」，當是補校「夫」字，傅校「夫」作「失」。

【箋　證】

天寶十五載（七五六，七月改元至德）初，爲江陵大都督府長史源洧掌書記，因同赴江陵，經故宜城而作。

按「源公」指時爲江陵大都督府長史兼山南東道採訪防御使的源洧。「丙申歲」即天寶十五載，七月改元至德。《新唐書·蕭穎士傳》云：「聞封常清陳兵東京，往觀之，不宿而還。因藏家書於箕、潁間，身走山南，節度使源洧辟掌書記。」檢《舊唐書·玄宗紀下》曰：「（天寶十四載）冬十月壬辰幸華清宫……（十一月戊午朔）丙寅（初九），范陽節度使安禄山率蕃、漢之兵十余萬，自幽州南向詣闕，以誅楊國忠爲名……壬申（初十五），聞於行在所。癸酉（初十六），以郭子儀爲靈武太守、朔方節度使。封常清自安西入奏，至行在。甲戌（初十七），以常清爲范陽、平盧節度使、兼御史大夫，令募兵三萬以御逆胡。」然胡兵猖獗，自十一月甲子（初七）亂起後，至十二月辛卯（初六）陷陳留，甲午（初九）陷滎陽；丙申（初十一），封常清敗于成皋，奔陝郡；丁酉（初十二），東京陷落。時高仙芝鎮陝郡，棄城西保潼關。此間過程，即賦云「呼吸三旬，遂至乎上京，爟燧燭於王宫，潼關爲之晝扃」事。丙午（初二十一），玄宗斬封、高二人於潼關。知封常清自受命募兵守御東京至被殺，僅一月有餘。穎士當在十一月底至東京，旋即還家。時中原板蕩，戰事發展迅猛，遂身走山南，避地襄陽，即賦云「予旅寓於淇園，初提挈而南奔」事，時當在十二月中。又檢《舊唐書·源洧傳》云：「天寶中，爲給事中、鄭州刺史、襄州刺史、本道採訪使。及安禄山反，既犯東京，乃以洧爲江陵郡大都督府長史、本道採訪防御使、攝御史中丞，以兵部郎中徐浩爲襄州刺史、本州防御守捉使以御之。」與天寶十四載十二月辛丑（初十六）詔「以永王璘爲山南節度使，以江陵長史源洧副之」（《舊唐書·玄宗紀下》）事相合。即源洧在東京陷落後，受命自襄州轉任江陵長史兼山南東道採訪防御使，以副永王。再據題注，知穎士當在天寶十五載初，因其時避地於襄陽，而穎士與源洧弟衍爲舊友之故而入幕。並在源氏赴任江陵時同行，經故宜城而作此賦。

《序》云「變之始也，予旅寓於淇園，初提挈而南奔。崩波滑臺，逼迸夷門。亡車徒於鼎城，擯圖籍於轘轅。背維嵩，遵汝濆。迴環乎郟、葉，飄泊乎穰、宛；嗟歲聿之云暮，結窮陰之涸沍」，而終至于襄陽。此段文字主叙十四載十一月後至年底的南奔路線，與《新唐書》本傳對讀，一路行跡十分清晰。傳云：「已而禄山反，穎士往見河南採訪使郭納，言御守計，納忽不用，嘆曰：『肉食者以兒戲御劇賊，難矣哉！』聞封常清陳兵東京，往觀之，不宿而還。因藏家書於箕、潁間，身走山南，節度使源洧辟掌書記。」按淇園在衛州衛縣（今河南淇縣），滑臺即滑州治所白馬城舊稱（在今河南滑縣東舊滑縣），夷門乃古大梁城（即河南開封附近）東門，知穎士自衛州東北行至滑臺，又西南入汴州，往見郭納，陳守御之計。因不見用，折而西行入洛。洛陽别稱「鼎城」（在今河南洛陽）。《左傳·宣公三年》：「成王定鼎於郟鄏。」又見《史記·楚世家》，《集解》：「杜預曰：郟鄏，今河南縣西有郟鄏陌，武王遷之，成王定之。」知郟鄏即周之王城，因成王定鼎事，故名。時封常清奉詔募兵守洛陽，故蕭氏至洛，觀察陳兵守衛之勢，以圖後計。見「封常清所募兵皆白徒，未更訓練」（《通鑑》卷二一七），不堪御敵，遂徹底失望，「不宿而還」，回故里安頓家事，並決意南遷。序云「擯圖籍於轘轅」者，指藏書於轘轅山（在河南府緱氏縣東南，今河南偃師南緱氏鎮），其東鄰嵩山，適在「箕、潁」之間；再沿汝水行至郟縣（漢郟縣、唐郟城縣，今河南郟縣），南渡滍水抵葉（今河南葉縣），再經宛（漢宛縣、唐南陽縣，今河南南陽）、穰（今河南鄧縣）而南下，年底達於襄陽（今湖北襄樊），其千里「迴環」、「漂泊」之苦可想而知。

宜城乃襄州屬縣，本漢邔（音忌）縣地。漢水在縣東九里，古諺「邔無東」，言其東逼漢江，其地短促也。故宜城則在縣南九里，本楚國鄢縣。秦昭王使白起伐楚，引蠻水灌鄢城，拔之，即此城。漢惠帝三年，改鄢縣爲宜城，乃捍御山南的要衝。兩月間，蕭氏目睹胡兵掃蕩中原的破竹之勢，及唐軍崩若玉山之慘狀，深有感焉。其來也，「歷隤墉而訊諸，乃楚鄢之遺城」，遥想漢以來的興廢歷史，既生「致中原於旰食，振衰漢之遺緒」的志尚，也有「嗟予行兮愴遲遲」的憂懼，壯懷激烈，因有此賦。此賦乃蕭集中少有的騁情之作。

聽早蟬賦

以小子存作「吸風飲露」爲韻

清商兮暮急，白露兮朝濕。伊寒蟬之早聞，知凉風之初入。散亂摇颺，倏寥歘吸，前聲未盡，後響仍及。邇層檐而驚歸，向茂樹而遥集。足令志士傷惋，征夫佇立，動閨人之夜悲，垂塞客之秋泣。況乎日晏天空，晴景微風。命儔嘯侶，乍西或東。既更鳴而迭息，亦處異而音同。催渡漢之離雁，伴横堦之思蛩。空庭曖其已寂，遐路杳而難窮。伊蜩螗之至細，王睢獨〔一〕而猶稟，體孤高而自適，候時節而斯審。其處也，敦兮若樸，乃蝤蠐而未化。其出也，道之將行，必沆瀣而方飲。豈徒《爾雅》辯其名體，詩人詠夫章句。味編《本草》之録，聲徹《上林》之賦。歌郲宰之化，偶范綏而見稱；餙趙王之冠，與貂尾而胥附。

莊篇載痀僂之志，孔氏感螳蜋之捕。苟動静不爽，飛鳴有度。因依密葉，蕭散凝露。韜餘陰於歲晚，等群蟄於時暮。兹括囊而用吉，又曾何鳥雀之能喻。

録自《英華》卷一四一。又載《類函》卷四四五、《賦彙》卷一三八、《全文》卷三二二、盛本。

【校記】

〔一〕睢獨，原作「侯毒」，據《英華》、隆慶本、盛本校及《賦彙》、《全文》改。

【箋證】

作年未明。

按《英華》題注「以小子存作吸風飲露爲韻」，《賦彙》、《全文》與盛本無「小子存作」四字。今蕭存賦已佚，穎士賦當作於其後，繫時未詳。聽早蟬聲當在春夏之交。

符載《尚書比部郎中蕭府君墓誌銘》曰：「君諱存，字成性……君即功曹之子也……自貞元元年夏至十年春，凡再爲侍御史，四爲尚書郎……春秋六十二，十五年冬十月五日遘疾，十六年冬十月五日，卒於潯陽湓城之私第。」（《全文》卷六九一）按蕭存貞元十六年（八〇〇）卒，時年六十二，故當開元二十七年（七三九）生。則此賦最早當作于天寶後期。

至日圓丘祀昊天上帝賦

以題爲韻

政教之始，莫重乎郊祀；郊祀之先，莫尊乎昊天。是以前王垂之於典訓，後帝奉之以周旋。以〔一〕事大矣！其儀盛焉！日之至也，所以明氣之至；丘之圓也，亦以象天之圓〔二〕。於是致齋於宫，合樂於律。群有司肅肅以儆戒，百執事乾乾而莊慄〔三〕。牲用騂犢以貴誠，酌用玄酒以明質。豈但愛人而尊祖，蓋欲報天而主日。天子迺乘玉輅，駕蒼虯，搢方珽，服大裘。率九儀之卿士，從五等之諸侯，旌旗露卷，冠蓋雲浮，展國容於御路，行大禮乎郊丘。百役既備，司儀辨位，劍佩紛紜以陸離，鐘鼓鏗訇而沸渭。君明其義，臣敬其事。執鸞刀以啓毛，奠蒼璧以爲贄，爵一獻而上下胥悦，樂六成而神祇麠至。後乃取血膋，陳玉幣，寘於薪樵〔四〕之上，燔于嘉〔五〕壇之際。飛燎煙於太清，合蕭光於上帝。是以神降我福，人懷我惠。時罔凶荒，物無疵癘。致洪化於仁壽，豈不由肅敬於大祭！客有旅遊函關，欽兹至道，觀祀事於國典，仰明靈於有昊。敢陳輿頌，式播玄造。頌曰：

日南至兮既望，祀太乙兮圓〔六〕丘上，萬斯年兮承天貺。

録自《英華》卷五五。又載《賦彙》卷四七、《四庫》、《全文》卷三二二、盛本。《全文》、盛本題中「圓」字皆作「圜」。

【校記】

〔一〕以，《四庫》、傅校作「其」。

〔二〕此二「圓」字，《全文》、盛本皆作「圜」。

〔三〕慄，原作「慓」，據《全文》、盛本、傅校改。

〔四〕薪樵，《英華》、盛本校「一作積薪」，《賦彙》、《全文》作「積薪」。

〔五〕嘉，《全文》作「泰」。

〔六〕乙，《賦彙》、《全文》、盛本作「一」。圓，《全文》、盛本作「圜」。

【箋證】

作年未明。

此爲玄宗冬至日於圜丘祀昊天上帝而作。按玄宗在位共三祀圜丘，一次在開元時期，兩次在天寶時期，即《舊唐書・玄宗紀上》云：「（開元十一年）十一月戊寅，親祀南郊。」《舊唐書・玄宗紀下》：「（天寶）六載正月戊子，親祀圜丘。」又「十載春正月乙酉朔……甲午，有事于南郊，合祭天地」。但賦稱祭時在「日南至兮既望」，乃十六日。據張培瑜《三千五百年曆日天象》，知玄宗在位，僅開元十一年十一月十六日戊寅爲冬至日，與賦文合。但本年穎士七歲，不可能做此賦，疑是擬作，「客有旅遊函關」云云，假託之辭耳。

賈餗有同題之賦（見《全文》卷七三一）。

第二卷　表

爲揚州李長史賀立皇太子表

臣某言：伏奉制書，皇太子以今月嘉辰，肅膺典册。少陽輔德，前星耿耀，凡在生靈，豫增慶幸。臣聞立嗣必子，爰[一]徵古訓，惟賢乃建，式固宗祧，周漢以還，憲章未改。伏惟開元神武皇帝陛下嚴祇寶祚，光啓睿圖，則哲其難，至公有在。惟天爲大，萬邦所以作貞；如日之昇，重離所以增焕。況瓊枝挺秀，玉葉資神，允釐監撫，儀形雅頌。春華秋實，嘗俯俟於嘉言；一物三善，諒行稱於至德。固以靈祇叶贊，景命昭宣。馳道之前，猶應著令；寢門之外，方候[二]問安。臣忝貳藩條，局守官次，不獲預陪[三]大禮，稱慶闕庭。延首承華，以忭[四]以抃。

録自《英華》卷五五七。又載《全文》卷三二二、盛本。盛本題注「據全唐文録入」。

【校記】

〔一〕爰，原作「愛」，隆慶本同，據《全文》、傅校改。

〔二〕候，傅校云「候作俟」。

〔三〕陪，原作「倍」，據《全文》改。

〔四〕忺，《全文》、盛本作「忻」，傅校云「忺作欣」。

【箋證】

開元二十六年（七三八）七月作。

按兩《唐書·玄宗紀》載玄宗兩立太子，開元三年（七一五）正月立郢王嗣謙（二十三年七月改名瑛），二十五年四月廢爲庶人。開元二十六年六月庚子立忠王璵（後改名紹、亨，即肅宗），秋七月己巳册。潁士開元五年生，故本表當爲忠王受册而作。潘吕氏《研究》説同，唯謂「李長史之名無考」。今考「李長史」乃李知柔，《唐會要》卷六九有「（開元）二十八年六月，淮南道採訪使李知柔奏」云云。考《舊唐書·玄宗紀上》載開元二十二年二月初置十道採訪處置使事，《元龜》卷一六二：「（開元二十二年二月）辛亥，初置十道採訪處置使，命……楊州長史韋虚心爲淮南採訪使。」（參《全文》卷三一三孫逖《東都留守韋虚心神道碑》）即韋虚心以揚州長史兼淮南採訪使；又《元龜》卷八六二載「皇甫翼……起復爲揚州大都督長史，充淮南道採訪使」，時在天寶初。以上可證採訪處置使設置之初，揚州長史即兼淮南採訪使，至天寶初亦然，則《唐會要》卷六九載開元二十八年六月時的淮南道採訪使李知柔即爲揚州長史，即本表中的「揚州李長史」。

爲揚州李長史作千秋節進毛龜表

臣某言：臣聞在昔上皇之御極也，則玄化有助，嘉祥必臻，故昇中於天，而四靈〔一〕是格。若夫出洛登壇、青文丹甲之瑞，王霸以降，遼哉夐乎，不可得而聞已。然其緬邈郊藪，威夷〔二〕簡牒，與時而昇降者，亦往往而存。未有含道德之純粹，闡祖宗之休命，俛視千載，潛通百靈，允符秘祉，若今之盛者也。伏惟皇帝陛下至誠允迪，懸解自衷，神有契而斯輔，道惟深而不測，故錙銖繫表，寤寐胥庭。七曜垂文，則玄言〔三〕焯叙；千秋表節，則緑錯來儀。以今月某日，所部江都縣崇虚觀講《聖注道德經》，於玄元皇帝座隅有毛龜出見，翠〔四〕毫金介，爍日霏烟，迹殊生育，來緣感召，應陛下長靈之期，符先聖谷神之妙，知來藏往，實見于兹。休徵委集，萬方幸甚。手舞足蹈，倍百恒情，無任喜悦之至。謹奉表以聞。

録自《英華》卷六一二。又載《四庫》、《全文》卷三二二、盛本。

【校　記】

〔一〕四靈，《英華》、盛本校「一作靈貺」。

〔二〕威夷，《全文》作「葳蕤」。

〔三〕言，《英華》、盛本校「一作元」。

〔四〕翠，《英華》、盛本校「一作群」。

【箋　證】

開元二十六年至二十八年（七三八—七四〇）間之七月作，在揚州。

《英華》、盛本題注「玄宗」。《表》云：「千秋表節，則緑錯來儀。以今月某日，所部江都縣崇虚觀講《聖注道德經》，於玄元皇帝座隅有毛龜出見……應陛下長靈之期，符先聖谷神之妙。」按「緑錯」指「毛龜」，「千秋節」乃玄宗生辰，即八月初五。表謂在崇虚觀講《聖注道德經》時，有龜出于老子座隅，因時當千秋節之前，乃祝壽之瑞兆，故上表稱賀。

《唐會要》卷二九「節日」云：「開元十七年八月五日，左丞相源乾曜、右丞相張説等，上表請以是日爲千秋節……至天寶二年八月一日，刑部尚書兼京兆尹蕭炤，及百寮請改千秋節爲天長節。」（並參兩《唐書·玄宗紀》）本《表》當作在此間。《表》又稱時講《聖注道德經》云云。考開元二十年底，玄宗注《道德經》畢，即《聖注道德經》；二十一年初，詔「士庶家藏一本，勒令習讀，使知旨要」。《集古録》又曰：「開元二十三年，道門威儀司馬秀等請於兩京及天下應脩宫齋等州皆立石臺，刊勒其經文。」（《金石文考略》卷七「御注道德經」條引）此後諸州方可講説《聖注道德經》。且本表與《爲揚州李長史賀立皇太子表》中之「揚州李長史」當同爲李知柔，故當撰於開元二十六年至二十八年間。

爲從叔鴻臚少卿論旱請掩骼埋胔表

臣〔一〕言：臣聞事君之義，有犯無隱。故心苟所至，願必上聞。所以罄露塵涓，裨助山海，則匪躬之節著，致主之情竭矣。臣實無〔二〕庸，志業非遠，幸逢明聖，累忝驅策，位登四品，官亞九卿，叨竊已多，答效無紀。常願刳肝碎骨，仰報於天。此臣景行前修，悃款終夕，不能已也。臣某中謝。臣聞諸《傳》曰：「天災流行，國家代有。」雖昇平之代，秉哲之君，禮義不愆，刑罰斯〔三〕中，而適當其際，化理不回。故商武〔四〕受命之賢王，周宣中興之令主，桑林未禱，金石以銷。禮〔五〕其大統，則陰陽之數，義〔六〕實固然；推其至理，則時事[七]之端，政乖取此，誠細有所遺，驗[八]諸方志，昭然可辨。雖日月薄蝕，無損於明，而宵旰兢懷[九]，未喻其道，良足惜也！伏惟開元聖文神武皇帝陛下道格上蒼，功深下濟，叶兩儀之高厚，等四序之運行。告成岱宗，而靈饗聿應；展禮農籍，而嘉禾實穎。烝烝過於虞后，翼翼邁於周文。故玄祖契會昌之符，蒼生踐仁壽之域。

臣竊觀圖諜所記，生靈以來，巍巍赫赫，未有如聖朝之盛者也。而水旱小數，時或愆和，一旬不雨，仍延聖慮。臣竊以殷周之事考之，斯可得而言矣。臣聞《道德經》曰：「大軍之後，必有凶年。」《論語》亦曰：「因之以師旅，加[一〇]之以饑饉。」蓋云曝骨中原，感動和氣，疵癘是作，災害用生。故强死之魂，《傳》稱爲鬼；積尸之氣，《禮》有驅除，不徒言也。臣竊觀成湯之受命也，前有伐葛之役，後有昇陑之師，凡七十二征而天下服。故其詩曰：「武王載旆，有虔秉鉞。如火烈烈，莫我敢遏。」宣王之中興也，亦南征淮甸，北伐太原，外攘戎狄[一一]，復文武之土[一二]。故其詩曰：「六月棲棲，戎車既飭。四牡騤騤，載是常服。」則二主[一三]用師而定也明矣。未聞有岐昌[一四]掩骼之政，秦穆封尸之令，旱暵之故，不亦宜乎！不然，則《月令》孟春之命[一五]，「掩骼埋胔」；《周禮》蜡人職掌凡國[一六]骴禁，「埋而置楬焉」，豈虛設也！臣聞之，五材並用，誰能去兵！小則施諸市朝，大則陳諸原野。我國家櫜鞬理定，十紀于斯[一七]。陛下重之以懷柔，申之以靈武。三韓左衽[一八]，夷於郡縣；

六狄解辮〔一九〕，願爲臣妾。《詩》、《書》〔二〇〕所載，未之聞也。而西戎醜類，尚興芁野之師；東胡噍餘〔二一〕，猶儆柳城之戍。陛下爰整其旅，弔厥匪人，雖有征無戰，不聞遺鏃之失，而恃險與馬，猶積抗輪之斃。故血膏草莽，骸聚丘山，史不絕書，士有餘勇，以爲常矣。臣又聞之，帝王者，則天而法地，長物以子人，如天之無不燾〔二二〕，如地之無不載，故天地無遺人。雖古先哲王，內諸華而外夷狄，亦云「要服者貢，荒服者王」，聲教所加，［合］〔二三〕于一揆，所以伐其叛而柔其服，重其生而哀其死。《詩》曰：「普天之下，莫非王土。」《書》曰：「丕冒海隅，莫不率俾。」此之謂也。

頃春之季，恒陽小愆，宿麥未登，首種不入。賴陛下憂勞日昃，以萬物爲心，天且不違，應如影響，閏月云暮，時雨滂流。我田我私，既浹祁祁之澤；彼黍彼稷，方成油油之稼。此天慶陛下至誠〔二四〕！人感陛下深矣！而密雲未灑，忽復二旬，時屬炎蒸，土仍滲漉，元元之望，又加于茲。昔燕祠寡婦，延闔境之潤；漢察冤囚，致隨車之雨〔二五〕。今陛下當措刑之代，濟必封之甿，吏不苛刻，人無怨訴，愆亢之由，有異於彼。愚臣不敏，竊〔二六〕有所見，謂宜分遣制使，往校邊庭。凡戰陣之處，骸骨所在，即時〔二七〕埋掩，仍施厲禁，則儀刑萬國，仁洽九泉，存亡均雨露之恩，華夷同日月之照。庶膏液與聖私齊運，旱苗將朽骨俱榮。不〔二八〕任云云。

録自《英華》卷六二四。又載《四庫》、《全文》卷三二二、盛本。

【校記】

〔一〕「臣」下，《英華》作墨釘，傅校云「臣字下有墨釘二個」，盛本有「某」字。

〔二〕無，《全文》作「蕪」。

〔三〕斯，《四庫》作「得」。

〔四〕武，《四庫》作「湯」。

〔五〕「禮」下，宋本《英華》、《英華》、隆慶本、《全文》、盛本注「疑」字，傅校云「無注疑字」。

〔六〕義，《四庫》作「用」。

〔七〕事，《四庫》作「勢」。

〔八〕驗，《四庫》作「備」。

〔九〕懷，諸本作「慄」。

〔一〇〕「因、加」，諸本作「加、因」，是。

〔一一〕戎狄，隆慶本、《全文》、盛本作「夷狄」，傅校云「夷作戎」，《四庫》作「玁狁」。

〔一二〕土，《全文》作「境土」。

〔一三〕主，《全文》作「王」。

〔一四〕昌，《四庫》作「文」。

〔一五〕命，《英華》、盛本校「一作令」。

〔一六〕人職，《全文》作「氏」。《全文》「國」下有「之」字。

〔一七〕斯，盛本作「兹」。

〔一八〕三韓左衽，《四庫》作「兩部突厥」。

〔一九〕六狄解辮，《四庫》作「六詔侏儷」。

〔二〇〕「詩、書」二字，諸本作「書、詩」。

〔二一〕餘，盛本作「類」。

〔二二〕燾，隆慶本及諸本作「幬」。

〔二三〕合，《英華》作墨釘，據諸本補。

〔二四〕誠，《英華》、盛本校「一作矣」，《全文》作「矣」。

〔二五〕雨，《英華》、盛本校「一作澤」。

〔二六〕「竊」上，《英華》、盛本校「一有輒字」。

〔二七〕時，諸本作「將」。

〔二八〕「不」上，《四庫》有「臣」字。

【箋證】

開元二十九年（七四一）五月作。

《英華》題注「玄宗」，又《表》稱玄宗爲「開元聖文神武皇帝」。考《唐會要》卷一載「開元二十七年二月七日，加尊號開元聖文神武皇帝。天寶元載二月十一日，又加尊號開元天寶聖文神武皇帝」，兩《唐書·玄宗紀》同，知作於此間。又《表》稱「頃春之季，恒陽小愆……閏月云暮，時雨滂流……而密雲未灑，忽復二旬，時屬炎蒸，土仍滲漉」云云，叙述季春大旱，至閏月末大雨，又經二旬復旱之過程。據《通鑑》卷二一四「開元二十九年」條，當年夏四月閏，故知《表》中所叙已至五月。陳《考》亦繫此表于本年。

考「從叔鴻臚少卿」乃蕭諒。《新唐書·宰相世系一下》「蕭氏齊梁房」載順之十子，長子懿，十子恢。懿第七子明，明曾孫文憬，文憬子元祚，元祚子誠、諒，諒故爲懿六代孫。又按《贈韋司業書》所述世系，穎士乃恢七世孫，故稱諒爲「從叔」。蕭誠官至右司員外郎，與諒並能真、草，世謂「誠真諒草」（《書史會要》卷五、《書小史》）。開元十五年，諒爲藍田尉；五月，詔中書門下引文武舉人策試，與右衛冑曹梁涉、邠州柱國子張玘等對策稍優見録，玄宗以「畿尉衛佐，未經推擇，更與褐衣爭進，非朕本意」爲由，准張玘下第放選，餘悉罷之（《元龜》卷六四三）。此後事蹟有《舊唐書·楊慎矜傳》曰「天寶二年……以鴻臚少卿蕭諒爲御史中丞，諒至臺，無所撝讓，頗不相能，竟出爲陝郡太守」（《新唐書·楊慎矜傳》同）事，與孫逖《授蕭諒御史中丞制》曰「鴻臚少卿蕭諒……可御史中丞，充京畿採訪處置等使」（《英華》卷三九三、《全文》卷三〇八）合。《唐會要》卷六七載「天寶六載六月二十四日御史中丞蕭諒奏」云云，知時尚在任。即蕭諒于開、天之際仕至鴻臚少卿，天寶二年進御史中丞、充京畿採訪處置等使，因與群官失和，約于天寶中出爲陝郡太守。又考獨孤及《唐故給事中贈吏部侍郎蕭公（直）墓誌銘》曰：「公諱直，字正仲，梁長沙王懿七代孫，有唐御史中丞、臨汝郡守諒之孟子……中丞府君之遇讒謫居也，公亦播遷漢東，移尉穀熟。」（《全文》卷三九二）蕭直乃蕭諒子，穎士從兄弟，穎士有《與從弟評事書》，即是寫給蕭直的。據此《墓誌銘》，知蕭諒又曾爲汝州太守，應在守陝郡之後。鴻臚卿職掌有主持凶儀事，少卿爲之貳，則表請遣使赴邊，掩埋戰歿者之事正屬職守。

爲陳正卿進《續尚書》表

臣某言：臣林莽介賤，幼而强學，竊聞諸《大易》之説曰：「觀乎天文，以察時變。觀乎人文，以化成天下。」夫察乎變者，立德以貞其象；成乎〔一〕化者，立言以贊其功。故太極列三階、五緯於上，聖人著《三墳》、《五典》於下。至哉文乎！天人合應，名數指歸之大統也。今之言文字者，始於太昊；徵訓典者，本於唐堯。振頹綱者，孰若漢朝？興盛業[二]者，莫如聖代。是則太昊眹之，軒轅章之，唐堯祖之，虞舜述之，漢高作之，光武維之，祖宗開之，陛下因[三]之。臣愚以爲太昊至于[四]我高祖、太宗，軒轅至于[五]我開元聖文神武皇帝陛下，稱廣運者四代，繼成功者四君，咸宜布昭[六]睿典，光熙德政矣。然則伏羲創文籍，黄帝立史官，太古淳奥，權輿朴略，至陶唐氏而後大備。故孔子美之曰：「堯之爲君也，焕乎其有文章。」由是叙帝王之書，首唐虞之典，於堯則曰「欽明文思」，於舜則曰「誕敷文德」，文之時義大矣哉！夏商已後，德弗及舜，仲尼雖[七]目其書而不爲典言，未能察變成化，比唐虞之際也。何則？夏之興也，泣辜殊於政[八]理；殷之興也，慚德乖於雅樂；周之興也，謂武微於盡善，其不爲帝典宜矣。陵[九]夷僭亂，以暨暴秦，刬亂墳籍，瞽聾兆庶，王者之風殄矣！先王[一〇]之道窮矣！

天之未喪斯文也，故帝道復興於漢家，數百年中[一一]而憲章具舉。夫其推步律曆，帝堯分命之典也；增修封禪，帝舜時巡之義也。約三章之法，以正咎繇[一二]之刑；班四時之舞，以續[一三]后夔之樂。臣竊覩[一四]三代之作，貽範垂訓，體國綏人。雖載祀縣[一五]長，德澤深遠，皆因循轍跡，故弗易其事。孔子曰：「殷因於夏禮，周因於殷禮，所損益可知也。」未有踵七雄交爭〔一六〕之末，繼六籍焚如之後，帝典缺而更張，淳風醨而載〔一七〕洽，若夫漢氏之難者也〔一八〕。且義帝之喪，三軍縞服，異夫湯、武之〔一九〕放弑其君矣。諸吕之卻〔二〇〕，浹辰底定，異夫羿、浞之驟移其祚矣。中興之盛，華戎率服，異夫吴、楚之僭竊其名矣。夫如是，有漢之美，固可以[比]〔二一〕肩虞后，千載一時之運歟！曹、馬以還，曾何足擬！四分五裂，朝成暮敗。其間雖晉平吴蜀，隋舉梁陳〔二二〕，混并未幾，危亡荐及。法令不足以禁齊人，聲明不足以垂後裔，其於帝道疏矣！又況乎南遷淮海、北起胡〔二三〕戎者邪？兹又二朝之不若也！

臣聞乾道運行，否終則泰。上帝有以輔文明之哲后，表光宅之休期，必將乘喪亂之極，繼驅除〔二四〕之運。故有周之末，禮樂崩壞，連横合從，俱非正朔，則秦氏略定，而漢代以興。在晉之亡，寓縣崩析〔二五〕，南吴北虜，各擅名號，則隋氏削平，而聖朝以作，此天意也〔二六〕！不然，何秦、隋一葉而亡也若彼，唐、漢一家之盛也如此〔二七〕！於赫盛唐，正百王之闕；思文陛下，光五聖之嗣。啓運應期之符，弔人伐罪之義；制禮作樂之本，郊天禪地之位，萬庾三登之穰，河海晏清〔二八〕之瑞，舞七旬而殊俗格，歌六律而〔二九〕薰風至。故已〔三〇〕騰子姒而絶景，挹嬀祁〔三一〕而高議矣，又何東晉、後魏、梁、陳、周、齊之足道哉！誠宜詔史官〔三二〕，敷帝載，炳唐虞之故實，黜遷固〔三三〕之遺制矣。漢氏已略之於前，皇唐復曠之於後，臣實惜焉！知而不述，則臣子之罪也。臣誠愚淺陋〔三四〕，竊不自揆，敢緣聖朝稽古之道，陛下文思之德，耕牧餘〔三五〕暇，輒復著書，討尋載籍，於兹一紀，謹上今文〔三六〕《續尚書》一部，凡若干篇。卷始有漢二典，次我唐二典，以續夫前書《堯》、《舜》〔三七〕之典也。其餘文、景、明、章之後，魏、晉、宋、齊已還，南訖有陳，北起元魏，歷周、隋，洎夫高氏，以至聖朝，總一十三〔三八〕代，詔策章疏，頌歌符檄，忠臣之正議，武士之權謀，類而刊之，次以年代，以續夫夏、商、周、秦、魯之篇也。臣聞古者右史記事，左史記言，舉其大略，前書之義備矣。孔聖没而微言絶，暴秦興而挾書罪。雖戰國遺策，舊章駁亂於從横；漢臣著紀，新體互紛〔三九〕於表志。其道末者其文雜，其才淺者其意煩，豈聖人存易簡之旨，盡芟夷之義也！昔文宣修帝者〔四〇〕之書，究三王之季。臣性非天縱，學異人師，禀生何幸，親逢帝〔四一〕代！此皆文武聖皇之遺旨，臣愚曷足以知之！何者？臣嘗伏讀《貞觀實録》，昔太宗因聽政之暇，觀覽《尚書》，謂侍臣曰：「朕每庶幾〔四二〕唐、虞，亦欲〔四三〕公等齊肩稷、契。」又曰：「令數百年外，讀我國史，豈獨窺兩漢哉！」臣故知有漢之功業，與我唐之化〔四四〕理，俱可以繼夫唐、虞之盛也。伏惟陛下玄德昭昇，至仁廣被，乃二十一年正月制曰：「各勵精一志〔四五〕，共興玄化，俾蒼生登於仁壽，天下還於淳樸。」愚臣緬述太宗之旨，伏思〔四六〕陛下之詔，固非〔四七〕取類於三代之間也。勒成帝典，不亦宜乎！

陛下睿思雄飛，宸章間發，質文一變，風雅大興。臣聞水之細者，江海假其深；材之短者，棟梁資其峻。陛下必謂臣所著小有可觀，賜以召見闕庭，一垂試問。臣採摭之外，亦以學文，縱不能光揚盛美，猶庶乎細水短材之益，則聖旨〔四八〕之含容大矣，微臣之誠願畢矣。

録自《英華》卷六百十。又載《文粹》卷二五、《四庫》、《全文》卷三二二、盛本。

【校記】

〔一〕成乎，《文粹》作「感其」。

〔二〕業，《文粹》、《四庫》、《全文》作「言」，《英華》、盛本校「一作言」。按《英華》校勘記云「一作皆文粹」。又本篇凡盛本校同《英華》者，《四庫》用字亦同《文粹》。

〔三〕因，《英華》、盛本校「一作固」。

〔四〕至，盛本作「之」。

〔五〕至，《全文》、盛本作「之」。

〔六〕布昭，《文粹》、《四庫》作「昭布」。

〔七〕雖，《英華》、盛本校「一作雜」，《全文》亦作「雜」。

〔八〕政，《英華》、盛本校「一作至」。

〔九〕陵，《文粹》、《四庫》、盛本作「淩」。

〔一〇〕先王，《英華》、盛本校「一作生人」，《全文》亦作「生人」。

〔一一〕中，《英華》、盛本校「一作間」。

〔一二〕咎繇，盛本作「臯陶」。

〔一三〕纘，《英華》、盛本校「一作纘」。

〔一四〕覩，《英華》、盛本校「一作觀」。

〔一五〕繇，《英華》、盛本校「一作延」。

〔一六〕踵，《文粹》作「鍾」。爭，《英華》、盛本校「一作戰」。

〔一七〕載，《文粹》、《四庫》作「再」。

〔一八〕「若夫」八字，《英華》、盛本校「八字一作若大漢者也」。

〔一九〕武之，《文粹》、《四庫》作「武」。

〔二〇〕卻，《英華》、盛本校「一作亂」，《全文》亦作「亂」。

〔二一〕比，原闕，據《文粹》、《四庫》、盛本補。

〔二二〕梁陳，《文粹》、《全文》作「陳國」。

〔二三〕胡，《英華》、盛本校「一作獯」。

〔二四〕除，《文粹》、《四庫》作「馳」。

〔二五〕析，原作「拆」，據諸本改。

〔二六〕「而聖朝」九字，《文粹》作「而聖朝以此行天意一也」，《全文》作「而聖朝以作此天意一也」。

〔二七〕若、如，《文粹》、《四庫》二字互倒。

〔二八〕河海晏清，《英華》、盛本校「一作河清海晏」。

〔二九〕而，《文粹》作「乃」。

〔三〇〕已，《英華》校「一作以」，諸本作「以」，盛本又校「一作已」。

〔三一〕祁，《文粹》作「郊」。

〔三二〕官，《英華》、盛本校「一作臣」。

〔三三〕遷固，《英華》、盛本校「一作商周」，《全文》亦作「商周」。

〔三四〕誠，《英華》、盛本校「一作實」，《全文》亦作「實」。陋，《英華》、盛本校「一無陋字」。

〔三五〕餘，《英華》、盛本校「一作解」。

〔三六〕「謹上」四字，《英華》、盛本校「四字一作今謹上」。

〔三七〕舜，《文粹》、《四庫》作「虞」。

〔三八〕三，《英華》、盛本校「一作二」，《全文》亦作「二」。

〔三九〕紛，《英華》、盛本校「一作約」。

〔四〇〕帝者，諸本作「五帝」。

〔四一〕帝，《英華》、盛本校「一作聖」，《全文》亦作「聖」。

〔四二〕幾，《英華》校「一作希」，盛本「希」字處爲墨釘。

〔四三〕欲，《文粹》、《四庫》作「思」。

〔四四〕化，《文粹》、《四庫》作「代」。

〔四五〕各，《文粹》作「有」。志，《英華》、盛本校「一作心」。

〔四六〕思，《英華》、盛本校「一作惟」。

〔四七〕非，《英華》、盛本校「一作宜」。

〔四八〕旨，《文粹》、《四庫》、《全文》作「人」。

【箋證】

開元二十九年（七四一）作，時在長安候選。

《英華》、盛本題注「玄宗」。正卿名晋，以字行。李華《三賢論》：「穎川陳晋正卿，深於《詩》、

《書》。」此于《續尚書》之作可見。蓋穎士與之同鄉，故代作。《新唐志》著録陳正卿《續尚書》云：「纂漢至唐十二代詔策、章疏、歌頌、符檄、論議成書，開元末上之。卷亡。」（《經義考》卷二七三據録）又按《表》稱玄宗尊號「開元聖文神武皇帝」，用於開元二十七年至天寶元年二月間；且據《贈韋司業書》，知穎士於開元二十九年初赴吏部銓選，本表故當作於是年。潘吕氏《研究》、陳《考》説同。今存《望雲物賦》（《英華》卷十一）。正卿家藏《越絶書》鈔本，爲南宋時餘杭令丁黼所得，並與諸本參校，又作《越絶書跋》，嘉定末刻於夔門。

爲李北海作進芝草表

臣某言：臣聞郊祀盡敬，粢盛豐潔，則天降休祉，地生靈芝。大哉斯［瑞］〔一〕，元和正氣，有感而昭敷者爾。古先哲后，所由盡心。臣本郡道學講堂中梁有芝英産見，六莖共本，正向堂門，素色純淨，流輝棟宇。臣遐考曩曆，旁窺瑞諜多矣。至若神爵九枝，青龍三幹，菌蠢池籞，葳蕤甸服，猶復登諸宗廟，被以頌聲。又況極道德之至精，鑠玄元之景命，超漢軼魏，光圖掩諜之秘瑞。伏惟開元天寶聖文神武皇帝陛下大孝尊先，玄功兆物，奂清宫於郡國，驅赤縣於仁壽，天弗違而寶曆重昌，瑞有答而金莖〔二〕特秀。觀其審曲面勢，負陰抱陽，當九月而生，聿符陽數，挺六莖之表，遥叶樂章，昭聖祚於天長，返皇風於古始。加之冰霰奪色，緇塵不染，迎曉日而相鮮，與秋雲[三]而共潔。雖復晨敷者五，競爽於丹田；歲秀者三，耀[四]榮於玄圃，以兹視彼，奚其瑣碎！臣姓忝宗枝，任叨藩首[五]，揚吹萬之化，預稟陶鈞；聳倍百之情，寧忘肺腑！

録自《英華》卷六一二。又載《四庫》、《全文》卷三二二、盛本。

【校記】

〔一〕瑞，原闕，據諸本補。

〔二〕莖，《英華》、盛本校「一作英」，《全文》作「英」。

〔三〕雲，《英華》、盛本校「一作空」。

〔四〕耀，隆慶本及諸本作「擢」，傅校云「擢作耀」。

〔五〕首，《英華》、盛本校「一作守」，《全文》作「守」。

【箋證】

天寶四載或五載（七四五、七四六）秋九月作，在濮陽。

《英華》題注「玄宗」。「李北海」即李邕，時爲北海（即青州，治益都，在今山東）太守，故稱。按《舊唐書·李邕傳》曰：「天寶初，爲汲郡、北海二太守……五載，姦贓事發。又嘗與左驍衛兵曹柳勣馬一匹，及勣下獄，吉温令勣引邕議及休咎，厚相賂遺，詞狀連引，敕刑部員外郎祁順之、監察御史羅希奭馳往就郡決殺之，時年七十餘。」此案詳情又見《舊唐書·玄宗紀下》：「（五載）十二月辛未，贊善大夫杜有隣、著作郎王曾、左驍衛兵曹柳勣等爲李林甫所構，並下獄死。六載正月辛巳朔，北海太守李邕、淄川太守裴敦復並以事連王曾、柳勣，遣使就殺之。」《新唐書·玄宗紀》記事同。知李邕天寶初至六載間事蹟。又《表》云玄宗尊號「開元天寶聖文神武皇帝」，起自天寶元年二月，至七載五月加「應道」二字，時間跨度與之吻合。

舊傳載李邕自滑州刺史任滿「上計京師」後，因爲人中傷，出爲汲郡太守。檢《新唐書·五行志》有「（開元）二十九年三月，滑州刺史李邕獻馬」事；且天寶元年二月改州爲郡，以衛州爲汲郡，青州爲北海郡，知李邕當於開元二十九年底回京，天寶元年復出汲郡，至六載正月辛巳（初五）被殺于北海，時與事合，在二州實爲五年。《唐刺史考全編》系李邕約天寶元年至三載在汲郡，天寶四載－六載在北海，大抵不誤。再據《表》中「當九月而生」語，知應作於天寶四載或五載的九月。陳《考》繫同。潘吕氏《研究》稱「本文當作于天寶元年至五載間」之説，不盡確切。

爲李中丞賀赦表

臣某言：中書省馬崇至自蜀郡，伏奉八月一日制書，大赦天下。罪無輕重，咸蒙洗滌，覆宗之幸，亦賜原宥。惠澤浹於存没，恩榮被於[一]出處，聲動夷夏，氣感風雲，含齒戴髮，孰非幸甚！鑠哉！沛乎虞后肆赦、羲文作解之盛典也。臣某中賀。臣聞乾靈肇運，亭育萬方，其德至普。而或水旱流行，氛沴表見。然後蕩之以祥風，煦之以和氣，而品物熙焉。聖人立極，平章庶政，其道至明。亦或四凶在朝，三苗逆命，然後寘諸嚴刑，被以文德，而官方正焉。伏惟開元天寶聖文神武證道孝德皇帝陛下纘戎累聖，惟新舊服。天成地平，萬邦作乂[二]。德禮備舉，符應爰臻。下加有隩[三]，四紀[四]于兹矣。由是嚮明端拱，齋居玄默，布大信於群后，絶嫌疑於纖芥。狐鼠憑依，俶擾天紀。陛下垂泣辜之旨，降勤恤之令。將士勵節，黎庶歸仁，咸思赴蹈，指期蕩定。開泰之辰，計不云[五]遠。臣又聞之，昔上皇御邊[六]，祇車巡於谷口；盛漢膺運，賓[七]旅奮乎關中。蓋風謡尚武，可以大殲醜類；會昌建福，可以永保邦家。前古休期，復見兹日。臣嘗叨近侍，謬佐藩牧，千里景從，不及扈遊之觀；百城風靡，空懼分憂之責。魂馳井絡，戀結巴渝，無任感激[八]悦豫之至。

録自《英華》卷五百六十。又載《四庫》、《全文》卷三二二、盛本。

【校記】

〔一〕於，《英華》、盛本校「一作乎」，《全文》作「乎」。

〔二〕乂，《英華》、隆慶本作「又」，據傅校及諸本改。

〔三〕「下加」四字，《英華》、盛本校「一作下知有文」。

〔四〕四紀，《英華》、盛本校「一作粤四紀」。

〔五〕云，原作「忘」，據《全文》、盛本、傅校改。

〔六〕邊，《英華》、盛本作「辨」，據《四庫》改。

〔七〕賓，傅校作「賓」。

〔八〕激，《英華》、隆慶本作「徼」，據傅校及諸本改。

【箋證】

作於至德元載（七五六）八月，時在淮南幕。

《英華》、盛本題注「玄宗幸蜀時」。「李中丞」乃時任淮南節度副大使、廣陵郡長史兼御史中丞的李成式。按「八月一日制書」指玄宗《鑾駕到蜀大赦》之詔，云「其天寶十五載八月一日昧爽已前，大辟罪已下，常赦所不免者，咸赦除之。」（《唐大詔令集》卷七九，即《全文》卷四十《幸蜀郡大赦文》，事亦見《舊唐書・玄宗紀下》）。則至遲在八月初，穎士已履行掌書記職責。潘吕氏《研究》説同。穎士入淮南幕事，參《與崔中書圓書》箋證。

第三卷　牋書

贈韋司業書

月日。潁川男子蕭名〔一〕敢復書於京兆韋夫子足下。嗟乎！事有勇於昔聞而怯於今見，有求之累月而棄之一言。此其勇于昔聞而怯于今見者，固見之不厭其成〔二〕也；求之累月而棄之一言者，固言之未通其蹟〔三〕也。難進爲志士之節，知音〔四〕實盛名之選，可不謂難哉？必也道不磷于進趣之幾，交可判於言談之分，雅心特達，中義不回者能之。由是而其來也必審於幾，其去也必虧〔五〕於分。鳥能擇木，木不能擇鳥。離合是非之迹，在主不在客，則僕之所以怯，乃足下之所以難也。嗚呼！將見不見，聞不聞，惟難。僕所以盤桓顧望且累月焉，惜知音之至希，一絶不再也。昧〔六〕然不謁，幸不怪乎！

僕家業山東，非舉選時，不至三輔。而倏來忽往，亦已再三。一昨遇謝官，乃不知門下省與朝堂所在。足下試以此等事相對，豈輕於進退者耶？而願託深期，積有年矣。幼小日，曾竊窺足下所著《兩京新記》。長來追思，實爲善作人〔七〕。所知殷晉，亟接清言，僕幸因之飽於餘論，思心諫遲〔八〕，以日爲年。頃數歲前，足下新除吏部郎中，時曾於都省之間昧然一謁，足下亦頗垂顧接，而今得無忘耶？豈或念此，便謂僕爲輕於造詣者也！僕往時之舉，誠復輕率，然自足下則有固求而不至者焉！足下誠問僕於衡軸諸公，必知未有一人言僕造其門〔九〕矣。

以正月二十五日至自東京，參後迨茲，遽承足下屢垂訪引。又賢弟曾一陪宴席。貴壻源〔一〇〕子，舊所交歡，豈不欲〔一一〕假延譽於門庭，披舊積〔一二〕於心腑耶？何曩之不能往也？如此所謂勇於昔聞而怯於今見者矣。仰惟足下旁求百氏〔一三〕，獨步當朝，抑揚鑒戒，時難與擬。自甫登清貫，垂二十年，更事既多，閲人不少，尚能紆迴雅慮，辱在小人，勤勤懇懇，至于數四，何其異也！今方〔一四〕運偶休命，賢才至衆，龍門之下，躍鱗所萃，豈復吹噓眄睞之地，尚微一蕭茂挺乎！雖足下惠顧轉深，而僕愈自疑也，未知足下設何禮以接之？竊觀今之文人，雅操大缺，內不能自强於己，外有以求譽於時，蘧蒢闒茸，人望口氣，謂〔一五〕高位必以援登，芳聲要以用致。而當路者既不能人人有許、郭之見，亦因依左右，惑而客〔一六〕之。由斯而達，十倍八九，翕翕闐闐而忘返，致令待士者不能備其禮，懷才者無以表其誠，混淆委翳，良足嘆〔一七〕也。亦知足下爰自諸生，早云峻拔，策名從仕，清標有素，世所希也。而時事共然，頽風一扇，詎知來者有貞循之事〔一八〕，得無繫累於流俗乎？僕褊介自持，龘疏浸久，平生峻節，未嘗屈下。恐足下尚以爲風塵一〔一九〕士，名位不侔，行言致迕，音容便阻，則麋鹿雖微，欲服之轅軛，且必異於騏驥矣。挺而走險，何公之門不可曳長裾乎？此所謂求之累月而棄之一言也。

足下名卿之孫，相門自出，妙年籍甚，寵駕時賢，俯仰周旋，故已在雲霄之上。而僕汝、潁之間一後生耳，不知足下何從而見訪耶？高命驟臨，怪嘆無寘〔二〇〕，竊爲重之。忽記往年奉詣時，足下云：「孫大所言第一進士，子則其人。」不肖誠愧孫公之過談，足下誤聽，然尚恐足下正由此見知。苟曰其然，則足下未知之也。嗟夫！漢有〔二一〕言曰：「公知其一，未知其二。」此言雖大，可以喻小。若孫考功之於僕，可謂知其一矣〔二二〕，深矣！可不忘矣！然其所未知者，乃三四不啻，豈一二而已哉？慎子有言：「以離朱之明，視秋毫之末於百步之外，視水一尺，則不能見其淺深。」何則？所賦者異也。曩時與孫考功無里閈交游之知，親朋推薦之分，勢懸望阻，聲塵不接。躡無情之路，迴必斷之明，懷恩不〔二三〕隔於至公，而見遇盡關於薄伎，則是僕詞策之知己，非心期之知己，故曰可謂知其一也。丈夫生遇昇平時，自爲文儒士，縱不能公卿坐取，助人主視聽，致俗邕熙，遺名竹帛，尚應優游道術，以名教爲己任，著一家之言，垂沮勸之益，此其道也。豈直以辭場策試，一第聲名，爲知己相期之分耶？若由此見知，僕不才者，幸嘗遇賞於孫氏，瑣瑣之文，何足枉二賢深顧哉！ 足下藴丘明之耻，資董狐之良，載筆延閣，職司圖〔二四〕史，誠朝之得人，竊爲足下重之，斯未易其任也，亦知足下懷獨見之明。後來諸生固無借其一字，然聞受金於吕氏之藏者，不可謂之秦無人矣〔二五〕。僕不意少有此癖，心存目想，行已十年，時命不貸，所懷莫就。而朋從之間，或謬見稱説，亦何知足下不緣此見訪耶？ 苟曰其然，則僕心期之知己，未始或移於足下矣。非曰能爾，敢事當仁。何者？ 僕私心自料，亦已熟矣。今朝野之際，文場至廣，掞藻飛聲，森然林植，必也扣精微於賞鑒之府，稽折中於序述之科，如僕料得足下門而入者寡矣。僕不敏，竊嘗自以爲昇足下堂，而未入於室也，但足下未深知耳。僕與足下無世業通家之舊，屈伸之際，僕輒預舒慘焉。聲同氣感，不知其所以然也。

夫司業，古成均之貳，學正是循。《國風》伊始，先哲王之所以導人敏德、謀猷長世者，曷嘗不就學校而奔〔二六〕風化耶！ 梁代劉嗣芳，自尚書左丞除國子博士，于時物議，以爲妙選。近高宗朝，樂安孫公以宰臣之重再轉此官，朝廷素望，初不點缺，斯尚學尊儒之道也。今來擢用，此塗稍革，必當由憲臺而還會府，典綸誥而掌銓衡。一履學官，便爲屏棄，雖不足以斷賢才通塞之路，而常情積習，可不謂然乎？ 頃在洛中，聞足下初出南宮，僕惕然不樂。尋知足下載司東觀，又翻然以喜。王綏有言：「國寶雖不我知，我自知國寶。」此之謂也。夫人生相知，亦有運命。在僕素誠，乃命爾！ 足下果惠而訪之，豈人事也！ 以足下陵戾青冥，漸漬恩渥，雍容璧沼之觀，耀映石渠之府，而屈伸小數，僕尚預其慘舒。况乎淪厭盛時，悲涼壯歲，宿心有在，得不爲先達論乎？臨書耿嘆，不知自已，惟足下實深諒之。今請以一世浮沈之端，一身能否之效，從始至末，仰訴知音。言而不應，命之極也。

僕南遷士族，有梁支孫。系祖司徒鄱陽忠烈王，追蹤《二南》，邁德荆、郢。有子四十人，俾侯錫社，入卿出牧，且忠且賢，終始梁代。第三子侍中懿惠侯，大同中以信武將軍都督北兖州，緣淮南軍遺愛在人，詔學士謝藺撰德政碑文。長子山陰公〔二七〕，儒術精博，世有盛名。隋代山陰第十一弟常侍君，才標清峻，見崔子發《齊糺》；陽玠著《談藪》，亦稱俊爽而有才辯。隋開皇中，徵爲東宫學士，謝病免。少子零陵通守，以再從侄齊王諮議府君爲後，則小人曾王父，本則〔二八〕惠侯第十七弟太尉宜豐侯之後，太子太保梁安公之孫。宜豐有忠孝大節，見稱梁季，迹光五史，分載《南》、《北》。安公以前代宿德，再綰台傅於義寧、武德之間。同堂昆〔二九〕弟，百有數十，自梁涉唐，多著名迹，終古蕃盛，莫之與比。貞觀之後，群從凋零。垂拱以來，無復大位。越敬王之圖匡復也，王父實預其謀，擯身江海，不臣武氏，舊業邠岐，一朝瓦解。内弟琅邪王仁簡，標列傳贊，備昭事迹。家君子少丁家艱，辛苦百罹，事繼親，長異母弟，育孤侄，以孝友聞於姻族。僕生於汝潁，幼而苦貧，孜孜强學，業成冠歲，射策甲科，見稱朝右〔三〇〕。當此之時，爲〔三一〕奮筆飛鸞鳳，摛論吐雲烟，明主可正議而干，群公可長揖而見。何言日損一日，年貶一年，蹉跎半紀，乃朱〔三二〕方一下吏耳！興言念此，不覺氣之交胸，從來事業，復何所用！未可爲不知己者論也。

僕平生屬文，格不近俗。凡所擬議，必希古人，魏晉以來未嘗留意。又況區區咫尺之判，曷足牽丈夫壯思〔三三〕哉！而時議喧喧，輒復見數，亦嘗標奬思於銓庭，振塵〔三四〕聲於輦下。而今拙句尚在人口，已云再矣，復何補於淪棄耶？嗟乎！以苗侍郎之至公待物，以僕之直道干時，取捨之端，理闕〔三五〕一試，由來賞待，亦云乎不薄，而壯年志氣，盡此一行。時耶？命耶？若此之甚也！又溺〔三六〕志著書，放心前史，乍窺律令，無殊桎梏。使終身學此，未知得時。用兹措足，寧逃罪戾！髮膚不毁，豈若是耶〔三七〕！唯疾之憂，胡寧逃罪〔三八〕。僕從來宦情素自落薄，撫躬量力，栖心有限。假使因緣會遇，躬力康衢，正應陪侍從近臣之列，以箴規諷譎爲事，進足以獻替明君，退足以潤色鴻業，決不能作擒奸擿伏，以吏能自達耳。況乎累土之漸，昇天無階，自經窘蹙，千端萬緒。方欲議一官之資，勤歷政之效，信兹課最，跂彼京畿，不二十年，未免斯厄。舉足踏坑穽，揮手挂網羅，摧折庭臣之威，喧呶卒伍之役，捨長用短，雖智何爲？安得〔三九〕鼓鍾可樂，便將饗爰居以愁也。近日見苗侍郎，乃云：「以子文章，非文章才所及。異時大用，不繫〔四〇〕此得。會當再發，方成一舉。」嗟夫〔四一〕！以文體爲言則爾，而一身自卜，且又不然〔四二〕。何者？僕向時之試，非不工也；苗公之言，非不知也。以得便之試，逢見知之言，詞殫理極，卒孤始望。自玆以外，更安可料哉！

僕有識以來，寡於嗜好，經術之外，略不嬰心。幼年方小學時，受《論語》、《尚書》，雖未能究解精微，而依説與今不異。由是心開意適，日誦千有餘言，榎楚之威，不曾及體。有時疲頓，即聊自止息，不過臨池水、視游魚耳。頃來志苦〔四三〕，轉不耐煩，觀圍棋，讀八分書，亦憒悶。除經史、《老》、《莊》之翫，所未忘者，有碧天秋霽，風琴夜彈，良朋合坐，茶茗間進，評古賢，論釋典已。又酒性不多，涓滴輒醉，適情緩飲，則樂在終席。雖體氣薰薰，實加〔四四〕困憊，而中心醒悟，了無惑焉。常時知故，以此見寡，三杯之餘，則任意縱誕，就閑窗或屏風間，曲肱岸幘，怡然自處。或經過至廣座稠人之中，綺筵四匝，珍羞盈品，爽心翻然，有時閣箸。若乃箏歌亂奏，繼以舉白，博奕樗蒲，呼梟爭道，優姬艷妓，諠雜〔四五〕左右，易貌變聲，千態萬曲，即嗒然氣盡，無所覺知，心識低佪，魂動神撓，但思臨長風一大叫耳。雖復郤昭子之驚楚奏，夏仲御之逃越巫，何以加之！一行郡邑，志尚都沮，事與好相背，責與悶相成，僚列不諳，悉異之。又以爲務恃文詞，傲弄當世，同聲悉疾，何地自容，可嘆息也。直性褊中，少所容忍，於心不愜，未曾勉强。昔常話文章得失，論姓氏臧否，忤人雅意，累悔無及。友生邵軫，深以爲言，四、五年來絶無此過，終朝杜口，不復發端。偶然見問，則率意便答，必不能矯情飾理，雷同取合。而今世風流，見異者衆，雖三、五至交，才名久著，一參名理，俄然楚、越。而州縣之禮，捨義重權，小人跨躡，便成簡倨，卑身下氣，已自不堪，詞色之端，更求附會。守初心則嫌猜頓起，將任節則操履全乖。丈夫行已三十年，讀書數千卷，尚不能揣摩捭闔，取權豪意旨，況復終年怏怏，折腰於掾吏之下哉！

古者右史記事，左〔四六〕史記言，記事者《春秋經》，記言者《尚書》是也。周德既衰，史官失守。孔聖斷唐、虞以下，删帝王之書，因《魯史記》而作《春秋》，託微詞以示褒貶，全身遠害之道博，懲惡勸善之功大。韓宣子見之曰：「周禮盡在魯矣！吾乃今知周公之德，與周之所以王也。」有漢之興，舊章頓〔四七〕革，馬遷唱其始，班固揚其風，紀、傳平分，表、志區別。其文複而雜，其體漫而疏，事同舉措，言殊卷秩，首末不足以振綱維，支條適足以助繁亂，於是聖明之筆削，褒貶之文廢矣。後進因循，學猶不及，竞增泛博，彌敦簡要，其迷〔四八〕固久，非可一二言也。僕不揆，顧嘗有志焉，思欲依魯史編年，著《歷代通典》，起于漢元十月，終於義寧二年，約而删之，勒成百卷。應正數者，舉年以繫代；分土宇者，附月以表年。於《左氏》取其文，《穀梁》師其簡，《公羊》得其覈，綜三傳之能事，標一字以舉凡；扶孔、左而中興，黜遷、固爲放命。昔荀仲豫、袁彦伯二賢，亦嘗筆削紀年，裁成兩《漢》。晋代則孫安國編次南北，迄穆帝之終。其道鸞〔四九〕、鑿齒、幾原、叔庠，繼踵于宋、齊之間矣。

梁武烈太子以弱冠之年，早事删録，雜諸家之説，著《三十家春秋》。太清之季，金陵版蕩，元帝嗣興，乘輿不復，東臺典籍，悉上荆州。及郢都淪喪，焚燒略盡，史策遺逸，散在人間，同源異流，十家俱起，而究終始一氏，則何、劉二《典》存焉。《陳紀》裁於野王，《齊志》創於君樊。蔡學士集江陵故事，撰《後梁春秋》。隋季有《後略》一家，亦行於世。秦、涼、趙[五〇]諸國，亦有得而稱。元魏及周，無聞焉爾。自漢元卒於大業，期運驟遷，史籍填委，編年之作，亦往往而聞。其間體裁非無優劣，終未能擢漢臣僭僞之鋒，接《魯》、《論》之緒，附庸班、范，曾何足云！雄鋌獨斷，抑非諸君子之事也。誠智小謀大，綆短汲深，加之數年，可以集事。嘗願得秘書省一官，登蓬萊，閱典籍，冀三、四年内，絶筆之秋，使孟浪之談，一朝見信。寧不知立身有百行，立名非一途，豈必繫心翰墨，爲將來不朽之事也！夫太上立德，其次立功，其次立言。立言者，乃不朽之末耳。然則古之終年著述者，亦已知之，心有所存，正爾不能自已也，豈求見重於千載耶！校理是司，於今絶望；刊削之志，即事[五一]都損矣。聖朝官人，宜求稱職，使道皆適務，時無棄能，何須詮[五二]衡枉分如此？

僕以三月二十六日拜謝闕庭，爾來凡四十餘日，正以足下之故，未便東行。久不能斷夫人與不見於胸中，由此致淹泊耳。幸足下勿謂僕爲後輩一生，聞其小有所知，但欲輕一召來，試觀其談説也。僕遇於足下，豈徒伯喈、王粲之嘉會，子産、延陵之吻合耶？雖數百年外，邈爾相望，亦不爲遼闊也。況契心期於俯仰之顧[五三]，得不重哉！

僕從來綴文，略不苦思，惟專心舊史，企望有成，不復能以他人[五四]手筆，冀流傳於人世，所以援毫襞紙，見推疾速。自今月五日始作書，首末千餘言，經半旬乃就，加之筆札，斯亦勤矣。誠知殊翦截之清詞，長謬悠之曼説，然苟非足下，安能有此[五五]課之善！士之託於知己，恨鬱悒而無所申，非必求利也。計足下之年，應長僕二十許歲，亦已懸矣，而才名位望之隔，則又可知，所不間於風[五六]期者道耳。足下本以道垂訪，小人亦以道自媒[五七]，故此書之禮過於慢易，成足下之高耳。苟道之不著，而名位是務，足下之趨風者多，豈唯一蕭茂挺！小人之受侮亦衆，豈獨一韋夫子乎？足下必不以爲狂而亮其志，越絆拘之常禮，頓風流之雅躅，乘躡履之遇，展傾蓋之歡，則重賜一書，猥答誠貺，既奔足下不暇，豈敢差池！若文不足徵，道未[五八]相借，請見還此本，謹俟燒焚。無爲輕置蓋瓿，使識者一窺齊、楚交[五九]失，非古之君子退人有禮之道也。雜詩五首，謹以奉投，聊用代情，不近文律耳。謹[六〇]再拜！

録自《英華》卷六七八。又載《四庫》、《全文》卷三二三、盛本。

【校　記】

〔一〕蕭名，《四庫》、《全文》作「蕭穎士」，盛本作「蕭某」。

〔二〕成，《四庫》作「慎」。

〔三〕蹟，隆慶本、《四庫》、《全文》、盛本作「情」。

〔四〕知音，《四庫》作「易退」。

〔五〕虧，隆慶本、《四庫》、《全文》、盛本作「揆」。

〔六〕昧，原作「詠」，校曰「疑」；隆慶本、《全文》、盛本作「泳」，《四庫》作「漠」，傅校云「泳作昧，宋本作詠，下旁注疑字」。按作「昧」是，昧然，昏茫不明狀，語見《莊子·天道》、《田子方》、《知北游》，亦見本書「昧然一謁」，據改。

〔七〕人，《英華》、隆慶本、盛本校曰「疑」；《四庫》作「又」，亦校曰「疑」；傅校據宋本、明鈔本作「又」，校云「無疑字」。

〔八〕「諫」下，《英華》校曰「疑」；隆慶本、《四庫》、《全文》校在「遲」下，傅校作「思陳赤心，無疑字」。又《四庫》「諫」作「見」。

〔九〕其門，原作「具間」，據傅校及諸本改。

〔一〇〕源，隆慶本及諸本作「徐」，傅校云「徐作原」。

〔一一〕欲，隆慶本及諸本作「足」。

〔一二〕積，盛本作「蹟」。

〔一三〕氏，盛本作「代」。

〔一四〕今方，《四庫》、盛本二字乙倒。

〔一五〕「謂」下，隆慶本及諸本有「其」字，傅校云「無其字」。

〔一六〕客，《英華》、盛本校「一作容」，《全文》亦作「容」。

〔一七〕嘆，原作「難」，《英華》校曰「疑」，隆慶本及諸本作「嘆」，傅校云「嘆作難，下旁注一疑字」，據改。

〔一八〕循，《英華》校曰「疑」，隆慶本及諸本作「純」。事，隆慶本、《全文》、盛本作「士」，傅校云「純作循，士作事」。

〔一九〕一，《全文》、盛本作「之」。

〔二〇〕寘，原作「寡」，《英華》校曰「疑」，諸本作「寘」，據改。

〔二一〕「漢」下，《全文》、盛本校曰「闕」。按其下引語出《史記·高祖本紀》，闕字或作「高」。有，《四庫》作「人」。

〔二二〕矣，《英華》、盛本校「一作也」，《四庫》、《全文》作「也」。

〔二三〕不，隆慶本、《四庫》、《全文》作「下」。

〔二四〕圖，諸本作「國」。

〔二五〕聞，《英華》、盛本校「一無此字」，《全文》亦無此字。矣，《四庫》作「也」。

〔二六〕奔，《全文》、盛本作「本」。

〔二七〕公，隆慶本及諸本作「侯」。

〔二八〕則，疑當作「懿」。

〔二九〕昆，隆慶本及諸本作「兄」。

〔三〇〕右，盛本作「友」。

〔三一〕爲，《四庫》作「謂」。

〔三二〕言，《四庫》作「意」。朱，《全文》、盛本作「殊」。

〔三三〕思，隆慶本及諸本作「志」。

〔三四〕思，《四庫》、盛本作「恩」。塵，《英華》、盛本校「一作虛」。

〔三五〕「關」下，諸本有「於」字。

〔三六〕溺，原作「弱」，據諸本改。

〔三七〕耶，隆慶本及諸本作「也」。

〔三八〕胡寧逃罪，隆慶本及諸本作「寧逃罪乎」。

〔三九〕得，《英華》、盛本校「一作見」，《全文》亦作「見」。

〔四〇〕「繫」下，諸本有「於」字。

〔四一〕夫，盛本作「乎」。

〔四二〕然，《英華》、盛本校「一作能」。

〔四三〕苦，隆慶本及諸本作「若」。

〔四四〕加，《全文》、盛本作「如」。

〔四五〕喧雜，《四庫》作「羅列」。

〔四六〕「右、左」二字，《全文》乙倒。

〔四七〕頓，盛本作「頗」。

〔四八〕迷，《英華》、盛本校「一作述」。

〔四九〕鸞，《英華》校「一作鑾」，彭叔夏校正曰「非」；盛本校「一作鑾非」。

〔五〇〕涼趙，諸本二字乙倒。

〔五一〕即事，諸本二字乙倒。

〔五二〕詮，《英華》校「一作銓」，隆慶本及諸本作「銓」；又隆慶本、盛本校「一作詮」，傳校云「銓作詮，注詮作銓」。

〔五三〕 顧,《四庫》作「間」,《全文》、盛本作「頃」。

〔五四〕 人,《英華》、傅校校「一作大」。

〔五五〕 此,《英華》、傅校校「一作以」。

〔五六〕 間,《四庫》、盛本作「聞」。風,諸本作「夙」。

〔五七〕 媒,隆慶本及諸本作「謀」。

〔五八〕 未,原作「求」,據諸本改。

〔五九〕 交,《四庫》作「得」。

〔六〇〕 謹,隆慶本、《四庫》作「名」,《全文》、盛本作「穎士」。

【箋證】

開元二十九年(七四一)閏四月作,時在長安。

「韋司業」即韋述,時爲國子司業,故稱。《書》曰:「穎川男子蕭敢復書於京兆韋夫子足下。」當有前書致韋述,此爲復作。韋述《答蕭十書》云:「謹當掃陋巷之庭宇,望君子之軒車,博約之道,以俟會面。」(《英華》卷六七八)當是答此書而作。

潘吕氏《研究》考云:「舊書一〇二韋述傳稱述於開元二十七年轉國子司業,天寶初歷左右庶子。是本文當作於開元二十七年至二十九年之間。文曰：『冠歲，射策甲科，見稱朝右……蹉跎半紀，乃殊方一下吏耳。』又云：『近日見苗侍郎，乃云：「以子文章，非文章才所及，異時大用，不繫於此。得會當再發，方成一舉。」……嘗願得秘書省一官，登蓬萊、閲典籍，校理是司，於今絶望，刊削之志，即事都損矣！聖朝官人，宜求稱職，使道皆適務，時無棄能，何須詮衡枉分如此？』詳其文意，當爲就吏部銓選不中後作，故多怨望語。苗侍郎即苗晋卿。晋卿於開元二十七年以中書舍人權知吏部選事，二十九年正除，天寶二年正月貶安康太守（舊書一一三苗晋卿傳）。而新傳稱穎士天寶元年補秘書正字，故綜此以觀，此文當作於開元二十九年。文中又云：『僕以三月二十六日拜謝闕庭，邇來凡四十餘日。』三月二十六日加四十餘日，已至五月。然是年乃閏年，重四月，故本文當作於開元二十九年閏四月中也。」按其説是。本年夏四月閏，見《通鑑》卷二百十四。陳《考》亦繫此書于本年，唯定於五月，略有未當（見開元二十九年辛巳條）。另據《書》云，知《仰答韋司業垂訪五首》亦作於同時，即所謂「加之筆札」者。是書乃集中第一長文，自叙家世、生平及志向抱負最爲詳盡委曲。

另參《答鄒象先》詩箋證。

答李清河書

君白：辭間累月，益深勤系，秋候〔一〕尚熱，惟兄動静云云。君粗爾推免。昨自歷亭路還至臨清，展一慟於崔氏，舉目酸咽，良不可任。變故幾何，氣序遄革，舊館荒毁，殘蟬悲鳴。夫情生於有情之地，古人所以登峴山而淚下，聽鄰笛而淒涼，誠有以也。

亡友崔生，才高位下，盛年夭閼，同志遽絶弦之傷，有識深埋玉之恨。此而可忍，孰不可忍？其藻綴鮮華，姿彩秀舉，故已久處〔二〕大府，呈諸水鏡，可略言也。所未盡者，此君幼無怙恃，終鮮兄弟，有田一廛，桑竹靡樹。孀姊返室，諸甥數門，移愛敬之慕以奉之，假友悌之歡以臨之。貧病爲感概之資，羈栖無學植〔三〕之伴，終能抗跡泥滓，高步京華，交結盡一時之俊，文章滿談者之口，亦爲難矣。加以重襟期，敦賑施，良辰美景，故或自遠而至；一俎一觴，繼以繒紵，亦無絶於時。所以薄俸不資於目前，孤遺□□〔四〕於身後。古人稱清吏真不可爲者，豈徒言哉！兄仁及遺簪，禮縟追賻，千古之下，凛然而〔五〕高，凡百賓僚，孰不激節！然其懸罄之室，所費多端，舊業偃師，交質他族。淹泊已久，又頻齊施，贖莊之餘，颯爾復盡。今授衣俯及，窀穸有期，合門嗷嗷，靡所控告。

亡友卒日，惠愛在〔六〕人，吏甿追感，道路屑泣，而簡書是懼，贈〔七〕襚莫申。夫古今所以惡貪饕而懲貨賄者，豈不憑怙作威，紊我公道耶？今則異於是，積東里之仁，既將萬化同盡；企西江之潤，方爲萬口所懸，適足以重仁恩而敦教義也，惟兄實深圖之。儻一言辱及，群願獲申，豈惟崔氏獨受其賜，亦二三朋友所佩服焉，幸甚幸甚！明日西上，不果拜辭，伏惟珍重。

録自《英華》卷六八七。又見《類函》卷二五四、《全文》卷二四七。

【校　記】

〔一〕候，《全文》作「後」。

〔二〕處，《英華》校「一作趨」。

〔三〕植，《英華》校「左傳作殖」。隆慶本此句作「羈西無植之半」，傅校云「西作栖，半作伴，植下注左傳作殖」。按《左傳》昭公十八年記閔子馬曰「夫學，殖也」。

〔四〕孤遺□□，《英華》「□□」爲一長墨釘，隆慶本注曰「闕」，傅校云「闕作□□」，故改；《全文》作「孤高遠遺」。

〔五〕而，《英華》校「一作獨」。

〔六〕在，《全文》作「若」。

〔七〕贈，《英華》校「一作賵」。

【箋　證】

天寶三載（七四四）秋八月作，在濮陽。

《書》云「今授衣俯及」，又曰「秋候尚熱」，按古以九月爲授衣之時。《詩・豳風・七月》：「九月授衣。」毛傳：「九月霜始降，婦功成，可以授冬衣矣。」知作書時以天寶三載秋八月爲下限。

此書舊署李嶠撰，誤。檢《英華》本卷，是書之上乃李嶠《與夏縣崔少府書》，因「已見六百七十三卷」而刪去，遂與此書題相連，但此書作者處爲墨釘，即彭氏亦不以其爲李嶠作，今移歸。又穎士《重答李清河書》與本書所述人事相關，乃相次而作。

考「李清河」乃李憕，兩《唐書》有傳，天寶初出爲清河（即貝州）太守。潘呂氏考《重答李清河書》，亦謂「李清河」乃李憕。蕭、李間今存往來三書，即《答李清河書》、《重與蕭十書》及《重答李清河書》，皆以安排清河崔生的身後之事爲辭，亦涉及穎士的行蹤。穎士《答李清河書》中提及「歷亭」及「臨清」，皆爲清河郡屬縣。《重答李清河書》又云「臨清傳馬子遠至昌樂」。而臨清（今山東臨清）在清河（今河北清河西北）之南，昌樂（今河南濮陽南樂）又在臨清之南，屬魏郡，兩地相距數百里。穎士時在濮陽（今屬河南），又在昌樂以南百餘里，與清河郡隔魏郡相望。故臨清傳馬子南行數百里至昌樂，當再南行百餘里才能至濮陽，實屬不易，穎士故有「奉問及，亦既披緘，慰慘交集，幸甚幸甚」（《重答李清河書》）之語。《答李清河書》又云「明日西上，不果拜辭」。而李氏《重與蕭十書》有「外郡感别，情不易言。道路無留滯，朝廷待士，論屈日深，佇聞鳴躍」等語，來往之間，皆臨别慰勉之辭。

《舊唐書・李憕傳》曰：「天寶初，出爲清河太守。十一載，累轉河東太守、本道採訪。」然《新唐書》本傳詳曰：「天寶初，除清河太守。舉美政，遷廣陵長史……以捕賊負，徙彭城太守。封酒泉縣侯。連徙襄陽、河東，並兼採訪處置使。」按所謂「遷廣陵長史」，即《唐潤州幽棲寺玄素傳》載「天寶之初……禮部尚書李憕爲揚州牧」（《宋高僧傳》卷九。按李憕爲安禄山所殺，時爲禮部尚書、東都留守）之事，知李憕在天寶元年至十一載間連守四郡。考《集古録目》「《唐放生池石柱銘》」條云：「天寶十載，李憕爲襄陽太守，父老李君秀等請以襄陽、臨溪兩縣江水近城者爲放生池，止人漁釣，立石柱於東西境上以表之。」（《寶刻叢編》卷三「襄州」引）知襄陽太守、山南東道採訪使李憕撰有《唐放生池碑》事，即天寶十載時已至襄陽。按制，李憕當在天寶元年至清河，三、四載之際至廣陵。

穎士此書詳叙亡友崔生（當出清河崔氏）因善撫孤寡、重友好施，其身後室如懸罄，合門淒涼，故請太守李憕予以資助事。李憕復書云：「再覽來封，皆如一面。秋熱未解，所履如何……崔子日月漸遠，弟故人情多，一慟深衷，豈易論也。委曲具悉。待彼官到，若有商量，與申後意……承即欲還，豈不能一至此也。外郡感别，情不易言。」（《英華》卷六七八《重與蕭十書》）其可注意者有二，一者謂「秋熱未解」，知復書時間與前書相接；二者謂「待彼官到，若有商量，與申後意」，似李氏亦將離任，故有與新任官商量資助之意，合於唐代六品以上官三年一考之制。

重答李清河書

名白〔一〕：臨清傳馬子遠至昌樂，奉問及。亦既披緘，慰慘交集，幸甚幸甚！亡友存日，側聞緒言，以其先門在殯，舊塋未祔，將事啓卜，指用早秋。見託不才，俾述銘誌，手草行狀，遺本猶存。豈期遠日未臨，長夜俄遘。埋〔二〕追遠之純心，受終天之永酷，幽冥憤嘆，豈其可言！南陽王公聞而傷之，近賷錢二萬，以濟所欲。兄又不以人廢言，克申後意。則不腆之作，刊就有期；既往之魂，瞑目無悔。存殁所荷，非二公而誰？然後知燕王無以矜其市〔三〕骨，魏妾不獨申其結草矣。辭奉日遠，係積難任，惟珍重。因還騎不宣。名〔四〕再拜。

録自《英華》卷六七八。又載《四庫》、《全文》卷三二三、盛本。

【校記】

〔一〕名白，《四庫》作「穎士白」，《全文》、盛本作「某白」。

〔二〕埋，原作「理」，據《四庫》、《全文》、盛本改。

〔三〕市，原作「吊」，《英華》、盛本校「疑作市」，《全文》作「市」，據改。

〔四〕名，《全文》、盛本作「某」。

【箋證】

天寶三載（七四四）秋作，在濮陽。

潘吕氏《研究》謂「李清河」即李憕，説是。按《書》云：「臨清傳馬子遠至昌樂，奉問及。」知穎士時在昌樂（今河南濮陽南樂）。此書乃穎士收到李憕《重與蕭十書》後的復書，並地理關係皆可參前書箋證。書叙亡友崔某曾囑託穎士爲其先祖遷葬而撰寫銘誌事，然事未就而崔氏云亡，故馳書太守李憕囑託代爲刊就墓銘事。

傳馬，驛馬也。《漢書·昭帝紀》載元鳳三年六月詔：「朕閔百姓未贍，前年減漕三百萬石，頗省乘輿馬及苑馬，以補邊郡三輔傳馬。」「傳馬子」，同驛騎，指乘馬傳遞文書之人。

爲邵翼作上張兵部書

月日，應武藝超絶舉某乙謹上書侍郎公執事：某汝潁儒家子，先人以文至尚書郎。

今僕不肖，持七尺之軀，蹶張角力，爲褒衣者所不見禮。猶復決短策，希餘光，願以羸疵〔一〕之形，忽微之氣，三寸之舌，百金之義，一朝而委諸執事。將納之耶？拒之耶？嗚呼！苟或拒之，士亦未易知也。試爲執事言之。

僕幼聞禮經，長習篇翰，多舉大略，不求微旨。且尤好史臣之言，自秦漢迄于周隋，馳乎千餘載間，天人秘理，軍國奇畫，皆耳剽其論，而爲文未止〔二〕，不喜潤色；求官惡〔三〕拙，莫能進趨〔四〕。顧人事所先，則天資所闕。雖欲從士大夫之後，高談抵掌，取當代名，其不可得也審矣。然每讀太史公書，竊慕穰苴、樂生之高義，常願一寘戎車之殿，指麾部分，爲天子扞城〔五〕。近臣不知，明主未識，徒欲奮決，孰爲引致？嗟乎！使古之二子復與僕同時於今，雖有敗晋强燕之謀，亦不能自達也明矣！所謂論干戈於揖讓之代則悖者，信哉！是以傴僂〔六〕其形，慚沮其色，與被堅執鋭之伍，以馳逐擊刺爲容。雖欲耻之，其可得已！侍郎亦不可謂僕無學而輕之。

今聖主居安慮危，有備無患，以侍郎爲深寄，故專任簡稽之司。豈不欲旁求爪牙，式遏寇虐？故將七擒是擇，寧止百中爲奇！則孫子之謀，長於減竈；杜侯之力，曾不跨鞍。蓋古之有善陣不戰者，未聞以投石拔棘爲全軍也。侍郎懋衮之後，爲裘〔七〕是學，朝稱偉才，物飽宏議，固當纘韋、平之業，爲社稷之臣。使小人得馳驅下風，計畫見用，此蕭何、韓信之事，顧不美乎！侍郎必不以僕爲狂，使待罪末品，參一旅之長，受偏師之任。羽書狎至，烽火交馳，察以時候，占其氣物。標利害之形，相山澤之險，［乍聚］〔八〕乍散，一陰一陽，飈馳雷動，千變萬化，使兵不血刃，勢如川決。與夫搴一旗，斬一卒，崎嶇行陣之末，以徼賞求名者，何其遠歟！如或人非廢言，事有可驗，又得出疆埸之外，奉咫尺之書，因宜料敵，隨事制變，使千古忠臣之節，凛然復存，則蘇武虜〔九〕中，尚能齧雪；傅生幕下，必斬樓蘭，此亦一奇也。侍郎又不可謂僕大言而疑之。以侍郎有卓立傑出之姿，虚心待士，貴不驕物。故小人越上下之分，持得失之端，私布之於侍郎，期不以衆人見遇也。侍郎用僕亦今日，否亦今日，屈伸待命，惟所進退。某再拜。

録自《英華》卷六百七十。又載《四庫》、《全文》卷三二三、盛本。宋本《英華》卷目題《爲邵翼上張兵部書》。

【校記】

〔一〕疵，《四庫》作「粃」。

〔二〕止，《英華》、盛本校「一作訾」，《全文》作「訾」。

〔三〕惡，《英華》校「一作迺」，《全文》、盛本作「迺」，隆慶本、盛本又校「一作要」，傅校云「要作迺」。

〔四〕趨，《全文》、盛本作「取」。

〔五〕扞城，《四庫》作「左右」，《全文》作「干城」。

〔六〕傛，《全文》、盛本作「僂」。

〔七〕裘，隆慶本、《四庫》、《全文》、盛本作「善」，傅校云「善作裘」。

〔八〕乍聚，原闕，據隆慶本、傅校及諸本補。

〔九〕廣，《英華》校「一作窖」，隆慶本、盛本校「一作窘」，傅校云「窘作窖」。

【箋證】

天寶四載（七四五）或稍後作，時在濮陽。

邵翼無考，據此書知爲汝潁人，時應武藝超絶舉，由穎士代筆，上書求薦。

按「張兵部」即張均，張説長子，事附兩《唐書·張説傳》。張説開元十八年（七三〇）十二月薨，舊傳載張均服闋除户部侍郎，轉兵部。二十二年正月，曾與職方郎中韋述等參議祭器事（《舊唐書·禮儀志》、《唐會要》卷十七祭器議；《唐僕尚丞郎考》認爲「二十二」當是「二十三」之誤，如《新唐書·韋縚傳》）。仍據舊傳，均於二十六年坐累貶饒州刺史，以太子左庶子徵還，復爲户部侍郎；天寶九載遷刑部尚書，後無再居兵部侍郎事。新傳則曰：「後襲燕國公，累遷兵部侍郎。以累貶饒、蘇二州刺史。久之，復爲兵部侍郎。」即張均襲爵後，確有兩居兵部侍郎事。考孫逖《張均襲封燕國公制》載張均銜爲「門下正議大夫行尚書兵部侍郎上柱國」(《英華》卷四一六),應是開元二十一年服闋復起至二十四年左右的事,與前述參議祭器事時間吻合。孫逖又有《授張均兵部侍郎制》,載均時爲「正議大夫行尚書户部侍郎上柱國燕國公」(《英華》卷三八八),即張均確曾兩爲兵部侍郎,其間爲户部侍郎,則後一次在何時呢? 西安府儒學(即今西安碑林)有玄宗御製序並注及書之《孝經碑》,《金石文字記》卷四稱「孝經臺後有天寶四載九月一日銀青光禄大夫國子祭酒上柱國臣李齊古上表」,并載李林甫以下同進諸臣四十五人銜名,正有「正議大夫行兵部侍郎賜紫金魚袋上柱國燕國公臣張均」(《經義考》卷二二四《唐明皇孝經注》)。故知孫逖《授張均兵部侍郎制》作于天寶初。而張均徵還後,先爲户部侍郎,再轉兵部侍郎,天寶四載九月正在任,新、舊傳俱有失載。又據《舊唐書·孫逖傳》,開元二十四年拜中書舍人,以父喪免,二十九年服闋復職,至天寶五載改散秩,前後掌誥八年;即張均再轉兵侍時,正當孫逖再掌制誥期間。穎士于天寶初爲張均、韋述輩所重,執鈞禮,過從甚密,遂于張均再居兵部侍郎時代筆作此書。

爲南陽尉六舅上鄧州趙王牋

某惶恐叩頭使君公節下:小人以蹇淺之姿,承命下吏,常懼罪戾,仰負仁明。勵兹駑拙，兢惕不暇，安敢謬持文翰，祇冒府庭！濫巴歈之末音，覬牙曠之清聽，豈唯取笑僚友，知其不然，故亦退慚虛薄，非所敢望。今則没階屏氣，心膽戰越，竊有短詞，願聞於節下執事者。理或至切，情所不堪，誠以仁賢措心，名教有地，敢布四體，伏惟明公圖之。

某家自周、齊，業傳清白，先人以文學、政事[任]〔一〕尚書郎。門緒不昌，幼集荼蓼，《詩》、《禮》之訓，襁褓無追，顧復之恩，縞練仍失。顧瞻兄弟，童丱五人，所不隕滅，實同形影。少賴餘蔭，免從庶役，或以進士，或以明經，一紀於兹，畢參官序。雖青紫之望，有限〔二〕登天；而箕裘之業，幸微墜地。豈圖家不悔禍，釁罰仍鍾〔三〕，累〔四〕年以來，凶險荐至，兩兄一弟，殂謝連及，孀孤空室，苫蓋在〔五〕庭。故不忍聞，今在備見。誠宜泣血私第，移疾公門，胡復心顔，以冀榮遇！所不爾者，亦惟仁〔六〕公哀之。重以諸姪藐然，三喪在殯，丘封未兆，凍餒是虞，匪伊薄禄，云何取濟！今歲時獲便，龜策告從，此月之交，計發嵩汝。季弟傭官，越在東吴，千里而遥，三月不至。興言主辦，捨某而誰？感念存亡，觸目纏迫。《詩》不云乎，「死喪之畏〔七〕，兄弟孔懷」。《禮》亦有之，「祖於庭，葬於墓，所以即遠也」。人道之終，此日而畢，天倫宗戚，豈可輕忘！守官次則情理頓虧，赴〔八〕私哀則簡書是懼。龍鍾荼苦，畢備於兹。伏惟明公嘗以雅望忠誠，弼諧聖政；朝廷故事，臺閣式瞻；仁恕之風，被於列郡。儻或窮誠見遇，微物感通，許以假歸，申其永慕，生骨死肉〔九〕，實賴明恩。所不敢言，斯豈獲已！况宛葉、汝潁，密邇山川，往復之期，旬日以冀，奔走之事，豈乏差池！某頓首謹言。

錄自《英華》卷六二七。又載《四庫》、《全文》卷三二三、盛本。

【校記】

〔一〕任，原闕，據諸本補。

〔二〕限，《四庫》作「若」。

〔三〕鍾，《四庫》作「踵」。

〔四〕累，《四庫》作「邇」。

〔五〕在，《四庫》作「盈」。

〔六〕仁，隆慶本及諸本作「明」。

〔七〕喪，盛本作「生」。畏，《四庫》、《全文》作「威」。按《詩·小雅·常棣》：「死喪之威，兄弟孔懷。」威通畏，《毛傳》：「威，畏。」

〔八〕赴，《全文》作「越」。

〔九〕生骨死肉，諸本作「生死骨肉」。

【箋證】

約天寶十一載或十二載（七五二、七五三）作，時穎士或在京爲史館待制，或在河南府參軍事任上。

潘吕氏《研究》稱本文既爲南陽尉六舅而作，時穎士必在南陽（屬山南道鄧州，今屬河南）。故考天寶十四載十一月安禄山反後，穎士於是年底奔抵南陽（見《登故宜城賦》），明年春，避地襄陽，應召掌山南節度書記。故本文當作於天寶十四載末。今按此説恐不可從。因本《餞》是向「鄧州趙王」提出的告假書，乃爲「南陽尉六舅」將「苫蓋在庭」的兩兄一弟從「宛葉」歸葬「汝潁」而作；《餞》又云六舅將於「此月之交，計發嵩汝」云云。但其中所提及的地方在十四載底多已陷入戰亂之中，幾無歸葬的可能，文中又對戰事背景絶無提及，使此繫年十分可疑。

此「鄧州趙王」究係何人，亦是一疑。貞觀十三年（六三九），太宗十三子福首封趙王，出爲隱太子建成之後，咸亨元年（六七〇）薨（《舊唐書·趙王福傳》）。因此趙王無後，於「中興初，封蔣王惲孫思順爲嗣趙王」。檢《舊唐書·蔣王惲傳》，知本名思順，改名琚，「中興封嗣趙王」，《新唐書》諸傳載同。但《舊唐書·玄宗紀上》載開元十二年（七二四）夏四月令諸外繼爲王者皆「歸宗改封」，即有改封「嗣趙王琚爲中山郡王」事。《舊唐書·蔣王惲傳》亦云嗣趙王琚在「開元十二年改封中山郡王」，故玄宗朝遂無「趙王」。或謂「鄧州趙王」乃肅宗次子係。天寶中，係封南陽郡王，授特進（《舊唐書·越王係傳》）；至德二載（七五七）十二月戊午朔，「進封南陽王係爲趙王」；乾元二年（七五九）七月「辛巳，制以趙王係爲天下兵馬元帥，司空兼侍中李光弼爲副」，三年閏四月「甲戌，天下兵馬元帥、趙王係改封越王」（《舊唐書》之《肅宗紀》、《李光弼傳》、《越王係傳》）。寶應元年（七六二）四月，趙王係在從肅宗張皇后謀誅中官李輔國之役中，與張后同時蒙難（《舊唐書·越王係傳》）。或云「南陽」即鄧州郡名，則「鄧州趙王」之稱，自當用於李係自南陽郡王改封趙王之後，即本書當作於至德二載至乾元三年間。然予頗疑其説。因以「鄧州」爲南陽郡王的代稱，意味着兩王號並存，則「改封」之事何在？若以此指趙王時任鄧州刺史意，而李係又無此事。即二説皆不通。又縣尉告假，不行文於縣令，而致書於郡長官，亦費解。

穎士母系親屬少見記載，《登臨河城賦并序》提及「亡舅孝廉元君」，此外即「南陽尉六舅」，皆未知名諱。本《牋》稱「顧瞻兄弟，童丱五人」，以見諸本文者計，除「三喪在殯，丘封未兆」的「兩兄一弟」外，尚有「季弟傭官，越在東吴」者一人，再加「六舅」本人，正合五人之數。今按《牋》云此五人「少賴餘蔭，免從庶役。或以進士，或以明經，一紀於兹，畢參官序」，即皆登科第，至作《牋》之年，經「二紀於兹」，都已入仕。這是考定本《牋》作年不可忽略的關鍵。穎士《登臨河城賦并序》作于天寶元年，曰：「亡舅孝廉元君……一命屈臨河尉。尋遭風瘵，有加無瘳，憂悒迄逾一紀，故不復仕。」又曰：「昔自公而暇豫，陪作賦於兹樓；懷一紀以如昨，愴今晨而獨遊。」若以「孝廉元君」爲兄弟五人之首，且最早登科及入仕，則兩句大意是：「孝廉元君」尉臨河後即患病，且時「愈一紀」而不復仕；至穎士重到臨河時，回想起「一紀」之前陪同舅氏登樓作賦的情景。故自天寶元年前推十二年，約是「元君」舉孝廉爲官，到任臨河的時間，即開元十七、八年左右，時穎士十三、四歲，尚未入太學讀書，故「舅於予有教授之恩」。再自天寶元年下延一紀，即自開元十七、八年左右下推「一紀於兹」，約當天寶十一、二載許。在這二紀之間，諸舅不但「畢參官序」，也卒亡相繼，因有歸葬之事，遂作此《牋》。當時穎士或在京爲史館待制，或在河南府參軍事任上。

與從弟評事書

朝得書，爲正不佳。又前意已決，難作移改，是以又不報。吾素志疏野，平時尚不求仕進，況今豈徼榮禄哉？前赴牒追者，蓋爲三道重權，冀以疇昔厚眷，計議獲申，惟薦群才，庶其裨益。今既一言不見預，一士〔二〕薦不行，方復規求一中下郡佐，而利其禄秩，豈在〔三〕意耶？況馬墜所傷，全未平復，方恐便廢，自是棄人。才既不足採，而加此疾苦，更不復力强耳。韋二十五與弟昨言，中丞必須相然始下筆。才非樂生，不望擁篲，志力弊困，未堪詣府，日日如斯，與斷莫定，來中丞便至責其違闕，乃罪不可料〔三〕。何負使司，作此相陷？古人有言：「冠一免，豈可復加於首！」吾計決矣，之死矢〔四〕靡懼，弟無或〔五〕焉。再申意二十五官，無爲咄咄見逼也，爲胸間〔六〕最傷心。力甚弱〔七〕，書數行，便不能仰視。昔不因子致妷〔八〕交遊，早識中丞。今海内未静之秋，加之疾患〔九〕傷損，不蒙恩恤，過秋羈迫，亦知命矣！吁，何道哉！

録自《英華》卷六八七。又載《四庫》、《全文》卷三二三、盛本。

【校記】

〔一〕士，《英華》、盛本校「一作生」。

〔二〕在，《英華》、盛本校「疑作任」。

〔三〕料，《英華》、盛本校「一作斷」。

〔四〕矢，原作「始」，《英華》校「疑作矢」，盛本校「一作矢」，《四庫》、《全文》作「矢」，據改。

〔五〕或，《四庫》、《全文》作「惑」，盛本作「感」。

〔六〕間，隆慶本及諸本作「中」。

〔七〕弱，《四庫》作「窮」。

〔八〕 妷，隆慶本及諸本作「跌」，《全文》「跌」下校曰「闕」，隆慶本、盛本校曰「疑」，傅校云「跌作妷，下無疑字」。

〔九〕 疾患，《全文》作「患疾」。

【箋　證】

約天寶十四載（七五五）夏秋間作，寫與時任大理評事的從弟蕭直，時穎士或在滑州養疾。

因《書》中有「來中丞便至責其違闕，乃罪不可料」語，潘吕氏《研究》遂謂「來中丞」即來瑱，考云：「舊書一一四來瑱傳：『魯炅敗于葉縣，退守南陽，乃以瑱爲南陽太守，兼御史中丞。』《通鑑》二一八：『至德元載五月丁巳（四日），炅潰敗，走保南陽。』據此則來瑱之兼御史中丞當在至德元載五月也。書又曰：『今海内未靜之秋，加之患疾傷損，不蒙恩恤，過秋羈迫，亦知命矣。』按至德元載首冬，穎士已入淮南節度幕掌書記，兼補揚州功曹參軍事之官（與崔中書圓書），故知本文當作於至德元載（七五六）秋也。從弟之名不詳。」陳《考》系則於至德二載（七五七）。今按此二説皆有可議。

今考此「從弟評事」乃蕭直，穎士從叔蕭諒次子（穎士有《爲從叔鴻臚少卿論旱請掩骼埋胔表》，「從叔」即蕭諒，參是篇箋證）。考獨孤及《唐故給事中贈吏部侍郎蕭公（直）墓誌銘》曰：「公諱直，字正仲，梁長沙王懿七代孫，有唐御史中丞、臨汝郡守諒之孟子……中丞府君之遇讒謫居也，公亦播遷漢東，移尉穀熟。至德二年，乃由廷尉評授監察御史。」（《全文》卷三九二）因潁士爲鄱陽王恢七世孫，懿與恢皆爲順之子，所以蕭直與潁士爲從兄弟，也是韋述的外甥（《舊唐書·韋述傳》）。又，唐無廷尉評，此指大理評事（貞觀二十二年復置，見《通典》卷二五，職掌與前代之廷尉評相當）。今從《墓誌銘》知蕭直在至德二載前爲大理評事，即可否定前二説。潘呂氏《研究》的繫年依據在「來中丞」，但蕭潁士作此《書》的目的，在通過蕭直要求「韋二十五」（即「二十五官」）向「來中丞」舉薦自己，故「韋二十五」是何人，有無可能舉薦，也是一個關鍵。在蕭潁士的交遊中，此「韋二十五」、「二十五官」只能是韋述。但因安史之亂的爆發，自天寶十五載六月（七月改元至德）到至德二載間，二蕭不可能與韋述有聯繫，更不可能求其舉薦。考玄宗幸蜀時，韋述先抱國史藏於南山，既而陷賊受僞官；至德二載十月收復兩京後，因罪流於渝州而卒（《舊唐書·韋述傳》）。而潁士自亂起就已無暇安枕，十四載十一月先至洛陽觀察形勢，繼而歸家安置，年底奔山南，十五載秋（時已爲至德元載）已入淮南幕，參預軍務，抵抗叛軍，其間與韋氏形同敵我，豈能求其舉薦？在蕭直方面也是如此。《墓誌銘》云「中丞府君之遇讒謫居也，公亦播遷漢東，移尉穀熟」，乃概述其在天寶後期的行跡；所謂「中丞府君之遇讒謫居」，指蕭諒自御史中丞出爲陝郡太守事；《墓誌銘》又稱其曾爲「臨汝郡守」，即時間已當至天寶後期（參《爲從叔鴻臚少卿論旱請掩骼埋胔表》箋證），蕭直也當在天寶後期隨之「播遷漢東，移尉穀熟」，到了宋州；然後在「至德二年，乃由廷尉評授監察御史」，其間歷官情況雖仍有不明之處，但自天寶十四載以來，仍忠於唐廷，也不能幫助穎士向韋述求得舉薦則甚明。至於「來中丞」者究系何人，仍費解。來瑱確在至德元載五月兼御史中丞，但如前考，韋述時居僞職，不能與之有交往。抑唐代另有一「來中丞」乎？俟考。此《書》行於親友間，所述諸事，彼此心知，旁人讀來深覺行文晦澀，如「前赴牒追者」，又「方復規求一中下郡佐」等，皆有未明之處，亦當存而不論。

綜此，天寶十四載夏秋間當是此書寫作下限，穎士已去河南府參軍職，六月間左脅生腫疾（參《蓮蘂散賦》箋證），繼而墜馬受傷，遂借蕭直向韋述有所干求，豈料既不獲許，又被苛責，故作書以訴怨望之情，有「過秋羈迫，亦知命矣」之嘆。時或在滑州。

與崔中書圓書

違奉累月〔一〕，伏增馳結。首冬［漸寒］〔二〕，伏惟相公尊體動止康裕，敬想表妹珍儀、外甥休慰。時事孔棘，出於慮外，京邑傾淪，主上遷播，率土臣子，銜涕痛心。相公應期降德，康濟危難，保翊聖躬，乂安社稷，勳踰曩昔，道貫前修，海隅蒼生，孰不幸甚！況在舊〔三〕故，榮庇特深。

某自中州隔越〔四〕，流播漢陰，遂至江左。淮南節度使召掌書記，兼補此官，羈窘之辰，幸忝俸禄。然任翰墨，罕參籌議，徒懷所見，莫獲申述。竊惟二京未復，祆氣方熾，靈武、太原，雖承〔五〕官軍甚盛，而兩河南北，無月不遭寇偪〔六〕。頃者濮陽、東平、中都、鄆城，相繼失守；靈昌、潁川，皆累戰之餘，今未解圍；上蔡、汝南，近又奔潰。虢王之鎮河南，亦有政刑，而百城饉乏，兵力未振。河北自六月不聞克捷，井陘路亦云未通。河東、絳郡，復傳先陷；淮南、山北，境對〔七〕賊壘。户寡人貧，徵促弊竭，衆心危懼，莫有固志。則兵食所資，獨江南兩道耳。

楚、越之地，重山積阻，江湖浩漫。樂興、永嘉，南通嶺表，北至吴會，皆境瀕巨海，自古平日，常備不虞。中原或擾，無不盜賊爲患，固宜察其要害，增以兵力，擢文武良才〔八〕以鎮捍之。先奉七月十五日敕，盛王當牧淮海，累遣迎候，尚承在蜀。今副大使李中丞，華胄茂德，平時良守，清静臨人，貪暴斂迹，雖古龔、黄、邵、杜之化，無以先之。然與今時經略頗不甚稱，所莅謹守科條，愛惜府庫。江淮三十餘郡，僅徵兵二萬，已謂之勞人。將卒不相統攝，兵士未嘗訓練。淮左、江東三十餘郡，無一良二千石，豈惟不才，乃皆中人以下之不逮，其間敗衄，略難勝述。比者，吴郡、晉陵之〔九〕江東、海陵諸界，已有草竊屯聚，保於洲島，剽掠村浦，爲害日滋。若朝廷不時遣賢王，即就鎮求選博通宏略之士，以輔佐之，特許不計階次，超拔才雄，以居將守。儻一朝勍寇南侵，陵蹈淮涘，衝要闕繕完之備，甲兵無抗擊之利，江海餘孽因而嘯聚，則長江之南亦從此而大潰矣，復何觀釁虜庭，指日清蕩哉！

某[一〇]不敏，嘗覽舊史，見古今成敗之策、江山[一一]險易之勢多矣。忝跡幕賓[一二]，言不見録，長宵嘆息，不覺飲淚。方思虞詡之任朝歌，見疑守將，古今一也。幸他日風塵，早辱惠愛。今雖卑賤，禮數懸絶，仰惟無大故則不棄之義，或當未賜疏擲耳。銜憤萬里，遠陳短見，亦惟相公留聽無忽。尚書房公、門下崔公，往不自意，並承盛德一顧之末。然若非相公爲小人貧賤之交，不敢輒申狂簡，輕冒抵觸。《書》不云乎，「三后叶心，同底于道」，亦何必人人别疏哉！　在相公言之耳。

親弟某乙，久在巡内，或垂記識。自多故以來，信問[一三]阻絶，酸心痛骨，未期一見。特[一四]惟以小人承舊愛之故，惠提奬之私，非所敢望。如或假[一五]以公乘使江淮，獲一觀[一六]集，生死肉骨[一七]，不勝幸甚！　未由拜賀，無任下情，謹因賀赦使附狀不宣。蕭某頓首。

録自《英華》卷六六八。又載《唐文粹補遺》卷十九、《全文》卷三二三、盛本。

【校記】

〔一〕月，《英華》、盛本校「一作載」。

〔二〕漸寒，原闕，據隆慶本、《全文》、盛本補。

〔三〕舊，《英華》、盛本校「一作親」。

〔四〕隔越，《英華》校「一作圮搞」，隆慶本、盛本校「一作圮携」，傅校云「携作槁」。

〔五〕承，隆慶本、《全文》、盛本作「稱」。

〔六〕偪，隆慶本、《全文》、盛本作「禍」。

〔七〕對，隆慶本、《全文》、盛本作「内」。

〔八〕才，《全文》作「材」。

〔九〕之，隆慶本、《全文》、盛本無此字，傅校云「江上有之」。

〔一〇〕「某」下，《全文》、盛本有「雖」字。

〔一一〕江山，《英華》、盛本校「一作山川」。

〔一二〕跡，《全文》、盛本作「職」。賓，《英華》、盛本校「一作中」。

〔一三〕問，盛本作「聞」。

〔四〕特，隆慶本、《全文》、盛本作「時」。

〔五〕假，隆慶本、盛本無此字，傅校云「或下有假」。

〔六〕觀，隆慶本、《全文》、盛本作「親」。

〔七〕生死肉骨，隆慶本、《全文》、盛本作「死生骨肉」，傅校云「死生骨肉作生死肉骨」。

【箋　證】

至德元載（七五六）十月作。

潘吕氏《研究》認爲，《書》曰「首冬漸寒……相公應期降德，康濟危難……某自中州隔越，流播漢陰，遂至江左，淮南節度使召掌書記，兼補此官……先奉七月十五日敕，盛王當牧淮海，累遣迎候，尚仍在蜀」，即「崔圓拜相，在至德元載六月丙午（二十四日）（通鑑二一八）。盛王琦至德元載七月十五日奉敕充廣陵大都督，領江南東路及淮南、河南等路節度都使；惟未赴鎮（通鑑二一八）。據此，則本文當作於至德元載十月也。」今按此書首稱「某自中州隔越，流播漢陰，遂至江左。淮南節度使召掌書記，兼補此官」，中曰「先奉七月十五日敕，盛王當牧淮海。累遣迎候，尚承在蜀。今副大使李中丞……然與今時經略，頗不甚稱」云云，後曰「忝跡幕賓，言不見録」，知穎士時在淮南幕中。檢賈至《玄宗幸普安郡制》，天寶十五載七月丁丑，玄宗詔四皇子分統諸道，以「盛王琦宜充廣陵郡大都督府長史，仍領江南路及淮南、河北等路節度採訪都大使，依前江陵郡都督府長史劉彙爲之傳，以廣陵郡長史李成式爲都（一作副）大使兼御史中丞」（《英華》卷四六二，又見《舊唐書·玄宗紀下》及《舊唐書·盛王琦傳》）。知蕭文之「今副大使李中丞」即李成式。《舊唐書·肅宗紀》又記同年「十二月戊子，以……諫議大夫高適爲廣陵長史、淮南節度兼採訪使」，即李成式僅在是年七月至十二月間爲淮南副大使，蕭氏也於此間任掌書記。「首冬」者，十月也，知是書作年。

《書》云「某自中州隔越，流播漢陰，遂至江左。淮南節度使召掌書記，兼補此官，羈窘之辰，幸忝俸禄」者，乃自述東京陷落後，於天寶十四、十五載之際南奔至襄陽，繼入源洧幕，並隨至江陵；繼因洧卒而「往客金陵」，拒永王之請，入李成式幕爲掌書記的經歷。所謂「兼補此官」，指爲揚州功曹事，穎士自述補官事出於李成式，李華《序》亦云：「永王修書請君，君遁逃不與相見。淮南連帥表君爲揚州功曹參軍。」按唐人入幕授官常例，此「揚州功曹」非職事官，只爲寄禄依據而已，《書》云「羈窘之辰，幸忝俸禄」者指此。而《新唐書》本傳有「時盛王爲淮南節度大使，留蜀不遣，副大使李承式玩兵不振。穎士與宰相崔圓書」云云，依據固在本書，但傳文隨後稱穎士建言李成式罷陳女樂事，再云「崔圓聞之，即授揚州功曹參軍。至官，信宿去」一節，並非實情。

穎士素志修史，以文章名於時，然其精於治道，於至德間文章可知矣，尤以本書爲最。《四庫全書總目提要》云：「今考穎士當禄山寵盛之時，嘗與柳并策其必反，既而言驗，乃詣河南採訪使郭納言獻策守御，納不能用。禄山别將攻南陽，山南節度使源洧欲遁，穎士力持之，乃堅意拒賊。永王璘嘗召之，不赴。而與宰相崔圓書，請先防江淮之亂，既而劉展又果叛。其才略志節皆過於人，不但如晁氏之所云，文章根柢固不僅在學問之博奥也。」

爲李中丞作與虢王書

某還，奉問，垂示報魯郡克捷，官軍乘勝進取東平。捧對三復，實深兼慰。逋醜稽誅，遂淹氣序，芟夷濟濮，陵虐洙泗。雖遊魂送死，所當翦滅；而命師授律，必俟英威。四郎〔一〕挺雄烈之姿，荷專征之任，允文允武，終古罕儔，惟親惟賢，方今莫二。故能將士憤發，忠勇爭先，遺孽殄殪，隻輪不返。俾彼危城，蔚爲强鎮，必將長驅許下，席卷浚郊，解滑臺之圍，刷襄邑之耻，在是行矣。此皆明大夫善任才，而柳將軍〔二〕之能用命也。豈徒咫尺汶陽，而久勞其師旅哉！遲企大捷，預寬憂負。漸寒〔三〕，伏惟尊體動止康愈〔四〕。即日蒙免，未由〔五〕拜覲，增以勤係。所調兵糧，事資軍國，唯力是視，曷敢差池。謹遣江陽令杜萬往諮稟。

録自《英華》卷六六七。又載《四庫》、《全文》卷三二三。

【校　記】

〔一〕郎，《四庫》作「帥」。

〔二〕柳將軍，《四庫》、《全文》作「抑軍將」。

〔三〕漸寒，《四庫》、《全文》作「天氣漸寒」。

〔四〕愈，《英華》校「集作勝」，《全文》作「勝」。

〔五〕由，《四庫》作「得」。

【箋　證】

約至德元載（七五六）十月作，在淮南幕。

潘吕氏《研究》謂：「李中丞即李成式。虢王即虢王巨，至德元載五月拜河南節度使。書曰：『某還，奉問，垂示報魯郡克捷，官軍乘勝進取東平。』考通鑑二一九，魯郡、東平、濟陰於至德元載十二月陷賊。書又曰：『天氣漸寒。』是本文當作於至德二載秋以後。又乾元二年（七五九）穎士應邀入相國諸道租庸使第五琦幕，故本文又當作於此年以前也。」今按此書當作於至德元載（七五六）十月。因書意非止于祝捷，從文末「所調兵糧，事資軍國，唯力是視，曷敢差池？謹遣江陽令杜萬往諮稟」語看，也是對虢王要求從淮南轉運糧草事的答復。江陽自貞觀十八年（六三四）分江都縣置，是天寶時期揚州大都督府所屬七縣之一（《舊唐書·地理志》）。則本書既爲李中丞作，當在李成式鎮淮南之時，不應遲至至德元載十二月戊子高適代任之後。其次，天寶十五載五月，拜御史大夫、虢王巨爲河南節度使（《舊唐書·吴王恪傳》、《通鑑》卷二一八），領軍救南陽，書謂「明大夫善任才」者，即虢王。據《通鑑》卷二一九，至本年十月，即「以賀蘭進明爲河南節度使」，即《新唐書·張巡傳》載「御史大夫賀蘭進明代巨節度」，以保睢陽事，故此書當作于至德元載五月至十月間。第三，《書》云「天氣漸寒」，正當九、十月天氣。又《與崔中書圓書》有云「虢王之鎮河南，亦有政刑」，亦作於在淮南鎮時。綜上，天寶十五載至至德二載間，河南戰事紛然，州郡頻繁易手，但以李中丞在淮南及虢王節度河南時日論，此書之作不當遲於至德二載秋以後。

虢王巨，高祖第十四子虢王鳳（《舊唐書》本傳稱第十五子）嫡孫邕之次子。

第四卷　序

清明日南皮泛舟序

昔建安中，魏文爲王太子，與朋友諸彦，有南皮之游。颸鳴葭〔一〕，浮甘瓜，清泉淪漪，千古一色，此城隅託勝之舊也。由小而方大，則貴賤之歡可齊；以今而喻古，則風流之事不易。矧乃日清明，時升平，甿庶阜海濱之利，謳吟動齊右之曲，亦明代一方之樂也。邑宰東海徐君，洎英僚二三，皆人傑秀出，吏能高視。郊驛〔二〕繼當時之歡，豪〔三〕梁重莊叟之興。相與矯翠帟，勝〔四〕清波，紅妝屢舞，醁醑徐進。管絲迎風以響亮，士女環岸而攢雜，可以娱聖澤、表人和也。層城景移，碧潭陰起，蕩暄妍之氣色，縱漁鳥之游泳。其思夫闕〔五〕塞崇崒，昆池清泠；關河千里，帝京不見，斯興情之極致也。爰命墨客，紀他鄉之勝事云爾。

録自《文粹》卷九七。又載《四庫》、《全文》卷三二三、盛本。

【校　記】

〔一〕葭，盛本作「笳」。

〔二〕驛，盛本作「澤」。

〔三〕豪，諸本作「濠」。

〔四〕勝，諸本作「騰」。

〔五〕闕，盛本作「關」。

【箋　證】

當留居濮陽時期所作。

《序》曰：「昔建安中，魏文爲王太子，與朋友諸彦，有南皮之遊。」按曹丕爲五官中郎將時，曾與曹真、曹休、吴質同遊南皮（今屬河北），見曹丕《又與吴質書》，後爲稱道友朋雅集歡會的典故。蕭氏與南皮令「東海徐君」等人清明泛舟，略同此典。南皮本漢縣，屬渤海郡；武德四年（六二一）屬景州，貞觀元年（六二七）改屬滄州，隸河北道（《舊唐書·地理二》）。穎士泛舟南皮，大抵在留居濮陽時期。「東海徐君」未知何人。

送族弟旭帖經下第東歸序

吾族旭也，洵美有聲。夫蒸蒸者行之能，翼翼者體之敬。工文足以摽[一]絶唱，深識足以剖群疑，兼而備焉，實爲難者。意其倍[二]積風之力，駭絶電之姿，從東道以載馳，去南溟而一息，此其分也。翳明代擇人，宜乎盡能，使輪轅當曲直之適，鑿枘靡圓方之嘆，則宏綱舉而浮議息矣。以吾弟不羈之才，逢聖君如渴之日，而徵求章句，見遺甲乙，是猶籠鸑鷟、絆騰黄，望遼廓權奇，其可得也？

吾聞諸君子非無位之患，惟立身實難。今爾有是才，居是屈，能卷舒其道，喜慍不形，又其沖融坦蕩，莫可得而窺也。不然書未十獻，歲未二毛，道非擺闔，交無荐寵，而雄雖先進，嘆甚後時！何哉？論者以爲人之望也。仲春二月，東京千里，之子往矣，薄言旋歸。賦詩而寵別者，皆上國之選，莫不銜憤屑涕，抗辭悲歌。吾乃知道術親而然諾重也。況乎西遷而五陵是宅，南渡而二曹其昌；居宋有摯疇之姻，在周爲魯衛之國。曾是共祖，不待馮商之言；已爲路人，未處陶生之嘆。今也于邁，如何勿思？《詩》不云乎，「凡今之人，莫如兄弟」，不廢急難之謂也。

録自《文粹》卷九八。又載《文章辨體彙選》卷三五五、《四庫》、《全文》卷三二三、盛本。

【校記】

〔一〕摽，《四庫》、《全文》、盛本作「標」。

〔二〕倍，《全文》作「培」。

【箋證】

約天寶六載至八載（七四七—七四九）間，或天寶十一載至十二載（七五二—七五三）間作。

蕭旭生平無考。

《序》曰：「仲春二月，東京千里。」按《舊唐書·地理一》：「天寶元年二月丙申，改東都爲東京也。」《登科記考·凡例》：「其應舉者，鄉貢進士例於十月二十五日集户部，生徒亦以十月送尚書省，正月乃就禮部試。試三場，先雜文，次帖經，次答策。每一場已，即牓去留。通於二月放牓，四月送吏部。」即蕭旭帖經下第，當在正月，二月即離京，序稱洛陽爲「東京」，應在改名之後。

穎士開元二十九年（七四一）赴吏部銓選，天寶元年（七四二）秋八月奉使括書趙、衛間，至四、五載尚在，有《爲李北海作進芝草表》。後兩入京城，一是應召集賢校理，於八載離京參廣陵府軍事；

一自十載秋八月待詔史館，迄十二載初春離京參河南府軍事。兩次都因李林甫當政而滯留京城。故蕭旭赴試時間雖無考，但據蕭氏行蹤，當在天寶六載至八載，或天寶十一載至十二載間。

送劉方平沈仲昌秀才同觀所試雜文

山東茂異，有河南劉方平、臨汝沈仲昌，以郡府計偕之尤，當禮闈能賦之試，餘勇待賈，未始踰辰。吾徒相與登群玉，咀遺芳，目臨雲外，思入神境，佳哉樂乎！意數子之出幽谷而漸于陸矣。

録自《唐詩紀事》卷四七，又見《全唐文補編》卷三九。

【箋證】

約天寶七載（七四八）作，時爲集賢校理，在長安。

沈仲昌登天寶九載進士第（《紀事》卷四七）。《金石録》卷七「唐烏程令韋君德政碑」云：「沈務本撰，沈仲昌正書。肅宗至德二載二月。（韋君名承慶。）」今碑在烏程縣治。故《佩文齋書畫譜》卷二八書家傳七認爲是「肅宗時人」。又據顔真卿《湖州烏程縣杼山妙喜寺碑》，沈仲昌在湖州助魯公編成《韻海鏡源》一書，則大曆時尚在。今存《狀江南十二詠·八月》：「江南仲秋天，鱏鼻大如船。雷是樟亭浪，苔爲界石錢。」（《紀事》卷四七）又與嚴維、劉蕃、鮑防、謝良輔、邱丹、吕渭、鄭槪、陳元初、□迥等聯句，有「兀然落帽灌酒巵」（《全唐詩》卷七八九《酒語聯句各分一字》）句。按蕭文稱「臨汝沈仲昌」，似爲臨汝人。然據《元和姓纂》卷七，沈氏皆出自吴興。且沈務本即吴興人，仲昌爲其書碑，又在湖州助魯公撰書，頗疑其本出吴興，「臨汝」當寄籍之地。

劉方平，河南人。《紀事》卷二八：「方平與元魯山善，不仕，蓋邢襄公政會之後也。」《唐才子傳》卷三：「劉方平，河南人。白皙美儀容。二十工詞賦。與元魯山交善。隱居穎陽大谷，尚高不仕。皇甫冉、李頎等相與贈答，有云：『籬邊穎陽道，竹外少姨峰。』神意淡泊。善畫山水，墨妙無前。汧國公李勉延致齋中，甚敬愛之，欲薦於朝，不忍屈，辭還舊隱。工詩，多悠遠之思，陶寫性靈，默會風雅，故能脱略世故，超然物外，區區斗筲，何足以系劉先生哉！有集今傳。」按傅璇琮考，方平本匈奴後裔。高祖政會，隨李淵起兵，封邢國公，仕至洪州都督。祖奇，武后時嘗典選舉，官至吏部侍郎，萬歲通天二年（六九七）因反武周政權被殺。父微，吴郡太守、江南採訪使。方平雖隱居不仕，但清人俞樾指其出身顯貴，歷五代至宋，「科名德業相繼，又爲過之」（《茶香室續鈔》卷三《唐詩人劉方平家世最貴》），竟在高適、盧綸等人之上，而舉世不知也。

蕭文云劉、沈二人「以郡府計偕之尤，當禮闈能賦之試，餘勇待賈，未始踰辰」，又云「意數子之出幽谷而漸于陸矣」。按《史記·儒林列傳》:「郡國縣道邑有好文學,敬長上,肅政教,順鄉里,出入不悖所聞者,令相長丞上屬所二千石,二千石謹察可者,當與計偕,詣太常,得受業如弟子。」《索隱》:「計,計吏也。偕,俱也。謂令與計吏俱詣太常也。」後以「計偕」代指舉人赴京會試。知劉方平與沈仲昌同應科舉,但當年并未中第,故文以出谷漸陸爲期,實具殷勤之意。前引《紀事》云沈氏登天寶九載進士第,當是後來之事,但方平終未得第。李頎《送劉方平》云:「綺紈遊上國,多作少年行。二十二詞賦,惟君著美名。童顔且白皙,佩德如瑶瓊。荀氏風流盛,胡家公子清。有才不偶誰之過,肯即藏鋒事高卧。洛陽草色猶自春,遊子東歸喜拜親。漳水橋頭值鳴雁,朝歌縣北少行人。別離斗酒心相許,落日青郊半微雨。請君騎馬望西陵,爲我殷勤弔魏武。」(《全詩》卷一三三)當與蕭文同時作。傅先生也認爲是李頎送其下第東歸作,且引「二十二詞賦」作「二十工詞賦」,定其生於開元十八、十九年;尚舉皇甫冉《寄劉方平》詩「十年不出蹊林中,一朝結束甘從戎」(《全詩》卷八八二補遺),及卷二四九《寄劉方平》詩「潘郎作賦年,陶令辭官後。達生貴自適,良願固無負」爲據,認爲方平雖未中第,曾事戎幕,約在三十餘歲後歸隱潁水大谷。陶敏則從李頎《送劉方平》詩稱方平此行非自長安「東歸洛陽」,按詩中提及的地理和去向,應是「自洛陽經衛州赴相州」探望其父親的(詳《唐才子傳校箋》册五卷三)。

《新唐志》謂方平「與元魯山善」(又見《紀事》)。然方平與皇甫冉唱和最多,有《答張譚劉方平兼呈賀蘭廣》、《劉方平西齋對雪》、《劉方平壁畫山》、《寄劉方平》、《秋夜戲題劉方平壁》（以上卷二四九）、《寄劉方平大谷田家》、《之京留别劉方平》（以上卷二百五十）和《寄劉方平》（見八八二補遺），共八首。方平有《秋夜寄皇甫冉鄭豐》（卷二五一），知兩人亦是好友。方平又有《寄嚴八判官》、《寄隴右嚴判官》二詩，陳尚君考證「嚴八」即嚴武，《舊唐書·嚴武傳》載其曾爲「隴右節度使哥舒翰奏充判官」，可從。方平善畫山水，亦工詞賦，周君巢《唐故台州録事參軍河南劉公（倫）墓誌銘》曰「（倫）弱冠，與從父兄方平以能詩齊名」（《全唐文補遺·千唐志齋新藏專輯》）。令狐楚纂《唐御覽詩》一卷（又名《唐新詩》、《選進集》、《元和御覽》），收「劉方平而下迄於梁鍠凡三十人詩二百八十九首」，方平存十三首（《直齋書録解題》卷十五總集類）。《才調集》卷七亦録二首。《新唐志》著録詩一卷。今《全詩》卷二五一即方平詩。

綜合以上情況，蕭文作年下限當以天寶七載爲是，時爲集賢校理。

陪李採訪泛舟蓬池宴李文部序

聖后欽明天工，愍恤人瘼，罷前監郡，仍昔按〔一〕部，其爲寄也大焉。若乃池〔三〕梁墟，城浚都，舳艫萬里，闤闠千室，通邑之尤也。東至於河，西至於海，亘長淮而彌甸服，方域之雄也。牧守之任，循良之選，豈易人哉！今兹春歲聿旱，人咨荒歉，朝廷慮東方之耗斁也，慎簡大賢而臨莅之。明詔乃下，俾鉅鹿守李公往焉。亦既褰帷，零雨其祁〔三〕，矜人蔭庥，貴粜〔四〕日衰，被青徐而周兖豫，有政刑矣。已而襄國士女，結去思之怨。大君愍然，又命公族之良、前文部侍郎東陽繼焉。擅文儒之俊，所以司綸翰、兼銓尺矣；韞戎略之權，所以參簡稽、貳麾節矣。登朝而備履清貫，出守而再踐名邦。其鎮撫斯境，式慰饑渴，宜矣！

秋九月，鉅鹿舟輿次於是都，明使君客焉。懿夫尊卑有序，敦晋鄭之好；前後斯謡，美召杜之德，温温二公，善可知焉。越三日，宴集于南亭，具水嬉也。出層城，横通川，迴環里閭，曠望郊廛；抑抑威儀，徒馭如馳，人導馬隨，以至于蓬池。矯翠帟，登畫鷁，揖讓有禮，獻酬無斁。威哉赫乎！方伯所以饗邦君也。爾乃洲島迴互，林亭蓊鬱，天海清平，豁若萬頃，澄湛乎其間。紅蕖照灼，緑菱摇漾，淺草細萍，往往藂生。邀魚舟，望白鳥，江湖勝勢，去去非遠。既而涉則在岸，泛則在流；珍羞間海陸之錯，妙舞應荆吴之奏，參差逶迤，笑語忘疲，亦千古一時也。晚林未疏，堤草更緑，輕雨泛灑，微風清潤，浵洄淪漣，終日夕焉。二公喜〔五〕昇平生至樂，歡然有命賦詩。客有欣遇二府，篚賓筵之末，從事斯文，爰操簡，請同賦四韻〔六〕，嗣於《國風》之後焉。

録自《英華》卷七百十。又載《四庫》、《全文》卷三二三、盛本。

【校記】

〔一〕按，原作「樓」，《英華》校「集作按」，《全文》、盛本作「按」，據改。

〔二〕池，原作「地」，《英華》、盛本校「疑作池」，《四庫》、《全文》作「池」，據改。

〔三〕祁，原作「祈」，據諸本及傳校改。

〔四〕粂，原作「余」，《英華》校「疑作粂」，《四庫》、《全文》、盛本作「糴」，據改。按《管子·地數》：「管子對曰：『夫昔者武王有巨橋之粟，貴糴之數。』」

〔五〕喜，《英華》、盛本校「一作嘉」。

〔六〕韻，盛本作「首」。

【箋證】

至遲天寶十三載（七五四）秋作，在汴州。

潘吕氏《研究》謂：「李採訪名憕，天寶十一載累轉河東太守、本道採訪使，十四載轉光禄卿，東京留守（舊書一八七本傳）。李文部即李暐（唐僕尚丞郎表卷十頁五八三）。文部即原吏部，天寶十一載三月更名，至德二載十二月復舊。序曰：『明詔乃下，俾鉅鹿守李公往焉……已而襄國士女，結去思之怨，大君滑然，又命公族之良，前文部侍郎東陽繼焉。』是暐乃繼李憕職者也。唐會要七十八採訪處置使條：『（天寶）十二載二月河南採訪處置使、河東郡太守李憕。』據此，則李暐僅可能于天寶十二載二月以後，至十三載間繼職，十四載憕即轉光禄卿矣。序又曰：『秋九月，鉅鹿舟輿，次於是都，明使君客焉……客有欣遇二府，簉賓筵之末，從事斯文。』是本文當作於天寶十二載或十三載九月也。案穎士天寶十三載五月猶在洛陽任河南府參軍之職，而序中穎士自稱爲客，且宴會地點遠在蓬池（汴州開封縣東北），則此時穎士應已辭卻河南府職，故本文當作于天寶十三載秋九月也。」

按其説有誤。「蓬池」在河南道汴州陳留郡開封縣（《元和郡縣圖誌》卷七）。兩《唐書·李憕傳》載其天寶十一載累轉河東太守、本道採訪使，故當爲河東道採訪使，又豈能在河南道之蓬池宴「李文部」？《唐會要》卷七八「採訪處置使」條載天寶十二載二月事云：「十二載二月河南道採訪處置使河東郡太守李憕、河南道採訪處置使陳留郡太守王濬等奏」，前一「河南」顯系「河東」之誤，故潘吕氏以爲「李採訪名憕」之説不確，本序與其無關。

蓬池乃古藪澤名，在汴州陳留郡開封、浚儀二縣間（詳參《蓬池禊飲序》箋證），序文點出「蓬池」，非僅指宴會地點，亦是「鉅鹿守李公」蒞臨監郡之地。開元二十二年二月張九齡奏置十道採訪處置使，河南採訪使例兼汴州刺史；天寶元年改州爲郡，以刺史爲太守，河南採訪使仍領陳留郡。序云「罷前監郡，仍昔按部」者，指河南採訪使罷陳留守，卻仍有按部監察之責，故仍稱「李採訪」。《新唐書·令狐峘傳》：「齊映爲江西觀察使，按部及州。」「按部」即監察部内之意，本文用意與此同。如此則陳留守有缺，宜簡循良、大賢以臨莅之，故今春「鉅鹿守李公」奉詔移守陳留，令「襄國士女，結去思之怨」（河東道邢州乃古邢侯之國。秦並天下，置信都縣，屬鉅鹿郡，項羽改曰襄國，蓋以趙襄子謚名之也）；「又命公族之良、前文部侍郎東陽繼焉」，以「鎮撫斯境，式慰饑渴」，知以「李文部」繼任爲鉅鹿守。是文唯「秋九月，鉅鹿舟輿次於是都，明使君客焉」一語意頗含混，要在「是都」及「使君」皆指陳留，而此「鉅鹿」必指原「李文部」方合事實，且實「客焉」之意。即至本年秋九月時，原「鉅鹿守李公」已至陳留，而與「李採訪」泛舟蓬池所欲宴請之「李文部」恰在赴任鉅鹿途中，遂有「鉅鹿舟輿次於是都」之事。故文中實有三位「李公」：即去陳留守而任河南採訪使的「李採訪」；時任陳留守的原「鉅鹿守李公」；補「鉅鹿守李公」之缺的「李文部」，即「鉅鹿舟輿次于是都」者。序題行文皆有言不盡意之處。

「李採訪」及原「鉅鹿守李公」無考。「前文部侍郎東陽」則是天寶時歷中書舍人及禮部、户部、文部侍郎的李暐，字東陽，兩《唐書》無傳。《册平昌公主出降文》曰：「維天寶五載歲次庚戌十二月……今遣使……李林甫，副使朝散大夫守中書舍人李暐……」（《唐大詔令集》卷四二）又《册涼王張妃文》有「維天寶九載歲次庚寅四月……今遣……林甫，副使中大夫行中書舍人權知禮部侍郎事上柱國成紀縣開國男李暐……」（《唐大詔令集》卷四十）句，知李暐至少在天寶五載至九載時爲中書舍人，至九載權知禮部侍郎，典貢舉。《唐詩紀事》卷二七：「（賈）邕，天寶九年李暐侍郎下登第。」即序稱其「擅文儒之俊，所以司綸翰」所本。李暐隨即在天寶九載改官户部侍郎，即《通鑑》卷二一六：「十載，春，正月……丁酉，命李林甫遥領朔方節度使，以户部侍郎李暐知留後事。」也即序稱「韞戎略之權，所以參簡稽、貳麾節」之意。史載李暐尚典天寶十載貢舉，榜下取錢起，學者疑爲李麟之誤（參《登科記考補正》卷九）。又考天寶十一載三月改吏部爲文部，至德二載十二月復舊（《舊唐書·玄宗紀》、《唐會要》卷五八，《通典》卷二三注「至德初復舊」），李暐必在此間職「兼銓尺」，爲文部侍郎。《新唐書·宗室世系表上》記大鄭王房有「文部侍郎暐」，即此人也，其仕歷確實可稱是「登朝而備履清貫」。今李暐何時起任文部侍郎不明，但穎士在天寶十四載三月曾從「河南連帥領陳留守李公」等帳飲于蓬池，並作《蓬池禊飲序》，此「李公」當即本文之原「鉅鹿守李公」，則李暐自文部侍郎出守鉅鹿，至遲在天寶十三載秋，時穎士已離河南參軍事任（按息夫牧《冬夜宴蕭十丈因餞殷郭二子西上詩序》，本年底穎士於歸家途中曾至許昌）。而從序云李暐「出守而再踐名邦」看，此前應該還有一次外任經歷，已無考。《新唐書·李泌傳》曰：「初，泌無妻，不食肉。帝乃賜光福里弟彊詔食肉，爲娶朔方故留後李暐甥。」時爲代宗朝事。安史亂中，河北諸郡募兵救河間，尚有一「景城司馬李暐」，因史思明破城而投河卒，非一人（參《顔魯公神道碑》、《新唐書·顔真卿傳》、兩《唐書·史思明傳》、《通鑑》卷二一七等）。

蓬池禊飲序

禊，逸禮也，《鄭風》有之。蓋取諸勾萌發達，陽景敷煦，握芳蘭，臨清川，乘和蠲絜，用徼介祉，厥義存矣。晋氏中朝，始參燕胥〔一〕之樂。江右宋齊，又間以文詠，風流遂遠，鬱爲盛集焉。若夫華林曲水，萬乘之降也；蘭亭激湍，專城之踐也。而方伯之歡，未始前聞，以俟乎今辰。粤天寶乙未，暮春三月，河南連帥領陳留守李公，以政成務簡，方國多暇，率府郡佐吏、一二三賓客，帳〔二〕飲於蓬池，備祓除之禮也。

梁有蓬池上矣。前迄溵潁，右滙郛邑，渺瀰淪漣，盪日澄天，舟檝是臨，泛波景從。其左則遥原縈屬，崇岡傑竦，嘉卉異芳，雜樹連青，即爲臺亭，登眺斯在。爾乃郡曹頒錙以給費，縣吏領徒而修頓，先夕以定議，詰朝而集事。是日，方牧乃擁車徒，曳旌旃，卯出乎北牖，辰濟乎南川，匪疾匪閑，翼翼闐闐，以税駕于東焉。然後降春流，颺彩舟，羽觴芳羞，緩舞清謳。援青蘋，駭紫鱗，迴環中汀，緬望南津。飫於〔三〕巳，酣於未，歌樂只，賦既醉。坐闌而靡怠，日入而未闋，陶陶乎有以表勝境佳辰之具美，名公好事之厚意。下客不敏，聞於前載曰：「夫德洽禮成，則詠歌繫之。」梁，故魏也，請皆賦詩志焉。

録自《文粹》卷九七。又載《汴京遺蹟志》卷十五、《四庫》、《全文》卷三二三、盛本。

【校記】

〔一〕胥，《四庫》作「享」。

〔二〕帳，《四庫》作「張」。

〔三〕飫於，《四庫》作「飲」。

【箋證】

天寶十四載（七五五）春三月，隨從陳留守李公行祓禊事而作，在汴州。《序》云「天寶乙未，暮春三月……帳飲於蓬池」，知當天寶十四載春。按「河南連帥領陳留守李公」者，即《陪李採訪泛舟蓬池宴李文部序》所涉之「鉅鹿守李公」，爲河南採訪使領陳留（即汴州）太守，其人無考。穎士于本年夏六月在滑州韋城遇疾，有「方牧李公」致蓮藥散療治（《蓮藥散賦》），仍是此人。

蓬池乃古澤藪名，即逢忌之藪；亦名逢澤，即宋之逢澤；亦即《水經注·睢水注》之「逢洪陂」。《左傳·哀公十四年》曰「逢澤有介麇焉」。《戰國策·秦四》云：「魏伐邯鄲，因退爲逢澤之遇。」皆指此地。又《史記・秦本紀》集解：「徐廣曰：開封東北有逢澤。」正義：「《括地志》云：逢澤亦名逢池，在汴州浚儀縣東南十四里。」唐時屬開封，《元和郡縣圖誌》卷七河南道汴州開封縣曰：「蓬澤在縣東北十四里，今號蓬池，左氏所謂『蓬澤』也。」古史載蓬池創自梁惠王，以求漁蒲之利，《御覽》卷一五八：「《漢志》曰：開封逢池在東北，或曰宋之逢澤也。瓚曰：《汲郡古文》：梁惠王廢逢忌之藪以賜民。今浚儀是也。」《輿地廣記》卷五：「（開封）有蓬池，亦曰逢澤，故衛國之匡地。《竹書紀年》云『梁惠王發逢忌之藪以賜民』即此。唐天寶元載更名福源，地禁漁採，有沙海。」按唐汴州即陳留郡，開封、浚儀皆屬焉，地相鄰近，故《集解》與《括地志》所云乃一地也，久已爲攬勝之所，「至今蓬池上，遠集八方賓」（韋應物《大梁亭會李四棲梧作》）。約在今河南商丘南。

天寶十四載六月，穎士在韋城遇疾。十一月丙寅，安禄山起兵後，穎士本在太室山養疾，因往汴州見河南採訪使郭納陳守御計，以不見用而去。月底往觀封常清陳兵東京，不宿而還。遂藏家書於箕、潁間，身走山南，避地襄陽，入節度使源洧幕。三月的祓禊宴飲，當是本年中僅有的賞心樂事了。

第五卷　墓誌銘

唐故沂州丞縣令賈君墓誌銘并序

君諱欽惠，字□□，蓋周之裔也。唐叔少子別封于賈，因而氏焉。厥後漢有梁王傅誼，魏有太尉詡，文章謀猷，名冠二代。其閒或自［洛］〔一〕陽遷武威，後家長樂，史諜詳矣。曾祖隋太學博士演；祖太學博士、崇文館學［士］〔二〕公彦，考太學博士、詳正學士玄贊，儒雅弈世，令聞彰著。故君少以經術自命，不改其道，叔父禮部侍郎大隱特器之，目爲瑚璉，寄以門户。解褐參汴州軍事，歷相州司户，遷沂州丞令。其從事也，細無不理，自微之着，本乎仁明寬惠，加之以正直，保此□德而綏懷百里，農商安業，禮讓斯闡，宜蹤彼卓魯，高步台槐。道之將廢，胡寧夭閼。以開元二載四月四日終於位，春秋卌有一。於戲！良宰云逝，誰其嗣之？聯寮雨泣，庶甿曷仰，輟舂罷市，斯謂然矣。夫人河東裴氏，隋御史大夫藴之玄孫，皇貝州刺史、聞喜公之第三女也。明懿淑慎，司南姻族，蕣英摇落，先君即世。長子司農主簿怡，茂才異行，觀光聖代；次曰雍縣尉勵言，連華名昆，亦克用譽，秀而不實，蕚跗雙隕，故周公之禮，未云舉也。勵言有子曰勝，與從父弟收，無念爾祖，聿追來孝，永惟先志，其不可諼也，克□嗣之，以天寶十二載歲次戊巳[三]十月戊辰朔十七日甲申啓殯□平樂里，葬于河南縣梓澤鄉邙山之北原。君子曰：孝乎其加□□也歟。銘曰：

匡彼大漢，文雄惟誼，實傅于梁，罔忝厥位。文和籌畫，亦佐有魏，謀之孔臧，克掌太尉。代不曠德，慶鐘于君，孝仁允元，休有斯文。參佐汴相，辛于丞邑，存遺惠愛，没有餘泣。曷云喪之，逝矣安及。我有令子，金友玉昆，命乎罕言，曾是夭昏。合祔之禮，施于孝孫，在洛之陽，于邙之原。卜云其吉，□然宅魂，猗嗟令名，萬古其存。

姪棲梧書。

録自《唐代墓誌彙編》下册「天寶二二七」號。

【校　注】

〔一〕洛，原已漫漶。按《姓纂》卷七「長樂」賈氏：「漢長沙王太傅賈誼，洛陽人。十代孫龔，居武威。龔孫詡，魏太尉；生璣，長樂令，隸相州。」知闕字當作「洛」，據補。

〔二〕士，原闕。按崇文館置學士職，掌東宫經籍圖書，以教授諸生，凡課試舉送如弘文館。可補。

〔三〕按「戊」不應與「巳」相配，當作「癸巳」，即天寶十二載。

【箋　證】

天寶十二載（七五三）十月作，時任河南府參軍。

岑仲勉《金石論叢·續貞石證史》録此《墓誌》。《墓誌》云：「以天寶十二載歲次戊巳十月戊辰朔十七日甲申啓殯□平樂里，葬于河南縣梓澤鄉邙山之北原。」然天寶十二載當次「癸巳」，碑誤。又《墓誌》署「登仕郎守河南府參軍蕭穎士撰」，知在河南府任。丞令即承縣令，屬河南道沂州，在今山東嶧城西，因「縣西北有承水，因以名焉」（《元和郡縣圖誌》卷十一）。

賈欽惠乃大儒賈公彦孫，開元二年（七一四）四月四日終於沂州承縣令，年四十一，生於高宗上元元年（六七四）。天寶十二載，自平樂里葬河南縣梓澤鄉邙山之北原。考元稹《夏陽縣令陸翰妻河南元氏墓誌銘》載元氏「葬於河南洛陽之清風郡平樂里之北邙原」（《元氏長慶集》卷五八），河南、洛陽二縣毗鄰，則賈氏也曾厝於洛陽縣平樂里，四十年後方歸葬祖塋。《墓誌》又云「漢有梁王傅誼，魏有太尉詡，文章謀猷，名冠二代。其間或自□陽遷武威，後家長樂」。按《元和姓纂》卷七「長樂」賈氏載賈誼乃洛陽人，「十代孫龔，居武威。龔孫詡，魏太尉；生璣，長樂令，隸相州」，所述世系及遷徙之跡同《墓誌》，則誌文闕字當作「洛」。《姓纂》同卷「廣平」賈氏又曰：「狀云稱賈翊之後。北齊國子助教猶曾孫元彦，唐太學博士，生元贊、大隱。元贊，太學博士。大隱，中書舍人、禮部侍郎，生幼知、日新。」據岑氏考校，「翊」爲「詡」之訛，「元彦」當「公彦」之訛，則賈公彦一脈確是賈詡之後，廣平賈氏乃洛陽賈氏的支系。《舊唐書·賈公彦傳》記其爲洺州永年人，洺州即漢廣平郡；永年本漢曲梁縣，屬廣平國，後漢屬鉅鹿郡；齊文宣帝省曲梁，置廣平縣；隋開皇三年罷郡，屬洺州，仁壽元年改廣平爲永年，避煬帝諱也。知賈欽惠亦是永年人，以洛陽爲舊望及祖塋所在，故歸葬焉。

賈欽惠妻河東裴氏先君而亡，二子怡、勵言皆卒於開元前。

第六卷　詩

遊馬耳山

茲山表東服，遠近瞻其名。合沓盡溟漲，渾渾連太清。我來疑初伏，幽路無炎精。流水出溪盡，覆蘿揺風輕。高深變氣候，俯仰暮天晴。入谷煙雨潤，登崖雲日明。乾坤正含養，種植總滋榮。草樹皆秀色，雛麇亂新聲。攀巖挹桂髓，洞穴拾瑶英。此地隱微逕，何人得長生。宿心尚葛許，彌願栖蓬瀛。太息宦名路，遲迴忠孝情。還丹昧遠術，養素慚幽貞。安得從此去，悠然昇玉京。

録自《全詩》卷八八二。又載盛本。

【箋　證】

開元二十三年（七三五）夏作，在密州。

馬耳山又名飴山，皆爲原山之别名。「原山」之名，先見於《漢書·地理志》：「千里勝概，表爲原山。」清初修《顏神鎮志》云：「汶水西注，淄水東注，皆源於此。」即原山乃淄、汶二水之源，原即「源」。趙執信《原山考》曰：「按《水經注》，淄、汶二水並出泰山萊蕪縣原山，與傳同。《淮南子》云：『淄水出飴山。』魏收《志》云：『嬴縣有馬耳山，汶水出焉。』今萊蕪縣本漢嬴縣地，是飴與馬耳皆原山之異名也。《齊乘》云：『淄水出益都縣岳陽山東南。』古萊蕪地岳陽即原山也。德清胡先生渭注《禹貢》云：『原山在今萊蕪縣東北七十里，東接益都，西接章邱，北接淄川縣界，高聳出群山之上，亦名馬耳山。』」其所以名「馬耳」者，乃「山高百丈，上有二石並舉，望齊馬耳，故世取名焉」（《水經注》卷二六）。考諸地理，諸城在萊蕪西南，原山亦綿延而入。《山東通志》卷六述泰山之脉云：「又西南入諸城縣境。縣西南有回頭山，岱脉之所迴也。自此折而西，爲竹山，爲雷石山，爲障日山，爲盧山，爲大仙山，爲桃林山，爲馬耳山，有黄草關。」表述甚是明確。

穎士嘗有《蒙山作》詩，蒙山在海、沂二州之境，去原山未遠。且詩云：「方馳桂林譽，未暇桃源美。」又曰「清秋淨氛靄」，知作於登第之年秋。考李華《三賢論》曰：「茂挺父爲莒丞得罪，清河張惟一時佐廉使，按成之。茂挺初登科，自洛至莒，道邀使車，發詞哀乞。惟一涕下，即日捨之。」《新唐書》本傳亦云：「開元二十三年，舉進士，對策第一。父旻，以莒丞抵罪，穎士往訴于府佐張惟一。惟一曰：『旻有佳兒，吾以旻獲譴不憾。』乃平宥之。」即穎士得第後即至密州莒縣（今山東莒縣）救父，去向及時間均與詩合，故《蒙山作》即當時遊歷之作。詩云「太息宦名路，遲回忠孝情」，又曰「我來疑初伏，幽路無炎精」，且密州轄諸城、高密、輔唐、莒四縣，即穎士在救父之後，當先至原山，再至蒙山遊歷，即本詩與《蒙山作》乃先後遊歷之作。並參《蒙山作》箋證。

蘇軾守密州二年有餘，作詩文逾百篇，陳師仲嘗爲編成《超然集》，《超然臺記》詠及「馬耳」曰：「南望馬耳、常山，出没隱見，若近若遠，庶幾有隱君子乎？」可爲蕭詩注腳。

蒙山作

東蒙鎮海沂，合沓百餘里〔一〕。清秋淨氛靄，崖崿隱天起〔二〕。于役勞往還，息徒塹攀騎〔三〕。將窮絶迹處，偶得冥心理。雲氣雜虹霓，松聲亂風水。微明緑林際，杳窱丹洞裏。仙鳥時可聞，羽人邈難視。此焉多深邃，賢達昔所秘〔四〕。子尚捐俗紛〔五〕，季隨躡遐軌。藴真道彌曠，懷古情未已。白鹿凡幾遊，黄精復奚似。顧予尚牽纆，家業重書史。少學務從師，壯年貴趨仕。方馳桂林譽，未暇桃源美。歲暮期再〔六〕尋，幽哉羨門子。

録自《唐詩品彙》卷十七，又見《石倉》卷四六、《全唐詩録》卷十八、《全詩》卷一五四、《佩文齋詠物詩選》卷八三、盛本。《佩文齋詠物詩選》題《蒙山》。

【校　記】

〔一〕百餘里，《石倉》、《全唐詩録》、《全詩》、盛本作「餘百里」。

〔二〕起，《石倉》作「地」。

〔三〕暫，《全詩》作「暫」。騎，《全詩》、盛本作「躋」。

〔四〕秘，《全詩》、盛本作「止」。

〔五〕紛，盛本作「氛」。

〔六〕再，《佩文》作「早」。

【箋　證】

開元二十三年（七三五）秋作，在密州。

詩云「東蒙鎮海沂」，則「蒙山」即東蒙山。按《元和郡縣圖誌》卷十一河南道沂州費縣：「蒙山，在縣西北八十里。楚老萊子所耕之處。東蒙山，在縣西北七十五里。《論語》曰：『夫顓臾，昔者先王以爲東蒙主。』」即二山皆在縣西北，相去僅五里。然邢昺疏曰：「蒙山在東，故曰東蒙。」（《論語注疏》卷十六）《詩經·魯頌·閟宫》亦云：「奄有龜蒙，遂荒大東。」知《郡縣誌》記誤，所謂「東蒙」，乃因蒙山地處魯國東境而言。又《郡縣誌》同卷海州朐山縣云：「羽山，在縣西北一百里。《書》曰：『殛鯀于羽山。』即此也。」而沂州臨沂縣云：「羽山，在縣東南一百一十里。與海州朐山縣分界。」即羽山亦在海、沂之間，與蒙山比鄰而立，故《尚書·禹貢》曰：「淮沂其乂，蒙羽其藝。」（《尚書注疏》卷五：「傳：二水已治，二山已可種藝。」）即蒙山亦跨越海、沂之境，故云「東蒙鎮海沂，合沓百餘里」，亦「岱宗夫如何，齊魯青未了」之意也。按蒙山在今山東臨沂，兼跨平邑、蒙陰、費、沂南等縣，也與濟寧、泗水毗鄰，屬泰沂山脈。據前詩所考穎士行跡，及本詩「方馳桂林譽，未暇桃源美」、「清秋淨氛靄」句，知作於開元二十三年秋，乃穎士得第後至密州莒縣（今山東莒縣）救父之後的遊歷之作。「季隨」乃周八士之一，與季騧一乳同生，見《論語·微子》。鄭玄云成王時人，劉向、馬融皆以爲宣王時人，餘事未見記載。《升庵集》卷七六「楚蒙山」：「蕭穎士《楚蒙山詩》：『尚子捐俗氛，季隨躡遐軌。』季隨即周八士之一。蒙山有季隨事，亦一奇聞也。」則蒙山有季隨事，當出於傳聞。「羨門子」，古仙人也。穎士入蒙山，頗有出世之志。

張翬下第歸江東

俱飛仍失路，綵服遡清波。地積東南美，朝遺甲乙科。客愁千里別，春色五湖多。明日舊山去，其如相望何！

録自《唐詩紀事》卷十五，又載《石倉》卷四六、《全詩》卷一五四、盛本，皆題《送張翬下第歸江東》，《全詩》、盛本校「翬一作暈」。

【箋　證】

約開元二十四年（七三六）春作。

高仲武《中興間氣集序》云殷璠編《丹陽集》，「止録吴人」共十八位；在「曲阿九人」下有「校書郎張暈」。《吟窗雜録》卷二六稱「暈詩巧用文字，務在規矩」。並參《新唐志》別集類著録「包融詩一卷」、《唐音癸籤》卷三十「丹陽集」條等。《唐詩紀事》卷十五載其爲開元二十三年進士，與蕭氏爲同年生。《全詩》卷一百十四録詩二首。

穎士與張暈是同年，詩云「朝遺甲乙科」者，或指其制科落第之意。傅璇琮考《丹陽集》編成於開元二十三年至天寶元年間，即張暈進士中第後曾任「校書郎」，但此時應尚未得官。故詩云「俱飛仍失路，綵服邇清波」者，正言二人尚未釋褐，令「綵服」之望如水波之逝，尚無能爲之意也。又穎士得第後赴莒縣救父，故此詩最早當作於開元二十四年（七三六）春。

仰答韋司業垂訪五首

其一

呦呦食苹鹿，常飲清泠川。但悦豐草美，寧知牢饌鮮。主人有幽意，將以充林泉。罘〔一〕網幸免傷，蒙君復羈牽。高堂列衆賓，廣坐鳴清弦。俯仰轉驚〔二〕惕，徘徊獨憂煎。緬懷雲巖路，欲往無由緣。物各有所好，違之傷自然。

其二

神龜在南國，緬邈湘川陰。遊止蓮葉上，歲時嘉樹林。毒蟲且不近，斤斧何由尋。錯落負奇文，熒煌燿丹金。江山〔三〕萬里餘，淮海阻且深。獨保貞素質，不爲寒暑侵。一逢盛〔四〕明代，應見通靈心。

其三

晋代有儒臣，當年富辭藻。立言寄青史，將以贊王道。遼落緬歲時，辛勤歷江島。且言風波倦，探涉豈爲寶。不遇庾征西，云誰展懷抱。士貧乏知己，安得成所好。

其四

彭陽昔游説，願謁南郢都。王果尚未達，況從夷節謨。豈知晋叔嚳〔五〕，無罪嬰囚拘。臨難俟解紛，獨知祁〔六〕大夫。舉讎且不棄，何必論親疏。夫子覺者也，其能〔七〕遺我乎？

其五

關西一公子，年貌獨青春。被褐來上京，翳然聲未振。中郎何爲者〔八〕，倒屣驚座賓。詞賦豈不佳，盛名亦相因。爲君奏此曲，此曲多苦辛。千載不可誣，孰言今無人。

録自《文粹》卷十六上。又載《唐詩紀事》卷二一、《全詩》卷一五四、盛本，《石倉》卷四六録其一、其三兩首。《唐詩品彙》卷十七題《仰答韋司業二首》，録其五、其二兩首。

【校記】

〔一〕罘,《紀事》、《石倉》、《全詩》、盛本作「羅」。

〔二〕驚,《紀事》作「傷」,《全詩》、盛本校「一作傷」。

〔三〕山,《品彙》作「上」。

〔四〕盛,《紀事》作「聖」。

〔五〕譽,《紀事》、《全詩》、盛本作「向」。

〔六〕祁,《全詩》下注「祈」字。

〔七〕能,《全詩》、盛本校「一作肯」。

〔八〕者,《品彙》作「惜」。

【箋證】

開元二十九年(七四一)閏四月作,在長安。

穎士《贈韋司業書》云:「自今月五日始作書,首末千餘言,經半旬乃就,加之筆札,斯亦勤矣。」又云:「雜詩五首,謹以奉投,聊用代情,不近文律耳。」按蕭集中贈韋述詩唯此五首,即所謂「加之筆札」者也，與《書》同作。

答鄒象先

桂枝常共擢，茅茨冀同薦。一命何阻脩，載馳各川縣。壯圖悲歲月，明代恥貧賤。回首無津梁，祇令二毛變。

録自《唐詩紀事》卷二二。又載《石倉》卷四六、《全詩》卷一五四、盛本。

【箋　證】

天寶元年（七四二）初作。

《唐詩紀事》卷二二「鄒象先」曰：「象先尉臨涣，蕭穎士自京邑無成東歸，以象先同年生也，作詩贈之。來年，蕭補正字，象先寄詩重述前事云：『六月度關雲，三峰翫山翠。爾時黄綬屈，别後青雲致。』蕭答云：……」蕭氏所答即此詩。檢《新唐書·蕭穎士傳》曰「天寶初，穎士補秘書正字」，與「來年，蕭補正字」事合，時象先在臨涣（屬亳州），當聞訊賦詩追述往事，並賀穎士補官，而穎士賦詩作答，因知本詩作年。又穎士《登臨河城賦序》云：「天寶元年秋八月，奉使求遺書于趙、衛間。」正爲

「一命何阻脩，載馳各川縣」二句注腳。鄒象先贈詩載《全詩》卷二五七，題《寄蕭穎士補正字》。

又按《紀事》，知鄒象先獲任臨涣尉時，穎士嘗有詩贈別，佚。陳《年》繫本詩於開元二十三年，當誤以其作於兩人及第之後。據《紀事》所云「象先尉臨涣，蕭穎士自京邑無成東歸」語，二事當在同一年，其一人得官，一人無成，穎士遂因鄒氏爲同年而「作詩贈之」，其年正當開元二十九年。其「來年」指穎士得補秘書正字之天寶元年，兩人又賦詩互贈。考穎士開元二十九年閏四月所撰《贈韋司業書》自述其「嘗願得秘書省一官，登蓬萊，閲典籍」云云，卻未能如願，希望借韋述舉薦之力有所改變，故頗有滯留，云：「僕以三月二十六日拜謝闕庭，爾來凡四十餘日，正以足下之故，未便東行。」而本年閏四月，故撰書之日，即在閏四月初（參《贈韋司業書》箋證）。然求官之事，最終絶望，穎士只能整駕東歸。然後至天寶元年，穎士得補秘書正字，象先以詩相贈送，重述前事，按「六月度關雲」句詩意，東歸之日，實已至六月中。是年五月，穎士有《爲從叔鴻臚少卿論旱請掩骼埋胔表》，可參是篇箋證。

《姓纂》卷五「南陽新野鄒氏」曰：「開元中有象先、紹先、彦先。象先生儒立，衡州刺史；彦先生穎，漳州刺史。」鄒象先當即此人。

重陽日陪元魯山德秀登北城矚對新霽因以贈别

時元兄屢有掛冠之意。

山縣遶古堞，悠悠快登望。雨餘秋天高，目盡無隱狀。綿連滍川迴，杳渺鵶路深。彭澤興不淺，臨風[一]動歸心。賴兹琴堂暇，傲睨傾菊酒。人和[二]歲已登，從政復何有？遠山十里並[三]，一道銜長雲。青霞半落日，混合疑晴曛。漸聞鷩栖[四]羽，坐嘆清夜月。中歡愴有違，行子念明發。僅能泯寵辱，未免傷别離[五]。江湖不可忘，風雨勞相思。明時當盛才，短伎安所設？何日謝百里，從君漢之澨。

録自《歲時雜詠》卷三四。又載《唐詩紀事》卷二一、《萬首唐人絶句》卷二一、《石倉》卷四六、《全唐詩録》卷十八、《全詩》卷一五四、盛本。《紀事》、《石倉》、《詩録》題《重陽陪元魯山登北城贈别》，《紀事》、《詩録》注：「時元有掛冠之意。」《唐詩品彙》卷四十題《元日陪元魯山登北城留别二首》，分録「綿連滍川迴」及「漸聞鷩栖羽」以下二韻。《古今詩删》卷二十題《九日陪元魯山登北城留别》，《唐人萬首絶句選》卷一題《九日别元魯山》，皆只録「綿連滍川迴」以下二韻。

【校　記】

〔一〕風，《全詩》、盛本校「一作流」。

〔二〕和，《石倉》、《全唐詩録》作「知」。

〔三〕並，《紀事》、《石倉》、《全唐詩録》、《全詩》、盛本作「碧」。

〔四〕驚栖，《紀事》作「栖林」，《全詩》、盛本校「一作栖林」。

〔五〕别離，《石倉》二字乙倒。

【箋　證】

天寶元年（七四二）重陽作，時以秘書正字出使括書，途經臨汝魯山，訪元氏而作。

「元魯山德秀」者，元德秀也，時爲臨汝郡魯山（今屬河南）令。天寶元年秋八月，穎士補秘書正字，奉使括書趙、衛間，於重陽日與魯山同登北城，矚望秋日新霽，暢然有懷而賦詩贈别。詩言「彭澤興不淺，臨風動歸心」、「何日謝百里，從君漢之滋」者，皆爲應和「時元兄屢有掛冠之意」也。

德秀事蹟初載李華《元魯山墓碣銘》，《舊唐書》本傳因之成文；《新唐書》本傳則兼取李華《銘》及《三賢論》、元結《元魯縣墓表》、《明皇雜録》與舊傳。按李華《銘》稱魯山幼孤，事母至孝，善撫大小，舉進士而不忍去親，遂千里負母入京師。中第後母亡，廬墓三年，服除入仕。《墓碣銘》云：「以才行第一，進士登科。丁艱……食無鹽酪，居無爪翦者三年……參調求仕。銓試超等，補南和尉，黜陟使以至行上聞，授左龍武軍録事……以甥侄婚仕爲念。受署魯山令……」（《文粹》卷六九）兩《唐書》本傳將中第時間繫於開元二十一年（七三三），叙仕歷與《墓碣銘》同。按古人通常服制，即使自魯山開元二十一年及第時起算，也當在開元二十三年中服除。且《舊唐書·玄宗紀下》載開元二十六年冬「析左右羽林軍置左右龍武軍，以左右萬騎營隸焉」。又《舊唐書·職官三》「左右龍武軍」條曰：「初，太宗選飛騎之尤驍健者，别署百騎，以爲翊衛之備。天后初，加置千騎。中宗加置萬騎，分爲左右營，置使以領之。自開元以來，與左右羽林軍名曰北門四軍。開元二十七年，改爲左右龍武軍，官員同羽林軍也。」即「左右龍武軍」源自北門四軍之左右萬騎營，與舊紀之説略異。《通典》卷二八「左右龍武軍」條又曰：「大唐之初，有禁兵號爲百騎，屬羽林。永昌元年，改羽林百騎爲千騎。景龍元年，改千騎爲萬騎，仍分爲左右營。開元二十六年，析羽林軍置左右龍武軍，以左右萬騎營隸焉。」述源流尤詳，正可解惑；且當以開元二十六年析建爲是。左右龍武軍官屬各有録事參軍事一員，品秩如諸衛，爲正九品上。故知魯山入左龍武軍，最早應始於開元二十七年。自開元二十三年至二十六年，也合于一任縣尉的任期。南和尉屬從九品上，魯山由此補正九品上的左龍武録事參軍。按唐縣層次及任官制度，魯山屬上縣（《元和郡縣圖誌》卷六），縣令秩爲從六品上（《舊唐書·職官一》），則魯山因家貧求官，竟一躍十階而至此。故若魯山三任官乃相次而授，則至汝州臨汝郡的時間最早當在天寶初。此有二證。首先，《墓碣銘》稱到任後，「長吏僉以客禮待之」，《舊唐書》本傳徑稱「汝郡守以客禮待之」，不云刺史，此乃天寶元年二月後的稱謂。其次，蕭穎士《登臨河城賦并序》有「天寶元年秋八月，奉使求遺書於人間。越來月，届於臨河之舊邑」語，從路途而言，穎士於秋八月離京，完全可在九月重陽前先南抵魯山，並作本詩，再北上臨河（屬相州，治所在今河南安陽）。且穎士詩序云：「時元兄屢有掛冠之意。」知元德秀正在魯山無疑；而詩云「山縣繞古堞，悠悠快登望……彭澤興不淺，臨風動歸心」者，所用典與元德秀的縣令身份正合，亦照應了元氏「屢有掛冠之意」。詩又云「中歡愴有違，行子念明發。僅能泯寵辱，未免傷别離」者，「行子」系穎士自稱，知在途中；「僅能泯寵辱」者，知穎士當時亦爲官身。末云「明時當盛才，短伎安所設？何日謝百里，從君漢之澨」者，則與穎士的心態有關，其開元二十九年所作《贈韋司業書》表達了願爲史官的强烈願望，未料只得一秘書正字微職，前兩句的不滿正爲此而發；所以他表白説，你何時謝卻「百里」之職，我當從你隱居於「漢之澨」。綜上，穎士詩乃天寶元年重陽作，元德秀時在魯山。陳鐵民斷爲開元二十六年詩，不可從；或謂作於穎士及第之開元二十三年前後，亦誤。

然須明辨者尚有數事。其一，陳鐵民所以斷元氏「始任魯山令的時間，大有可能早於開元二十三年冬」，是爲遷就《通鑑》卷二一四開元二十三年條載元氏在任時，與三百里内刺史、縣令各帥所部音樂參與東都五鳳樓大酺較技之事。按《通鑑》云：「都城酺三日。上御五鳳樓酺宴，觀者喧隘，樂不得奏。金吾白梃如雨，不能遏，上患之。高力士奏河南丞嚴安之爲理嚴，爲人所畏，請使止之；上從之。安之至，以手板繞場畫地，曰：『犯此者死。』於是盡三日，人指其畫以相戒，無敢犯者。時命三百里内刺史、縣令各帥所部音樂集於樓下，各較勝負。懷州刺史以車載樂工數百，皆衣文繡，服箱之牛皆爲虎豹犀象之狀。魯山令元德秀惟遣樂工數人，連袂歌《于蔿》。上曰：『懷州之人，其塗炭乎！』立以刺史爲散官。德秀性介潔質樸，士大夫皆服其高。」陳氏説《通鑑》繫時未確，認爲當是年末之事，遂牽合時、事，將此年視爲元氏爲令之始。事實上，元氏率樂工歌《于蔿》事並未見諸《元魯山墓碣銘》、《三賢論》及《元魯縣墓表》等原始文獻，《舊唐書》亦無載，至《新唐書》始采自《明皇雜録》。《通鑑》在考察了《新唐書》與《明皇雜録》的文字後，以《雜録》爲收録依據，並爲之繫年。然其文字并繫年皆有可議。要之，上引《通鑑》文字當以「時命三百里内刺史」爲界，分前後兩部分，前者見晚唐鄭綮所撰《開天傳信記》，後者出《明皇雜録》，但司馬光《考異》並未提及前事之出處。而《開天傳信記》實謂「上御勤政樓大酺」，即大酺事發生在長安興慶宫，非在洛陽（五鳳樓在洛陽）。仍需指出的是，《舊唐書・吉温傳》曰：「初，開元九年，有王鈞爲洛陽尉，十八年，有嚴安之爲河南丞，皆性毒虐。」事又見《新唐書・周利貞傳》。即開元二十三年時，嚴安之不應仍爲河南丞。可見，《開天傳信記》所述實爲開元十八年在長安時事，《通鑑》將其地改在洛陽，又系於開元二十三年之下，與事實不合，則元氏任魯山令及率樂工歌《于蔿》事也必不在本年。此點爲論者所未察，故其論點也不能成立。

其二，魯山令屬六品官，以三考爲滿秩。皮日休《元魯山》云：「三年魯山民，豐稔不暫饑。三年魯山吏，清慎各自持。」明謂元氏在任三年，自當於天寶三載（七四四）左右去職。陳鐵民因引《通典》卷一五「六品以下，四考爲滿」之説，謂魯山令爲六品以下官，遂定德秀秩滿時間「應該不會早於開元二十七年」之説不當。

其三，李華《元魯山墓碣銘》云：「維唐天寶十二載九月二十七日，魯山令河南元公終于陸渾草堂，春秋五十九……名高之士陸渾尉梁園喬潭賻以清白之俸，遂其喪葬，以明月十二日窆于所居南岡。」所言時間十分清晰，較元結《墓表》云「天寶十三載，元子從兄前魯縣大夫德秀卒」（《次山集》卷九）語更爲可信，然兩《唐書》本傳皆取元結所説，或以其爲兄弟之故。據李華文，知魯山天寶十二載（七五三）九月卒，十月葬，時春秋五十九，故當生於則天天册萬歲元年（六九五）。且終官後，又隱陸渾十年。

魯山縣有滍水，出縣西大陌山，詩云「綿連滍川迴」即此。

舟中遇陸棣兄西歸數日得廣陵二三子書知遲晚次沙墊西岸作

林烏遥岸鳴，早知東方曙。波上風雨歇，舟人叫將去。蒼蒼〔一〕前洲日，的的回沙鷺。水氣清曉陰，灘聲隱川霧。舊山勞魂想，憶人阻洄泝。信宿千里餘，佳期曷由遇。前程入楚鄉，弭棹問維揚。但見土音異，始知程路長。寥寥晚空靜，漫漫風淮涼。雲景信可美，風潮殊未央。故人江皋上，永日念容光。中路枉尺書，謂余瓊樹芳。深期結晤語，竟夕悵相望。冀願崇朝霽，吾其一葦航。

録自《全詩》卷一五四。又見盛本，題末多「二首」二字，以「前程」句領起第二首。

【校　記】

〔一〕蒼蒼，盛本作「蒼茫」。

【箋　證】

約天寶九載（七五〇）作，時在赴廣陵參軍事任途中。

按《滯舟賦》有「朝發乎荆衡，夕止乎揚越」句，叙天寶九載蕭穎士自洛陽南下荆衡，復東下揚越，赴廣陵參軍任之經過，可參該賦箋證。本詩有「前程入楚鄉，弭棹問維揚」句，知爲此次赴任途中作，較《滯舟賦》略早。但此詩更早的文獻出處不詳，似當存疑。

陸棣，《新唐書·宰相世系表》云：「棣，嘉興令。」餘無考。

□□□趙載同遊焦湖夜歸作

□□將澤國，溯騰迎淮甸。東江輸大江，別流從此縣。仙尉俯勝境，輕橈恣遊衍。自公暇有餘，微尚得所願。拈引間翰墨，風流盡歡宴。稍移井邑閑，始悦登眺便。遥岫逢應接，連塘乍迴轉。劃然氣象分，萬頃行可見。波中峰一〔一〕點，雲際帆千片。浩嘆無端涯，孰知蘊虚變。往遊信不厭，畢景〔二〕方未還。蘭□煙靄裏，延緣蒲稗間。勢隨風潮遠，心與□□閒。迴見出浦月，雄光射東〔三〕關。悠然蓬壺事，□□□衰顔。安得傲吏隱，彌年寓兹山。

録自《全詩》卷八八二。又見盛本，二本注「題缺三字，詩缺八字」。

【校　記】

〔一〕一，盛本作「三」。

〔二〕景，盛本作「竟」。

〔三〕東，盛本作「斗」。

【箋證】約天寶十載（七五〇）作，時爲廣陵參軍事，因往遊巢湖而作。

按「焦湖」即巢湖。《寰宇記》卷一二六淮南道廬州合肥縣云：「巢湖在今縣東南六十里。《吴志》云：或云『巢』作『勦』字音，亦謂焦湖。」同卷巢縣云：「巢湖在縣西一十五里，自合肥縣經過。一名巢湖，一名樵湖，一名焦湖，云巢縣陷爲湖。」即湖在二縣之間。又《新唐書・地理志》載淮南道廬州廬江郡巢縣「東南四十里有故東關」，《通鑑》卷一七三記陳太建十一年十一月丙午事有「是日，樊毅將水軍二萬自東關入焦湖」語，即東關與巢湖有水路相通。《通鑑地理通釋》卷十二「東關、巢湖」條云：「《郡縣誌》：巢湖在巢縣西五十里，周迴五百里，南出於東關口。東關口，縣東南四十里接巢湖，在西北至合肥界，東南有石渠，鑿山通水，是名關口。」故而可在湖上見「迴見出浦月，雄光射東關」之景。詩題云「□□□趙載同遊焦湖」，而詩云「仙尉俯勝境，輕橈恣遊衍」，似趙載時任巢縣尉，穎士與之同游，夜歸而作此詩，餘無考。《白鷴賦序》曰：「天寶辛卯歲，予飄泊江介，流宕逾時。」詩當作於本年。但此詩更早的文獻出處不詳，其歸屬不免有疑。

越江秋曙

扁舟東路遠，曉月下江濆。瀲灩信潮上，葱蒙[一]孤嶼分。林聲寒動葉，水氣曙[二]連雲。暾日浪中見[三]，榜歌天際聞。伯鸞常去國，安道昔[四]離群。延首剡谿近，詠言懷數君。

録自《會稽掇英總集》卷五。又載《石倉》卷四六、《唐詩品彙》卷七六、《海塘録》卷二五、《唐賢三昧集》卷下、《全唐詩録》卷十八、《全詩》卷一五四、《類函》卷三七、盛本。

【校記】

〔一〕葱蒙，諸本作「蒼茫」。

〔二〕曙，《品彙》、《詩録》、《全詩》、盛本作「曉」。

〔三〕見，諸本作「出」。

〔四〕昔，諸本作「惜」。

【箋證】

天寶十載（七五一）作，時漫遊吴越，因舟行近剡，思及友人而作。

「剡谿」在剡縣西南，北入上虞縣界爲上虞江，題中「越江」指此。《白鵰賦序》曰：「天寶辛卯歲，予飄泊江介，流宕逾時。秋八月，自山陰前次東陽。」途中當過剡縣。天寶辛卯歲即十載。穎士在廣陵，因居官無事，飄泊吴越甚久，時自山陰往東陽，曾遊及剡中。山陰屬越州，東陽即婺州郡名。知本詩乃穎士舟行至越州，地近剡溪，因念及友人而作。

後漢梁鴻伯鸞，扶風平陵人。嘗攜妻自齊魯適吴，終葬於吴縣要離冢傍。東晉戴逵安道，徙居會稽之剡縣，累徵不出，終於家。梁、戴皆高節之士，皆隱吴越，故「伯鸞常去國，安道昔離群」者，蓋穎士自吴之越，藉以自譬也。

留别二三子得韻字

二紀尚雌伏，徒然忝先進。英英爾衆賢，名實鬱雙振。殘春惜將别，清洛行不近。相與愛後時，無令孤逸韻。

録自《唐詩紀事》卷二七，又見《全詩》卷一五四、盛本。

【箋　證】

天寶十二載（七五三）暮春作。時調河南府參軍事，將赴東洛，與諸弟子賦詩灞橋以别。

《新唐書》本傳曰：「林甫死，更調河南府參軍事。」考李林甫天寶十一載十一月卒，穎士待選闕下兩載後，終得微職，次年春赴任。詩云「殘春惜將别，清洛行不近」，言别時及去向甚明。又諸門人送别贈詩，劉舟（一作冉）《送蕭穎士赴東府得適字》云：「德遂天下宗，官爲幕中客。」亦指此。檢《唐故沂州丞縣令賈君（欽惠）墓誌銘并序》云：「以天寶十二載歲次戊（癸）巳十月戊辰朔十七日甲申，啓殯□平樂里，葬于河南縣梓澤鄉邙山之北原。」署「登仕郎守河南府參軍蕭穎士撰」（見本書卷五，亦可參岑仲勉《續貞石證史》「蕭李遺文拾」條），知本年十月前已到官。穎士開元二十三年登科，至此十九年，詩云「二紀尚雌伏，徒然忝先進」者，蓋舉成數以寄慨。

「宗師忽千里，使我心氛氳」（鄔載《送蕭穎士（一作夫子）赴東府得君字》）。穎士將赴東府，弟子十二人賦詩餞别，今存十首。據《劉太真詩序》，時預會賦詩者有賈邕、劉舟、長孫鑄、房由、元晟、劉太沖、姚發、鄭愕、殷少野九人；鄔載有詩，然「不預此會」；未見太真及相里造詩，有一人連姓名及詩皆逸去。以上《送蕭穎士（一作夫子）赴東府》十首並劉太真《序》，皆載《唐詩紀事》卷二七「賈邕」條，亦見《全詩》卷二百九。《紀事》列穎士詩於諸門人詩後。太真《序》云：「蕭夫子赴東府，門人送者十二人……從官三年，始參謀於洛京，家兄與先鳴者六七人，奉壺開筵，執弟子之禮於路左……春雲輕陰，草色新碧；皎皎匹馬，出於青門。吾徒喟然，瞻望不及。賦詩仰餞者，自相里造、賈邕以下，凡十二人，皆及門之選也。」詩云：「子欲適東周，門人盈岐路。高標信難仰，薄官非始務。

綿邈千里途，裴回四郊暮。征車日云遠，撫己慚深顧。」叙事之首尾、時地甚詳，諸弟子詩亦可佐證，參書後附録，不具引。

序又云：「頃東倭之人，踰海來賓，舉其國俗，願師於夫子。弗敢私，請表聞於天子，夫子辭以疾而不之從也。」姚發《送蕭穎士（一作夫子）赴東府得草字》亦云「中夏授參謀，東夷願聞道」。世傳穎士文章學術名動華夷，願師于夫子事爲二門人所記録，當可信從。又《太平廣記》卷一六四「蕭穎士」引《翰林盛事》云：「蕭穎士文章學術俱冠詞林，負盛名而湮沈不遇。常有新羅使至，云：『東夷士庶，願請蕭夫子爲國師。』事雖不行，其聲名遠播如此。」按《直齋書録解題》卷五著録《翰林盛事》一卷，云：「唐剡尉常山張著處晦撰，紀儒臣盛事，自武德中迄于天寶首載。」據此，《翰林盛事》最早當成書于天寶年間，唯陳氏稱其紀事止於天寶元年，是一疑也。綜合而言，三位唐人的記録當事出有因，兩《唐書》本傳大略從《翰林盛事》引述。

江有歸舟三章并序

《記》有之：尊道成德，嚴師其難哉！故在三之禮，極乎君親，而師也參焉，無犯與隱，義斯貫矣。孔聖稱顔子，有「視余猶父」嘆，其至歟！今吾於太真也然乎爾。且後進而余師者，自賈邕、盧冀之後，比歲舉進士登科，名與實皆相望騰遷，凡數子〔一〕。其他自京畿太學，踰于淮泗，行束脩已〔二〕上，而未及門者，亦云倍之。余弗敏，曷云當乎，而莫之讓。蓋［有］〔三〕來學，微往教，蒙匪余求，若之何其拒哉！猗爾之所以求，我之所以誨，學乎？文乎？學也者，非云徵辯説，摭文字，以扇夫談端，輮厥詞意，其於識也，必鄙而近矣，所務乎憲章典法、膏腴德義而已。文也者，非云尚形似，牽比類，以局夫儷偶，放於［奇靡，其於］言也〔四〕，必淺而乖矣，所務乎激揚雅訓、彰宣事實而已。衆之言文學者或不然。於戲！彼以我爲僻，爾以我爲正，同聲相求，爾後我先，安得而不問哉！問而教，教而從，從而達，欲辭師也得乎？孔門四科，吾是以竊其一矣。然夫德行政事，非學不言；言而無文，行之不遠，豈相異哉！四者一夫正而已矣。故曰：「詩三百，一言以蔽之曰，思無邪。」不〔五〕正之謂也。

吾嘗謂門弟子有尹徵之學，劉太真之文，首其選焉。今茲春連茹甲乙，淑問休聞，爲時之冠。浹旬有詔，俾徵典校秘書，且馳傳隴首，領元戎書記之事。四牡騑騑，薄言旋歸，聲動日下，浹於寰外。而太真元昆，前已甲科，未始閒歲，翩其連舉。謂予不信，豈其然乎？夏五月，迴棹有〔六〕洛，告歸江表。岵兮屺兮，歡既萃矣；兄矣弟矣，榮斯繼矣。搢紳之徒習《禮》聞《詩》者，僉曰：劉氏二子，可謂立乎身，光乎親，蹈極致於人倫者矣。上京餞別，庭闈望歸，從古以〔七〕來，未之聞也。心乎往矣，有懷伊阻；行矣風帆，載飛載揚。爾思不及，黯然以泣。先師孝悌謹信、泛愛親仁、餘力學文之訓，爾其志之。余羈宦此都，色斯云舉，彼吴之丘，曾是昔遊。南條北固，朱方舊里，昔與太真初會於兹。余之門人有柳并〔八〕，前是一歲，亦嘗覯兹地。其請業也，必始乎此焉。并也有尹之敏、劉之工，其〔九〕少且疾，故莫之逮。太真亦嘗曰：「何敢望并。」并與真，難乎其相奪矣。緬彼江陰，京皐是臨；言念二子，從予於此；爾云過之，其可忘諸。同是餞者，賦《江有歸舟》，以寵夫嘉慶焉爾。詩曰：

江有歸舟，亦亂其流。之子言旋，嘉名孔修。揚于王庭，允焯其夫〔一〇〕。

舟〔一一〕既歸止，人亦榮止。兄矣弟矣，孝斯踐矣。稱觴宴喜，于岵于屺。

彼逝〔一二〕惟帆，匪風不揚。有彬伊文〔一三〕，匪學不彰。予其懷而，勉爾無忘。

録自《文粹》卷九六，題《送劉太真詩序》。又載《全詩》卷一五四、《四庫》、盛本。

【校記】

〔一〕數子，《四庫》作「十數子」。

〔二〕已，《全詩》、盛本作「以」。

〔三〕有，原無此字，據諸本補。

〔四〕「放於」八字，原作「放於言也」四字，《四庫》作「旅於奇靡其於言也」，盛本作「放■■■其於言也」，四字據《四庫》補。

〔五〕不，盛本作「亦」。

〔六〕棹有，盛本作「棹京」。

〔七〕以，《四庫》、《全文》作「已」。

〔八〕「并」下，諸本有「者」字。

〔九〕其，《四庫》作「且」。

〔一〇〕夫，諸本作「休」。

〔一一〕舟，原作「寸」，據諸本改。

〔一二〕逝，《全詩》作「遊」。

〔一三〕文，《全詩》作「父」。

【箋證】

天寶十三載（七五四）夏五月作。時爲河南府參軍，與柳并同在洛陽餞别劉太真昆仲榮歸江表。

《序》云：「吾嘗謂門弟子有尹徵之學，劉太真之文，首其選焉。今兹春連茹甲乙，淑問休聞，爲時之冠。浹旬有詔，俾徵典校秘書，且馳傳隴首，領元戎書記之事……而太真元昆，前已甲科，未始間歲，翩其連舉……夏五月，迴櫂京洛，告歸江表。」按「太真元昆」指劉太沖。《唐詩紀事》卷二七載太沖「天寶十二年陽浚舍人下登第」，《登科記考》據收于當年條下。又盛本在「前已甲科」句下注「太真兄太沖以去歲登科」，蕭序又云尹徵與太真並於「今兹春連茹甲乙」，知尹徵與太真爲十三載（七五四）進士，亦爲《登科記考》所録。故知本詩作于天寶十三載夏五月，在劉太真中第後，爲送其昆仲榮歸江表而作，「以寵夫嘉慶焉爾」。時穎士在河南府參軍事任，序云「余羈宦此都，色斯云舉」者，語出《論語·鄉黨》「色斯舉矣，翔而後集」句，表達見幾而作，審於去就之意，正見《庭莎賦》作意也。

蕭序叙至尹徵及太真連中春闈後，又云「浹旬有詔，俾徵典校秘書，且馳傳隴首，領元戎書記之事。四牡騑騑，薄言旋歸，聲動日下，浹於寰外。而太真元昆……」，按「俾徵」之「徵」，當即尹徵，故先叙尹徵中第後，以「典校秘書」銜領幕府掌書記職，名動中外之事；再表彰劉氏兄弟連中科第的榮耀。「隴首」當指「隴首山」，以代隴右之地。天寶六載十一月至十五載，哥舒翰爲隴右節度使，故尹徵所入當即哥舒翰隴右幕。太真兄弟則告歸江表，告慰庭闈，顯榮人倫。序文送劉氏昆仲及尹徵，然極道柳并之才，是重其人，亦見其尚未登科。所謂「同是餞者」，柳氏當時亦在洛陽。

《禮記·學記》云：「凡學之道，嚴師爲難。師嚴然後道尊，道尊然後民知敬學。是故君之所不臣於其臣者二，當其爲尸則弗臣也，當其爲師則弗臣也。大學之禮，雖詔於天子，無北面，所以尊師也。」序謂「《記》有之」者本此。

江有楓一篇十章并序

江有楓，思陸、鄭二友吴會舊遊，且疾讒也。君〔一〕宦於尹府，以直方不偶，見傴讒佞，惟古之賢者，有避色避言之義，矯然去之。二室之間，有槭樹焉，與江南楓形胥類，憩於其下，而作是詩，以貽夫二三子焉。

江有楓，其葉蒙蒙。我友自東，于以遊從。
山有槭，其葉漠漠。我友徂北，于以休息。
想彼槭矣，亦類其楓。矧伊懷人，而忘于〔二〕東。
東可遊矣，會之丘矣。于山于水，于廟于寺，于亭于里，君子遊焉。于以宴喜，其樂亹亹。
粤東可居，彼吴之墟。有田有庭，有朋有書，有尊有魚，君子居焉。惟以宴醑，其樂徐徐。
我朋在矣，彼陸之子（彼陸之子，淹也）〔三〕。如松如杞，淑問不已。

我友于征，彼鄭之子（彼鄭之子，愕也）〔四〕。如琇如英，德音孔明。我思震澤，菱芡幕幕，寤寐如覿。我思剡溪，杉篠萋萋，寤寐無迷。有鳥有鳥，粤鷗與鷺。浮湍戲渚，皓然絜〔五〕素，忘其猜妒。彼何人斯，曾足傷懼。此懼維何，懼置于羅。彼驕者子，讒言孔多。我聞先師，體命委和。公伯之愬，則如予何。悵然山河，惟以嘯歌，其憂也哉！

録自《文粹》卷十一。又載《唐詩鏡》卷二八、《全唐詩録》卷十八、《全詩》卷一五四、盛本。《古今合璧事類備要别集》卷六九「蕭穎士江有楓篇」，《山堂肆考》卷二一三「戲渚」引「有鳥有鳥」一章。《全唐詩録》作一篇十一章，以「我思震澤」、「我思剡溪」各領起一章。

【校　注】

〔一〕君，諸本作「臣」，《全詩》、盛本校「一作君」。

〔二〕于，諸本作「其」。

〔三〕「彼陸」六字，《全詩》、盛本作「淹也」。

〔四〕「彼鄭」六字，《全詩》、盛本作「愕也」。

〔五〕絜，《全詩》、《詩録》、盛本作「潔」。

【箋證】

天寶十三載秋或十四載底（七五四，七五五）作，時已去職。

本詩乃思友懷舊之作。序所云時、事，與穎士在「尹府」時，因「以直方不偶，見偪讒佞」，乃遵古訓「避色避言之義」，「矯然去之」之後，在二室之間見槭樹之形「亦類其楓」，遂憶及與陸、鄭二友「吴會舊遊，且疾讒也」之舊事有關。按穎士生平，詩當作於去河南府參軍事之後，以天寶十三載（七五四）秋爲上限，至遲不過十四載十一月。所謂「吴會舊遊」，指天寶十載辛卯秋八月前。穎士「旅泊江會，流宕愈時」之時，與弟子陸淹、鄭愕相聚之事（參《白鷴賦》）；「且疾讒」者，指天寶中期爲李林甫所排事。時李林甫驕横專權，對蕭氏肆行造謡誹謗，所謂「此懼爲何，懼置於羅。彼驕者子，讒言孔多」正指此而言，亦可參《伐櫻桃樹賦》之描述。

天寶十三載夏五月，穎士在河南府餞别太真兄弟歸江東，有《江有歸舟》詩，序云「余羈宦此都，色斯云舉；彼吴之丘，曾是昔遊。心乎往矣，有懷伊阻；行矣風帆，載飛載揚；爾思不及，黯然以泣」數語之意，與本序相表里，須對讀方見其旨。按《舊唐書·職官三》，開元初，以京兆、河南、太原爲府，各置尹一員，從三品，專總府事；各府置參軍事六人，正八品下。穎士一生爲官，可稱「宦于尹府」者，唯河南府參軍事一職。「色斯云舉」者，典出《論語·鄉黨》「色斯舉矣」句，馬融注：「見顔色不善則去之。」正義曰：「此言孔子審去就也。謂孔子所處見顏色不善，則於斯舉動而去之。」（《論語注疏》卷十）即「古之賢者，有避色避言之義」之所本。然《江有歸舟》序只稱「色斯云舉」，實未去之，故有「爾思不及，黯然以泣」之語。及作本詩時，則已「矯然去之」，身在「二室之間」矣，故雖不能續吴會之舊游，尚能見椷而思楓，懷故交之情誼。據穎士今存文字，十三載秋九月，穎士在蓬池陪同「李採訪」宴李文部暐，時自稱爲「客」，當已去職（參《陪李採訪泛舟蓬池宴李文部序》箋證），故爲本詩之作上限。十四載十一月，已自太室山往汴州陳留郡見河南採訪使郭納，陳守御計，因不見用而去，事見《登故宜城賦》及《新唐書》本傳，故爲本詩之作下限。

鄭愕乃天寶十二載進士，是送别蕭氏赴河南府參軍事之長安門人之一，有《送蕭穎士赴東府得往字》詩，餘事未詳。陸淹事蹟未詳。

震澤即太湖，在吴縣。《史記·夏本紀》：「三江既入，震澤致定。」集解：「孔安國曰：震澤，吴南太湖名。言三江已入，致定爲震澤。」《元和郡縣圖誌》卷二六江南道蘇州吴縣：「太湖在縣西南五十里。《禹貢》謂之震澤，《周禮》謂之具區。湖中有山，名洞庭山。」

有竹一篇七章并序

《有竹》，懿李新後闇而譏親友也。

有竹斯竿，于閣之前。君子秉心，惟其貞堅兮。有竿斯竹，于閣之側。君子秉操，惟其正直兮。彼蔚者竹，蕭其森矣。有開者閣，宛其深矣。迴簷幽砌，如翼如齒。冬之宵，霰雪斯瀌。我有金罏，熺其以歊。夏之日，炎景斯鬱。我有珍簟，淒其以栗。彼紛者務，休[一]其豫矣。有旨者酒，歡其且矣。友僚萃止，跗萼載韡。彼美公之姓兮，那歟應積慶兮，期子惟去之柄兮。

録自《文粹》卷十一，又見《全詩》卷一五四、盛本。

【校　記】

[一] 休，《全詩》、盛本作「體」。

【箋　證】

疑天寶十四載（七五五）末作，在衛州。

潁士《登故宜城賦》云：「變之始也，予旅寓於淇園。」當天寶十四載末。淇園在衛州（汲郡）淇縣西北，傳衛武公年九十有五，猶自箴警，故國人賦詩以美其德，云「瞻彼淇奧，緑竹猗猗。有匪君子，如切如磋，如琢如磨。」（《詩·衛風·淇奧》）。其地盛産竹，《史記·河渠書》：「是時，東流郡燒草，以故薪柴少，而下淇園之竹以爲楗。」《集解》釋「淇園」云：「晋灼曰：衛之苑也，多竹篠。」任昉《述異記》卷下亦云：「衛有淇園，出竹，在淇水之上。《詩》云『瞻彼淇奧，緑竹猗猗』。」穎士借詠竹以讚美李公之德，或因淇園之竹而興起也。

早春過士嶺寄題硤石裴丞廳壁

出硤寄趣少，晚行偏憶君。依然向來處，官路溪邊雲。兹路豈不劇，能無俗累紛。槐陰永未合，泉聲細猶聞。彌嘆春罷酒，高卑〔一〕從此分。登高望城入，斜影半風薰。

録自《唐詩品彙》卷十七，又見《全詩》卷一五四，題《早春過七嶺寄題硤石裴丞廳壁》。

【校　記】

〔一〕高卑，《品彙》、《全詩》作「牽卑」，《全詩》校「一本二字缺」。

【箋證】

作年未明。

按此「硤石」指河南道陝州硤石縣（在今河南陝縣與三門峽市之間）。《寰宇記》卷六河南道陝州硤石縣載縣東二十里有硤石水，「水出土嶺，西經硤石山，因與橐水合流」，知自關中流至硤石，須出土嶺，故《全唐詩》題作「七嶺」誤。又按《水經注·橐水注》，知橐水出橐山後，西流經陝縣故地，接硤石水，然後入河。即硤石地處關内與河南交通的必經之地，穎士多往來兩地，故此詩繫年難明。

過河濱和文學張志尹

隆古日以遠，舉世喪其淳。慷慨懷黄虞，化理何由臻。步出城西門，裴回見河濱。當其側陋時，河水清且潾。滄桑一以變，莽然翳荆榛。至化無苦窳，宇宙將陶甄。太息感悲泉，人往跡未湮。瑟瑟寒原暮，冷風吹衣巾。顧我謭劣質，希聖杳無因。且盡登臨意，斗酒歡相親。

録自《全詩》卷一五四。又見盛本。

【箋證】

作年未明。

據題知張志尹嘗任「文學」，據《舊唐書·職官三》，有親王府文學，掌讎校典籍、侍從文章，從六品上；有太子文學，掌侍奉文章，正六品下。其人所任不明，事亦不可考。《史記·五帝本紀》：「舜耕歷山，漁雷澤，陶河濱，作什器於壽丘。」按「陶河濱」者，《集解》引皇甫謐曰：「濟陰定陶西南陶丘亭是也。」《正義》云「於曹州濱河作瓦器也」。《括地志》云：「陶城在蒲州河東縣北三十里，即舜所都也。南去歷山不遠。或耕或陶，所在則可，何必定陶方得爲陶也？舜之陶也，斯或一焉。」故「河濱」之所在，或云曹州（即濟陰），或云蒲州河東。然如《括地志》所言，黄河沿岸所在皆可制陶，故其地難於指實。唯詩云「瑟瑟寒原暮」，知時當歲暮。但此詩更早的文獻出處不詳，其歸屬似當存疑。

涼雨一章并序

《涼雨》志楊侯樂賓僚也。

習習涼雨〔一〕，泠泠浮飆。君子樂胥，于其賓僚。有女斯夭，式歌且謡。歡言終宵〔二〕，惟以招邀，于胥樂兮。

錄自《文粹》卷十一，又載《全詩》卷一五四、盛本。

【校 記】

〔一〕雨，《全詩》、盛本作「風」。

〔二〕歡言終宵，諸本作「欲言終宥」。

【箋 證】

作年未明。

楊侯亦不知何人。

菊榮一篇五章并序

《菊榮》酬贈離，且申志也。久寓大邑，賢宰宋侯惠而好予，賦《鳴蟬》以貺別，有懷相規，備厥卒章，于以報焉。

采采者菊，芬其榮斯。紫英黄荂，照灼丹墀。愷悌君子，佩服攸宜。王國是維，大君是毗（宋即太尉文貞公之子也〔一〕）。貽〔二〕爾子孫，百禄萃之。

采采者菊，于邑之城。舊根新莖，布葉垂英。彼美淑人，應家之禎。有弦既鳴，我政則平。宜爾棟崇，必復其慶。

采采者菊，于邦之府。陰槐翳柳，邇楹近宇。彼勞者子，喧卑是處。慨其莫知，藴結誰語。企彼高人，色斯遐舉。

采采者菊，于賓之館。既低其枝，又弱其幹。有匪〔三〕君子，是焉披翫。良辰旨酒，宴飲無算。愴其仳别，終然永嘆。

歲方宴矣，霜露殘促。誰其榮斯，有英者菊。豈微春華，懿此貞色。人之侮我，混于薪棘。詩人有言，好是正直。

録自《文粹》卷十一。又見《全詩》卷一五四、《佩文齋廣群芳譜》卷四九（無序）、盛本。《百菊集譜》卷三、《佩文齋廣群芳譜》卷四八引「蕭穎士菊榮篇：紫英黄荂，照曜丹墀」。

【校　記】

〔一〕「宋即」十字，諸本無。

〔二〕貽，原作「始」，據諸本改。

〔三〕匪，《全詩》作「斐」。

【箋　證】

作年未明，時當在尉氏縣（今屬河南）。

序云：「久寓大邑，賢宰宋侯惠而好予，賦鳴蟬以貺别。」檢《文粹》同卷載宋華《蟬鳴一篇五章》序云：「蟬鳴感秋興，送將歸也。僻守外邑，而蘭陵子相過。詰朝言歸，賦詩見志，以申贈焉。」蘭陵子即穎士，且兩序文意相和，詩屬贈答，知「賢宰宋侯」即宋華。然《全詩》卷二五七宋華傳云「濮陽宰」，誤。穎士詩「大君是毗」句注「宋即太尉文貞公之子也」。考大曆五年（七七〇）十二月顔真卿撰《宋公（璟）神道碑銘》曰：「（開元）二十五年仲冬月十九日寢疾，薨於東都明教里第……追贈太尉，謚曰文貞公。」知「太尉文貞公」即宋璟，邢州南和人。又云「公有七子……華，判入高等，登封尉、尉氏令」（《顔魯公集》卷四），《舊唐書·宋璟傳》載璟七子居官無德，盡喪「廣平之風教」，華即璟第六子，「華、衡，居官皆坐贓，相次流貶」。但諸書不載宋華嘗居濮陽宰事。《新唐書·宰相世系表五上》「宋氏」仍曰：「華，尉氏令。」故《全詩》小傳當據穎士「久寓大邑」等語，臆測其作於穎士客居濮陽期間，實無據。又《故河南府新安縣丞清河崔公（諶）墓誌銘》署「右金吾衛録事參軍宋華撰」（《全唐文補遺》第六輯），記崔諶開元二十五年四月二十三日葬，若二宋華爲一人，當在開元末任右金吾衛録事參軍，此後爲登封尉、尉氏令。故本詩作年存疑。

山莊月夜作

獻書嗟棄置，疲拙歸田園。且事計然策，將符公冶言。桑榆清晨[一]景，雞犬應遥村。蠶罷里閭晏，麥秋田野喧。澗聲連枕簟，峰勢入堦軒。未奏東山妓，先傾北海樽。隴瓜香早熟，庭果落初繁。更愜野人意，農談朝竟昏。

録自《唐詩品彙》卷七六。又載《石倉》卷四六、《全唐詩録》卷十八、《全詩》卷一五四。

【校　注】

〔一〕清，《全詩》校「一作畏」。晨，諸本作「暮」。

【箋　證】

作年未明。

詩云「獻書嗟棄置，疲拙歸田園」者，考諸穎士生平，實未之聞也。然借田園詠懷，在穎士詩中以此獨絶。

羽　山

九山方蕩潏，三考佇良材。夏祖何屯圮，遷殛此山隈。空餘下泉客，誰復辨黄能。

録自《全詩》卷八八二。又見盛本。

【箋　證】

作年未明。

詩云「夏祖何屯圮，遷殛此山隈」者，指鯀被殛于羽山事，「下泉客」即鯀也。堯時，鯀竊息壤治水，天帝派祝融誅於羽山，事見《山海經·海内經》云：「洪水滔天，鯀竊帝之息壤以堙洪水，不待帝命。帝令祝融殺鯀于羽郊。鯀復生禹，帝乃命禹卒布土，以定九州。」《左傳·昭公七年》則云：「昔堯殛鯀于羽山，其神化爲黄熊，以入于羽淵，實爲夏郊，三代祀之。」《國語·晋語八》亦曰：「昔者鯀違帝命，殛之於羽山，化爲黄熊，以入于羽淵，實爲夏郊，三代舉之。」又見《史記·五帝本紀》與《史記·夏本紀》，傳説衆多，不俱引。然「鯀復生禹」，終治水成功，立夏。而鯀以治水之功，爲「夏家郊祭之」，歷殷、周二代，通在群神之數，並見祭祀，故稱夏祖。黄能，或説是龍，或即黄熊，三足，不可辨。

羽山有數説。《元和郡縣圖誌》卷十一河南道海州朐山縣：「羽山，在縣西北一百里。《書》曰：『殛鯀于羽山。』即此也。」同卷沂州臨沂縣：「羽山，在縣東南一百一十里。與海州朐山縣分界。」又見《寰宇記》卷二三等。江永《春秋地理考實》：「要之，此山在沂州（今山東臨沂縣）之東南，海州（今江蘇海州，即東海縣舊治）之西北，贛榆（江蘇贛榆縣新治西北之贛榆城）之西南，郯城（今山東郯城縣）之東北，實一山跨四州縣之境。」然楊伯峻説「四縣之間實無此大山」（《春秋左傳注·昭公七年》）。《寰宇記》卷二十又謂在蓬萊縣東南三十里。故其山所在實屬傳説，不必指實。此詩更早的文獻出處不詳。

附録

壹　蕭穎士年譜

玄宗開元五年丁未（公元七一七年），一歲

本年穎士生（説見開元二十三年條）。

字茂挺。梁鄱陽王恢七世孫。祖籍蘭陵，生於穎川。

穎士在《贈韋司業書》中自稱「穎川男子」，「僕汝、穎之間一後生耳」，及「僕生於汝、穎」；又叙世系云「僕南遷士族，有梁支孫。系祖司徒鄱陽忠烈王……第三子侍中懿惠侯……長子山陰公，儒術精博，世有盛名。隋代山陰第十一弟常侍君……少子零陵通守，以再從侄齊王諮議府君爲後，則小人曾王父，本則（疑當作「懿」）惠侯第十七弟太尉宜豐侯之後，太子太保梁安公之孫……越敬王之圖匡復也，王父實預其謀……家君子少丁家艱……僕生於汝、穎……」（《英華》卷六七八）知出南朝梁宗室，本貫南蘭陵，生於汝、穎之地。符載《尚書比部郎中蕭府君（存）墓誌銘》載穎士子蕭存卒後，「權窆于承仙之西岡，未克葬于臨汝故也」（《全文》卷六九一），臨汝（今河南汝州，治梁縣）在汝水上游，應是蕭氏祖塋所在；穎即穎上，屬穎州（今安徽阜陽），居穎水下游，或即出生之

地，此所謂汝、潁間人也。

蕭氏世系有三説。其一見《贈韋司業書》，今據列自「僕」以上七世如下：梁鄱陽王恢—第三子懿惠侯—第十二子隋常侍君—少子零陵通守—曾王父（少子零陵通守以再從侄齊王府諮議繼嗣）—王父—家君子（旻）……穎士

考「鄱陽忠烈王」乃文帝蕭順之第十子蕭恢，梁高祖蕭衍弟，薨謚忠烈。恢「有男女百人，男封侯者三十九人」（《南史·鄱陽忠烈王傳》），「第三子侍中懿惠侯」未見史載，其長子蕭該于開皇初賜爵山陰縣公（《隋書·何妥傳》），即「長子山陰公」。蕭該第十一弟蕭詡，嘗任隋太子洗馬、烏傷令（參《八代談藪校箋》前言及徐陵《東陽雙林寺傅大士碑》），即穎士五世祖。《書》又云詡之「少子零陵通守，以再從侄齊王諮議府君爲後」，「本則惠侯第十七弟太尉宜豐侯之後」，即穎士曾王父；以下爲「王父」某，父旻，其世系歷歷可辨。即懿惠侯血脈傳三世後，已爲宜豐侯之曾孫所繼嗣，此系理解穎士世系的關鍵（説見下）。然曾王父、王父其人，尚未明瞭。

趙璘《因話録》卷三所叙蕭氏世系與穎士自述則大異，云：「文帝第三子恢，封鄱陽王，薨謚忠烈；恢生宜豐侯循，循生唐太子太保造，造生武威大將軍夙[一]，夙生雅州都督善義，善義生左

[一]《唐宋墓誌》二二一號《大唐韓府法曹參軍息蘭陵蕭君之誌》（垂拱四年五月廿七日）有「高祖造，刑、禮二部尚書，太子太保、上柱國、梁郡開國公……曾祖鳳，朝散大夫、林州長史，襲梁郡公」云云，則鳳、夙或爲兄弟。

衛録事參軍元恭，元恭生密縣主簿旻，旻生楊府功曹諱穎士，字茂挺。」即穎士以上七代如下：

梁鄱陽王恢—宜豐侯循—太子太保造—武威大將軍夙—雅州都督善義—左衛録事參軍元恭—密縣主簿旻—楊府功曹穎士

二者相較，僅七世祖與父名相同，餘皆有異。

再按符載撰《蕭府君（存）墓誌銘》所述世系：「君諱存，字成性，梁武帝季子（一作弟子）鄱陽王恢之裔。五世祖唐刑部尚書生雅州都督，都督生左衛長史元恭（《英華》此九字作「左衛長史元泰」），長史生密州莒縣主簿旻，主簿生揚州府功曹穎士。」則穎士以上世系如下表：

梁鄱陽王恢—？—？—五世祖唐刑部尚書某—雅州都督某—左衛長史元恭—密州莒縣主簿旻—揚州府功曹穎士

趙璘、符載皆以「左衛長史（或録事參軍）元恭」爲穎士王父之名，當有據。《贈韋司業書》云：「越敬王之圖匡復也，王父實預其謀，擯身江海，不臣武氏；舊業邠岐，一朝瓦解。」而《新唐書·蕭穎士傳》曰：「祖晶，賢而有謀。任雅相伐高麗（按事在高宗龍朔元年五月），表爲記室。越王貞舉兵（按事在武后垂拱四年八月），杖策詣之，陳三策，王不用，晶度必敗，乃亡去，客死廣陵。」二者記事背景略同，新傳獨言其祖名「晶」，未詳所據。唐左右衛掌宫禁宿衛，將軍以下屬官以長史（從六品上）爲首，録事參軍事（正八品上）次之，元恭或歷録事參軍職，終於長史，據《新唐書·蕭穎士傳》，論時當在龍朔元年（六六一）之後，垂拱四年（六六八）之前。

而「雅州都督善義」即「雅州都督某」——穎士的「曾王父」，本系懿惠侯弟宜豐侯曾孫，應即以再從侄身份繼嗣「（常侍君）少子零陵通守」之人，時爲「齊王諮議府君」，官終雅州都督。按唐人習慣，祖父爲親兄弟，其曾孫爲再從侄關係，即第四代從兄弟關係。因則惠侯與宜豐侯爲親兄弟，其曾孫就分别是《贈韋司業書》所述穎士之「曾王父」和趙、符二人所説的「雅州都督善義（或某）」，也即「（常侍君）少子零陵通守」和「武威大將軍夙」這對再從兄弟之子，故「雅州都督善義」即「（常侍君）少子零陵通守」的再從侄，其以此身份嗣懿惠侯血脈，遂爲穎士曾王父。唐人最重譜系，韋述、穎士皆是譜牒名家，穎士以書謁韋述，又在自叙家世時點出繼嗣情節，其真實性絶無可疑。趙璘雖是穎士外曾孫，時代已遠，所知未詳，固其宜也。符載所言應得自蕭氏後人，稍近其實，但亦有不當。今考武德初有刑部尚書蕭造（《舊唐書・高祖紀》），嚴耕望《唐僕尚丞郎表》卷十九：「武德元年五月二十甲子，高祖受禪，造以隋刑尚留任。時階光禄大夫。七月三日丙午，徙太子太保。」即「五世祖唐刑部尚書某」確是「太子太保造」，然其與「雅州都督善義」之關係，趙氏以爲祖，符氏以爲父，恐當以趙説爲是。總之，穎士自述世系的關鍵，是從「雅州都督善義」始，懿惠侯世系被宜豐侯血脈所取代。如按趙、符所述，則從「雅州都督善義」以上，懿惠侯一脈就已消失。實就血緣關係而言，宜豐侯確爲蕭善義父祖；但在宗法關係上，當以穎士自述爲是。故蕭氏世系當如下表所示：

梁鄱陽王恢—第三子懿惠侯—詡（第十二子隋常侍君）—少子零陵通守—善義（本宜豐侯曾

孫武威大將軍夙之子，以再從侄身份繼嗣，歷齊王府諮議、雅州都督）—元恭（左衛長史或録事參軍）—旻（莒縣主簿）—穎士（揚州功曹）

《因話録》又稱旻爲密縣主簿，地屬河南府；《蕭府君墓誌銘》作「密州莒縣主簿」，李華《三賢論》、《揚州功曹蕭穎士文集序》皆謂「莒縣丞」，故「密縣主簿」當是「密州莒縣主簿」省誤，或丞或主薄則未明。唐小説多載穎士面貌酷似鄱陽王，《原化記》謂王爲其八代祖，是連其本身而言；《大唐傳載》言王是六代祖，誤。

父旻，事親族以孝友著稱。嘗爲密州莒縣丞（《蕭府君墓誌銘》謂「密州莒縣主簿」），

開元二十三年因事獲罪，時穎士初登科，往救獲免。當卒於開元二十六年。

穎士《贈韋司業書》：「家君子少丁家艱，辛苦百罹，事繼親，長異母弟，育孤侄，以孝友聞於姻族。」

李華《三賢論》：「茂挺父爲莒丞，得罪清河張惟一，時佐廉使，按成之。茂挺初登科，自洛至莒，道邀使車，發詞哀乞，惟一涕下，即日捨之，且曰：『蕭贇府生一賢才，資天下風教，吾由是得罪亦無憾。』」事又載《新唐書·蕭穎士傳》。按穎士開元二十三年登科，即往救父。旻之卒年參開元二十六年條考證。

母元氏。

穎士《登臨河城賦并序》云「亡舅孝廉元君」，《爲南陽尉六舅上鄧州趙王牋》又云：「顧瞻兄

弟,童丱五人……少賴餘蔭,免從庶役。或以進士,或以明經,二紀於兹,畢參官序。」知穎士母族元氏,有舅六人,皆從科舉出身入仕。《登臨河城賦并序》又云:「舅於予有教授之恩,隻詞片字,皆資訓誘。既而射策桂林,校書芸閣,首爲知己名稱,舅氏之力也。」知穎士受舅氏之恩甚深。

兄弟若干,皆早夭,不顯。

穎士《蓮蘂散賦并序》:「予同生繼夭,憯戚所萃。乙未歲夏六月,旅寄韋城,憂傷感疾,腫生於左脇之下,彌旬不愈,楚痛備至。」玄宗時,僅開元七年歲當「己未」,穎士時三歲,故應是「乙未」之誤,即天寶十四載。據序,穎士兄弟皆在天寶十四載之前夭亡。

婿柳中庸。

淡,避武宗諱作「澹」,字中庸,以字行。河東虞鄉人。穎士弟子柳并弟,柳宗元父之族兄弟,《先君石表陰先友記》曰:「柳氏兄弟者,先君族兄弟也。最大并,字伯存。爲文學,至御史。病瞽遂廢。次中庸、中行,皆名有文。咸爲官,早死。」(《柳宗元集》卷一二十)又《柳尊師真宫誌銘》:「尊師姓柳氏,諱默然,字希音,河東虞鄉人也……父淡,幼善屬文,學通百氏,詔受洪州户曹掾,不就,高論于賢侯之座以終世。户曹娶揚府蕭功曹穎士女,生尊師。」(《唐代墓誌彙編》開成〇四五)按《誌》,尊師開成五年(八四〇)卒,年六十八,當大曆八年(七七三)生,其三歲時當大曆十年,即柳淡卒年。趙璘《因話録》卷三亦云:「功曹以其子妻門人柳君諱澹字中庸,即余之外王父也。」又《元和姓纂》卷七「河東柳氏」:「淡字中庸,洪府户曹。」

開元十四年丙寅（公元七二六年），十歲

以文章知名。

李華《揚州功曹蕭穎士文集序》：「十歲，以文章知名。」（《文粹》卷九三）《新唐書》本傳曰：「穎士四歲屬文，十歲補太學生。」或本其説，然不確，説見開元十九年條。

開元十九年辛未（公元七三一年），十五歲

「十五譽高天下」，入太學，與李華、趙驊、邵珍同學友善。

李華《寄趙七侍御》：「昔日蕭邵遊，四人纔成童（自注：華與趙七侍御驊、故蕭十功曹穎士、故邵十六軫，未冠遊太學，皆苦貧共弊。同年三人登科，相次典校，邵後三人及第也）。屬詞慕孔門，入仕希上公。」按《禮記·内則》：「成童，舞象，學射御。」鄭注：「成童，十五以上。」即古以十五爲成童，與「未冠遊太學」之説合。又入太學者，「限年十四以上，十九以下」（《新唐書·選舉志》），穎士入學年齡合此制，《新唐書》本傳誤。又《揚州功曹蕭穎士文集序》稱其「十五譽高天下」，或與此事有關。《新唐書·選舉志》又云：「太學，生五百人，以五品以上子孫、職事官五品期親若三品曾孫及勳官三品以上有封之子爲之。」穎士得入太學，當與曾王父爲雅州都督，故爲「五品以上子孫」有關（劍南道雅州置下都督府，都督從三品）。《三賢論》

云：「茂挺與趙驊、邵軫洎華最善。」其友情當始於此。時在長安。趙曰：《大唐傳載》：「蕭功曹穎士、趙員外驥，開元中同居興敬里肄業，共一靴，久而見東郭之跡。趙曰：『可謂駛於道路矣！』蕭曰：『無乃禄在其中。』」又見《唐語林》卷五。按「驥」當作「驊」。〔一〕《史記·滑稽列傳》曰：「東郭先生久待詔公車，貧困飢寒，衣敝，履不完。行雪中，履有上無下，足盡踐地。」知「東郭之跡」指靴子破損也。孔子曰：「予死于道路乎？」又云「學也，禄在其中矣」，各見《論語》之《子罕》、《衛靈公》篇。知蕭、趙以共靴日久，致靴子破損爲題，謂其死于道路，無奈路（禄）在其中，不得不爾也。此當是穎士在太學時事，亦是「皆苦貧共弊」之證。

開元二十二年甲戌（公元七三四年），十八歲

顔真卿、張茂之、郗純（即郗昂、郤昂）于孫逖門下進士及第。

參《登科記考補正》卷八。

開元二十三年乙亥（公元七三五年），十九歲

本年于孫逖門下進士擢第，與李華、趙驊、賈季鄰、張南容、楊拯（楊極）、張暈、鄒象

〔一〕參周勛初《唐語林校證》卷五「七一五」條校一，中華書局，一九八七，第四九〇—四九一頁。

先、崔圓等爲同年友好。

穎士與李華、趙驊同年及第（參開元十四年條引李華《寄趙七侍御……因叙疇年之素寄懷於篇》自注）。尚與賈季鄰、張南容、楊拯（楊極）、張暈、鄒象先（詩人李頎亦是本年進士）同榜，崔圓本年中智謀將帥科，皆爲友好。參《登科記考補正》卷八。

李華《楊騎曹集序》：「舉進士，時刑部侍郎樂安孫公逖以文章之冠爲考功員外郎，精試群材。君以南陽張茂之、京兆杜鴻漸、瑯邪顔真卿、蘭陵蕭穎士、河東柳芳、天水趙驊、頓丘李琚、趙郡李崿、李傾、南陽張階、常山閻防、范陽張南容、高平郗昂等連年高第，華亦與焉。」（《李遐叔文集》卷一）孫氏極重穎士才華，《舊唐書·孫逖傳》：「拔李華、蕭穎士、趙驊登上第，逖謂人曰：『此三人便堪掌綸誥。』」《舊唐書·韋述傳附蕭穎士傳》：「開元二十三年登進士第，考功員外郎孫逖稱之於朝。」時蕭氏以聰儁過人，富詞學，被賈曾、席豫、張垍及韋述等引爲談客，知名於時。開元二十九年五月，蕭氏入京待選，追述此間事云：「忽記往年奉詣時，足下云：『孫大所言第一進士，子則其人。』……若由此見知，僕不才者，幸嘗遇賞于孫氏。」（《贈韋司業書》）

穎士本年十九歲。李華《揚州功曹蕭穎士文集序》曰：「十九進士擢第。」（《文粹》卷九三）記時頗明確。而《贈韋司業書》自述其「孜孜强學，業成冠歲。射策甲科，見稱朝右」者，乃因年愈十九即入弱冠之歲，所謂「業成冠歲」者，論其實則十九。其自述泛泛處，足證李華所言之確。諸書於此無異詞，今俱引如下：

《舊唐書·韋述傳附蕭穎士傳》：「開元二十三年登進士第。」

《舊唐書·蕭穎士傳》：「蕭穎士者，字茂挺，與華同年登進士第。」

《朝野僉載》卷六：「開元中，蕭穎士年十九，擢進士。」

《明皇雜録》卷上：「蕭穎士開元二十三年及第。」（又載《唐摭言》卷三「慈恩寺題名遊賞賦詠雜記」）

《南部新書》庚卷：「蕭穎士，開元中年十九，擢進士第。」

《新唐書·蕭穎士傳》：「開元二十三年舉進士，對策第一。」

按開元二十三年蕭氏年十九歲推算，當開元五年生。其《贈韋司業書》作於開元二十九年，時年二十五，與《書》中自稱「丈夫行已三十年」略合；若神龍三年（七〇七）生，至開元二十九年已三十五歲矣；若景龍三年（七〇九）生，則三十三歲，皆過《書》中自云之年。潘吕棋昌、俞紀東、喬長阜説同。〔一〕

授金壇尉。緣父得罪，遂自洛至莒營救，自春至秋，滯留魯地，故「會官不成」。有《遊馬耳山》和《蒙山作》二詩。

〔一〕參潘吕棋昌《蕭穎士研究》，文史哲出版社一九八三年版；俞紀東《蕭穎士事蹟考》，《中華文史論叢》一九八三年第二輯；喬長阜《蕭穎士事蹟繫年考辨》，《江南學院學報》二〇〇〇年第三期。

按潁士救父事參開元五年條。

李華《揚州功曹蕭潁士文集序》：「君……十九進士擢第，歷金壇尉、桂州參軍、秘書正字、河南參軍。」又云：「君爲金壇尉也，會官不成……其高節深識，皎皎如此。」按縣尉乃唐代基層文官，品秩最高不過從八品下，多爲科舉及第後的釋謁之官。金壇屬潤州，緊縣，縣尉僅從九品上。〔一〕潁士進士及第，以此起家，合於制度。然據《三賢論》所述，潁士登科後，即至莒營救其父，並在魯地作有《遊馬耳山》《蒙山作》二詩。馬耳山即原山，綿延於萊蕪、諸城間。蒙山在海、沂二州之境，去原山未遠。唐時密州管諸城、高密、輔唐、莒四縣。潁士救父後，當至原山、蒙山遊歷。《蒙山作》云：「方馳桂林譽，未暇桃源美。」《遊馬耳山》云：「太息宦名路，遲迴忠孝情。」皆點出當時處境：棄職救父，正是「高節」所在。《遊馬耳山》又云「我來疑初伏」，《蒙山作》曰「清秋淨氛靄」，知于本年春末赴魯，至秋尚在，滯留有日，未及履職，此所謂「會官不成」之意也。

《明皇雜録》卷上：「蕭潁士開元二十三年及第，恃才傲物，曼無與比，常自携一壺，逐勝郊野。偶憩於逆旅，獨酌獨飲。會有風雨暴至，有紫衣老人領一小童，避雨於此，潁士見其散冗，頗

〔一〕參賴瑞和《唐代基層文官》，第三章《縣尉》，中華書局，二〇〇八，第一〇一—一一五頁。並參《元和郡縣圖誌》卷二五「潤州」。

肆陵侮。逡巡風定雨霽，車馬卒至，老人上馬，呵殿而去。穎士倉忙覘之，左右曰：『吏部王尚書，名丘。』初，蕭穎士常造門，未之面，極驚愕。明日，具長牋造門謝，丘命引至廡下，坐責之，且曰：『所恨與子非親屬，當庭訓之耳。』頃曰：『子負文學之名，踞忽如此，止於一第乎？』穎士終揚州功曹。」又載《唐摭言》卷三「慈恩寺題名遊賞賦詠雜記」、《廣記》卷一七九。《雲溪友議》亦借李林甫之口述云：「有一蕭穎士，既叨科第，輕時縱酒，不遵名教，嘗忤吏部王尚書丘。」知此事頗傳。就《雜録》所述情形，事必傳於身後，方有「止於一第」及官終揚州功曹之説。檢兩《唐書·王丘傳》，開元中嘗自懷州刺史「分知吏部選事，入爲尚書左丞」，未任吏部尚書。天寶二載七月以致仕禮部尚書卒（《舊唐書·玄宗紀下》）。忤丘之事，恐系稗説。

開元二十四年丙子（公元七三六年），二十歲

春，作《張暈下第歸江東》。

高仲武《中興間氣集序》云殷璠編《丹陽集》，「止録吴人」之作，計十八人；在「曲阿九人」下有「校書郎張暈」。《吟窗雜録》卷二六稱「暈詩巧用文字，務在規矩」（並參《新唐志》别集類著録「包融詩一卷」、《唐音癸籤》卷三十「丹陽集」條等）。《唐詩紀事》卷十五載其爲開元二十三年進士，與蕭氏爲同年生。《全詩》卷一一四録詩二首。穎士與張暈同年，故詩云「朝遺甲乙科」者，當謂制科落第之意。傅璇琮考《丹陽集》編成於開元二十三年至天寶元年間，即張暈進士中第後曾

任「校書郎」，詩云「俱飛仍失路，綵服邇清波」者，當指張量尚未釋褐，而穎士赴莒縣救父，令「綵服」之望如水波之逝，尚無能爲之意也。詩又云「客愁千里别，春色五湖多」，最早當作於本年春。

是年謁韋述，述新除吏部郎中。

《贈韋司業書》云：「頃數歲前，足下新除吏部郎中，時曾於都省之間昧然一謁，足下亦頗垂顧接，而今得無忘耶？」又云：「忽記往年奉詣時，足下云：『孫大所言第一進士，子則其人。』」二者當爲一事。按《舊唐書·韋述傳》：「十八年，兼知史官事，轉屯田員外郎、職方吏部二郎中，學士、知史官事如故……二十七年，轉國子司業，停知史事。」知述確曾爲吏部郎中，只任職時間不明。然自開元十八年至二十六年共九年，其間述歷屯田員外郎、職方郎中、吏部郎中三任官，皆三年一考，其「新除吏部郎中」，應自二十四年始（述於二十七年轉國子司業，至天寶初歷左右庶子，亦合三年一考之制度），也是孫逖罷考功職及穎士及第之次年，此間情勢與《書》中語氣相合。即穎士當在本年初見韋述。

開元二十六年戊寅（公元七三八年），二十二歲

在揚州參軍任。有《爲揚州李長史賀立皇太子表》《爲揚州李長史作千秋節進毛龜表》。

李華《揚州功曹蕭穎士文集序》述穎士及第後，嘗「歷金壇尉、桂州參軍、秘書正字、河南參軍」(《全文》卷三二五)。今知穎士開元二十九年初入京求職,曾無成東歸(參開元二十九年條),至天寶元年補秘書正字,則據《全文》本李序載,穎士當在開元二十三年至二十八年間歷金壇尉和桂州參軍。但該序繼云「君爲金壇尉也,會官不成;爲揚州參軍也,丁家艱去官」,「桂州」一變而爲「揚州」,遂成蕭氏仕歷一大疑點。檢李序之版本,《英華》卷七百一「桂」字作「揚」,校「一作桂」,此「一作」指《文粹》卷九三,《文粹》又校「一作揚」。而《全文》本文字從《文粹》出,《八代文鈔》本《李遐叔文抄》則同《英華》。故以今存李序文字觀之,以作「揚」最早。另從穎士所存詩文考之,《爲揚州李長史賀立皇太子表》和《爲揚州李長史作千秋節進毛龜表》二文皆爲「揚州李長史」而作,時在開元二十六年至二十八年間,則爲「揚州參軍」的可能更大。

《賀立皇太子表》有「伏奉制書,皇太子以今月嘉辰,肅膺典册」云云。按新、舊《紀》載玄宗兩立太子,開元三年正月立郢王嗣謙(二十三年七月改名瑛),二十五年四月廢。開元二十六年六月庚子立忠王璵(後改名紹、亨,即肅宗),秋七月己巳册。因穎士開元五年生,故本表當爲忠王受册而作。《進毛龜表》則云:「千秋表節,則緑錯來儀。以今月某日所部江都縣崇虚觀講《聖注道德經》,於玄元皇帝座隅有毛龜出見……應陛下長靈之期,符先聖谷神之妙。」按「千秋節」指玄宗生辰(在八月初五),始設于開元十七年八月五日,「至天寶二年八月一日,刑部尚書兼京兆尹蕭炤,及百寮請改千秋節爲天長節」(《唐會要》卷二九「節日」條,並參新、舊《紀》),《表》又稱時講《聖注道德經》云云。考開元二十年底,玄宗注《道德經》畢;二十一年初,詔「士庶家藏一本,勒令習讀，使知旨要」。至「開元二十三年，道門威儀司馬秀等請於兩京及天下應脩宫齋等州皆立石臺，刊勒其經文」（《金石文考略》卷七引《集古録》），此後諸州方可講説。即本表當作在開元二十三年至天寶初。

再考「李長史」乃李知柔。《唐會要》卷六九有「（開元）二十八年六月，淮南道採訪使李知柔奏」云云。考《舊唐書·玄宗紀上》載開元二十二年二月初置十道採訪處置使，《元龜》卷一六二更云「（開元二十二年二月）辛亥，初置十道採訪處置使，命……揚州長史韋虚心爲淮南採訪使。」（並參《全文》卷三一三孫逖《東都留守韋虚心神道碑》）又《元龜》卷八六二載「皇甫翼……起復爲揚州大都督長史，充淮南道採訪使」，時在天寶初。知從採訪處置使設置以來，揚州長史例兼淮南採訪使，則《唐會要》載開元二十八年六月之淮南道採訪使李知柔即兩《表》中的「揚州李長史」。易言之，穎士既在開元二十六年七月爲「揚州李長史」李知柔作《賀立皇太子表》，《進毛龜表》亦當爲其所撰。開元中，有李知柔進《紅娘子》曲（《記纂淵海》卷七八引《類要》）；天寶三載「四月丙辰，遣使分祀嶽瀆」，有「少府監李知柔祭南嶽」事（《元龜》卷三三）；天寶五載五月乙卯，李知柔在河東郡太守任（《元龜》卷二四）；肅宗時又有鹽鐵使李知柔（《玉海》卷一八一），當皆是此人。

又，穎士於開元二十九年閏四月作《贈韋司業書》，自述其「蹉跎半紀，乃朱方一下吏耳」（《英華》卷六七八）。「朱」，《全文》卷三二三作「殊」，恐誤。「朱方」乃春秋時吴邑，唐時指丹徒，與金壇皆屬潤州，實乃吴地代稱，且毗鄰揚州；又自及第之年至此，歷時七年，亦合「蹉跎半紀」之説，故「朱方一下吏」可兼指前任金壇尉及揚州參軍二職。綜合而言，穎士時必爲揚州參軍，時間、地點、職司俱合。或以《滯舟賦》所云爲據，謂穎士於開元二十六年自桂州北上至揚州者，實爲曲解。

《舊唐書·職官志》載唐州府置參軍事四人，揚州屬上州，此職居從九品上。據嚴耕望説，州參軍是士人起家之官。〔二〕「掌直侍督守，無常職，有事則出使」（《通典·職官十五·州郡下》），多以「清人賢胄之子弟，將命試任」之前居之，乃「優然曠養」之官（沈亞之《河中府參軍廳記》）。可見蕭氏入仕，實自揚州參軍始。李華序謂穎士因「丁家艱」去官，兩《唐書》本傳皆謂穎士在廣陵時「母喪」，則時當喪父。又按穎士於開元二十九年初入京求職（參開元二十九年條），則父旻約喪于二十六年底，其居揚州參軍時間亦短。

穎士《江有歸舟并序》曰：「南條北固，朱方舊里，昔與太真初會於兹。」考「南條北固」即北固山，在丹徒，屬「朱方」舊地，故云。太真初在東南向蕭氏請業，即在此時。既而在天寶十載後，穎士爲史官韋述推薦，自越奉召還京，待制史館，與太真重逢於京邑，太真因成蕭氏長安門人之一。

〔二〕嚴耕望《唐史研究叢稿》，香港：新亞研究所，一九六九，第一五八—一六〇頁。

開元二十七年己卯（公元七三九年），二十三歲

次子蕭存生。

符載《尚書比部郎中蕭府君（存）墓誌銘》：「君諱存，字成性……君即功曹之子也……自貞元元年夏至十年春，凡再爲侍御史，四爲尚書郎……春秋六十二，十五年冬十月五日遘疾，十六年冬十月五日卒於潯陽湓城之私第。」（《全文》卷六九一）按此，蕭存貞元十六年（八〇〇）卒，年六十二，上推當本年生。

據李華《揚州功曹蕭穎士文集序》，「君有子一人曰存，爲蘇州常熟縣主簿，雅有父風，知名於代」，夫人河東裴氏，有夐、東、愿、奂（《英華》「奂」「愿」二字乙倒）四子。並參顔真卿《湖州烏程縣杼山妙喜寺碑》、殷亮《顔魯公集行狀》、權德輿《祭秘書包監文》等。《新唐書》本傳：「子存，字伯誠，亮直有父風。能文辭，與韓會、沈既濟、梁肅、徐岱等善。浙西觀察使李栖筠表常熟主簿。顔真卿在湖州，與存及陸鴻漸等討摭古今韻字所原，作書數百篇。建中初，由殿中侍御史四遷比部郎中。張滂主財賦，辟存留務京師。裴延齡與滂不叶，存疾其姦，去官，風痺卒。」

蕭存與韓會有交，故韓愈少時即爲存所知。元和十五年（八二〇）九月，韓愈自袁州入爲國子祭酒，過存之廬山故居。時存諸子皆死，有一女爲尼，公經贍其家而去，並作《題西林寺故蕭二郎中舊堂公有女爲尼在江州》。

長子實湮没無聞，克嗣家聲者，唯存而已矣。

李華《祭亡友揚州功曹蕭公文》：「存、實等泣血千里，羈旅相依，聞其一哀，心骨皆斷。」實字伯誠。參附録捌《蕭存資料》之符載《蕭府君墓誌銘》後考證。

開元二十九年辛巳（公元七四一年），二十五歲

本年服除，正月二十五日至自東京參選，不中，三月二十六日拜謝闕庭。以國子司業韋述屢次垂訪，於閏四月作《贈韋司業書》等，以訴怨望之情。韋述有《答蕭十書》。

穎士書贈國子司業韋述，願爲秘書省一職，「欲依魯史編年，著《歷代通典》」而不得，頗懷怨望，因自叙家世、生平及志向抱負，委曲詳盡，乃集中第一長文。《書》云「冠歲，射策甲科，見稱朝右……蹉跎半紀，乃朱方一下吏耳。」（《英華》卷六七八）又云：「近日見苗侍郎，乃云：『以子文章，非文章才所及。異時大用，不繫此得。會當再發，方成一舉。』……嘗願得秘書省一官……於今絶望，刊削之志，即事都損矣！」詳文意，乃吏部銓選不中後作。苗侍郎即苗晉卿，舊傳載開元二十七年以中書舍人權知吏部選事，二十九年正除，天寶二年正月貶安康太守。韋述於開元二十七年轉國子司業，天寶初歷左右庶子（《舊唐書》本傳）。故本文當作於開元二十七年至二十九年間。《唐詩紀事》卷二二「鄒象先」有「象先尉臨涣，蕭穎士自京邑無成東歸，以象先同年生也，作詩贈之。來年，蕭補正字」云云，而穎士補秘書正字正在天寶元年（參本年「六月」條）。綜此，此文當作於本年。潘吕棋昌《蕭穎士研究》（下稱潘吕氏《研究》）説同。

《書》云：「僕以三月二十六日拜謝闕庭，爾來凡四十餘日，正以足下之故，未便東行。」按此計時當在五月中。然據《通鑑》卷二一四，本年閏四月，故文當作於閏四月中也。《仰答韋司業垂訪五首》亦作於同時，即所謂「加之筆札」者（《書》云：「自今月五日始作書，首末千餘言，經半旬乃就，加之筆札，斯亦勤矣。」）。韋述有《答蕭十書》，當是應答之作。

五月，作《爲從叔鴻臚少卿論旱請掩骼埋胔表》。

《表》稱玄宗「開元聖文神武皇帝」。考《唐會要》卷一載「開元二十七年二月七日，加尊號開元聖文神武皇帝。天寶元載二月十一日，又加尊號開元天寶聖文神武皇帝」。新、舊《紀》同，故當作於此間。《表》又稱「頃春之季，恒陽小愆……閏月云暮，時雨滂流……而密雲未灑，忽復二旬，時屬炎蒸，土仍滲漉」云云，乃叙季春大旱，至閏月末大雨，又經二旬復旱之過程。因本年夏四月閏，知《表》所叙已至五月。考「從叔鴻臚少卿」乃蕭諒。據《新唐書·宰相世系一下》「蕭氏齊梁房」所載，諒乃鄱陽忠烈王長子懿六代孫，穎士乃第十子恢七世孫，故稱諒爲「從叔」。又考《舊唐書·楊慎矜傳》載「天寶二年……以鴻臚少卿蕭諒爲御史中丞。諒至臺，無所撝讓，頗不相能，竟出爲陝郡太守。」（新傳同）與孫逖《授蕭諒御史中丞制》曰「鴻臚少卿蕭諒……可御史中丞，充京畿採訪處置等使」（《英華》卷三九三、《全文》卷三〇八）合。《唐會要》卷六七載「天寶六載六月二十四日御史中丞蕭諒奏」云云，知尚在任。即蕭諒在開、天之際仕至鴻臚少卿，天寶二年進御史中丞、充京畿採訪處置等使，因與群官失和，出爲陝郡太守，餘事不詳。鴻臚卿職掌有主持凶儀事，少卿爲之貳，則表請遣使赴邊，掩埋戰歿者之事正屬職守。

作《爲陳正卿進〈續尚書〉表》。

《表》所稱玄宗尊號「開元聖文神武皇帝」，行於開元二十七年至天寶元年二月間，故當作於是年。正卿名晋，以字行。李華《三賢論》：「潁川陳晋正卿，深於《詩》、《書》。」蓋與穎士同鄉。

六月，因求官無成，東歸汝潁。時鄒象先得任臨涣尉，穎士有詩相贈。

《唐詩紀事》卷二二「鄒象先」云：「象先尉臨涣，蕭穎士自京邑無成東歸，以象先同年生也，作詩贈之。來年，蕭補正字，象先寄詩重述前事云：『六月度關雲，三峰翫山翠。爾時黄綬屈，别後青雲致。』蕭答云：『桂枝常共擢，茅茨冀同薦。一命何阻脩，載馳各州縣。壯圖悲歲月，明代耻貧賤。回首無津梁，祇令二毛變。』」

《新唐書》本傳載「天寶初，穎士補秘書正字」，即「來年，蕭補正字」事，則「象先尉臨涣」，而「蕭穎士自京邑無成東歸」事皆在本年。《贈韋司業書》有「嘗願得秘書省一官，登蓬萊，閲典籍」云云，卻未能如願，欲借韋述之力有所改變，因有「僕以三月二十六日拜謝闕庭，爾來凡四十餘日，正以足下之故，未便東行」的滯留之舉。然事終絶望，只能整駕東歸。次年補正字，象先以詩相贈，重述前年穎士求官而無成東歸事。按「六月度關雲」句詩意，即東歸景象也。又云「爾時黄綬屈」者，「黄綬」多指丞、尉之職，州參軍事品秩亦與之相當，而穎士曾被授金壇尉及揚州參軍，故當指此而言。以穎士今日得任朝職，可知爾時所任之「屈」也。以象先時任縣尉，斯言可謂得體。

天寶元年壬午（公元七四二年），二十六歲

本年補秘書正字。

李華《揚州功曹蕭穎士文集序》：「歷金壇尉、桂州參軍、秘書正字、河南參軍……爲正字也，親故請君著書，未終篇，御史府以君爲慢官離局，奏謫罷職。」《新唐書》本傳云：「天寶初，穎士補秘書正字。」穎士上年願得秘書省一職未果，並訴于韋述。今獲此職，韋述當有力焉，故繫本年。秘書省置正字四人，正九品下。

鄒象先時有《寄蕭穎士補正字》相贈，穎士作《答鄒象先》（參開元二十九年條）。

時在京，與達官多有交往。

《新唐書》本傳：「于時裴耀卿、席豫、張均、宋遥、韋述皆先進，器其材，與鈞禮，由是名播天下。」

八月離京，訪求遺書；十月至臨河，作《登臨河城賦并序》。

《登臨河城賦并序》云：「天寶元年秋八月，奉使求遺書於人間。越來月，届於臨河之舊邑。」（《英華》卷一三〇）穎士「亡舅孝廉元君」曾任臨河尉，其人「風標俊傑，文史清儁」，且「舅於予有教授之恩，隻詞片字，皆資訓誘。既而射策桂林，校書芸閣，首爲知己名稱，舅氏之力也」，今斯人

已去，遂「覽物增懷，泫然有賦」。芸閣，秘書省别稱。臨河屬河北道相州，黄河在縣南五里，東鄰魏州濮陽。

穎士西行途中，先南行至魯山，于重陽日晤魯山令元德秀，作《重陽日陪元魯山德秀登北城矚對新霽因以贈别》。

「元魯山德秀」者，元德秀也，時爲臨汝郡魯山（今屬河南）令。穎士嘗於重陽日與魯山同登北城，矚望秋日新霽，暢然有懷而賦詩贈别。德秀事蹟初載李華《元魯山墓碣銘》，《舊唐書》本傳因之成文；《新唐書》本傳兼取李華《墓碣銘》及《三賢論》、元結《元魯縣墓表》、《明皇雜録》與舊傳。李華《墓碣銘》稱魯山幼孤，事母至孝，善撫大小，舉進士而不忍去親，遂千里負母入京師。中第後母亡，廬墓三年，服除入仕。《墓碣銘》云：「以才行第一，進士登科。丁艱……食無鹽酪，居無爪翦者三年……參調求仕。銓試超等，補南和尉，黜陟使以至行上聞，授左龍武軍録事……以甥侄婚仕爲念。授署魯山令……」（《文粹》卷六九）兩《唐書》本傳將中第時間繫於開元二十一年，叙仕歷與《墓碣銘》同。按古人通常服制，即使自魯山及第時算起，也當在開元二十三年服除。且《舊唐書·玄宗紀上》載開元二十六年冬「析左右羽林軍置左右龍武軍，以左右萬騎營隸焉」。又《舊唐書·職官三》「左右龍武軍」條曰：「初，太宗選飛騎之尤驍健者，别署百騎，以爲翊衛之備。天后初，加置千騎。中宗加置萬騎，分爲左右營，置使以領之。自開元已來，與左右羽林軍名曰北門四軍。開元二十七年，改爲左右龍武軍，官員同羽林軍也。」即「左右龍武軍」源自北門四軍之左右萬騎營，與舊紀之説略異。《通典》卷二八「左右龍武軍」條又曰：「大唐之初，有禁兵號爲百騎，屬羽林。永昌元年，改羽林百騎爲千騎。景龍元年，改千騎爲萬騎，仍分爲左右營。開元二十六年，析羽林軍置左右龍武軍，以左右萬騎營隸焉。」述源流尤詳，正可解惑；且當以開元二十六年析建爲是。左右龍武軍官屬各有録事參軍事一員，品秩如諸衛，爲正九品上。故知魯山入左龍武軍，最早應始於開元二十七年。自開元二十三年至二十六年，也合于一任縣尉的任期。南和尉屬從九品上，魯山由此補正九品上的左龍武録事參軍。按唐縣層次及任官制度，魯山屬上縣（《元和郡縣圖誌》卷六），縣令爲從六品上（《舊唐書・職官一》），則魯山因家貧求官，一躍十階而至此，算是超授。故魯山三任官若相次而授，則至汝州臨汝郡的時間最早當在天寶初。據《登臨河城賦并序》「天寶元年秋八月，奉使求遺書於人間。越來月，屆於臨河之舊邑」語，從路途而言，穎士於秋八月離京，可在九月重陽前南抵魯山，並作本詩，再北上臨河。且穎士詩序云：「時元兄屢有掛冠之意。」知元德秀正在魯山無疑；而詩云「彭澤興不淺，臨風動歸心」者，用典與元德秀身份正合，亦照應詩序云元氏「屢有掛冠之意」。詩又云「中歡愴有違，行子念明發。僅能泯寵辱，未免傷別離」者，「行子」系穎士自稱，知在途中；「僅能泯寵辱」者，知穎士時亦爲官身。末云「明時當盛才，短伎安所設？何日謝百里，從君漢之滏」者，則與穎士的心態有關，其在《贈韋司業書》中表明願爲史官的强烈願望，未料只得一正字微職，前兩句的不滿正爲此而發，故云：你何時謝卻「百里」之職，當從你隱居於「漢之滏」。綜上，穎士詩乃天寶元年重陽作於魯山。陳鐵民

《蕭穎士繫年考證》（下稱陳《考》）斷爲開元二十六年詩，不可從；或謂作於穎士及第之開元二十三年前後，亦誤。

須明辨者尚有數事。其一，陳《考》所以斷元氏「始任魯山令的時間，大有可能早於開元二十三年冬」，是爲遷就《通鑑》卷二一四開元二十三年條載元氏在任時，與三百里内刺史、縣令各帥所部音樂參與東都五鳳樓大酺較技之事。按《通鑑》云：「都城酺三日。上御五鳳樓酺宴，觀者喧隘，樂不得奏。金吾白梃如雨，不能遏，上患之。高力士奏河南丞嚴安之爲理嚴，爲人所畏，請使止之；上從之。安之至，以手板繞場畫地，曰：『犯此者死。』於是盡三日，人指其畫以相戒，無敢犯者。時命三百里内刺史、縣令各帥所部音樂集於樓下，各較勝負。懷州刺史以車載樂工數百，皆衣文繡，服箱之牛皆爲虎豹犀象之狀。魯山令元德秀惟遣樂工數人，連袂歌《于蔿》。上曰：『懷州之人，其塗炭乎！』立以刺史爲散官。德秀性介潔質樸，士大夫皆服其高。」陳氏説《通鑑》繫時未確，認爲當是年末之事，遂牽合時、事，將此年視爲元氏爲令之始。實元氏率樂工歌《于蔿》事未見諸《元魯山墓碣銘》、《三賢論》及《元魯縣墓表》等原始文獻，《舊唐書》亦無載，至《新唐書》始采自《明皇雜録》。《通鑑》在考察《新唐書》與《明皇雜録》的文字後，以《雜録》爲收録依據，並爲之繫年，然此二者皆有可議。要之，上引《通鑑》文字可以「時命三百里内刺史」爲界，前者出晚唐鄭綮撰《開天傳信記》，後者出《明皇雜録》。但司馬光《考異》並未提及前事之出處，而《明皇雜録》實謂「上御勤政樓大酺」，事在長安興慶宮，非洛陽（五鳳樓在洛陽）。尤爲重要的是,《舊唐書·吉温傳》曰:「初,開元九年,有王鈞爲洛陽尉,十八年,有嚴安之爲河南丞,皆性毒虐。」(又見《新唐書·周利貞傳》)。即開元二十三年時,嚴安之不應仍爲河南丞。知《開天傳信記》所述實爲開元十八年在長安時事,《通鑑》改其地在洛陽,又繫於開元二十三年,與事不合。即元氏任魯山令及率樂工歌《于蔿》事必不在開元二十三年。此爲論者所未察。其二,魯山令屬六品官,以三考爲滿秩。皮日休《元魯山》云:「三年魯山民,豐稔不暫饑。三年魯山吏,清慎各自持。」明謂元氏在任三年,自當於天寶三載(七四四)左右去職。陳《考》謂魯山令爲六品以下官,引《通典》卷一五「六品以下,四考爲滿」之説,定德秀秩滿時間「應該不會早於開元二十七年」之説不當。其三,李華《元魯山墓碣銘》云:「維唐天寶十二載九月二十七日,魯山令河南元公終于陸渾草堂,春秋五十九……以明月十二日窆于所居南岡。」知魯山天寶十二載九月卒,十月葬,年五十九,當生於天册萬歲元年(六九五)。元結《墓表》云「天寶十三載,元子從兄前魯縣大夫德秀卒」(《次山集》卷九),兩《唐書》本傳皆取此,未明所以。

天寶二年癸未(公元七四三年),二十七歲

穎士因失職而被謫免官,遂留客濮陽,以授徒講學爲務。

前引李華序已言及本年免官緣由。「慢官離局」者,即怠慢職司不受約束之意,跡近逃職。然以爲親故著書爲辭,未免牽强。《三賢論》云穎士「以律度百代爲任」。其自述志尚,「尚應優游道

術，以名教爲己任，著一家之言，垂沮勸之益，此其道也」，故其志在著史，豈能「終年怏怏，折腰於掾吏之下哉」（《贈韋司業書》）！故被謫免官，事有必然。《新唐書》本傳云：「奉使括遺書趙、衛間，淹久不報，爲有司劾免，留客濮陽。於是尹徵、王恒、盧異、盧士式、賈邕、趙匡、閻士和、柳并等皆執弟子禮，以次授業，號蕭夫子。」此言「淹久不報」者，即「一去無消息」之意，與「慢官離局」之説略同，只補叙其客居濮陽，以教徒爲事。

又穎士於上年八月離京，歷兩月時間方至臨河，繼因「慢官離局」、「淹久不報」之由而被謫，最早當在本年。而留客濮陽，講學授徒，亦是失職之後，於歸隱之外的不得已之舉，或亦始於本年。

是年，李華登博學鴻詞科，由南和尉擢秘書省校書郎。

獨孤及《李公中集序》：「天寶二年舉博學宏詞，皆爲科首，由南和尉擢秘書省校書郎。」並參《登科記考補正》卷九。

天寶三載甲申（公元七四四年，正月改「年」爲「載」），二十八歲

秋，以《答李清河書》致清河太守李憕，安排亡友清河崔生身後事。李以《重答蕭十書》爲報，又作《重答李清河書》。

穎士《答李清河書》（《英華》卷六八七），舊署李嶠撰，誤。檢《英華》本卷，是書之上乃李嶠

《與夏縣崔少府書》，因重出（校云「已見六百七十三卷」）而被删去，遂與此《書》題相連。但此書作者處爲墨釘，即彭氏亦不以其爲李嶠作，今移歸。又穎士《重答李清河書》與本書所述人事相關，乃相次而作。

「李清河」乃李憕，兩《唐書》有傳，天寶初出爲清河（即貝州）太守。亦謂「李清河」乃李憕。蕭、李間今存往來三書，即《答李清河書》、《重與蕭十書》及《重答李清河書》，皆以安排清河崔生的身後之事爲辭，亦涉及穎士行蹤。《答李清河書》中所提及「歷亭」及「臨清」，皆爲清河屬縣。《重答李清河書》又云「臨清傳馬子遠至昌樂」。臨清（今山東臨清）在清河（今河北清河西北）之南，魏郡昌樂（今河南濮陽南樂）在臨清之南，兩地相距數百里。穎士時在濮陽（今屬河南），又在昌樂以南百餘里，與清河郡隔魏郡相望。故臨清傳馬子南行數百里至昌樂，當再南行百餘里才能至濮陽，穎士故有「奉問及，亦既披緘，慰慘交集」（《重答李清河書》）之語。

《舊唐書·李憕傳》：「天寶初，出爲清河太守。十一載，累轉河東太守、本道採訪。」叙仕歷甚簡。《新唐書》本傳曰：「天寶初，除清河太守。舉美政，遷廣陵長史……以捕賊負，徙彭城太守。封酒泉縣侯。連徙襄陽、河東，並兼採訪處置使。」知在天寶元年至十一載間相繼守清河、廣陵、彭城、襄陽四郡。所謂「遷廣陵長史」，指「天寶之初……禮部尚書李憕爲揚州牧」（《宋高僧傳》卷九《唐潤州幽棲寺玄素傳》）。李憕在安史亂中爲安禄山所殺，時爲禮部尚書、東都留守）事。考《集古録目》載《唐放生池石柱銘》云：「天寶十載，李憕爲襄陽太守，父老李君秀等請以襄陽、臨溪兩縣江水近城者爲放生池，止人漁釣，立石柱於東西境上以表之。」及襄陽太守、山南東道採訪使李憕撰《唐放生池碑》（《寶刻叢編》卷三「襄州」引）事。知天寶十載時，李憕已在襄陽。按唐制，李憕當在天寶元年至清河，三、四載之際至廣陵，方合六品以上官三年一考之制。又以穎士書「秋候尚熱」一語，知作書時以本年秋爲下限。

穎士此書詳叙亡友崔生（當出清河崔氏）因善撫孤寡、重友好施，使身後室如懸罄，合門淒涼，故請太守李憕予以資助事。李憕復書云：「再覽來封，皆如一面。秋熱未解，所履如何……崔子日月漸遠，弟故人情多，一慟深衷，豈易論也。委曲具悉。待彼官到，若有商量，與申後意……承即欲還，豈不能一至此也。外郡感別，情不易言。」（《英華》卷六七八《重與蕭十書》）其可注意者有二，一者謂「秋熱未解」，知復書時間與前書相接；二者謂「待彼官到，若有商量，與申後意」，似李氏亦將離任，故有與新任官商量資助之意。

《答李清河書》又云「明日西上，不果拜辭」。而李氏《重與蕭十書》有「承即欲還，豈不能一至此也。外郡感別，情不易言。道路無留滯，朝廷待士，論屈日深，佇聞鳴躍」等語，皆是臨別慰勉之辭。按李氏將至廣陵，不知穎士「西上」之語何指？《重答李清河書》乃穎士收到李憕《重與蕭十書》後的復書，叙亡友崔某曾囑託穎士爲先祖遷葬而撰銘誌，事未就而崔氏亡，故馳書太守李憕囑託代爲刊就墓銘事。

天寶四載乙酉(公元七四五年),二十九歲

本年或下年秋九月,在濮陽,嘗至北海,有《爲李北海作進芝草表》。

「李北海」即李邕,因時爲北海(即青州,治益都,在今山東)太守,故稱。《舊唐書·李邕傳》:「天寶初,爲汲郡、北海二太守……五載,姦贓事發。又嘗與左驍衛兵曹柳勣馬一匹,及勣下獄,吉温令勣引邕議及休咎,厚相賂遺,詞狀連引,敕刑部員外郎祁順之、監察御史羅希奭馳往就郡決殺之,時年七十餘。」此案詳情又見《舊唐書·玄宗紀下》:「(五載)十二月辛未,贊善大夫杜有隣、著作郎王曾、左驍衛兵曹柳勣等爲李林甫所構,並下獄死。六載正月辛巳朔,北海太守李邕、淄川太守裴敦復並以事連王曾、柳勣,遣使就殺之。」《新唐書·玄宗紀》記事同。又《表》云玄宗尊號「開元天寶聖文神武皇帝」,起自天寶元年二月,至七載五月加「應道」二字,與李邕在二郡之時間跨度吻合。舊傳載李邕自滑州刺史任滿「上計京師」後,因爲人中傷,出爲汲郡太守。檢《新唐書·五行志》有「(開元)二十九年三月,滑州刺史李邕獻馬」事;且天寶元年二月改州爲郡,以衛州爲汲郡,青州爲北海郡,知李邕當於開元二十九年底回京,天寶元年復出汲郡,至六載正月辛巳(初五)被殺於北海,時與事合,在二州實爲五年。《唐刺史考全編》繫李邕約天寶元年至三載在汲郡,四載至六載在北海,大抵不誤。再據《表》中「當九月而生」語,應指天寶四載或五載的九月,穎士或當自濮陽至北海而作。陳《考》所繫同。潘吕氏《研究》稱「本文當作于天寶元年至五載間」,不盡確切。

作《爲邵翼上張兵部書》。

邵翼無考，《書》云「某汝潁儒家子」，知是穎士同鄉。時應武藝超絶舉，由穎士代筆求薦而作本書。「張兵部」即張均，張説長子，事附兩《唐書·張説傳》。張説開元十八年十二月薨，舊傳載張均服闋除户部侍郎，轉兵部。二十二年正月，曾與職方郎中韋述等參議祭器事（《舊唐書·禮儀志》、《唐會要》卷十七祭器議；《唐僕尚丞郎考》認爲「二十二」當是「二十三」之誤，與《新唐書·韋縚傳》同）。舊傳又載均於二十六年坐累貶饒州刺史，以太子左庶子徵還，復爲户部侍郎；九載遷刑部尚書，無再居兵部侍郎事。新傳記此間事則曰：「後襲燕國公，累遷兵部侍郎。以累貶饒、蘇二州刺史，久之，復爲兵部侍郎。」按此，張均襲爵後曾兩居兵部侍郎。考孫逖《張均襲封燕國公制》載張均銜爲「門下正議大夫行尚書兵部侍郎上柱國」（《英華》卷四一六），應是開元二十一年服闋復起至二十四年左右的事，與前述參議祭器事時間吻合。孫逖又有《授張均兵部侍郎制》，記銜名爲「正議大夫行尚書户部侍郎上柱國燕國公」（《英華》卷三八八），知張均確曾兩爲兵部侍郎，其間爲户部侍郎。考西安府儒學（即今西安碑林）有玄宗御製序並注及書之《孝經碑》，《金石文字記》卷四稱「孝經臺後有天寶四載九月一日銀青光禄大夫國子祭酒上柱國臣李齊古上表」，載李林甫以下同進諸臣四十五人銜名，正有「正議大夫行兵部侍郎賜紫金魚袋上柱國燕國公臣張均」（《經義考》卷二二四《唐明皇孝經注》）。故知孫逖《授張均兵部侍郎制》作于天寶初，而張均徵還後，先爲户部侍郎，再轉兵部侍郎，天寶四載九月正在任，新、舊傳俱失載。又據《舊唐書》本傳，孫逖開元二十四年拜中書舍人，以父喪免；二十九年服闋復職，至天寶五載改散秩，前後掌誥八年，即張均再轉兵侍時，正當孫逖再掌制誥期間。穎士於天寶初爲張均、韋述輩所重，執鈞禮，過從甚密。時張均再居兵部，遂爲邵翼代筆，以求引薦。

天寶五載丙戌（公元七四六年），三十歲

本年事未詳。若《爲李北海作進芝草表》作於本年九月，則尚在濮陽（參天寶四載條）。《清明日南皮泛舟序》之作，或以本年爲下限。

南皮（今屬河北），本漢縣，屬渤海郡；武德四年屬景州，貞觀元年改屬滄州，隸河北道（《舊唐書·地理二》）。穎士清明日與「東海徐君」等友人泛舟南皮，應在留居濮陽時期，只時間未明，姑繫于此。

天寶六載丁亥（公元七四七年），三十一歲

本年或應召爲集賢校理。

《伐櫻桃樹賦并序》云：「天寶八載，以前校理罷免，降資參廣陵太府軍事。」（《文粹》卷六）然未言奉召年月。《新唐書》本傳謂「召爲集賢校理」當本此，故亦無日月。姑繫於此。

唐集賢院有校理官，掌校理經籍，與修撰官「并無常員，以官人兼之」，即後之集賢殿校書、

正字之職。韓愈《送鄭十校理序》：「秘書，御府也。天子猶以爲外且遠，不得朝夕視，始更聚書於集賢殿，别置校讎官，曰『學士』，曰『校理』，常以寵丞相爲大學士，其他學士皆達官也。校理則用天下之名士能文學者；苟在選，不計其秩次，唯所用之。由是集賢之書盛積，盡秘書所有不能處其半。書日益多，官日益重。」（《韓昌黎文集校注》卷四）這是集賢校理在元和前期的情形，但「苟在選，不計其秩次」的特點應當是一致的，以「天下之名士能文學者」爲之，大抵也是常態，雖無品秩，仍屬清貴之職，故外任廣陵時有「降資」之説。一般來説，校書一類官乃起家之良選，極少用作再任官。而穎士在先授秘書正字後再任同類職務，蹉跎一紀，尚積跬步，良可嘆焉！

《唐國史補》卷上：「李華《含元殿賦》初成。蕭穎士見之曰：『《景福》之上，《靈光》之下。』」（事又見《唐摭言》卷七「知己」、《唐語林》卷二）按《舊唐書·李華傳》：「華進士時，著《含元殿賦》萬餘言。穎士見而賞之，曰：『《景福》之上，《靈光》之下。』」此繫《含元殿賦》於開元二十三年。獨孤及《檢校尚書吏部員外郎趙郡李公中集序》則云：「自監察御史已前十卷號爲前集，其後二十卷頌、賦、詩、碑、表、叙、論、誌、記、贊、祭文，凡一百四十四篇爲中集，其中陳王業則《無疆頌》……主文而譎諫則《言毉》、《含元殿賦》。」《序》又云：「十一年，拜監察御史。」《新唐書》本傳同，又繫於天寶十一載之後。然檢此賦末云：「崇四瀆之前式，敕懷鉛之小臣。俾讎書於禁中，正百代之遺文。」按「懷鉛小臣」謂從事著述的小官，「讎書禁中」指任秘書省校書郎之職。考李華確曾任秘書省校書郎。獨孤及《李公中集序》：「天寶二年舉博學宏詞，皆爲科首，由南和尉擢秘書省校書郎。」李華《著作郎廳壁記》亦云：「今大著作清河崔公名傑，天寶三載，自秘書郎拜……先是命官之記，不列於齋。以華職忝末班，與聞前志，拜命之辱，敢叙官之守云。時天寶七載二月辛亥記。」故知李華在天寶二載制科登第後，擢秘書省校書郎，七載仍在任。秘書省著作局置校書郎二人，正九品上，亦合「職忝末班」之說。故《含元殿賦》之作必在此間。而穎士於六載還京，至七載猶在，故與李華論賦作優劣事必在此兩年中，姑繫於此。

天寶七載戊子（公元七四八年），三十二歲

居集賢校理，在京。

春，作《送劉方平沈仲昌秀才同觀所試雜文》。

《唐詩紀事》卷四七：「山東茂異，有河南劉方平、臨汝沈仲昌，以郡府計偕之尤，當禮闈能賦之試，餘勇待賈，未始踰辰。吾徒相與登群玉、咀遺芳，目臨雲外，思入神境，佳哉樂乎！意數子之出幽谷而漸于陸矣。」唐人習以「計偕」代指舉人赴京會試。知劉方平與沈仲昌同應科舉，但當年并未中第，此文實具殷勤之意，以出谷漸陸爲期。《唐詩紀事》本卷又載沈仲昌登天寶九載進士第，乃後來之事，即本文寫作上限在本年，時在長安。

天寶八載己丑（公元七四九年），三十三歲

罷集賢校理職，降資參廣陵府軍事。

《伐櫻桃樹賦并序》云：「天寶八載，以前校理罷免，降資參廣陵太府軍事。任在限外，無官舍是處。」揚州郡名廣陵，置大都督府，屬淮南道，治江都（今江蘇揚州），其參軍事職居正八品下（《舊唐書·職官一》），因領紫極宮道學館之教職，有投閑置散之實，故「任在限外，無官舍是處」；唐人居官重内輕外，故又有「降資」之説。然穎士本年並未至廣陵，乃九載孟夏間事，參下年考證。

天寶九載庚寅（公元七五〇年），三十四歲

賈邕進士及第；盧異約在本年至十二載之間及第。

《江有歸舟三章并序》：「且後進而余師者，自賈邕、盧冀之後，比歲舉進士登科。」《唐詩紀事》卷二七載賈邕本年登第（並參《登科記考補正》卷九）。又「異」、「冀」形近，當是一人。賈邕爲本年進士，蕭序作於天寶十三載，盧異亦當在此間登第。《登科記考補正》卷二七《附考·進士科》據蕭序收入盧冀，唯云「與賈邕比歲舉進士登科」，引誤。「比歲舉進士登科」之人，詳參天寶十二、十三載條。

孟夏，赴廣陵，作《滯舟賦》；在途又作《舟中遇陸棣兄西歸數日得廣陵二三子書知遲晚次沙墊西岸作》詩

潘吕氏《研究》考曰：「『攝提歲，拂衣海嶽，應調函洛。……於時丙丁守位，恢台肇節。……朝發乎荆衡，夕止乎揚越。』攝提歲乃太歲在寅之歲，即天寶九載庚寅也。『丙丁守位，恢台肇節』，孟夏也。」[一]姜光斗謂本年蕭氏東下維揚赴任，先到洛陽，再下荆衡，復東下揚州。[二]是。陳《考》繫於開元二十四年，其據「邅我車而北上，朅吾道以東遊……於時丙丁守位，恢台肇節……朝發乎荆衡，夕止乎揚越」數句，認爲作者當自桂州（治所在今廣西桂林）參軍任應調北上，過衡陽，復沿湘水北行至荆衡，再沿江東下至揚越。[三]然賦云首途原因是「應調函洛」，與李華《序》謂穎士「爲揚（陳《考》認爲是「桂」字之誤）州參軍也，丁家艱去官」之説不合。對此，陳《考》解釋爲「穎士自桂州參軍應調入京後不久，即因父喪去官」，[四]又與李《序》行文不合。且賦旨以仕途蹉跎、不得伸懷抱爲嘆，有「徵良圖以趨事，窘中道以摧落。昔謬價於當年，今後來之不若。衆飛鉗以抵巇，餘矩枘而規鑿。悲介直之不可媒，想雲林以自託」等句可證，而隻字不涉家艱，故難信從。考穎士生平，僅開元二十六年戊寅、天寶九載庚寅兩年與「攝提歲」相關，仍當以潘吕氏、姜氏所斷爲是。

〔一〕《蕭穎士研究》，第九九頁。

〔二〕姜光斗《蕭穎士習籍世系和生平仕履考》，南通師專學報，一九九三年第四期，第二五—二六頁。

〔三〕陳鐵民《蕭穎士繫年考證》，文史，第三十七輯，第一九三頁「開元二十四年丙子」條。

〔四〕陳鐵民《蕭穎士繫年考證》，第一九五頁「開元二十六年丙寅」條。

賦云「邅我車而北上，揭吾道以東遊」者，乃回北上之車，轉而東遊之意；所謂「揭吾道」者，當與《伐櫻桃樹賦》所述「天寶八載，以前校理罷免，降資參廣陵太府軍事」事有關。綜合而言，此二句賦文當説其不得留北，轉而東去之意，故「應調函洛」者，乃自函洛受調赴任之意。廣陵太府正在函洛之東，穎士此去即爲赴揚州任。穎士素志修史，天寶初爲秘書正字，怏怏不以爲意，遂因慢官而被謫，行夫子之道有年。天寶中受詔歸京，爲集賢校理，雖品秩甚微，仍以修撰爲務。未料得罪李林甫，至此被謫出京，遂嘆吾道之不行，而有「眷眷離憂」，欲借雲林以自託之意。此行當自北而南，既而東行，自函洛至荆衡，終達於揚越。然穎士以「滯舟」自喻，云「吾將斂策以飲氣，睠維舟而歔欷」者，知志尚未泯矣。穎士在途，有《舟中遇陸棣兄西歸數日得廣陵二三子書知遲晚次沙墊西岸作》詩（詩有「前程入楚鄉，弭棹問維揚」句）；至廣陵，因所遇未佳，又作《伐櫻桃樹賦》以明志。皆可參。

至廣陵。因廣陵府參軍事「任在限外，無官舍是處」，居紫極宫道學館，領教職。

《伐櫻桃樹賦并序》云穎士在廣陵，「寓居于紫極宫之道學館，因領其教職焉」。按《唐會要》卷五十「尊崇道教」云：「至（天寶）二年三月十二日制：聖祖所理，本在諸天。將欲降靈，固宜取象。况惟帝號，豈可名宫。其在京元元宫宜改爲太清宫，東都改爲太微宫，天下諸郡改爲紫極宫。」亦見《舊唐書·玄宗紀下》。即紫極宫即原各州郡之玄元宫，據此知其置有道學館，以教生徒。《贈韋司業書》有「除經史、《老》、《莊》之翫，所未忘者，有碧天秋霽，風琴夜彈，良朋合坐，茶茗間進，評古賢，論釋典」云云，知穎士頗習道學，遂藉以存身。

作《伐櫻桃樹賦并序》。

潘吕氏《研究》稱此賦作于天寶八載，可議。天寶八載當是穎士罷集賢校理職，降資授廣陵府參軍事之年，賦云「寓居於紫極宫之道學館，因領其教職焉」，然後以紫極宫中櫻桃樹起興作賦，知當時已在廣陵。《滯舟賦》亦云「攝提歲，拂衣海嶽，應調函洛……邅我車而北上，揭吾道以東遊……朝發乎荆衡，夕止乎楊越」，即穎士「止乎楊越」之時，絶非天寶八載，而在「攝提歲」，即天寶九載（參是篇箋證）。此「八載」者，乃追述任職由來語。又因其十載時已去官（參《白鷴賦》箋證），則此賦作年當以本年爲上限。

此賦作意，世有異説。《新唐書》本傳：「召爲集賢校理。宰相李林甫欲見之，穎士方父喪，不詣。林甫嘗至故人舍邀穎士，穎士前往，哭門内以待，林甫不得已，前弔乃去。怒其不下己，調廣陵參軍事，穎士急中不能堪，作《伐櫻桃樹賦》，曰：『擢無庸之瑣質，蒙本枝以自庇。雖先寢而或薦，非和羹之正味。』以譏林甫云。君子恨其褊。」此謂是賦乃穎士爲外貶事譏刺李林甫所作，時在父喪之後。《舊唐書》本傳又云：「時穎士寓居廣陵，母喪，即繐麻而詣京師，徑謁林甫於政事省。林甫素不識，遽見繐麻，大惡之，即令斥去。穎士大忿，乃爲《伐櫻桃賦》以刺林甫云：『擢無庸之瑣質，因本枝而自庇。洎枝幹而非據，專廟廷之右地。雖先寢而或薦，豈和羹之正味。』其狂率不遜，皆此類也。」又將作賦事繫於穎士母離世，在服中自廣陵詣京師，入謁李林甫之後。因知穎士在服中得罪李林甫，因作賦譏刺之事，唐時頗盛傳，但具體情形頗有出入。按李林甫欲見穎士，以穎士盛名，事或有之。李林甫怒穎士「不下己」，「恃才敢與宰相敵禮」（《因話録》卷三），也與穎士「褊介自持，粗疎浸久，平生峻節，未嘗屈下」（《贈韋司業書》）的品行相符。穎士被斥之後，作賦譏刺林甫，亦未必不可能。然追究情形，仍有可辨之處。李華《揚州功曹蕭穎士文集序》有「爲揚州參軍也，丁家艱去官」語，則前引《新唐書》本傳稱穎士在「父喪」中與李林甫齟齬事即不合事實。且穎士既在服中，就制度而言不應居官，也無由外貶。而據《舊唐書》所説，則穎士爲何「寓居廣陵」？又何以在「母喪」期間入京謁李林甫？皆不明，且與《伐櫻桃樹賦并序》所述仕歷及作賦情形尤其矛盾。

再按趙璘曾云：「或傳功曹爲李林甫所召，時在禫制中，謁見林甫，薄之不復用，蕭遂作《伐櫻桃樹賦》以刺，此蓋不與者所誣也。功曹孝愛著於士林，李吏部華稱其冒難葬親，豈有越禮之事？此事且下蕭公數等者不爲。余嘗聞外族長老説林甫聞功曹名，欲見之，知在艱棘，後聞禫制已畢，令功曹所厚之人導意，請於蕭君所居側僧舍一見，遂許之。林甫出中書至寺，自以宰輔之尊，意謂功曹便於下馬處趨見，功曹乃於門内哭以待之，林甫不得已前弔，由此怒其恃才敢與宰相敵禮，竟不問。後余見今丞相崔公鉉説正同。崔公外祖母柳夫人亦余族姨，即李北海之外孫也，柳夫人聰明强記，且得於其外族，可爲實録。」（《因話録》卷三）即趙氏認爲，世傳穎士禫制中謁林甫，被「薄之不復用」後，作賦以抒怨怒之説，乃與穎士有隙者因其賦含譏刺之旨而附會誣陷之耳。今按此説看似有理，其實也未及關鍵。若説穎士是在爲父守制結束後謁見李林甫並得罪之，其事大抵在開元二十八年，則譏刺之舉何以不見於爲求官而作之《贈韋司業書》，卻見於近十年之後的《伐櫻桃樹賦》？若蕭、李相見事在穎士爲母守制之時，何以竟入京謁林甫，再作賦以譏刺之！若是，當受譏刺的就不應是李林甫，而是蕭穎士了（並參天寶十載條）！穎士當時居官甚卑，而李居相位之尊，有此等衝撞，亦實難想像。如此看來，李、蕭之爭，如穎士衝撞王丘一樣，無非軼事而已。後世論此事，亦多不認同兩《唐書》所謂「君子恨其褊」及「狂率不遜」之説。晁公武曰：「《唐書》云：『穎士作《伐櫻桃賦》以詆李林甫，君子恨其褊。』按集載其辭，有曰：『每俯臨乎蕭牆，姦回得而窺伺。』蓋謂林甫之必致寇也。其後果階禄山之禍，唐遂不振。然則穎士可謂知幾矣，宜褒而返加以貶詞，何哉？」（衢本《郡齋讀書志》卷十七）《四庫提要》取晁氏之説，亦疑《唐書》評價之不公。今味此賦既非關注一己進退得失之作，亦未必與李林甫有關。其以「虎遷趙嗣，鸞竊齊位」的歷史「以儆夫在位者」，頗懷「君失臣兮龍爲魚，權歸臣兮鼠變虎」（李白《遠别離》）之憂懼，在天寶時期的政治環境中，具有鮮明的現實意義。

天寶十載辛卯（公元七五一年），三十五歲

在廣陵，因任在限外，遂漫遊吳越，流宕逾時。作《□□□趙載同遊焦湖夜歸作》、《越江秋曙》。

《白鷴賦序》曰：「天寶辛卯歲，予飄泊江介，流宕逾時。秋八月，自山陰前次東陽。」（《文粹》卷七）

《□□□趙載同遊焦湖夜歸作》云：「□□將澤國，淜騰迎淮甸。東江輸大江，别流從此縣。仙尉俯勝境，輕橈恣遊衍。自公暇有餘，微尚得所願……迴見出浦月，雄光射東關。悠然蓬壺事，□□□衰顔。安得傲吏隱，彌年寓兹山。」「焦湖」即巢湖，《寰宇記》卷一二六淮南道廬州「合肥縣」：「巢湖在今縣東南六十里。《吴志》云：或云『巢』作『勦』字音，亦謂焦湖。」同卷「巢縣」云：「巢湖在縣西一十五里，自合肥縣經過。一名巢湖，一名樵湖，一名焦湖，云巢縣陷爲湖。」即湖在二縣之間。又《新唐書·地理志》載淮南道廬州廬江郡巢縣「東南四十里有故東關」，《通鑑》卷一七三記陳太建十一年十一月丙午事有「是日，樊毅將水軍二萬自東關入焦湖」語，即東關與巢湖有水路相通。《通鑑地理通釋》卷十二「東關、巢湖」條云：「《郡縣志》：巢湖在巢縣西五十里，周迴五百里，南出於東關口。東關口，縣東南四十里接巢湖，在西北至合肥界，東南有石渠，鑿山通水，是名關口。」故可在湖上見「迴見出浦月，雄光射東關」之景。題云「□□□趙載同遊焦湖」，而詩云「仙尉俯勝境，輕橈恣遊衍」，似趙載時任巢縣尉，穎士與之同遊，夜歸而作此詩。

《越江秋曙》有「延首剡谿近」句，「剡谿」在剡縣西南，北入上虞縣界爲上虞江，題中「越江」指此。前引《白鷴賦序》説，其自山陰往東陽，途中當過剡縣。穎士在廣陵，因居官無事，飄泊吴越甚久，曾遊及剡中。山陰屬越州，東陽即婺州郡名。知本詩乃穎士舟行至越州，地近剡溪，因念及友人而作。

秋，奉詔入京待選史職，自東陽歸至會稽傳舍，作《白鷴賦并序》。

《白鷴賦序》曰：「秋八月，自山陰前次東陽……會有命自天，召赴京闕，適與茲鳥偕至於會稽傳舍……因感而賦之。」知爲本年作，潘吕氏《研究》説同，陳《考》繫於九載。時蕭氏因韋述推薦，入京待選史職。《庭莎賦序》曰「天寶十載，予以史臣推擇，待詔闕下」，《三賢論》謂「工部侍郎韋述修國史，推蕭同事」，《新唐書》本傳稱「史官韋述薦穎士自代，召詣史館待制，穎士乘傳詣京師」云云，皆指此事。然《新唐書》本傳在此前謂其「會母喪免，流播吴、越」則未妥。天寶八載穎士被授廣陵府參軍事，九載時仍在職，至十載秋即奉召還京，在廣陵首尾二年有餘，其母當卒於何時，可令其在免官守制二十餘月，並「流播吴、越」之餘，尚能從容還京待選？且《白鷴賦》無一語涉及家難事，也是一疑。故吾頗疑《新唐書》本傳乃誤讀「飄泊江介，流宕逾時」八字，其漫遊吴越，當與母喪而免官無關。

考天寶九載韋述遷尚書工部侍郎，因薦蕭氏爲史館待制。十載秋，蕭氏自廣陵入京，因李林甫作梗而未償所願（參下年條）。至十一載十月，林甫卒，遂調河南府參軍事，至十二載春離京赴任，前後滯京實爲兩年有餘，論首尾則三年，仍未能償平生所願。蕭氏嬰心經術，志在著史，所謂「區區咫尺之判，曷足牽丈夫壯思哉！」「又溺志著書，放心前史，乍窺律令，無殊桎梏」「正應陪侍從近臣之列，以箴規諷譎爲事，進足以獻替明君，退足以潤色鴻業。決不能作擒奸摘伏，以吏能自達」，唯願「專心舊史，企望有成」。但當時得官秘書正字，奉使括書，使「校理是司，於今絶望；刊削之志，即事都損」（《贈韋司業書》），慘沮鬱悒之情溢於言表。時隔八年，機會再次降臨，可見韋氏並未忘懷穎士昔日求謁之志。但穎士對此行結果卻深懷憂懼，遂以「神貌清閑，不雜於衆禽，棲止遐深，與人境罕接，固莫得而馴狎也」的白鷴自託，表達了惝惶徘徊的心境，所謂「一與心賞兮睽違，念歸飛兮何極！」「是以雖信美而非其志，獨屏營而兢魂者焉」云云。天寶十二載春，穎士在河南府作《庭莎賦》，尚追述云：「予人質鄙野，雅不之好，常願鷗鳥爲儔，江海是處。往歲久遊剡中，將遂終焉。朝旨迫召，故不獲展，著《白鷴賦》以寄斯意。」與本篇皆爲「厭公門之窘束」「憂好尚之傾奪」而作也。

天寶十一載壬辰（公元七五二年），三十六歲

在京，爲史館待制，作《愛而不見賦》。

《愛而不見賦》題注「丙辰歲待詔京邑貽舊知作」十一字，未見於紹興本《文粹》，初見中華版《英華》所配明刊本，《賦彙》以之爲序，《全文》仍作題注。考開元四年爲「丙辰歲」，時穎士未生；若以「待詔京邑」爲是，當指天寶十載秋至本年末待詔闕下事，則「丙辰」應作「壬辰」，即天寶十一載，潘吕氏《研究》説同。陳《考》因爲定穎士神龍三年生，遂取此題注，作爲開元四年穎士以文章知名而被征入太學讀書的理由，以合《新唐書》本傳「十歲補太學生」之説。但即使穎士「聰雋過

人」(《舊唐書·韋述傳》),「十歲」孩童又有何等「舊知」?觀此賦之語辭、情志,豈能出於稚子之手?又,穎士是十五歲時以門蔭補太學生,非十歲(參開元十四年、十九年條)。

穎士至京後,因「僻直多忤,連歲不偶」(《庭莎賦序》),《新唐書》本傳則稱「穎士乘傳詣京師。而林甫方威福自擅,穎士遂不屈,愈見疾,俄免官,往來鄠、杜間」,皆記待詔時境況。按蕭氏於十載秋至京,因李林甫阻撓而求官不遂,必至本年十一月丁卯李林甫卒後,才得選任出京,其滯留長安有年矣,亦知「免官」之説不實,因其時並無官職之故。《庭莎賦序》又曰:「未選叙,求參河南府軍事。」劉太真《送蕭穎士赴東府序》則曰:「從官三年,始參謀於洛京……春雲輕陰,草色新碧;皎皎匹馬,出於青門。」正記十二載春得官東去情景。所謂「從官三年」,就天寶十載至十二載待選事言之也。賦又云「徒有顧兮且未克,憂沉深兮萃胸臆。風兮雨兮何極!」知其一抒抑鬱徘徊之情。

然穎士在京,不廢著述。《送蕭穎士赴東府序》云其「退然貧居,述作萬卷,去其浮辭,存乎正言。昔《左氏》失於煩,《穀梁》失於短,《公羊》失於俗,而夫子爲其折衷。王公交辟,拒而不應」,與《贈韋司業書》所述志尚契合,其云:「僕不揆,顧嘗有志焉。思欲依魯史編年,著《歷代通典》,起于漢元十月,終於義寧二年,約而删之,勒成百卷。」《新唐書》本傳亦云:「(穎士)嘗謂:『仲尼作《春秋》,爲百王不易法,而司馬遷作本紀、書、表、世家、列傳,叙事依違,失褒貶體,不足以訓。』乃起漢元年訖隋義寧編年,依《春秋》義類爲傳百篇……有太原王緒者,僧辯裔孫,撰《永寧公輔梁書》，黜陳不帝，穎士佐之，亦著《梁蕭史譜》及作《梁不禪陳論》，以發緒義例，使光明云。」三説一脈貫通，似《歷代通典》確曾有作，再加《梁蕭史譜》及《梁不禪陳論》等，篇帙浩繁，即使並非盡成於待選期間，已當「述作萬卷」之譽，故此期乃穎士著史立言之一重要時期。《送蕭穎士赴東府序》云時有「東倭之人，踰海來賓，舉其國俗，願師於夫子。弗敢私，請表聞於天子，夫子辭以疾而不之從也」之事，既爲世所盛傳，也是其説之淵源。《新唐書》本傳在其調任河南府參軍事後云：「倭國遣使入朝，自陳國人願得蕭夫子爲師者，中書舍人張漸等諫不可而止。」更坐實其事。並參穎士《留别二三子得韻字》詩箋證。

本年或下年，作《爲南陽尉六舅上鄧州趙王牋》。

潘吕氏《研究》稱《牋》文既爲南陽尉六舅而作，時穎士必在南陽（屬山南道鄧州，今屬河南）。故考天寶十四載十一月安禄山反後，穎士於是年底奔抵南陽（見《登故宜城賦》），明年春避地襄陽，應召掌山南節度書記事，故本文當作於天寶十四載末。但此説不可從。因本《牋》是向「鄧州趙王」提出的告假書，乃爲「南陽尉六舅」將「苫蓋在庭」的兩兄一弟從「宛葉」歸葬「汝潁」而作；《牋》又云六舅將於「此月之交，計發嵩汝」云云。但其中所提及的地方在十四載底多已陷入戰亂之中，幾無歸葬的可能，文中又對戰事背景絶無提及，使此繫年十分可疑。

「鄧州趙王」所指不明。據《舊唐書·趙王福傳》，貞觀十三年，太宗十三子福首封趙王，出嗣隱太子建成，咸亨元年薨。因無後，「中興初，封蔣王惲孫思順爲嗣趙王」。檢《舊唐書·蔣王惲傳》，知本名思順，改名琚，「中興封嗣趙王」，《新唐書》諸傳載同。但《舊唐書・玄宗紀上》載開元十二年夏四月令諸外繼爲王者皆「歸宗改封」，其一即改封「嗣趙王琚爲中山郡王」（又見《舊唐書・蔣王惲傳》），玄宗朝遂無「趙王」。或謂「鄧州趙王」乃肅宗次子係。係在天寶中封南陽郡王（《舊唐書・越王係傳》）。至德二載（七五七）十二月戊午朔進封爲趙王，乾元二年（七五九）七月制以趙王係爲天下兵馬元帥，三年閏四月改封越王，寶應元年（七六二）四月卒于從肅宗張皇后謀誅中官李輔國之役（《舊唐書》之《肅宗紀》、《李光弼傳》、《越王係傳》）。「南陽」即鄧州郡名，則「鄧州趙王」之稱，當用於李係自南陽郡王改封趙王之後，即至德二載至乾元三年間，也即《戕》文的作年。然予頗疑其説：如以「鄧州」爲南陽郡王的代稱，則「鄧州趙王」之稱，意味著兩王號並存；若指趙王時任鄧州刺史，考諸文獻，又無此事。即二説皆不通。縣尉告假，不行文於縣令，而致書於郡長官，也是一疑。

穎士母系親屬少見記載，《登臨河城賦并序》提及二「亡舅孝廉元君」，此外即「南陽尉六舅」，皆無名諱。《戕》稱「顧瞻兄弟，童丱五人」，以見諸本文者計，除「三喪在殯，丘封未兆」的「兩兄一弟」外，尚有「季弟傭官，越在東吴」者一人，再加「六舅」本人，正合六人之數。今《戕》云五人「或以進士，或以明經，二紀於兹，畢参官序」，皆登科第，歷「二紀於兹」，都已入仕，是考定本《戕》作年的關鍵。天寶元年，穎士作《登臨河城賦并序》，曰：「亡舅孝廉元君……一命屈臨河尉。尋遭風瘵，有加無瘳，憂悒迄逾一紀，故不復仕。」又曰：「昔自公而暇豫，陪作賦於兹樓；懷一紀以如昨，愴今晨而獨遊。」若以天寶元年爲時間基點，則兩句大意是，「孝廉元君」授臨河尉後，即因患病，且時「逾一紀」而不復仕；至穎士重到臨河時，又回想起「一紀」之前陪同舅氏登樓作賦的情景。故由此上推一紀，當開元十七、八年左右，大約是「元君」舉孝廉爲官，到任臨河的時間。時穎士十三、四歲，尚未入太學，即是「舅於予有教授之恩」時期。再自天寶元年下推一紀，即自開元十七、八年左右下推「二紀於兹」，大約在天寶十一、二載許。二紀之間，諸舅「畢參官序」，也卒亡相繼，因有歸葬之事。時穎士或在京爲史館待制，或在河南府參軍事任上，姑繫此。

天寶十二載癸巳（公元七五三年），三十七歲

是年獲選河南府參軍事職。

河南府即洛州東京，治洛陽（今屬河南），參軍事爲正八品下（《舊唐書·職官一》）。

陽浚知貢舉，劉太沖、長孫鑄、殷少野、鄭愕、劉舟、房由（房白）、鄔載登進士第。

並參《登科記考補正》卷九。

李華《三賢論》：「禮部侍郎楊浚掌貢舉，問蕭求人，海内以爲德選。」「楊浚」當作「陽浚」，掌天寶十二載至十五載貢舉，穎士弟子有多人登第。又《新唐書》本傳：「穎士樂聞人善，以推引後進爲己任，如李陽、李幼卿、皇甫冉、陸渭等數十人，由奬目，皆爲名士。天下推知人，稱蕭功曹。」

暮春三月，將赴任東洛，作《留别二三子得韻字》，與諸弟子賦詩灞橋以别。

《新唐書》本傳曰：「林甫死，更調河南府參軍事。」考李林甫天寶十一載十一月卒，穎士待選闕下兩載後，終得微職，於本年春赴任。穎士將赴東府，劉太真以下弟子十二人賦詩餞別。穎士詩云「殘春惜將別，清洛行不近」，言別時及去向甚明。劉舟（一作冉）《送蕭穎士赴東府得適字》云「德遂天下宗，官爲幕中客」，亦指此。穎士開元二十三年登科，至此十九年，詩云「二紀尚雌伏，徒然忝先進」者，蓋舉成數以寄慨。

「宗師忽千里，使我心氛氳」（鄔載《送蕭穎士赴東府得君字》）。今弟子所賦詩存十首。據《劉太真詩序》，預會賦詩者有賈邕、劉舟、長孫鑄、房由、元晟、劉太沖、姚發、鄭愕、殷少野九人；鄔載有詩，然「不預此會」；未見太真及相里造詩，有一人連姓名及詩皆逸去。以上《送蕭穎士赴東府》十首並劉太真序，皆載《唐詩紀事》卷二七「賈邕」條及《全詩》卷二百九。太真序云：「蕭夫子赴東府，門人送者十二人……從官三年，始參謀於洛京，家兄與先鳴者六七人，奉壺開筵，執弟子之禮於路左……春雲輕陰，草色新碧；皎皎匹馬，出於青門。吾徒喟然，瞻望不及。賦詩仰餞者，自相里造、賈邕以下，凡十二人，皆及門之選也。」詩云：「子欲適東周，門人盈岐路。高標信難仰，薄宦非始務。綿邈千里途，裴回四郊暮。征車日云遠，撫己慚深顧。」叙事之首尾、時地甚詳，諸弟子詩不具引。

序又云：「頃東倭之人，踰海來賓，舉其國俗，願師於夫子。弗敢私，請表聞於天子，夫子辭以疾而不之從也。」姚發《送蕭穎士（一作夫子）赴東府得草字》亦云「中夏授參謀，東夷願聞道」。世傳穎士文章學術名動華夷，願師于夫子事爲二門人所記録，當可信從。又《翰林盛事》云：「蕭穎士文章學術俱冠詞林，負盛名而湮沈不遇。常有新羅使至，云：『東夷士庶，願請蕭夫子爲國師。』事雖不行，其聲名遠播如此。」（《廣記》卷一六四「蕭穎士」引）按《直齋書録解題》卷五著録《翰林盛事》一卷，云：「唐剡尉常山張著處晦撰，紀儒臣盛事，自武德中迄于天寶首載。」據此，《翰林盛事》最早當成書于天寶年間，唯陳氏稱其紀事止於天寶元年，是一疑也。綜合而言，三位唐人的記録當事出有因，且知「東倭」「東夷」或指新羅。兩《唐書》本傳大略從《翰林盛事》引述。

作《庭莎賦并序》，在河南。

《庭莎賦并序》曰：「天寶十載，予以史臣推擇，待詔闕下。僻直多忤，連歲不偶。未選叙，求參河南府軍事。府尹裴公以予浮名，枉顧遇焉。而尹之外姻，或縮紀綱之局，怙勢矜權，求府僚降禮於己。予清慎自守，不能附會，爰逝我陳，嫌怒遂構。又同官多貴遊右戚，酒食之會，絲竹之娱，無間旬朔。予人質鄙野，雅不之好，常願鷗鳥爲儔，江海是處。往歲久遊剡中，將遂終焉。朝旨迫召，故不獲展，著《白鷴賦》以寄斯意。」（《英華》卷一四八）知十載至本年間穎士候選、獲選及在河南府任上概況。

考「府尹裴公」乃裴迴，天寶九載至十四載十一月前，爲河南尹兼東都留守（《唐刺史考全編》卷十）。本年春，穎士任河南府參軍事，正在其任内。河南府即東都洛州。穎士在府，雖蒙裴公垂顧，卻有外姻怙勢弄權，遂構嫌怒。「又同官多貴遊右戚，酒食之會，絲竹之娱，無間旬朔」，而「予人質鄙野，雅不之好」，兩相困辱，倍增鬱悒。《贈韋司業書》曾云：「州縣之禮，舍義重權，小人跨躡，便成簡倨。卑身下氣，已自不堪，詞色之端，更求附會。守初心則嫌猜頓起，將任節則操履全乖。丈夫行已三十年，讀書數千卷，尚不能揣摩捭闔，取權豪意旨，況復終年怏怏，折腰於掾吏之下哉？」知其不堪折腰，遂寄情於被俗吏淩踐之庭莎而作斯賦。李華《揚州功曹蕭穎士文集序》亦云：「爲河南參軍也，寮屬多嫉君才名，上司以吏事責君，君拂衣渡江。」可與之互證，且知餘響。

賦首「天寶十載」云云，中華本《英華》校曰「集作十有二載」，看似出入，實自待詔京邑時計，正當「十載」；以「連歲不偶，未選叙，求參河南府軍事」之結果計，則在「十有二載」，味諸文意，當以集爲是。大中七年（八五三）十月，此賦被刻碑立石（《金石録》卷十，又見《寶刻叢編》卷二十「諸書所録刻石地里未詳」）。

十月，作《唐故沂州丞縣令賈君墓誌銘并序》。

《賈君墓誌銘》云「以天寶十二載歲次戊（癸）巳十月戊辰朔十七日甲申，啓殯□平樂里，葬于河南縣梓澤鄉邙山之北原」，署「登仕郎守河南府參軍蕭穎士撰」（見岑仲勉《續貞石證史》「蕭李遺文拾」條），知本年十月前已到官。

天寶十三載甲午（公元七五四年），三十八歲

陽浚知貢舉。尹徵、劉太真、元結登進士第，獨孤及、李舟中洞曉玄經科。

參《登科記考補正》卷九。

顧況《信州刺史府君集序》：「公姓劉氏，名太真。天寶中，與兄太沖登秀才之科，蘭陵蕭茂挺目以丘門游、夏。」（《華陽集》卷下）

夏五月，與柳并同在洛陽，餞别劉太真昆仲歸江表，作《江有歸舟三章并序》（即《送劉太真詩序》）。

序云：「吾嘗謂門弟子有尹徵之學，劉太真之文，首其選焉。今兹春連茹甲乙，淑問休闡，爲時之冠。浹旬有詔，俾徵典校秘書，且馳傳隴首，領元戎書記之事……而太真元昆，前已甲科，未始間歲，翩其連舉……夏五月，迴棹有洛，告歸江表。」（《文粹》卷九六）「太真元昆」即劉太沖，「天寶十二年陽浚舍人下登第」（《唐詩紀事》卷二七，又見《登科記考補正》卷九「天寶十二載」條）。又《文粹》卷九六在「前已甲科」句下注「太真兄太沖以去歲登科」，蕭序又云尹徵與太真並於「今兹春連茹甲乙」，知尹徵與太真爲本年進士（亦見《登科記考補正》卷九「天寶十二載」條）。故知本詩是蕭氏在劉太真中第後，於夏五月爲送其昆仲榮歸江表而作。序云「予羈宦此都，色斯云舉」者，語出《論語·鄉黨》「色斯舉矣，翔而後集」句，馬融注：「見顔色不善則去之。」《正義》曰：「此言孔子審去就也。謂孔子所處見顔色不善，則於斯舉動而去之。」（《論語注疏》卷十）君子見幾，審於去就，正見《庭莎賦》作意，亦知穎士尚在河南府參軍事任。

蕭序叙尹、劉連中春闈後，又有「浹旬有詔，俾徵典校秘書，且馳傳隴首，領元戎書記之事。四牡騑騑，薄言旋歸，聲動日下，浹於寰外。而太真元昆……」云云。按「俾徵」之「徵」，當指尹徵，故是先叙尹徵中第，及以「典校秘書」銜領幕府掌書記後，再表彰劉氏兄弟連中科第的榮耀。「隴首」當指「隴首山」，以代隴右之地。天寶六載十一月至十五載，哥舒翰爲隴右節度使，尹徵當入其幕。序文送劉氏昆仲及尹徵，又極道柳并之才，可見其尚未登科。又所謂「同是餞者」，知柳氏當時亦在洛陽。

秋九月，在汴州，時去府職，作《陪李採訪泛舟蓬池宴李文部序》。

李華《揚州功曹蕭穎士文集序》：「爲河南參軍也，寮屬多嫉君才名，上司以吏事責君，君拂衣渡江，遇天下多故。其高節深識，皎皎如此。」穎士《江有楓一篇十章并序》也有「以直方不偶，見偪讒佞，惟古之賢者，有避色避言之義，矯然去之」之説，乃《江有歸舟三章并序》所謂「余羈宦此都，色斯云舉」之餘響，唯去職之詳情不明。

《陪李採訪泛舟蓬池宴李文部序》云：「聖后欽明天工，愍恤人瘼，罷前監郡，仍昔按部，其爲寄也大焉。若乃池梁墟……方域之雄也。牧守之任，循良之選，豈易人哉！今兹春歲聿旱，人咨荒歉，朝廷慮東方之耗斁也，慎簡大賢而臨莅之。明詔乃下，俾鉅鹿守李公往焉……已而襄國士女，結去思之怨。大君愍然，又命公族之良、前文部侍郎東陽繼焉。擅文儒之俊，所以司綸翰、兼銓尺矣；韞戎略之權，所以參簡稽、貳麾節矣。登朝而備履清貫，出守而再踐名邦。其鎮撫斯境，式慰饑渴，宜矣！秋九月，鉅鹿舟輿次于是都，明使君客焉。」（《英華》卷七一〇）文雖長，然所序人物關係頗不易明瞭（參天寶十四載條《蓬池禊飲序》箋證）。

蓬池在汴州陳留郡開封、浚儀二縣間（參天寶十四載條），即是泛舟設宴之地，亦是「鉅鹿守李公」涖臨監郡之地，即「是都」所指。以此觀之，序文中實有三位「李公」，去陳留守而任河南採訪使的「李採訪」，已到任陳留的原「鉅鹿守李公」，補「鉅鹿守李公」之闕的「李文部」，也即「鉅鹿舟輿次於是都」者，序題及行文皆有言不盡意之處。開元二十二年二月張九齡奏置十道採訪處置使，河南採訪使例兼汴州刺史。天寶元年改州爲郡，以刺史爲太守，河南採訪使仍領陳留郡。序云「罷前監郡，仍昔按部」者，指河南採訪使罷陳留守，卻有按部監察之責，故只稱爲「李採訪」。如此則陳留守有缺，遂宜簡大賢以臨涖之，因有今春「鉅鹿守李公」奉詔移守陳留，而令「襄國士女，結去思之怨」（河東道邢州乃古邢侯之國。秦并天下，置信都縣，屬鉅鹿郡，項羽改曰襄國，蓋以趙襄子謚名之也）事；因「又命公族之良、前文部侍郎東陽繼焉」，「鎮撫斯境，式慰饑渴」，即命「李文部」繼任爲鉅鹿守。序文中，唯「秋九月，鉅鹿舟輿次於是都，明使君客焉」一語頗生混淆，要在「是都」及「使君」皆指陳留，而「鉅鹿」則必指原「李文部」方合事實，並可落實「客焉」之意。即至本年秋九月時，原「鉅鹿守李公」已轉任陳留，與「李採訪」泛舟蓬池之「李文部」則在赴任鉅鹿途中，遂有「鉅鹿舟輿次於是都，明使君客焉」，而在蓬池宴客之事。

「李採訪」及原「鉅鹿守李公」無考。「前文部侍郎東陽」則是李暐，天寶時歷中書舍人及禮部、户部、文部侍郎，字東陽，兩《唐書》無傳。考《册平昌公主出降文》有「維天寶五載歲次庚戌十二月……今遣使……李林甫、副使朝散大夫守中書舍人李暐……」(《唐大詔令集》卷四二)之語,又《册涼王張妃文》云「維天寶九載歲次庚寅四月……今遣……林甫、副使中大夫行中書舍人權知禮部侍郎事上柱國成紀縣開國男李暐……」(《唐大詔令集》卷四〇),知李暐當在天寶五載至九載間爲中書舍人,至九載權知禮部侍郎,典貢舉。《唐詩紀事》卷二七:「(賈)邕,天寶九年李暐侍郎下登第。」即序稱其「擅文儒之俊,所以司綸翰」所本。李暐隨在天寶九載改户部侍郎,即《通鑑》卷二一六:「(天寶)十載春正月……丁酉命李林甫遥領朔方節度使,以户部侍郎李暐知留後事。」也即序稱「韞戎略之權,所以參簡稽、貳麾節」之意。史載李暐尚典天寶十載貢舉,榜下取錢起(參《登科記考補正》卷九,學者疑爲李麟之誤)。又考天寶十一載三月改吏部爲文部,至德二載十二月復舊(《舊唐書·玄宗紀下》、《唐會要》卷五八,《通典》卷二三注「至德初復舊」),李暐必在此間職「兼銓尺」,爲文部侍郎。《新唐書·宗室世系表上》記大鄭王房有「文部侍郎暐」,即此人也,其仕歷確可稱是「登朝而備履清貫」。從序云李暐「出守而再踐名邦」看,他此前應該還有一次外任郡守的經歷,已無考。又《新唐書·李泌傳》:「初,泌無妻,不食肉。帝乃賜光福里第,彊詔食肉,爲娶朔方故留後李暐甥。」時爲代宗朝事。另外,穎士在下年三月曾從「河南連帥領陳留守李公」等帳飲于蓬池,作《蓬池禊飲序》,此一「陳留守李公」應當就是本序中之原「鉅鹿守李公」了,而「李採訪」當已去職,故其可以「河南連帥領陳留守」。

又,作本序時,穎士已離河南參軍事任(按息夫牧《冬夜宴蕭十丈因餞殷郭二子西上詩序》,

穎士本年底於歸家途中曾至許昌，參本年「冬十二月」條），由此知其在汴州。

潘呂氏《研究》繫此序于本年秋九月，時穎士辭卻河南府職，又李文部即李暐，皆是。但謂「李採訪名憕，天寶十一載累轉河東太守、本道採訪使，十四載轉光禄卿，東京留守（舊書一八七本傳）」，且引《唐會要》卷七八「採訪處置使」條「十二載二月河南道採訪處置使、河東郡太守李憕」爲據則有誤。〔一〕因河東太守當兼河東採訪使，與河南道何干？檢《唐會要》卷七八「採訪處置使」條曰「十二載二月河南道採訪處置使河東郡太守李憕、河南道採訪處置使陳留郡太守王濬等奏」云云，前一「河南」顯是「河東」之誤。

本年秋或下年十一月，作《江有楓一篇十章并序》。

序云：「江有楓，思陸、鄭二友吴會舊遊，且疾讒也。君宦於尹府，以直方不偶，見偪讒佞，惟古之賢者，有避色避言之義，矯然去之。」（《文粹》卷十一）

據《舊唐書·職官三》，開元初以京兆、河南、太原爲府，各置尹一員，從三品，專總府事；各府置參軍事六人，正八品下。穎士一生爲官，可稱「宦于尹府」者，唯河南府參軍事一職。本年夏五月，穎士餞别太真兄弟，其《江有歸舟三章并序》云「余羈宦此都，色斯云舉；彼吴之丘，曾是昔遊。心乎往矣，有懷伊阻；行矣風帆，載飛載揚；爾思不及，黯然以泣」數語之意，與本序相表里。

〔一〕《蕭穎士研究》，第一〇二頁。

「色斯云舉」者，即「古之賢者，有避色避言之義」之所本。然當時實未去之，故有「爾思不及，黯然以泣」語。至作本詩時，已「矯然去之」，身在「二室之間」矣。所謂「吴會舊遊」，當指天寶十載秋八月前，穎士「飄泊江介」事，時曾與弟子陸淹、鄭愕相聚。「且疾讒」者，指天寶中期爲李林甫所排事，「此懼維何，懼罝於羅。彼驕者子，讒言孔多」指此而言（參《伐櫻桃樹賦》箋證）。時當今日，雖不能續吴會舊遊，尚能見槭而思楓，懷故交之情誼，知本詩乃思友懷舊之作。從穎士今存文字考證，本年秋九月，穎士在蓬池陪同「李採訪」宴李文部暐，時自稱爲「客」，知已去職，故爲本詩創作上限。至十四載十一月，曾自太室山往汴州陳留郡見河南採訪使郭納，事見《登故宜城賦》及《新唐書》本傳，故爲本詩創作下限。

鄭愕乃天寶十二載進士，是送別蕭氏赴河南府參軍事之長安門人之一，有《送蕭穎士（一作夫子）赴東府得往字》詩，餘事未詳。陸淹事蹟未詳。

冬十二月，穎士問津穎上，至許昌，遇殷、郭二子。時門人息夫牧之父爲縣宰，夜有歡宴。息氏作《冬夜宴蕭十丈因餞殷、郭二子西上并序》。

序云：「冬十有二月，家君宰邑許下，夫子問津穎上，二賢將馳會府，皆適兹土。夜處狹室，列座有位，尊卑儼如……頃夫子升堂之後，若盧、賈、劉、尹之徒，半紀間接武鳴躍，實夫子訓之導之斯至也。今殷、郭二子，天資才幹，而加之鏃羽，觀光王庭，俯拾地芥，其誰曰不然……夫子以家君政事，百里無事，命門弟子賦詩鳴琴，亦以釋仳離之怨焉。小子不敏，忝居門人之末，敢不敬書其

事。」（《文粹》卷九六）

漢有息夫躬，《漢書》本傳載河内河陽（今河南孟縣）人，牧當與之同族，乃穎士門人。據序云，知作於許州許昌，時息夫牧父爲縣宰，因蕭氏「問津穎上」，殷、郭二子「將馳會府」，而集於此地。序又云「若盧、賈、劉、尹之徒，半紀間接武鳴躍」，指太沖兄弟及尹徵等相繼中第事，故「冬十二月」者，當以本年爲下限。蕭氏「問津穎上」之事，乃自河南府去職後，從汴州南下，經許昌往穎上的歸家之舉。「會府」指尚書省，二子將「觀光王庭，俯拾地芥」，當與應舉有關，但不知何人也。

天寶十四載乙未（公元七五五年），三十九歲

春三月，在汴州，從河南連帥領陳留守李公宴于蓬池，作《蓬池禊飲序》。

序云：「粵天寶乙未，暮春三月，河南連帥領陳留守李公，以政成務簡，方國多暇，率府郡佐吏、二三賓客，帳飲於蓬池，備祓除之禮也。」（《文粹》卷九七）

「河南連帥領陳留守李公」，即見於《陪李採訪泛舟蓬池宴李文部序》之「鉅鹿守李公」，時以河南採訪使領陳留郡（即汴州，治浚儀，在今河南開封）太守，無考。穎士于夏六月在滑州韋城遇疾，有「方牧李公」致蓮蘂散療治（《蓮蘂散賦》），仍是此人。蓬池乃古澤藪名，即逢忌之藪；亦名逢澤，即宋之逢澤；亦即《水經注・睢水注》之「逢洪陂」，《左傳・哀公十四年》之「逢澤有介麋焉」，《戰國策・秦四》之「魏伐邯鄲，因退爲逢澤之遇」者，皆指此地，唐時屬汴州開封，又與浚儀

相近，約在今河南商丘南，久爲攬勝之所。

六月，潁士在韋城遇疾。十一月丙寅，安禄山起兵犯闕，潁士本在太室山養疾，因往汴州見河南採訪使郭納陳守御計，以不見用而去。月底往觀封常清陳兵東京，不宿而還。遂藏家書於箕、潁間，身走山南，避地襄陽，繼入節度使源洧幕。三月的祓禊宴飲，當是本年中僅有的賞心樂事。

夏六月，在滑州韋城；因聞「同生繼夭」而遇疾，得李公贈藥，作《蓮蘂散賦并序》。

序曰：「乙未歲夏六月，旅寄韋城，憂傷感疾，腫生於左脇之下。彌旬不愈，楚痛備至。友生于逖、張南容在大梁聞之，以言於方牧李公。公，予之舊知也，俯垂驚嗟，遠致是散，題曰蓮蘂……感恩嘆異，於以賦焉。」（《英華》卷一四八）潘吕氏《研究》以「己未」當作「乙未」，即天寶十四載，是。但云「方牧李公」即李暐，時代李憕爲河南採訪處置使、河東郡太守，誤。〔一〕今按此「方牧李公」不詳，因韋城屬滑州（治所在今河南滑縣東南），大梁即汴州浚儀（今屬河南開封），其人當爲河南採訪處置使兼陳留太守，而李憕實爲河東採訪處置使兼河東太守，與此事無關（參天寶十三載秋九月條）。潁士因「憂傷感疾」於韋城，于逖、張南容等在大梁聞訊，報「方牧李公」求治，情理、地理皆合。張南容，范陽人，潁士同年（李華《楊騎曹集序》）。于逖，汴州人，行十一，與李白、李頎皆有交，《篋中集》詩人之一。乾元元年（七五八）卒，約五十九歲。

〔一〕《蕭潁士研究》，第一〇三頁。

或於本年夏以後作《與從弟評事書》，時當在滑州養疾。

因《書》中有「來中丞便至責其違闕，乃罪不可料」語，潘吕氏《研究》謂「來中丞」即來瑱，曰：「舊書一一四來瑱傳：『魯炅敗于葉縣，退守南陽，乃以瑱爲南陽太守，兼御史中丞。』《通鑑》二一八：『至德元載五月丁巳（四日），炅衆潰，走保南陽。』據此則來瑱之兼御史中丞當在至德元載五月也。書又曰：『今海内未静之秋，加之患疾傷損，不蒙恩卹，過秋羈迫，亦知命矣！』案至德元載首冬，穎士已入淮南節度幕掌書記，兼補揚州功曹參軍事之官（與崔中書圓書），故知本文當作於至德元載（七五六）秋也。從弟之名不詳。」〔一〕陳《考》繫於至德二載。此二説皆有可議。

考此「從弟評事」乃蕭直，即穎士從叔蕭諒次子（穎士有《爲從叔鴻臚少卿論旱請掩骼埋胔表》，此「從叔」即蕭諒，參開元二十九年條）。考獨孤及《唐故給事中贈吏部侍郎蕭公墓誌銘》曰：「公諱直，字正仲，梁長沙王懿七代孫，有唐御史中丞、臨汝郡守諒之孟子……中丞府君之遇讒謫居也，公亦播遷漢東，移尉穀熟。至德二年，乃由廷尉評授監察御史。」（《全文》卷三九二）因穎士爲鄱陽王恢七世孫，懿與恢皆爲順之子，故蕭直與穎士爲從兄弟，也是韋述的外甥（《舊唐書・韋述傳》）。又，唐無廷尉評，此指大理評事（貞觀二十二年復置，見《通典》卷二五，職掌與前

〔一〕《蕭穎士研究》，第一〇四—一〇五頁。

代之廷尉評相當）。今從《墓誌銘》知蕭直在至德二載前爲大理評事，即可否定前二種繫年之説。因爲蕭穎士作此《書》的目的之一，在于通過蕭直要求「韋二十五」或「二十五官」向「來中丞」舉薦自己。在蕭穎士的交遊中，此「韋二十五」或「二十五官」只能是韋述。但因安史之亂的爆發，自天寶十五載六月（七月改元至德）到至德二載間，二蕭都不可能與韋述有聯繫，更不可能求其舉薦。因玄宗幸蜀時，韋述先抱國史藏於南山，既而陷賊受僞官；至德二載十月收復兩京後，因罪流於渝州而卒（《舊唐書・韋述傳》）。而穎士自安史亂起就已無暇安枕，本年十一月先至洛陽觀察形勢，繼而歸家安置，年底奔山南，十五載（至德）秋已入淮南幕，參與軍務，抵抗叛軍，此間與韋氏形同敵我，豈能借其求官？在蕭直方面也是如此。《墓誌銘》云「中丞府君之遇讒謫居也，公亦播遷漢東，移尉穀熟」，即是概述其在天寶後期的行跡；所謂「中丞府君之遇讒謫居」，指蕭諒自御史中丞出爲陝郡太守事，事在天寶六、七年以後（參開元二十九年五月條）；據《墓誌銘》，又曾守汝州，其時又當延伸至天寶後期。蕭直則隨之「播遷漢東，移尉穀熟」，到了宋州；然後在「至德二年，乃由廷尉評授監察御史」，其間歷官情況雖不甚明確，但天寶十四載以來，仍忠於唐廷，也不能幫助穎士向韋述求得舉薦。至於「來中丞」仍費解。來瑱確在至德元載五月兼御史中丞，但如前考，韋述時居僞職，不能與之有交往，抑唐代尚有一「來中丞」乎？待考。

綜此，鄙意本年夏秋間是此書寫作下限，時穎士已去河南府參軍職，六月間左脅生腫疾（《蓮蘂散賦》），繼而墜馬受傷，遂借蕭直向韋述有所干求，豈料既不獲許，又被苛責，故作書以訴怨望之情，有「過秋羈迫，亦知命矣」之嘆。當時所在不明，或在滑州。

十一月，安禄山反，穎士自太室山再往汴州，見河南採訪使郭納陳守御計，以不見用，去。

《新唐書》本傳：「安禄山寵恣，穎士陰語柳并曰：『胡人負寵而驕，亂不久矣。東京其先陷乎？』即託疾游太室山。已而禄山反，穎士往見河南採訪使郭納，言御守計，納忽不用。嘆曰：『肉食者以兒戲御劇賊，難矣哉！』」

據傳，本年十一月丙寅（初八），范陽節度使安禄山自幽州反後，穎士從太室山往河南採訪使治所汴州陳留郡見郭納，陳守御計而不見用。知穎士本月中在陳留。又據《舊唐書·玄宗紀下》，叛軍于十二月「辛卯（初六），陷陳留郡，殺張介然」，且殺官軍降者六七千人，太守郭納至是出降（《舊唐書·安禄山傳》）。

十一月底，往觀封常清陳兵東京，不宿而還。藏家書於箕、潁間，身走山南，避地襄陽。

《新唐書》本傳：「聞封常清陳兵東京，往觀之，不宿而還。因藏家書於箕、潁間，身走山南，節度使源洧辟掌書記。」按《舊唐書·玄宗紀下》：「（天寶十四載十一月戊午朔）封常清自安西入奏，至行在。甲戌（初十七），以常清爲范陽、平盧節度使、兼御史大夫，令募兵三萬以御逆胡。」然胡兵猖狂，十二月辛卯（初六）陷陳留，甲午（初九）陷滎陽；丙申（初十一），封常清敗于成皋，奔陝郡；丁酉（初十二），東京陷落。時高仙芝鎮陝郡，棄城西保潼關。丙午（初二十一），玄宗斬封、高二人於潼關。知封常清自受命募兵守御東京至被殺，前後不過一月有餘，穎士當在十一月底至東京觀兵勢，旋即還家；時中原板蕩，戰事發展迅猛，其身走山南，避地襄陽，當在十二月中。玄宗於十二月辛丑（初十六）詔「以永王璘爲山南節度使，以江陵長史源洧副之」，則穎士受聘入幕，最早當在天寶十五載初。

天寶十五載丙申（公元七五六年，七月，改元至德），四十歲

陽浚知貢舉，皇甫冉登進士第。

參《登科記考補正》卷九「天寶十五載丙申」。

年初在襄陽，爲山南節度副使、江陵長史源洧掌書記，同赴江陵，作《登故宜城賦》。

穎士《登故宜城賦》題注云：「丙申歲避地襄陽，見召掌節度書記，陪幕府源公赴江陵作。」「源公」指時任江陵大都督府長史兼山南東道採訪防御使的源洧。「丙申歲」即天寶十五載，七月改元至德，故潘呂氏《研究》稱「丙申歲即至德元載」。[一]按賦題注稱「丙申歲避地襄陽，見召掌節度書記」云云，入幕當在本年初。

[一]《蕭穎士研究》，第一〇四頁。

據本譜所考穎士上年十一月以來的行跡，其旋往東京，繼而暫歸汝潁後，即身走山南，避地襄陽，即賦云「予旅寓於淇園，初提挈而南奔」事，時當在十二月中。檢《舊唐書·源洧傳》曰：「天寶中，爲給事中、鄭州刺史、襄州刺史、本道採訪使。及安禄山反，既犯東京，乃以洧爲江陵郡大都督府長史、本道採訪防御使、攝御史中丞，以兵部郎中徐浩爲襄州刺史、本州防御守捉使以御之。」與天寶十四載十二月辛丑（初十六）詔「以永王璘爲山南節度使，以江陵長史源洧副之」（《舊唐書·玄宗紀下》）相合。即源洧在東京陷落後，受命自襄州轉任江陵長史，兼山南東道採訪防御使，以副永王，則穎士受聘，正因當時避地襄陽，而源氏恰爲山南主帥，及穎士與源洧弟衍爲舊友之故，時約在天寶十五載初。當源氏赴任江陵時，穎士同行，經故宜城而作此賦。

賦云：「三十年中，初不戒其滿盈。終大都之隅國，逸漏網之奔鯨。潰亂河淇，虔劉汴滎。覆東洛，隳陝坰，抗靡堅陣，守無完營，呼吸三旬，遂至乎上京。爟燧燭於王宫，潼關爲之晝扃。暨而將吏逋竄，烝民駭散，崩騰郡邑，空闃閭閈，荒凉我汝潁，牢落我睢涣。傳置載馳於商鄧，兵符薦集於淮漢。」此叙戰事爆發以來，亂軍自河北攻入河南，勢如破竹，而唐軍崩潰之慘狀。賦序則云「變之始也，予旅寓於淇園，初提挈而南奔。崩波滑臺，逼迸夷門。亡車徒於鼎城，擯圖籍於轘轅。背維嵩，遵汝潰。迴環乎郟、葉，飄泊乎穰、宛；嗟歲聿之云暮」，終至於襄陽。此叙十四載十一月後至年底，穎士的南奔路線，與《新唐書》本傳對讀，行跡極爲清晰。淇園在衛州衛縣（今河南淇縣），滑臺即滑州治所白馬城舊稱（在今河南滑縣東舊滑縣），夷門乃古大梁城（即河南開封附近）

東門，即潁士自衛州東北行至滑臺，又西南入汴州，見郭納陳守御計。因不見用，折而西行入洛。洛陽別稱「鼎城」（《左傳・宣公三年》：「成王定鼎於郟鄏。」又見《史記・楚世家》，《集解》云：「杜預曰：郟鄏，今河南縣西有郟鄏陌，武王遷之，成王定之。」知郟鄏即周之王城，因成王定鼎事，故謂之鼎城，在今河南洛陽），時封常清奉詔募兵守焉。蕭氏至洛，是爲觀察軍勢，以圖後計，但見「封常清所募兵皆白徒，未更訓練」（《通鑑》卷二一七），不堪御敵，遂徹底失望，「不宿而還」，回故里安頓家事，決意南遷。序云「擯圖籍於轘轅」者，指藏書於轘轅山（在河南府緱氏縣東南，今河南偃師南緱氏鎮），其地東鄰嵩山，適在「箕、潁」之間；再沿汝水行至郟縣（漢郟縣、唐郟城縣，今河南郟縣），南渡滍水抵葉（今河南葉縣），再經宛（漢宛縣、唐南陽縣，今河南南陽）、穰（今河南鄧縣）而南下，至年底而達襄陽（今湖北襄樊），近千里「迴環」、「漂泊」之苦，可想而知。

宜城屬襄州，本漢邔（音忌）縣地。漢水在縣東九里，古諺曰「邔無東」，言其東逼漢江，其地短促也。然故宜城尚在縣南九里，本楚國鄢縣（按秦昭王使白起伐楚，引蠻水灌鄢城，拔之，遂取鄢，即此城），漢惠帝三年改名宜城，乃捍御山南的要衝。兩月間，蕭氏目睹胡兵掃蕩中原之狀，深有感焉。其來也，「陪後車乎南紀，儼四牡以專征」。歷隤墉而訊諸，乃楚鄢之遺城」，不免遥想此地興廢之歷史，既生「復廓邛峨之險，奮賨濮之旅」。鋪叙隴阺，震攝關輔」，「致中原於旰食，振衰漢之遺緒」的志尚，也有「嗟予行兮愴遲遲」的憂懼，壯懷激烈，因有此賦，乃蕭集中少有的騁情之作。

穎士在幕，説服源洧堅守襄陽，以保證江淮轉餉暢通，穩定潼關戰局。然源洧旋卒，穎士往客金陵。永王璘召之，不見。

《新唐書·蕭穎士傳》：「賊别校攻南陽，洧懼，欲退保江陵，穎士説曰：『官兵守潼關，財用急，必待江、淮轉餉乃足，餉道由漢、沔，則襄陽乃今天下喉襟，一日不守，則大事去矣。且列郡數十，人百萬，訓兵攘寇，社稷之功也。賊方專崤、陝，公何遽輕土地，欲取笑天下乎？』洧乃按甲不出。亦會禄山死，賊解去。洧卒，往客金陵，永王璘召之，不見。」

考《舊唐書·玄宗紀下》記十五載「五月戊午，南陽太守魯炅與賊將武令珣戰于滍水上，官軍大敗，爲賊所虜，進寇我南陽。詔嗣號王巨自藍田出師救南陽。」又《舊唐書·來瑱傳》：「魯炅敗于葉縣，退守南陽，乃以瑱爲南陽太守，兼御史中丞。」及《通鑑》卷二一八：「至德元載五月丁巳，炅衆潰，走保南陽。」皆爲「賊别校攻南陽」之證。再檢《通鑑》卷二一九載魯炅堅守南陽一年，使南夏得以保全，於至德二載五月破圍而去，時安禄山已於正月爲安慶緒所殺，與穎士傳中叙事相合。唯《舊唐書·源洧傳》載「洧至鎮卒」，卻繫時不詳，但五月中尚存，則無疑也。

秋，入淮南節度副大使、廣陵郡長史兼御史中丞李成式幕掌書記，兼補揚州功曹參軍。作《爲李中丞賀赦表》、《與崔中書圓書》等。

《新唐書·蕭穎士傳》曰：「洧卒，往客金陵，永王璘召之，不見。時盛王爲淮南節度大使，留蜀不遣，副大使李承式玩兵不振。穎士與宰相崔圓書，以爲：今兵食所資在東南，但楚、越重山復江，自古中原擾，則盗先起，宜時遣王以捍鎮江、淮。俄而劉展果反。賊圍雍丘，脅泗上軍，承式遣兵往救，大宴賓客，陳女樂。穎士曰：『天子暴露，豈臣下盡歡時邪？夫投兵不測，乃使觀聽華麗，一旦思歸，誰致其死哉？』弗納。」

永王沿江東下，廣聘名士入幕，李白其一也。穎士亦蒙其召，卻拒而不見，即李華《揚州功曹蕭穎士文集序》云「辭官避地江左。永王修書請君，君遁逃不與相見」事。〔二〕穎士之不奉命，乃「一生一死之間，而後見其大節」（《三賢論》）之舉。從穎士本年所作諸文，可證其頗有韜略，絶非一文士而已。傳文接叙「時盛王爲淮南節度大使」云云，知其事最早當在本年夏秋之際（《舊唐書·肅宗紀》載至德元載十二月「甲辰（初二十五日），江陵大都督府永王璘擅領舟師下廣陵」，李白《東王東巡歌》其一則云「永王正月東出師」，即永王率舟師下廣陵，已在本年底）。

七月，肅宗在靈武登基，改元至德。丁卯（十五日），玄宗以太上皇身份封諸子統領諸道，其中以「盛王琦宜充廣陵郡大都督府長史，仍領江南路及淮南、河北等路節度採訪都大使，依

〔一〕〔明〕沈周《題李太白像》云：「風骨神仙品，文章浩宕人……獨輸蕭穎士，不見永王璘。」見《石田詩選》卷八。

前江陵郡都督府長史劉彙爲之傳，以廣陵郡長史李成式爲都（一作副）大使兼御史中丞」（《英華》卷四六二《玄宗幸普安郡制》）。故穎士至金陵，入淮南節度副大使、廣陵郡長史兼御史中丞李成式幕爲掌書記，最早即在七月。但穎士在幕時間亦短，因十二月戊子（九日），肅宗即命「諫議大夫高適爲廣陵長史、淮南節度兼採訪使」，故李成式鎮淮南不過半載，即遷大理卿（《全文》卷三六七賈至《授李成式大理卿薛景仙少府監制》），故穎士爲其所作文章，皆在這半年之中。

《爲李中丞賀赦表》曰：「中書省馬崇至自蜀郡，伏奉八月一日制書，大赦天下。」按「八月一日制書」指《鑾駕到蜀大赦》之書，云「天寶十五載八月一日昧爽以前，大辟罪以下，常赦所不免者，咸赦除之。自中興以來有破家者，一切與雪；流人一切放還。左降官各還舊資，内外文武官節級賜階爵，安禄山脅從官有能改過自新，背逆歸順，並原其罪，優與官賞」（《唐大詔令集》卷七九）。則至遲在八月，穎士已行掌書記職責。潘吕氏《研究》同。〔一〕

《與崔中書圓書》亦作於淮南幕。穎士與崔圓同年，從「敬想表妹珍儀、外甥休慰」語，又當有姻戚關係，故雖勢位懸隔，仍敢「銜憤萬里，遠陳短見」。《書》曰：「某自中州隔越，流播漢陰，遂至江左。淮南節度使召掌書記，兼補此官。羈窘之辰，幸忝俸禄。」又：「先奉七月十五日敕，盛王

〔一〕《蕭穎士研究》，第一〇四頁。

當牧淮海。累遣迎候，尚承在蜀。今副大使李中丞……」（《英華》卷六六八，「七月十五日敕」即指《玄宗幸普安郡制》）按「某自中州隔越」句所叙，與穎士於上年十二月在襄陽入源洧幕，洧卒而往客金陵，在本年七、八月間入李成式幕的過程合。另據《書》中「況在舊故，榮庇特深……淮南節度使召掌書記，兼補此官。羈窘之辰，幸忝俸禄」文氣看，穎士入幕，當出於崔圓推薦，且已補揚州功曹。此與李華《序》云「淮南節度使表君爲揚州功曹參軍」事合。以唐人入幕授官常例，此「揚州功曹」非職事官，當是寄禄依據而已，故云「羈窘之辰，幸忝俸禄」。揚州大都督府置功曹參軍一員，正七品下。又《新唐書》本傳有「時盛王爲淮南節度大使，留蜀不遣，副大使李承式玩兵不振。穎士與宰相崔圓書」云云，依據固在本書。但傳文隨即在稱穎士建言李成式罷陳女樂事後云，「崔圓聞之，即授揚州功曹參軍。至官，信宿去」一節，則非實情。

穎士素志修史，以文章名世，然精於治道，於至德間文章可知矣，尤以本《書》爲最。《四庫全書總目提要》云：「今考穎士當禄山寵盛之時，嘗與柳并策其必反，既而言驗，乃詣河南採訪使郭納言獻策守御，納言不能用。禄山别將攻南陽，山南節度使源洧欲遁，穎士力持之，乃堅意拒賊。永王璘嘗召之，不赴。而與宰相崔圓書，請先防江淮之亂，既而劉展又果叛。其才略志節皆過於人，不但如晁氏之所云，文章根柢固不僅在學問之博奥也。」這個評價是客觀公正的。《書》有「首冬漸寒」語，知時在十月；又從《書》末「謹因賀赦使附狀不宣」語，知與《爲李中丞賀赦表》同時作。

十月許，又作《爲李中丞作與虢王書》。

潘吕氏《研究》謂：「李中丞即李成式。虢王即虢王巨，至德元載五月拜河南節度使。書曰：『某還，奉問，垂示報魯郡克捷，官軍乘勝進取東平。』考通鑑二一九，魯郡、東平、濟陰於至德元載十二月陷賊。書又曰：『天氣漸寒。』是本文當作於至德二載秋以後。又乾元二年（七五九）穎士應邀入相國諸道租庸使第五琦幕，故本文又當作於此年以前也。」〔一〕今按此説誤，書當作于本年。此《書》不僅意在祝捷，從文末「所調兵糧，事資軍國，唯力是視，曷敢差池？謹遣江陽令杜萬往諮稟」語看，也是對虢王要求從淮南轉運糧草事的答復。江陽自貞觀十八年分江都縣置，是天寶時期淮南道揚州大都督府屬七縣之一（《舊唐書·地理志》）。據此，本書既爲李中丞作，當在李成式鎮淮南之時，不當遲至高適代任之後。其次，虢王巨確于天寶十五載五月拜河南節度使（《舊唐書·吴王恪傳》、《通鑑》卷二一八），領軍救南陽，但據《通鑑》卷二一九，至十月，即「以賀蘭進明爲河南節度使」，即《新唐書·張巡傳》載「御史大夫賀蘭進明代巨節度」，以保睢陽事，故《書》亦當作於本年五至十月間。第三，《書》云「天氣漸寒」，正當九、十月天氣。綜上，天寶十五載至至德二載間，河南戰事紛然，州郡頻繁易手，但以李中丞在淮南及虢王節度河南時日論，本書作年不當遲至至德二載秋以後。虢王巨乃高祖十四子虢王鳳（《舊唐書》本傳稱十五子）嫡孫邕之次子。

〔一〕《蕭穎士研究》，第一〇五頁。

肅宗乾元二年己亥（公元七五九年），四十三歲，卒

本年因遷祔事，行至汝南而歿，門人謚曰文元先生。

李華《揚州功曹蕭穎士文集序》：「相國諸道租庸使第五琦請君爲介，君以先世寄殯嵩條，因之遷祔終事，至汝南而歿。春秋若干。嗚呼！天下儒林，爲之顛頓……君以文章制度爲己任，時人咸以此許之，不幸歿於旅次。」

又《祭亡友揚州功曹蕭公文》：「維乾元三年二月十日，孤子趙郡李華謹以清酌之奠，致祭於亡友故揚州功曹蘭陵蕭公之靈，曰：嗚呼茂挺……存、實等泣血千里，羈旅相依，聞其一哀，心骨皆斷。」

《舊唐書·韋述傳附蕭穎士傳》：「乾元初，終於揚府功曹。」

《舊唐書·蕭穎士傳》：「終以誕傲褊忿，困躓而卒。」

《新唐書·蕭穎士傳》：「後客死汝南逆旅，年五十二，門人共謚曰文元先生。」

《新唐書》本傳謂卒時「年五十二」，以開元五年下推，當大曆三年（七六八），無據，且當卒于李華之後。又自乾元之後，穎士事蹟即不見載，故此説必誤。或以《三賢論》曰：「三賢不登尊位，不享下壽。」（按《莊子·盜蹠》：「下壽六十。」）以元德秀卒時「春秋五十九」（《元魯山墓碣銘》），認爲穎士也當享年五十餘歲。非是。因六十爲「下壽」之上限，不足六十者皆爲下壽，不必限於五十以上。又李華於乾元三年致祭，即穎士此前已卒。則綜合而言，穎士必卒於乾元元年或二年。考乾元元年

十一月第五琦遷户部侍郎，專判度支、河南等道租庸等使；二年三月拜相，依舊判度支、租庸等使；十一月貶忠州長史（《舊唐書》之《肅宗紀》、《第五琦傳》等）。故按李華序，第五琦當在本年初召穎士入幕，而穎士欲爲先世遷祔以終喪，行至汝南（今屬河南）而卒。《三賢論》曰：「蕭歸葬先人，殁于汝南。」與序同。知穎士當卒於本年，時四十三歲。嵩山在登封（今屬河南）附近，中條山主峰在垣曲（今屬山西），「嵩條」之地即是以東都中心的黄河南岸一帶。次年，存、實兄弟「泣血千里」，奔於江南。李華因作文以遥祭亡靈，文曰：「以足下才爲挺生，名蓋天下。道孤命屈，淪阨終身。避亂全潔，忠也；冒危遷祔，孝也。有王佐之才，先師之訓，而殁於道路，何負於天乎！痛哉！」又詩云「斯人謝明代，百代墜鵷鴻」（《寄趙七侍御》……因叙疇年之素寄懷於篇》），又論云：「蕭若百鍊之鋼，不可屈折。當廢興去就之際，一生一死之間，而後見其大節。」（《三賢論》）可謂死生相知。

《舊唐書·韋述傳附蕭穎士傳》云：「蕭穎士者……與時不偶，前後五授官，旋即駁落。」所謂「前後五授官」，當指金壇尉、揚州參軍事、秘書省正字、廣陵府參軍事和河南府參軍事這五任，皆不滿任期而去職；集賢校理和史館待制是無品之「職」，揚府功曹是寄禄官，皆不應在内。故蕭穎士自開元二十三年至天寶十五載，廿二年間生當盛世，名高天下，卻位不過七品，仕不滿十年，唐人中罕有其例。符載云：「蘭陵蕭君，藴賢人之業，藏佐世之德；大君未盡其力，生人未享其福。鍾厲邅痾，殞靈休時，哀哉！」（《尚書比部郎中蕭府君（存）墓誌銘》）可謂定評。此乃個人之不幸，亦國家之不幸也！唯其人事蹟載諸文獻，至今在耳目間，亦將燭照千萬世而不朽。

貳 集事

弘農楊君諱極，字齊物，隋觀德王之後……舉進士，時刑部侍郎樂安孫公逖以文章之冠爲考功員外郎，精試群材。君以南陽張茂之、京兆杜鴻漸、瑯邪顔真卿、蘭陵蕭穎士、河東柳芳、天水趙驊、頓丘李琚、趙郡李蕚、李頎、南陽張階、常山閻防、范陽張南容、高平郗昂等連年高第，華亦與焉。

［唐］李華《楊騎曹集序》，節録自《李遐叔文集》卷一

開元、天寶間詞人，以德行著於時者，曰河南元君德秀字紫芝。其行事，趙郡李華爲墓碣，已書之矣。以文學著於時者，曰蘭陵蕭君穎士，字茂挺，梁國鄱陽忠烈王之後。曾祖某官，大父某官，考諱某，莒縣丞。咸有德，不至尊位。

君七歲能誦數經，背碑覆局。十歲以文章知名，十五譽滿天下，十九進士擢第，歷金壇尉、桂州參軍、秘書正字、河南參軍。辭官避地江左，永王修書請君，君遁逃不與相見。淮南連帥表君爲揚州功曹參軍，相國諸道租庸使第五琦請君爲介，君以先世寄殯嵩、條，因之遷祔終事，至汝南而歿。春秋若干。嗚呼！天下儒林，爲之顑頷。君爲金壇尉也，

會官不成；爲揚州參軍也，丁家艱去官；爲正字也，親故請君著書，未終篇，御史府以君爲慢官離局，奏謫罷職；爲河南參軍也，寮屬多嫉君才名，上司以吏事責君，君拂衣渡江，遇天下多故。其高節深識，皎皎如此。

君謂六經之後，有屈原、宋玉，文甚雄壯，而不能經。厥後有賈誼，文詞詳正，近於理體。枚乘、司馬相如亦瓌麗才士，然而不近風雅。揚雄用意頗深，班彪識理，張衡宏曠，曹植豐贍，王粲超逸，嵇康標舉，此外皆金相玉質，所尚或殊，不能備舉。左思詩賦有雅頌遺風，干寶著論近乎王化根源，此外皆敻絶無聞焉。近日陳拾遺子昂文體最正。以此而言，見君述之作矣。君以文章制度爲己任，時人咸以此許之，不幸歿於旅次。有文十卷，行於世。其篇目雖存，章句遺逸，古所謂有其義而無其詞者也。後之爲文者，取以爲法焉。今海内至廣，人民至衆，求君之比，不可復得，難乎哉？

君有子一人曰存，爲蘇州常熟縣主簿，雅有家風，知名於世。以華平生最深，見託爲序，力疾直書云爾。

［唐］李華《揚州功曹蕭穎士文集序》，録自《文粹》卷九三，又載《英華》卷七百一、《文章辨體彙選》卷三百三、《八代文鈔》本《李遐叔文抄》、《四庫》本《李遐叔文集》、《全文》卷三一五。《彙選》本無「今海内至廣」以下文字。《唐詩紀事》卷二一「蕭穎士」條自本文匯撮而

成。《譚苑醍醐》卷三「蕭穎士論文」條引「六經之後」至「近日陳拾遺子昂文體最正」一節，云「蕭之所取如此，可以知其所養矣」，又載《升菴集》卷五二、《説郛》卷八十，《古詩紀》卷一五二别集據《譚苑醍醐》引。

維乾元三年二月十日，孤子趙郡李華謹以清酌之奠，致祭於亡友故揚州功曹蘭陵蕭公之靈：嗚呼茂挺！平生相知，情體如一；歲月之别，俄成古今。天乎喪予，此痛何極！華釁罰深重，艱棘所鍾；殊方永慕，觸目號裂；孤窮易感，況哭故人。以足下才惟挺生，名蓋天下。道孤命屈，淪阨終身。避亂全絜，忠也；冒危遷袝，孝也。有王佐之才，先師之訓，而殁於道路，何負於天乎！痛哉！華疇昔之歲，幸忝周旋。足下不棄愚劣，一言契合，古稱管、鮑，今則蕭、李。有過必規，無文不講；知名當世，實頼若人。循環往復，何日忘此？而況存、實等泣血千里，羈旅相依，聞其一哀，心骨皆斷。夫痛之至者，言不能宣；雖欲寄詞，衹益填塞。茂挺君其降靈。尚饗！

［唐］李華《祭揚州功曹蕭公文》，節録自《文粹》卷三三下，又載《唐摭言》卷四、《英華》卷九百八十、《八代文鈔》本《李遐叔文抄》、《四庫》本《李遐叔文集》卷四、《全文》卷三二一。《英華》題《祭亡友揚州功曹蕭公文》，《八代文鈔》題《祭亡友故揚州功曹蕭公文》。乾元三年即肅宗上元元年，因四月改元，即作文時尚未及此。

曾伯祖文公諱逖……文公開元中爲考功郎，連總進士柄，非業履可尚，不得在選，其登名者有柳芳、顔真卿、李華、蕭穎士之徒，時號得人。

〔唐〕李都《唐故御史中丞汀州刺史孫（瑝）公墓誌銘并序》，節録自《全唐文補遺》（千唐志齋新藏專輯）

蕭穎士者，聰儁過人，富詞學，有名於時，賈曾、席豫、張垍及述皆引爲談客。開元二十三年登進士第，考功員外郎孫逖稱之於朝。褊躁無威儀，與時不偶，前後五授官，旋即駁落。乾元初，終於揚府功曹。

《舊唐書·韋述傳附蕭穎士傳》，録自《舊唐書》卷一百二

蕭穎士者，字茂挺。與華同年登進士第。當開元中，天下承平，人物駢集，如賈曾、席豫、張垍、韋述輩，皆有盛名，而穎士皆與之遊，由是縉紳多譽之。李林甫採其名，欲拔用之，乃召見。時穎士寓居廣陵，母喪，即縗麻而詣京師，徑謁林甫於政事省。林甫素不識，遽見縗麻，大惡之，即令斥去。穎士大忿，乃爲《伐櫻桃賦》以刺林甫云：「擢無庸之瑣質，因本枝而自庇。洎枝幹而非據，專廟廷之右地。雖先寢而或薦，豈和羹之正味。」其狂率不遜，皆此類也。然而聰警絶倫，嘗與李華、陸據同遊洛南龍門，三人共讀路側古碑，穎士一閲，即能誦之，華再閲，據三閲，方能記之。議者以三人才格高下亦如此。是時外夷亦

知穎士之名，新羅使入朝，言國人願得蕭夫子爲師，其名動華夷若此。終以誕傲褊忿，困躓而卒。

《舊唐書·蕭穎士傳》，録自《舊唐書》卷一百九十下

蕭穎士，字茂挺，梁鄱陽王恢七世孫。祖晶，賢而有謀，任雅相伐高麗，表爲記室。越王貞舉兵，杖策詣之，陳三策，王不用，晶度必敗，乃亡去，客死廣陵。

穎士四歲屬文，十歲補太學生。觀書一覽即誦，通百家譜系、書籀學。開元二十三年，舉進士，對策第一。父旻，以莒丞抵罪，穎士往訴於府佐張惟一，惟一曰：「旻有佳兒，吾以旻獲譴不憾。」乃平宥之。

天寶初，穎士補祕書正字。於時裴耀卿、席豫、張均、宋遥、韋述皆先進，器其材，與鈞禮，由是名播天下。奉使括遺書趙、衛間，淹久不報，爲有司劾免，留客濮陽。於是尹徵、王恒、盧異、盧士式、賈邕、趙匡、閻士和、柳并等皆執弟子禮，以次授業，號蕭夫子。召爲集賢校理。宰相李林甫欲見之，穎士方父喪，不詣。林甫嘗至故人舍邀穎士，穎士前往，哭門内以待，林甫不得已，前弔乃去。怒其不下己，調廣陵參軍事，穎士急中不能堪，作《伐櫻桃樹賦》曰：「擢無庸之瑣質，蒙本枝以自庇。雖先寢而或薦，非和羹之正味。」以譏林甫云。君子恨其褊。會母喪免，流播吴、越。

嘗謂：「仲尼作《春秋》，爲百王不易法。而司馬遷作本紀、書、表、世家、列傳，叙事依違，失褒貶體，不足以訓。」乃起漢元年訖隋義寧編年，依《春秋》義類爲傳百篇。在魏書高貴崩，曰：「司馬昭弑帝於南闕。」在梁書陳受禪，曰：「陳霸先反。」又自以梁枝孫，而宣帝逆取順守，故武帝得血食三紀；昔曲沃篡晋，而文公爲五伯，仲尼弗貶也。乃黜陳閏隋，以唐土德承梁火德，皆自斷，諸儒不與論也。有太原王緒者，僧辯裔孫，撰《永寧公輔梁書》，黜陳不帝，穎士佐之，亦著《梁蕭史譜》及作《梁不禪陳論》以發緒義例，使光明云。

史官韋述薦穎士自代，召詣史館待制，穎士乘傳詣京師。而林甫方威福自擅，穎士遂不屈，愈見疾，俄免官，往來鄠、杜間。林甫死，更調河南府參軍事。倭國遣使入朝，自陳國人願得蕭夫子爲師者，中書舍人張漸等諫不可而止。

安禄山寵恣，穎士陰語柳并曰：「胡人負寵而驕，亂不久矣。東京其先陷乎！」即託疾游太室山。已而禄山反，穎士往見河南採訪使郭納，言御守計，納忽不用，歎曰：「肉食者以兒戲御劇賊，難矣哉！」聞封常清陳兵東京，往觀之，不宿而還。因藏家書於箕、潁間，身走山南，節度使源洧辟掌書記。賊别校攻南陽，洧懼，欲退保江陵，穎士説曰：「官兵守潼關，財用急，必待江、淮轉餉乃足，餉道由漢、沔，則襄陽乃今天下喉襟，一日不守，則大事去矣。且列郡數十，人百萬，訓兵攘寇，社稷之功也。賊方專崤、陝，公何遽輕土地，欲取笑天下乎？」洧乃按甲不出。亦會禄山死，賊解去。洧卒，往客金陵，永王璘召之，不見。時盛王爲淮南節度大使，留蜀不遣，副大使李承式玩兵不振。穎士與宰相崔圓書，以爲：「今兵食所資在東南，但楚、越重山復江，自古中原擾，則盜先起，宜時遣王以捍鎮江淮。」俄而劉展果反。賊圍雍丘，脅泗上軍，承式遣兵往救，大宴賓客，陳女樂。穎士曰：「天子暴露，豈臣下盡歡時邪？夫投兵不測，乃使觀聽華麗，一旦思歸，誰致其死哉？」弗納。崔圓聞之，即授揚州功曹參軍。至官，信宿去。後客死汝南逆旅，年五十二，門人共謚曰「文元先生」。

穎士樂聞人善，以推引後進爲己任，如李陽、李幼卿、皇甫冉、陸渭等數十人，由奬目，皆爲名士。天下推知人，稱蕭功曹。嘗兄事元德秀，而友殷寅、顔真卿、柳芳、陸據、李華、邵軫、趙驊，時人語曰「殷、顔、柳、陸，李、蕭、邵、趙」，以能全其交也。所與遊者，孔至、賈至、源行恭、張有略、族弟季遐、劉穎、韓拯、陳晋、孫益、韋建、韋收。獨華與齊名，世號「蕭、李」。嘗與華、據游洛龍門，讀路旁碑，穎士即誦，華再閲，據三乃能盡記。聞者謂三人才高下，此其分也。有奴事穎士十年，笞楚嚴慘，或勸其去，答曰：「非不能，愛其才耳。」穎士數稱班彪、皇甫謐、張華、劉琨、潘尼能尚古，而混流俗不自振，曹植、陸機所不逮也。又言裴子野善著書。所許可當世者，陳子昂、富嘉謨、盧藏用之文辭，董南事、孔述睿之博學而已。

子存，字伯誠，亮直有父風。能文辭，與韓會、沈既濟、梁肅、徐岱等善。浙西觀察使李栖筠表常熟主簿。顔真卿在湖州，與存及陸鴻漸等討摭古今韻字所原，作書數百篇。建中初，由殿中侍御史四遷比部郎中。張滂主財賦，辟存留務京師。裴延齡與滂不協，存疾其姦，去官，風痺卒。

韓愈少爲存所知，自袁州還，過存廬山故居，而諸子前死，唯一女在，爲經贍其家。

《新唐書·蕭穎士傳》，録自《新唐書》卷二百二。按本書附蕭存事蹟，可參後。

二十一年，入爲考功員外郎、集賢修撰。逖選貢士二年，多得俊才。初年則杜鴻漸至宰輔，顔真卿爲尚書。後年拔李華、蕭穎士、趙驊登上第。逖謂人曰：「此三人便堪掌綸誥。」

《舊唐書·孫逖傳》，節録自《舊唐書》卷一百九十中

改考功員外郎。取顔真卿、李華、蕭穎士、趙驊等，皆海内有名士。

《新唐書·孫逖傳》，節録自《新唐書》卷二百二

公姓劉氏，名太真。天寶中，與兄太沖登秀才之科，蘭陵蕭茂挺目以丘門游、夏。

［唐］顧況《信州刺史府君集序》，節録自《華陽集》卷下

有舉進士，對策第一，時稱夫子，而謚文元若穎士者。

［明］周是脩《沙湖蕭氏族譜序》，節録自《芻蕘集》卷五

蕭穎士，字茂挺，開元中，對策第一。補秘書正字，奉使括遺書趙、衛間，淹久不報，爲有司劾免，留客濮陽教授，時號蕭夫子。召爲集賢校理。宰相李林甫怒其不下己，調廣陵參軍事，史官韋述薦穎士自代，召詣史館待制，林甫愈見疾，遂免官，尋調河南府參軍事。山南節度使源洧辟掌書記。洧卒，崔圓署爲揚州功曹參軍，至官信宿去。後客死汝南逆旅，門人私謚曰文元先生。穎士樂聞人善，以推引後進爲己任，所奬目皆爲名士。集十卷，今編詩一卷。

《全詩》卷一五四小傳

穎士字茂挺，梁鄱陽王恢七世孫。開元二十三年舉進士，對策第一。天寶初補秘書正字，劾免，留客濮陽，學者皆從授業，號「蕭夫子」。召爲集賢校理。嘗作《伐櫻桃賦》，譏李林甫，見疾免官。林甫死，更調河南府參軍事。安禄山有寵，穎士知將亂，託疾遊少室山。乾元初，授揚州功曹參軍。至官信宿去，客死汝南，年五十二。門人共謚曰文。

《全文》卷三二二小傳

開元中，蕭穎士方年十九，擢進士。至二十餘，該博三教。其賦性躁忿浮戾，舉無其

比。常使一僕杜亮，每一決責，皆由非義。平復，遭其指使如故。或勸亮曰：「子傭夫也，何不擇其善主，而受苦若是乎？」亮曰：「愚豈不知。但愛其才學博奥，以此戀戀不能去。」卒至于死。

《朝野僉載》卷六，又載《太平廣記》卷二四四

蕭穎士開元二十三年及第，恃才傲物，曼無與比，常自攜一壺，逐勝郊野。偶憩於逆旅，獨酌獨飲。會有風雨暴至，有紫衣老人領一小童，避雨於此，穎士見其散冗，頗肆陵侮。逡巡風定雨霽，車馬卒至，老人上馬，呵殿而去。穎士倉忙覘之，左右曰：「吏部王尚書，名丘。」初，蕭穎士常造門，未之面，極驚愕。明日，具長牋造門謝，丘命引至廡下，坐責之，且曰：「所恨與子非親屬，當庭訓之耳。」頃曰：「子負文學之名，踞忽如此，止於一第乎？」穎士終揚州功曹。

《明皇雜録》卷上，又載《唐摭言》卷三「慈恩寺題名遊賞賦詠雜記」、《太平廣記》卷一七九

蕭穎士文章、學術俱冠詞林，負盛名而湮沈不遇。常有新羅使至，云：「東夷士庶，願請蕭夫子爲國師。」事雖不行，其聲名遠播如此。

《翰林盛事》，見《太平廣記》卷一六四「蕭穎士」；又見《説郛》卷三一上闕名《盛事美談》。

《實賓録》卷十三「蕭夫子」引此，續曰：「又尹徵、柳并、盧異、盧士式等皆執弟子禮，以次

授業，號『蕭夫子』云。」按文獻述蕭氏爲異域所重事，出《劉太真詩序》。

唐天寶初，蕭穎士因遊靈昌，遠至胙縣，南二十里有胡店，店上有人多姓胡。穎士發縣日晚，縣寮飲餞移時，薄暮方行，至縣南三五里，便即昏黑。有一婦人年二十四五，着紅衫緑裙，騎驢，驢上有衣服，向穎士言：「兒家直南二十里，今歸遇夜，獨行怕懼，願隨郎君鞍馬同行。」穎士問女何姓，曰：「姓胡。」穎士常見世間説有野狐，或作男子，或作女人，於黄昏之際媚人，穎士疑此女即是野狐，遂唾叱之，曰：「死野狐，敢媚蕭穎士！」遂鞭馬南馳，奔至主人店歇息。解衣良久，所見婦人從門牽驢入來其店，叟曰：「何爲衝夜？」曰：「衝夜猶可，適被一害風措大呼兒作野狐，合被唾殺。」其婦人乃店叟之女也，穎士慚恧而已。

《辨疑志》，見《太平廣記》卷二四二「蕭穎士」。按《辨疑志》三卷，唐陸長源撰，《新唐志》著録，《崇文總目》卷五未題撰人。《直齋書録解題》卷十一小説家類《辨疑志》三卷曰：「唐宣武行軍司馬吴郡陸長源撰，辨里俗流傳之妄。」亦見《千頃堂書目》卷十五著録，宋趙與時《賓退録》卷十、周密《齊東野語》卷十九有引，《説郛》卷二三下輯五條。靈昌、胙城爲河南道滑州屬縣。

蘭陵蕭穎士，楊府功曹，秩滿南遊，行侶共濟瓜洲。舟中有二少年，熟視穎士，相顧曰：「此人甚有肖於鄱陽忠烈王也。」穎士是鄱陽曾孫，即自款陳，二子曰：「吾識爾祖久矣！」穎士以廣衆中，未敢詢訪。俟及岸，方將啓請，而二子忽遽負擔而去。穎士必謂非仙則神，虔心嚮矚而已。明年，穎士北歸，止於盱眙邑長之署。方與邑長下簾晝坐，自門遽白云：「某吏於某處，擒獲發冢盜，共五六人。」登令召入，皆反接其手，束縛甚固，旅之於庭，而穎士懸認江中二少年亦縲紲於内，穎士驚曰：「斯二人非仙則神。」因具述曩事。邑長即令先窮二子，須臾款服，佐驗明著，皆云：「我之發丘墓，今有年矣。」穎士即以前説再令詢之。皆曰：「我嘗開鄱陽王冢，大獲金玉。當門有貴人，顔色如生，年方五十，髭鬢斑白，僵臥於石榻，姿狀正與穎士相類，無少差異。我舟中遇子，又知蕭氏，固是鄱陽胤也。因此啓言，我豈有他術哉！」用弱嘗聞人之紹續，其或三五世，則必一人有肖其祖先之形狀者，斯豈驗歟？

《集異記》卷一，又見《太平廣記》卷三三二。按宋李石《續博物志》卷八引事，論曰：「此與吴綱似吴芮事頗同，芮事出《水經》；穎士，薛用弱《集異記》。」明王世貞《弇州四部稿》卷一六二説部《宛委餘編》七：「發冢類遠祖貌，人知有蕭穎士之於鄱陽王，而不知有吴綱之於長沙王。」此當系故事而已。

蕭穎士常密遊於陳留逆旅。方食之次，忽見老翁，鬚鬢皓然，眉目尤異。至門，目蕭久之，微有嘆息，又似相識。蕭疑其意，遂起揖問。老人曰：「觀郎君狀貌，有似一人，不覺愴然耳！」蕭問似何人，老人曰：「郎君一似齊鄱陽王。」王即蕭八代祖。遂驚問曰：「王即某八代祖，因何識之？」老人泣曰：「某姓左，昔爲鄱陽書佐，偏蒙寵遇。遭李明之難，遂爾逃亡，苟免患耳。因入山修道，遂得度世，適驚郎君，乃不知是王孫也。」遂相與泣。蕭敬異之，問其年，乃三百二十七年矣，良久乃别。今在灊山，時出人間，後不知所之。

《原化記》，見《太平廣記》卷四二；《記纂淵海》卷三五節引，即《古今事文類聚遺集》卷十四「鄱陽書佐」。陳留即汴州（今河南開封）郡名。灊山即天柱山，今安徽霍山。

蕭功曹潁士嘗出灞橋，道左逢一老人，眉髮皓白，狀骨甚奇古，蕭甚異之。老人瞻顧蕭，因問之，老人云：「公似吾亡友耳！」蕭固請言之，老人曰：「吾與鄱陽王恢善，君甚類之。」乃潁士六代祖。蕭問其所來，不應而去。

《大唐傳載》。按《大唐傳載》爲晚唐小説，《四庫全書總目》卷一百四十子部五十小説家類著録一卷，曰：「不著撰人名氏，記唐初至元和中雜事，唐、宋《藝文志》俱不載。前有自序，稱八年夏南行嶺嶠，暇日瀧舟，傳所聞而載之。考穆宗以後，惟太和、大中、咸通乃有八年，此書不著其紀元之號，所云八年者，亦不知其在何時也。所録唐公卿事蹟言論頗詳，多爲史所採用，間及於詼諧談謔，及朝野瑣事，亦往往與他説部相出入……又蕭穎士逢一老人，謂其似鄱陽王。據《集異記》，乃發冢巨盜，而此紀之以爲異人。如此之類，與諸書頗不合，蓋當時流傳互異，作者各承所聞而録之，故不免牴牾也。」《四庫全書簡明目録》卷十四子部十一小説家類稱「小説之本色也」。灞橋在長安城東。叙事至此，地已兩易，祖孫關係亦錯出兩代矣。

李華《含元殿賦》初成。蕭穎士見之曰：「《景福》之上，《靈光》之下。」華著論，言龜卜可廢，可謂深識之士矣！以失節賊庭，故其文殷勤於四皓、元魯山，極筆於權著作，心所愧也。

《唐國史補》卷上，又見《唐摭言》卷七「知己」、《唐語林》卷二。按《唐語林》云：「李華作《含元殿賦》，蕭穎士見之，曰：『《景福》之上，《靈光》之下。』華著論言龜卜可廢，可謂深識之士。後以失節賊庭，故其文殷勤於四皓、元魯山，極筆於權著作，蓋心所愧也。」「權著作」指權皋，即權德輿父，嘗被薦著作郎，不就。《舊唐書·權德輿傳》：「李季卿爲江淮黜陟使，奏皋節行，改著作郎，復不起。兩京蹂於胡騎，士君子多以家渡江東，知名之士如李華、柳識兄弟者，皆仰皋之德而友善之。」《新唐書·權皋傳》略同。李華撰《著作郎贈秘書少監權君墓表》。《新唐書·李華傳》：「華觸禍銜悔，及爲元德秀、權皋銘，《四皓贊》，稱道深婉，讀者憐其志。」

有讀蕭氏集，問功曹是誰子孫，及有後否？余應之曰：梁高祖武皇帝，父諱順之，《齊書》有傳。武帝受禪，武尊文帝。文帝第三子恢，封鄱陽王，薨謚忠烈；恢生宜豐侯循，循生唐太子太保造，造生武威大將軍夙，夙生雅州都督善義，善義生左衛録事參軍元恭，元恭生密縣主簿旻，旻生楊府功曹諱穎士，字茂挺，門人謚曰文元先生。

先生一子存，字伯誠，爲金部員外郎，諒直有功曹之風。時裴延齡爲户部尚書，恃恩姦佞，與張滂不叶。金部惡延齡之爲人，棄官歸廬山，以山水自娱，識者甚高之，終於檢校倉部郎中。生三子，皆無禄早世，無後。惟次子東，從事邑南，有二子今皆流落江湖，假吏州縣。

功曹以其子妻門人柳君諱澹，字中庸，即余之外王父也。韓文公少時，常受蕭金部知賞，及自袁州入爲國子祭酒，途經江州，因遊廬山，過金部山居，訪知諸子凋謝，惟一女在。因賦詩曰：「中郎有女能傳業，伯道無兒可主家。今日匡山過舊隱，空將衰淚對烟霞。」留百縑以拯之。

或傳功曹爲李林甫所召，時在禫制中，謁見，林甫薄之，不復用。蕭遂作《伐櫻桃樹賦》以刺此，蓋不與者所誣也。功曹孝愛著於士林，李吏部華稱其冒難葬親，豈有越禮之事！此事且下蕭公數等者不爲。余嘗聞外族長老説林甫聞功曹名，欲見之，知在艱棘；後聞禫制已畢，令功曹所厚之人導意，請於蕭君所居側僧舍一見，遂許之。林甫出中書至寺，自以宰輔之尊，意謂功曹便於下馬處趨見。功曹乃於門内哭以待之，林甫不得已前弔，由此怒其恃才，敢與宰相敵禮，竟不問。後余見今丞相崔公鉉説正同。崔公外祖母柳夫人，亦余族姨，即李北海之外孫也。柳夫人聰明强記，且得於其外族，可爲實録。

《因話録》卷三

蕭穎士性異常嚴酷，有一僕事之十餘載，穎士每以箠楚百餘，不堪其苦。人或激之擇木。其僕曰：「我非不能他從，遲留者，乃愛其才耳！」

《唐摭言》卷十五「賢僕夫」，又見《太平廣記》卷二六九

蕭穎士，開元中年十九，擢進士第。儒釋道三教，無不該通。然性褊躁，忽忿戾，舉世無比。常使一傭僕杜亮，每一決責，便至力殫。亮養瘡平，復爲其指使如故。人有勸，曰：「豈不知。但以愛其才而慕其博奥，以此戀戀不能去。」卒至於死耳。

《南部新書》庚卷

李華以文學名重於天寶末。至德中，自前司封員外，起爲相國李梁公峴從事，檢校吏部員外，時陳少遊鎮淮陽，尤仰公之名。一旦，城門吏報華入府，少遊大喜，簪笏待之；少

頃，復曰：「云已訪蕭公功曹矣。」即穎士也。

《唐摭言》卷四「師友」，又見《太平廣記》卷二百一。按李華入李峴幕在代宗廣德二年（七六四），陳少遊在大曆元年至興元元年（七六六—七八四）間歷鎮宣歙、浙東、淮南（《唐方鎮年表》卷五），與本條記事本不相接，且當時穎士早已物故。

蕭功曹穎士、趙員外驥，開元中同居興敬里肄業，共一靴，久而見東郭之跡。趙曰：「可謂駛於道路矣！」蕭曰：「無乃禄在其中。」

《大唐傳載》，又見《唐語林》卷五。按《唐語林》卷五「共」作「共有」，「駛於道路」作「疲于道路」。《史記·滑稽列傳》曰：「東郭先生久待詔公車，貧困飢寒，衣敝，履不完。行雪中，履有上無下，足盡踐地。」知「東郭之跡」謂靴破無底也。又《論語·子罕》記子曰：「予死于道路乎？」《衛靈公》云「學也，禄在其中矣」。知蕭、趙以共靴日久，以致靴子破損爲題，謂其死于道路，無奈路（禄）在其中，不得不爾，乃影射語耳。又「驥」當作「驊」。

李華，字遐叔，以文學自名，與蕭穎士、賈幼幾爲友。華作賦云：「星鎚電交於萬緒，霜鋸冰解於千尋。擁梯成山，攢杵爲林。」穎士讀之，謂華曰：「可使孟堅瓦解，平子土崩矣。」幼幾曰：「未若『天光流於紫庭，測景入於朱户；騰祥靈於黯靄，映旭日之葱蘢』。」華曰：「某所自得，惟『括萬象以爲尊，特巍巍於上京。分命徵般石之匠，下荆、揚之材，操斧執斤者萬人，涉磧礫而登崔嵬。』不讓《東》、《西》二都也。」時人以華不可居蕭、賈之間。

《唐語林》卷二

費縣西漏澤者，漫數十里。每歲時雨降，即自浮溢，蒲魚之利，人實賴焉。至白露應節即如掃，一夕而乾焉。蕭穎士以年代莫詳，記載所闕，信殊異也。

《唐語林》卷五。按事本《大唐傳載》，曰：「費縣西漏澤者，漫十數里。歲時雨降，即泛溢自滿，蒲魚之利，人實賴焉。至白露應節前後一夕，即一空如掃焉，信殊異也。」實未見與蕭氏關係。費縣屬河南道沂州。

李相公林甫，當開元之際，與巷伯交通，權等人主，天下之能名，須出其門；如不稱意者，必遭竄逐之禍，雖楊國忠之盛，未得侔焉。其姬愛之衆，皆不勝珠翠。嘗賜宮娥二人，一者潛回私家，經旬方還，相公亦不知。其榮顯謂之右座相公，軒蓋諸侯，見者如履冰谷。舉子尉遲匡，幽并耿概之士也，以頻年不第，投書於右座，皆擊刺之説。匡有《暮行潼關》之作云「明月飛出海，黄河流上天」；又《觀内人樓上踏歌》曰「芙蓉初出水，桃李總無言」；又《塞上曲》云「夜夜月爲青冢鏡，年年雪作黑山花」。相公覽此句曰：「得非才子乎？若使匡伏恨銜冤，不假陶鑄之力，則從四夷八蠻，分爲左衽矣。豈爲進人乎？豈爲賢相乎？」及得相見，右座曰：「有一蕭穎士，既叨科第，輕時縱酒，不遵名教，嘗忤吏部王尚書丘。然以文識該通，堪爲敵手。君子不遺其言，幾至鞭撲。子之詩篇，幸未方於穎士，且吾之名，復異於王公（言王吏部）。重欲相干，三思可矣。」匡知右座見怒，惶怖而趨出，栖遲無依，退歸林墅，罷甯戚之高歌，效約成之獨樂，登山臨水，勞灼灼之音焉。且李君之輔翊，妬賢害能，太平之基，因而覆餗也。昔重華登用，進二八於明君；姬旦爲相，述四人於少主。故行流殛之刑，成吐握之美，乃帝子之股□□□□（《四庫》本作『肱萬方之』）軌度也。若李丞相恣行殘賊，不慕姚姬，卒罹其殃，乃其宜矣。

《雲溪友議》卷五，《唐詩紀事》卷二三「尉遲匡」節引

蕭穎士少夢有人授紙百番，開之皆是繡花。又夢裁錦，因此文思大進。

《雲仙雜記》卷一引《文筆襟喉》「夢裁錦」

蕭穎士文爽兼人，而矜躁爲甚。嘗至倉曹李韶家，見歙硯頗良。既退，語同行者：「君識此硯乎？蓋三灾石也。」同行不喻而問之，曰：「字札不奇，研一灾；文辭不優，研二灾；窻几狼籍，研三灾。」同行者斂眉頷之。

《清異録》卷下「三災石」

魯臧武仲名紇，孔子之父鄹人紇乃叔梁紇也，皆音恨發反，而世人多呼爲「核」。有一

小説，唐蕭穎士輕薄，有同人誤呼武仲名，因曰：「汝『紇』字也不識！」或以爲「瞎」字也不識，誤矣！

《嬾真子》卷四。宋孫奕《示兒編》卷二三「字説」引。按孫緒《無用閒談》：「俚俗譏議人之無學術者曰：『汝瞎字也不識。』此語亦有所本。唐蕭穎士輕薄好笑人，嘗有同官誤呼臧武仲之名爲『核』。蓋武仲名紇，當呼爲『瞎』，而其人誤呼之。穎士曰：『汝瞎字也不識！』相傳遂訛『紇』爲『瞎』。余因是知好爲臆説，學者大病，然其訛誤後世也不淺。」（《沙溪集》卷十四）王士禛《香祖筆記》卷十一：「臧武仲名紇，紇恨發反，字書云：『下没切，痕，入聲。』《懶真子》云：唐蕭穎士性輕薄，有同人誤讀臧武仲名，譏之曰：『汝紇字也不識！』今俗語云『瞎』字也不識，蓋『紇』字之訛。」

會，仲卿長子也。當是時，李華、蕭穎士有文章重名，會與其叔雲卿，俱爲蕭、李愛獎。其黨李紓、柳識、崔祐甫、皇甫冉、謝良弼、朱巨川並遊，會慨然獨鄙其文格綺艷，無道德之實，首與梁肅變體爲古文章。

王銍《韓會傳》，見《全唐文紀事》卷三九

叁 著録

有文十卷，行於世。其篇目雖存，章句遺逸，古所謂有其義而無其詞者也。

李華《揚州功曹蕭穎士文集序》

蕭穎士《梁蕭史譜》二十卷

《新唐志》史部譜牒類。本出李華《三賢論》，又見《新唐書》本傳；《群書考索》卷十六雜史類「蕭穎士編年」及《玉海》卷四七「唐編年傳」從其説。

《國朝宰相甲族》一卷

《新唐志》史部譜牒類、《崇文總目》氏族類皆著録《國朝宰相甲族》一卷，未題撰人，《通志·藝文略》總譜類署韋述撰。《直齋書録解題》卷八譜牒類著録《唐宰相甲族》一卷，云：「唐韋述、蕭穎士等撰。自王方慶而下，十有四家唐相門甲族諸郡氏譜，共一卷。不著名氏甲族八十六家氏譜，自京兆八姓而下，凡三百五十姓。」《宋志》譜牒類著録韋述、蕭穎士《宰相甲族》一卷。

《百家類例》

《唐會要》卷三六氏族載「乾元元年，著作郎賈至撰《百家類例》十卷」（又見《元龜》卷五百六十）。《封氏聞見記》卷十討論云：「著作郎孔至二十傳儒學，撰《百家類例》，品第海内族姓，以燕公張説爲近代新門，不入百家之數。駙馬張垍，燕公之子也。盛承寵眷，見至所撰，謂弟埱曰：『多事漢！天下族姓何關尔事，而妄爲升降？』埱素與至善，以兄言告之。時工部侍郎韋述諳練士族，舉朝共推，每商榷姻親，咸就諮訪。至書初成，以呈韋公，韋公以爲可行也。及聞垍言，至懼，將追改之，以情告韋。韋曰：『孔至休矣！大丈夫奮筆將爲千載楷則，奈何以一言而自動摇？有死而已，胡不可也！』遂不復改。」按《新唐書·孔若思附至傳》叙及此事，仍曰：「時（韋）述及穎士、沖皆撰《類例》，而至書稱工。」《群書考索》卷三四氏族：「蕭穎士、孔至之《百家類例》，皆以名儒世學，疲精歲月而後成書。」知穎士當撰此書。然《新唐書》史部譜牒類著録《百家類例》三卷，《崇文總目》氏族類著録《百家類例》一卷，《遂初堂書目》姓氏類著録《唐百家類例》，皆無撰人。考穎士長於譜學事，頗見記載，《新唐書·儒學中·路敬潛傳》：「唐初，姓譜學唯敬淳名家。其後，柳沖、韋述、蕭穎士、孔至各有撰次，然皆本之路氏。」《新唐書·儒學中·柳沖傳》：「（芳之言曰）唐興，言譜者以路敬淳爲宗，柳沖、韋述次之。李守素亦明姓氏，時謂『肉譜』者。後有李公淹、蕭穎士、殷寅、孔至，爲世所稱。」

蕭穎士《遊梁新集》三卷、《文集》十卷

《新唐志》集部别集類。《江南通志·藝文志》：「《遊梁新集》三卷，《茂挺文集》十卷，俱丹陽蕭穎士。」《遊梁新集》世無見者，《文集》事參李華序及諸提要。

《蕭穎士文集》十卷

《崇文總目》别集類、《宋志》别集類。

《蕭功曹集》十卷

《直齋書録解題》卷十六别集類上，云：「唐揚州功曹參軍蕭穎士茂挺撰，門人柳并爲序。穎士，梁鄱陽王之裔，敏悟夙成，負才尚氣，見惡於李林甫。其後卒不遇，以死，壽亦不逮中年。」

《蕭穎士集》十卷

衢本《郡齋讀書志》卷十七别集類上，云：「右唐蕭穎士茂挺也。梁宗室之後。舉進士，開元二十二年中第，爲史館待制。安禄山反，竄山南。節度崔圓授揚州工曹，至官，信宿而去。客死汝南逆旅。門人謚曰文元先生。穎士善觀書，一覽即誦，通百家譜系、書籀，嘗教授濮陽，時號蕭夫子。李林甫惡不附己，故數罷去。閣士和盛推穎士文章，以爲聞蕭氏之風者，童子羞稱曹、陸。《唐書》云：『穎士作《伐櫻桃賦》以詆李林甫，君子恨其褊。』按集載其詞，有曰：『每俯臨乎蕭牆，姦回得而窺伺。』蓋謂林甫之必致寇也。其後果階禄山之禍，唐遂不振。然則穎士可謂知幾矣，宜褒而返加以貶辭，何哉？」袁本《前志》卷四上别集類上第三六無「《唐書》云」以下文字，餘文亦相出入。《文獻通考·經籍考》録自衢本。

《蕭穎士集》

《遂初堂書目》别集類

《唐賦》二十卷

《郡齋讀書後志》卷二總集類，云：「右唐科舉之文也。蕭穎士、裴度、白居易、薛逢、陸龜蒙之作皆在焉。」

華在中唐前，與蕭穎士並有盛名，今二集皆不傳，僅散見《英華》、《文粹》等書耳！

《少室山房集》卷一百五「讀李華文」

《蕭茂挺文集》提要(一)

《蕭茂挺文集》一卷，唐蕭穎士撰。穎士字茂挺，潁川人，梁鄱陽王之裔，世系具載其《贈韋司業書》中。開元二十三年舉進士，對策第一。天寶初，官秘書正字，以搜括遺書，淹久不報，劾免。尋召爲集賢校理，忤李林甫，調廣陵參軍。韋述薦爲史館待制，又忤林甫，免。林甫死，調河南府參軍。安禄山反，穎士走山南，源洧辟掌書記。後爲揚州功曹參軍，復棄官去，遂客死於汝南，事蹟具《新唐書·文藝傳》。穎士嘗作《伐櫻桃賦》，以刺林甫，《唐書》本傳譏其褊，而晁公武《讀書志》則稱其『每俯臨於蕭牆，姦回得而窺伺』之句爲知幾先見，《唐書》貶之爲非。今考穎士當禄山寵盛之時，嘗與柳并策其必反，既而言驗，乃詣河南採訪使郭納言獻策守御，納言不能用。禄山别將攻南陽，山南節度使源洧欲遁，穎士力持之，乃堅意拒賊。永王璘嘗召之，不赴。而與宰相崔圓書，請先防江淮之亂，既而劉展又果叛。其才略志節皆過於人，不但如晁氏之所云，文章根柢固不僅在學問之博奥也。穎士文章與李華齊名，而穎士尤爲當代所重。李邕負一代宿望，而《進芝草表》假手穎士，則其推挹可知。《唐志》載穎士《遊梁新集》三卷、《文集》十卷，《宋志》僅載《文集》十卷，而《遊梁新集》已佚。此本前有曹溶名、字二印，蓋其所藏，僅賦九篇、表五篇、牒一篇、序五篇、書五篇，史稱其《與崔圓書》，今集中不載。《書録解題》所云柳并序，今亦佚之。又後人抄撮《文苑英華》、《唐文粹》諸書而成，非復十卷之舊矣。然殘膏賸馥，猶足沾溉，正不必以不完爲歉也。

《四庫全書總目》卷一百五十别集類三，又見《四庫全書》别集類

《蕭茂挺文集》提要(二)

唐蕭穎士撰。穎士文章與李華齊名，然華污僞命，而穎士勸源洧拒安禄山，致書崔圓，策劉展必叛，其氣節識略，皆非華所及。惟著作散落，《唐志》所載《遊梁新集》十卷、《文集》十卷者俱不可見，此本僅存賦九篇、表五篇、牒一篇、序五篇、書五篇耳。

《四庫全書簡明目録》卷十五别集類一

肆 論議與題詠

（一）論議

三賢論

［唐］李 華

或曰：吾讀古人之書，而求古人之賢未獲。嗟夫！遐叔謂曰：無世無賢人，其或世教不至，淪於風波，雖賢不能自辯，況察者未之究乎？鄭衛方奏，正聲間發，極和無味，至文無彩，聽者不達，反以爲怪譎之音，太師樂工，亦皆失容而止。曼都之姿，雜於鯁顇，被緼絮，蒙蕭艾，美醜夷倫，自以爲陋。此二者，既病不自明，又求者亦昏，將剖其善惡，在遷政化，端風俗，則賢不肖異貫，而後賢者自明，而察者不惑也。

余兄事元魯山，而友劉、蕭二功曹。此三賢者，可謂之達矣。或曰：願聞三子之略。遐叔曰：元之志行當以道紀天下，劉之志行當以六經諧人心，蕭之志行當以中古易今世。元齊愚智，劉感一物不得其正，蕭呼吸折節而獲重禄，不易一刻之安。元之道，劉之深，蕭之志，及於夫子之門，則達者其流也。然各有病，元病酒，劉病賞物，蕭病貶惡太亟、奬善太重。元奉親孝，居喪哀，撫孤仁，徇朋友之急，莅職明於賞罰，終身貧而樂天知命焉。以爲王者作樂崇德，殷薦上帝以配祖考，天人之極致也，而詞章不稱，是無樂也，於是作《破陣樂》詞；是樂也，協商、周之頌。推是而論，則見元之道矣。劉名儒、史官之家，兄弟以學著稱。乃述《詩》、《書》、《禮》、《樂》、《春秋》爲五説，條貫源流，備古今之變。推是而論，則見劉之深矣。蕭以史書爲繁，尤罪子長不編年陳事而爲列傳，後代因之，非典訓也，將正其失；自《春秋》三家之後，非訓齊生人不録，次序纘修，以迄於今，志未就而殁。推是而論，則見蕭之志矣。

元據師保之席，瞻其形容，不俟其言而見其仁。劉被卿佐之服，居賓友之地，言理亂根源，人倫隱明，參乎元精，而後見其妙。蕭若百鍊之鋼，不可屈折。當廢興去就之際，一生一死之間，而後見其大節；視聽過速，欲人人如我，志與時多背，恒見詬於人，取其中節之舉，是可以爲人師矣。學廣而不偏精，其貫穿甚於精者；又文方復雅商之至，當以律度百代爲任，而古之能者往往不至焉；超絶孤厲，不可謂不知言也。茂挺父爲莒丞，得罪清河張惟一，時佐廉使，按成之。茂挺初登科，自洛至莒，道邀使車，發詞哀乞，惟一涕下，即日捨之，且曰：「蕭贊府生一賢才，資天下風教，吾由是得罪，亦無憾也。」夫如是，得不謂之孝乎？

或曰：「三子者各有所與遊乎？」遐叔曰：若太尉房公，可謂名人矣；每見魯山，則終日嘆息，謂予曰：「見紫芝眉宇，使人名利之心盡矣！」若司業蘇公，可謂賢人矣；每謂當時名士曰：「使僕不幸生於衰俗，所不恥者，識元紫芝。」廣平程休士美，端重寡言；河間邢宇紹宗，深明操持；宇弟宙次宗，和而不流；南陽張茂之季豐，守道而能斷；趙郡李崿伯高，含大雅之業；崿族子丹叔南，誠莊而文；丹族子惟嶽謨道，沈邃廉靜；梁國喬潭德源，昂昂有古風；弘農楊拯士扶，敏而安道；清河房垂翼明，志而好古；河東柳識方明，遐曠而才：是皆慕於元者也。

劉在京下，嘗寢疾。房公時臨扶風，聞之，通夕不寐。顧謂賓從曰：「挺卿若不起，無復有神道。」尚書劉公每有勝理，必詣與談，終日忘返。退而嘆曰：「聞劉公清言，見皇王之理矣。」陳郡殷寅，直清有識，尚恨言理少對，未與劉面，常想見其人。河東裴騰士舉，精朗邁直；弟霸士會，峻清不雜；隴西李廣敬叔堅，明冲而粹；范陽盧虛舟幼直，質方而清；穎川陳讜言士然，淡而不厭；吴興沈興宗季長，專靜不渝；穎川陳廉不器，行古之道；渤海高適達夫，落落有奇節：是皆重於劉者也。

工部侍郎韋述修國史，推蕭同事；禮部侍郎楊浚掌貢舉，問蕭求人，海内以爲德選；汝南邵軫緯卿，詞學標幹；天水趙驊雲卿，才美行純；陳郡殷寅直清，達於名理；河南源衍季融，粹微而周；會稽孔至惟微，述而好古；河南陸據德隣，恢恢善於事理；河東柳芳仲敷，該練故事；長樂賈至幼幾，名重當時；京兆韋收仲成，遠慮而深；南陽張有略維之，履道體仁；有略族弟邈季遐，温其如玉；中山劉穎士端，疏明簡暢；潁川韓拯佐元，行備而文；樂安孫益盈孺，温良忠厚；京兆韋建士經，中明外純；潁川陳晋正卿，深於《詩》、《書》；天水尹徵之誠，明貫百家之言：是皆厚於蕭者也。尚書顔公，重名節，敦故舊，與茂挺少相知。顔與陸據、柳芳最善，茂挺與趙驊、邵軫、泊華最善，天下謂之「顔蕭之交」。殷寅、源衍睦於二交之間。

不幸元罷魯山，終於陸渾；劉避地，逝於安康；蕭歸葬先人，殁於汝南。今復求斯人，有之無之？是必有之，而察之未克也。三賢不登尊位，不享下壽。居易委順，賢人之達也；不蒙其教，生人之病也。予知三賢也深，故言之不怍云。

録自《文粹》卷三八。又載《摭言》卷七、《英華》卷七四四、《文章辨體彙選》卷三百三、《八代文鈔》本《李遐叔文鈔》、《四庫》本《李遐叔文集》卷二、《全文》卷三一七。《歷代名賢確論》卷七八「元魯山」條節録自本文。《摭言》題注「三賢」乃劉眘虚、蕭穎士、元德秀，《文粹》題注則謂元魯山、蕭穎士、劉迅。按迅乃知幾子，字捷卿，生平與本文所述相合，《摭言》誤。

檢校尚書吏部員外郎趙郡李公中集序

［唐］獨孤及

帝唐以文德敷祐于下，民被王風，俗稍丕變。至則天太后時，陳子昂以雅易鄭，圓者浸而嚮方。天寶中，公與蘭陵蕭茂挺、長樂賈幼幾勃焉復起，振中古之風，以弘文德……一死一生之間，抒其交情，則祭蕭功曹、劉評事、張評事文。吟詠情性，達於事變則詠古詩，思舊則《三賢論》。

節録自《毘陵集》卷十三。按上引「天寶中」之句，《李遐叔文集原序》作「天寶中，公與蘭陵蕭茂挺、長樂賈幼幾勃焉復起，用三代文章，律度當世。」《文粹》卷九二《唐司封員外郎李華中集序》與之同。

獨孤常州集序

［唐］李　舟

文之時用大矣哉！在人賢者得其大者，禮樂、刑政、勸誡是也。不肖者得其細者，或附會小説以立異端，或雕斲成言以裨對句，或志近物以玩童心，或順庸聲以諧俚耳。其甚者則矯誣盛德，污衊風教，爲蠱爲蠹，爲妖爲孽。噫！文之弊有至是者，可無痛乎！天后朝，廣漢陳子昂獨泝隤波，以趣清源。自兹作者，稍稍而出。先大夫常因講文，謂小子曰：「吾友蘭陵蕭茂挺、趙郡李遐叔、長樂賈幼幾，洎所知河南獨孤至之，皆憲章六藝，能探古人述作之旨。賈爲玄宗巡蜀分命之詔，歷歷如西漢時文。若使三賢繼司王言，或載史筆，則典謨訓誥誓命之書，可彷彿於將來矣。嗚呼！三公皆不處此地而連蹇多故。

節録自《全文》卷四四三，又載《英華》卷七百二、《四庫》本《昆陵集》

朝散大夫容州刺史戴公墓誌銘

［唐］權德輿

公早以詞藝振嘉聞，中以材術商功利，終以理行敷教化。帥履素王之訓，周旋君子之儒，淑聲休問，苾芬四暢。初摳衣於蘭陵蕭茂挺，以文學、政事見稱蕭門。

節録自《英華》卷九五二

餘師録

［宋］王正德

公曰：李方叔文似唐蕭李，所以可喜。

《餘師録》卷三「蘇籀」。按此記蘇籀所叙蘇轍遺言，「公」即蘇轍，李方叔乃「蘇門六君子」之齊南先生李廌。

賀中書蘇舍人啓

[宋]秦　觀

蕭夫子之文章，蠻夷亦慕。

節録自《淮海集》卷二八

問史材

[宋]慕容彦逢

問：史官之權甚重，褒貶所及，傳之無窮，不可磨滅，唯學至博，識至明，而文足以形容之，然後議論，不詭於古人詞采，可傳於後世。由漢以來，言史者稱司馬遷，自劉向、揚雄許可，以後皆稱遷有良史之才，諸儒韙之，罔有異説。而唐蕭穎士獨深罪遷不編年，而爲本紀、書、表、世家、列傳，失史之法。然自遷合言動爲一，分史目爲五，後世因仍，不能加損，而穎士獨深罪之，何也？古人有言，智者作法，賢者更禮，隨時制宜，不必一道。使遷之法誠是，何必泥古，以爲失史之法邪？後世不能易，何哉？諸生試陳之。

節録自《摛文堂集》卷十二「策問」

永州柳先生祠堂記

[宋]汪　藻

唐承貞觀、開元習治之餘，以文章顯者，如陳子昂、蕭穎士、李邕、燕、許之徒，固不爲無人，而東漢以來猥并之氣未除也，至元和始粹然一返於正。其所以臻此者，非先生及昌黎韓公之力歟！故以唐三百年，世所推尊者，曰韓、柳而已，豈非盛哉！

節録自《浮溪文粹》卷六

後村詩話

[宋]劉克莊

常州有《送李白之曹南序》，可見同時原善其文，在蕭穎士、李華之間。

[宋]劉克莊《後村詩話》卷六

郡齋讀書志

[宋]晁公武

右唐元結次山也。後魏之裔，天寶十三年進士，復舉制科，授右金吾兵曹，累遷容管經略使。始在商餘山，稱元子，逃難入琦玕洞，稱琦玕子，或稱浪士，漁者稱爲聱叟，酒徒呼爲漫叟，及官呼漫郎，因以命其所著。結性耿介，有憂道閔世之思。逢天寶之亂，或仕或隱，自謂與世聱牙，豈獨其行事而然，其文辭亦如之。然其辭義幽約，譬古鐘磬，不諧於里耳，而可尋玩。在當時，名出蕭、李下，至韓愈稱數唐之文人，獨及結云。

［宋］晁公武《郡齋讀書志》卷十七「元子十卷琦玕子一卷文編十卷」

詩話總龜

［宋］阮　閲

《蔡寬夫詩話》云：太白之從永王璘，世頗疑之。《唐書》載其事甚略，亦不爲明辨其是否。獨其詩自序云：「夜半水軍來，潯陽滿旌旃。空名適自誤，迫脅上樓船。從賜五百金，棄之若浮烟。辭官不受賞，翻謫夜郎天。」然太白豈從人爲亂者哉！蓋其學本出縱横，以氣俠自任。當中原擾攘時，欲藉之以立奇功耳，故其《〔東〕巡歌》有『但用東山謝安石，爲君談笑靜胡沙』之句。至其卒章乃云：「南風一掃胡塵靜，西入長安到日邊」，亦可見其志矣。大抵才高意廣，如孔北海之徒，固未必有成功，而知人料事，尤其所難。議者或責以璘之猖獗而欲仰以立事，不能如孔巢父、蕭穎士察於未萌，斯可矣。若其志，亦可哀矣。

［宋］阮閲《詩話總龜》後集卷五志氣門，又見［宋］胡仔《苕溪漁隱叢話》前集卷五

跋胡復半埜詩藁

［宋］魏了翁

古之爲文，皆以德盛仁熟，流於既溢之餘，故雖肆筆脱口，而動中音節。非特歌詩爲然也，《禮辭》、《易象》亦莫不然。自《離騷》作，而文辭之士與世之以聲律爲文者，傅會牽合，始與事不相僊，文人才士習焉而不之察也。縉雲胡復亨道携詩編過余，請序其篇端。余以未有雅素辭焉。亨道求之不已。余觀昔人蓋有序他人文集者矣，如蕭穎士之於李翰，權德輿之於陸贄，劉禹錫之於柳宗元，李漢之於韓愈，皆以其行成言立，故爲紀述其事，以傳世示後耳！今亨道年三十餘，如沃桑夭楚，未已方將，而遽以一編自晝乎？姑試一言，以謝勤辱，他日再見，當申此義，以覘進學之候。嗚呼！亨道其亦以余言爲然乎？

節録自《鶴山集》卷六二

上鄭宣撫啓

［宋］孫明復

房推如晦，遂同天策之登瀛；婁薦懷英，終藉虞淵之取日。慶希闊千齡之遇，借吹嘘一字之褒。刮垢磨光，砺發豐城之劍；澡身浴德，雲促彭澤之棱。無煩貢禹之彈冠，已荷孔融之薦禰。故蕭夫子獎能太重，而苟令君進德不休。謂天下未嘗無賢，苟有用我者，儻君子不得進仕，吾何以觀之？

節録自《五百家播芳大全文粹》卷四六

娱書堂詩話

［宋］趙與虤

陸放翁云：「先少師宣和初有贈晁以道詩，云『奴愛才如蕭穎士，婢知詩似鄭康成』，晁公大愛賞。」二事所出，漫記于此。《世説》：鄭玄使一婢忤意，將撻之，方爲陳説，玄曳之泥中。一婢來曰：「胡爲乎泥中？」答曰：「薄言往愬，逢彼之怒。」《摭言》：蕭穎士有僕，事之十餘年，穎士捶楚嚴酷。人或激之擇木，僕曰：「非不能他去，愛其才耳。」

［宋］趙與虤《娱書堂詩話》

答吴職方書（節録）

［宋］張　俞

至唐，文章最高者，莫如燕、許、蕭、李、梁肅、韓愈、劉禹錫輩，未有不歌頌，稱賢人之德，美草木之異者。僕故取其體而述講堂頌焉，則頌之義，豈有嫌哉！

［宋］扈仲榮等編《成都文類》卷二一，又見《全蜀藝文志》卷二九

蕭穎士　　［宋］計有功

穎士《重陽陪元魯山登北城贈别》，時元有掛冠之意。詩云（略）。《答韋司業垂訪》云（略）。

李華序其文曰：開元、天寶間，以文學著於時者，曰蘭陵蕭穎士，字茂挺，年十九，進士擢第。淮南連帥表君爲揚州功曹，没於汝南旅次。君謂六經之後有屈原、宋玉，文甚雄壯而不能經。厥後有賈誼，文詞詳正，近於理體。枚乘、司馬相如亦瓌麗才士，然而不近風雅。楊雄用意頗深，班彪識理，張衡宏曠，曹植豐贍，王粲超逸，嵇康標舉，此外皆金相玉質，所尚或殊，不能備舉。左思詩賦有雅頌遺風，干寶著論近乎王化根源，此外皆夐絶無聞。近日陳拾遺文體最正，以此而言，見君述作。君以文章制度爲己任，時人咸以此許之。穎士卒，門人贈文元先生。惟一子存，字伯誠，爲金部員外郎，有功曹文風，惡裴延齡，棄官歸盧山。存子東，從事邕南。以女妻柳淡，字中庸。韓文公少時，受存之知。自袁州入爲祭酒，經盧山，過其山居，知諸子凋謝，唯二女在，乃爲詩曰：「中郎有女能傳業，伯道無兒可保家。今日匡山過舊隱，空將衰淚對烟霞。」

穎士以推奬後進爲任，如李陽、李幼、皇甫冉、陸渭等數十人，由奬目，皆爲名士，天下推知人，稱蕭功曹。嘗兄事元德秀，而友殷寅、顔真卿、柳芳、陸據、李華、邵軫、趙驊，時人語曰「殷、顔、柳、陸，李、蕭、邵、趙」，以能全其交也。李華與齊名，世號「蕭李」。

［宋］計有功撰《唐詩紀事》卷二一

正統辨

［元］楊維楨

洪惟我聖天子，當朝廷清明、四方無虞之日，與賢宰臣親覽經史，有志於聖人《春秋》之經制，故斷然定修三史，以繼祖宗未遂之意，甚盛典也。知其事大任重，以在館之諸賢爲未足，而又遣使草野，以聘天下之良史才負其任。以往者有其人矣，而問之以《春秋》之大法，綱目之主意，則概乎其無以爲言也。於乎！司馬遷易編年爲紀傳，破《春秋》之大法。唐儒蕭茂挺能議之，孰謂林林鉅儒之中，而無一蕭茂挺其人乎？此草野有識之士之所甚惜，而不能倡其言於上也。故私著其説，爲宋遼金正統辨，以伺千載綱目之君子云。若其推子午卯酉及五運之王，以分正閏之説者，此日家小技之論，君子不取也，吾無以爲論。

節録自《東維子集》卷首

題文與可竹

[元]張天英

欲屈王郎作粲使，只因蕭李與文侯。尚有陰陰竹里館，萬竿玉立輞川秋。

[元]顧瑛編《草堂雅集》卷三

宋景濂文集序

[元]陳　旅

金華有二先生，曰柳公道傳，曰黄公晋卿，皆以文章顯名當世。予遊薦紳間，竊獲窺其述作。柳公之文麗蔚隆凝，如泰山之雲，層鋪疊湧，杳莫窮其端倪。黄公之文清圓切密，動中法度，如孫吴用兵神出鬼没，不可正視而部伍整然不亂。金華多奇山川，清淑之氣鍾之於人，故發爲文章，光焰有不可掩如此。予方歆艷二公，以爲不可幾及。客有授予文一編者，讀之見其辭韻沈鬱類柳公體裁，嚴簡又絶似黄公，驚而問焉，乃二公之鄉弟子宋君濂之爲也。因作而曰：大哉文乎！不可無淵源乎？西京而下，唯唐宋爲盛。宋姑不論，以吴興姚鉉所集《唐文粹》觀之，奚啻三百餘姓，雖張、蘇、蕭、李、常、楊之流，氣逸辭雄，各自名家，終不能返于古，何哉？無所宗也。

節録自《安雅堂集》卷五

序　菊

[元]張養浩

余於諸花中獨愛菊，非矯情襲陶之高之潔而然也……至其生也，雖有疏密脩短大小肥瘠之不同，大概皆叢而不樹。最余平昔所見，率不越二三尺，蕭穎士謂「既低其枝，又弱其幹」者。其爲叢，蓋自古然也。

節録自《歸田類稿》卷八。按所引蕭詩出《菊榮一篇五章》。

新註資治通鑑序

[元]胡三省

唐四庫書編年四十一家九百四十七卷，而王仲淹《元經》十五卷，蕭穎士依《春秋》義類作傳百卷，逸矣！今四十一家書存者復無幾。

節録自蘇天爵《元文類》卷三二。按胡氏之説亦見朱鶴齡《愚菴小集》卷十三「讀文中子」。

送國子正蘇君還金華山中序

[明]宋　濂

古者國有國史，下至閭巷之間，亦有閭史，皆據官守，勿失紀善惡，以示勸戒。其國史之法見乎《書》，備乎《春秋》，以事繫日，以日繫月，以月繫時，以時繫年，殆猶山嶽之有定形，不可易者。太史遷別出新意，輕變編年之舊，創爲十二紀以序帝王，十表以貫歲月，八書以述政事，三十世家以録公侯，七十列傳以志士庶，歷代史官遵之，而《春秋》之義類隱矣！荀悦、蕭穎士頗譏之，而未能大有匡建。

節録自《文憲集》卷八

蕭僕贊有序

［明］方孝孺

蕭僕者，蕭穎士之僕也。穎士，唐玄宗時人，有文章，而性褊躁少容。其僕事之甚謹，穎士時時笞罵之，至不能堪。僕拭涕奉承，不敢怨，惟恐拂其意，穎士笞罵弗爲止。他客僕語蕭僕曰：「咄！癡男子！屈身爲僕者，爲酒食財貨也，酒食財貨寧獨蕭氏有乎？曷不去而自受困辱耶？」蕭僕曰：「吾非不知之。去之誠何難！顧惜主才，不忍耳！」遂終其家不去。余聞而悲之，爲作贊，然非爲是僕也。贊曰：天下之至賤者，至於僕極矣！僕之所欲得杯羹盂飯以養其生，豈要好賢之名於天下哉？而蕭氏僕獨愛其主之才，受其箠辱而不悔，甘其困厄而不去，拳拳慕悦，若忘其身之賤者，何也？蓋秉彝好德之心，人人皆有之，僕能不泯之耳！是豈特賢於僕隸而已耶！

《遜志齋集》卷十九

季　隨

［明］楊　慎

蕭穎士《蒙山詩》：「子尚捐俗紛，季隨躡遐軌。」季隨即周八士中一人也。蒙山有季隨隱跡，事未知所出，亦奇聞也。

［明］楊慎《升庵集》卷四九。按《升庵集》卷四九「八士考」曰：「周有八士，馬融以爲成王時人，劉向以爲宣王時人，他無所考。《汲冢周書·克殷解》乃命南宫忽振鹿臺之財，乃命南宫百達、史佚遷九鼎三巫。疑南宫忽即仲忽，南宫百達即伯達也。《尚書》有南宫括，疑即伯適也。則八士者，南宫氏也，以爲成王時人近之。《尚書》南宫之姓與《汲冢書》南宫之姓合，伯達、伯適與仲忽之名又合，似是無疑，聊筆之以諗博古者。」《升庵集》卷七六「楚蒙山」條即此。

蕭穎士論文

［明］楊慎

蕭穎士云：六經之後有屈原、宋玉，文甚雄壯，而不能經。賈誼文辭最正，近於治體；枚乘、相如亦瓌麗才士，然而不近風雅。揚雄用意頗深，班彪識理，張衡宏曠，曹植豐贍，王粲超逸，嵇康標舉，左思詩賦有雅頌遺風，干寶著論近王化根源，此後敻絶無聞焉。

近日惟陳子昂文體最正。蕭之所取如此，可以知其所養矣。

《升庵集》卷五二

中興頌

［明］王世貞

摩崖碑《中興頌》，元結撰，顔真卿書。字畫方正平穩，不露筋骨，當爲魯公法書第一。唐文靡瑣極矣！至結與蕭穎士輩方振之。頌亦典雅，倣《嶧山》諸碑。第有可議者，頌其君而斥其君之父，曰『噫嘻！前朝孽臣姦驕』，且冠之篇首，豈頌體爾耶？吉甫於宣王詩「穆如清風」者，未聞其以厲王斥也！序辭所謂非老於文學，其誰宜爲？亦誇矣！曉人不當如是。

《弇州四部稿》卷一三五

藝苑卮言

［明］王世貞

梁時使臣至吐谷渾，見牀頭數卷，乃《劉孝標集》。天后朝，日本、西番重用金寶購張鷟文。大曆中，新羅國上書，請以蕭夫子穎士爲師。元和中，雞林賈人鬻元白詩，云東國宰相以百金易一篇，僞者輒能辨。元豐中，契丹使人俱能誦蘇子瞻文。洪武中，日本、安南俱上章，以金幣乞宋景濂碑文。嘉靖初，朝鮮國上言，願頒示關西吕某、馬某文以爲式，所謂一解不如一解。

《弇州四部稿》卷一五一

「文章九命」與蕭穎士　［明］王世貞

文章九命，一曰貧困，二曰嫌忌，三曰玷缺，四曰偃蹇，五曰流竄，六曰刑辱，七曰夭折，八曰無終，九曰無後……

二嫌忌……張九齡、李邕、蕭穎士見忌李林甫……

四偃蹇……蕭穎士及第三十年，纔爲記室……

五流貶……貶竄則賈誼、杜審言、杜易簡、韋元旦、杜甫、劉允濟、李邕、張説、張九齡、李嶠、王勃、蘇味道、崔日用、武平一、王翰、鄭虔、蕭穎士、李華、王昌齡、劉長卿、錢起、韓愈、柳宗元、李紳、白居易、劉禹錫、吕温、陸贄、李德裕、牛僧孺、楊虞卿、李商隱、温庭筠、賈島……俱所不免。窮則窮矣，然山川之勝與精神有相發者。

九無後……李太白、蕭穎士有子而獨，孫女流落，俱爲市人妻……

《弇州四部稿》卷一五一

送陶希文先生校文浙江

［明］童　軒

自昔文衡荷至公，多君膺聘去匆匆。驊騮不假千金市，麟鳳須教一網空。夜舫星辰文璧燦，秋堂風露燭花紅。也知東浙多才俊，蕭李行看在藥籠。

《清風亭稿》卷六

董氏西齋藏書記

［明］皇甫汸

司勳氏曰：天下之物，或聚或散，有數存焉，矧書籍爲天地之精英乎？秦焚晋墜，往往遭阨。國且不能保，而況於家乎？張華縹乘，武庫奚存；李泌牙籤，鄴架安在？遂使公擇託諸廬嶽，穎士寄之箕山，不獨禹穴、汲冢間也。

節録自《皇甫司勳集》卷四九

叙羽翼

［明］高　棅

昔朱晦菴先生嘗取漢魏五言，以盡乎郭景純、陶淵明之作，以爲古詩之根本準則。又取自晋宋顔、謝以下諸人，擇其詩之近於古者，以爲羽翼輿衛。余於是編正宗既定，名家載列，根本立矣。奈何羽翼未成，爰自採摭。及觀諸家選本，載盛唐詩者，唯殷璠《河嶽英靈集》獨多古調。璠嘗論曰：「夫文有神來、氣來、情來，有雅體、野體、鄙體、俗體，編紀者能審鑒諸體，委詳所來，方可定其優劣，論其取舍。」又曰：「璠今所集，頗異諸家，既閑新聲，復曉古體，文質半取，風騷兩挾。」斯言得之矣。若夫太白、浩然、儲、王、常、李、高、岑數公，已揭於前。他如崔顥、薛據、張謂、王季友諸人，皆李、杜當時所稱許，相與發明斯道，賡歌鼓舞，以鳴乎盛世之音者矣。今以崔司勳等十五人，共詩八十一首爲上卷；又以殷氏所收之外，若崔宗之、魏萬之願交於翰林，元結、孟雲卿之見稱於工部，張、裴、賈、岑唱和聯翩，蕭、李、獨孤馳名先後；又如《篋中》、《丹陽》採葺不少。雖衆君子之全集罕得詳覽，然其言皆足以没世而不忘也。爰自崔顥而下，以盡乎天寶諸賢，凡三十六人，得詩七十四首爲下卷，合而題曰羽翼，竊效晦庵之意歟！學者觀之，能審諸體，而辯所來，庶乎不作開元、天寶以下人物，與夫野狐外道蒙蔽其真識者，又奚足以知此哉！

《唐詩品彙·叙目》五言古詩「羽翼」

議《袁泌傳》　［明］朱明鎬

後梁明帝之在江陵也，《陳書》稱名曰蕭巋，《南史》稱謚曰梁明帝，此《南史》書法爲正，姚察父子意中唯知有陳，不知有梁矣。江陵時號影國，延祀至三紀，則猶然武帝正裔也。陳氏既可帝制，自爲蕭氏，何嫌再整玉步！愚意《梁書》中，明帝必應爲之立紀，王琳必應爲之立傳，一如何之元《梁典》之制，則庶乎其無議矣。蕭穎士依《春秋》編年例，自漢元年訖義寧，作傳百篇，至陳受梁禪，書曰陳霸先。及王緒作《永寧公輔梁書》，黜陳不帝，穎士助之，又著《史譜》，作《梁不禪陳論》。茂挺爲武帝之枝孫，太原爲僧辯之的裔，持論未必無偏，然以視姚簡之書法，則二書差快人意也。

《史糾》卷六「書史同異」

文昌宫戴公祠記

［明］王 樵

戴公者，唐容管經略使諱叔倫也，爲吾邑先賢，既祀於學矣，而復有祠於此者，因其舊也。按史，公字幼公，師事蕭穎士最知名。

節録自《方麓集》卷六

馬柳泉《賣子嘆》曰：「貧家有子貧亦嬌，骨肉恩重那能拋。饑寒生死不相保，割腸賣兒爲奴曹。此時一别何時見，遍撫兒身舐兒面。有命豐年來贖兒，無命九泉抱長怨。囑兒切莫苦思量，憂思成病誰汝將。抱頭頓足哭聲絶，悲風颯颯天茫茫。」此作一讀則改容，再讀則下淚，三讀則斷腸矣……若《賣子嘆》則情真語酸，富貴之家喜用鞭笞者，宜發深省。陶淵明所謂此亦人子也，蕭穎士不得以博奧矜長矣。

［清］田雯《古歡堂集》卷十八雜著

麟洲沈君墓表

［清］儲大文

自唐蕭、李後，而枋藝苑者，格彌峻。

節録自《存研樓文集》卷十五

釋嫉

［清］儲大文

語曰：入朝見嫉，入宫見妬。其要具於《尚書·秦誓》四言。顧媢嫉有二，或以權勢，或以文藝。權勢雖極，文藝軋之；文藝雖工，尤工者軋之，而紛態百變矣。蓋若……蕭穎士、盧杞之於顔真卿……此胥載諸史册，灼灼在人耳目間者也，而椒蘭絳灌暨殊塗雜流，不具列焉。萬世士觀此忮才之念，倘不覺涣然冰釋而鴻鈞，庶其永準乎！」

節録自《存研樓文集》卷十六

清故孝廉公儀張公墓誌銘

〔清〕魏裔介

吾嘗讀史，而慕孟宗、張公藝、蕭穎士之爲人，以爲古人不可復覯矣！

節録自《兼濟堂文集》卷十二

花史

〔清〕鄭方坤

紫菊之名見於孫真人《種花法》，又見於諸譜中。此品傳植已久，故唐宋詩人稱述亦多，蕭穎士《菊榮》篇「紫英黄萼，照耀丹墀」，杜荀鶴詩「雨匀紫菊叢叢色」，趙嘏詩「紫艷半開籬菊静」，夏英公詩「落盡西風紫菊花」，韓忠獻公詩「紫菊披香碎曉霞」，則紫花定是佳品。

〔清〕鄭方坤《五代詩話》卷二引

《毘陵集》提要

〔清〕永瑢等

考唐自貞觀以後，文士皆沿六朝之體。經開元、天寶，詩格大變，而文格猶襲舊規。元結與及始奮起湔除，蕭穎士、李華左右之。其後，韓、柳繼起，唐之古文遂蔚然極盛。斲雕爲樸，數子實居首功。

［清］《四庫全書》集部二別集類一

（二）題詠

送柴郎中高麗

［宋］王禹偁

初過清明野色繁，柳花榆莢撲軺軒。中台應宿郎官貴，外國占星使者尊。海水無波分島嶼，扶桑見日認藩垣。東夷休請蕭夫子，好把詩書問狀元。

《小畜集》卷七

聞朝議以子瞻送高麗

［宋］孫　覺

文章異域有知音，鴨緑差池一醉吟。穎士聲名動中國，樂天辭筆過雞林。節毛零落氈吞雪，辯舌縱横印佩金。奉世風流家世事，幾隨浪拍海東岑。

《宋詩紀事》卷十八據《合璧事類後集》引

先少師宣和初有贈晁公以道詩云奴愛才如蕭穎士婢知詩似鄭康成晁公大愛賞今逸全篇今讀晁公文集泣而足之

［宋］陸　游

仕不逢時勇退耕，閉門自號景迂生。遠聞佳士輒心許，老見異書猶眼明。奴愛才如蕭穎士，婢知詩似鄭康成。早孤遇事偏多感，欲續殘章涕已傾。

《劍南詩稾》卷四五。按題述陸宰詩句所用事參前引《娛書堂詩話》。《宋詩紀事》卷四一據詩題輯補「奴愛才如蕭穎士」兩句。陸宰字元鈞，陸佃子，陸游父，官朝請大夫、知臨安府直秘閣，卒贈少師。

蕭飛卿將使赴湖北戎幕詩送其行兼簡秋壑賈總侍二首其一

［宋］戴復古

文章蕭穎士，一劍去從軍。遠望西關路，愁看兩浦雲。九霄騰意氣，萬里取功勳。馬上一杯酒，須斟滿十分。

《石屏詩集》卷四

湘中口占四首其二

［宋］劉克莊

船頭吹火盧仝婢，馬後肩書穎士奴。安得世間名畫手，寫余出嶺泛湘圖。

《後村集》卷六

題李太白像

［明］沈　周

風骨神仙品，文章浩宕人。世間金鸑鷟，天上玉麒麟。江月狂歌夜，宫花醉眼春。獨輸蕭穎士，不見永王璘。

《石田詩選》卷八

己亥五月足疾杜門雪子峙公過訪閒話竟日作二篇奉贈各以姓立韻其一

［清］湯右曾

五馬浮渡來，最數江南王。豈惟養炬輩，烏衣冠諸郎。吾子年少日，五色成文章。舅氏古先生，館子白鳳堂。當時兩冰玉，戚婭分末光。我時黔陽歸，始接衣履香。回頭二十載，雙鬢漸已蒼。鸞鳳刺天飛，翦鴒不得翔。朅來到京國，執手共感傷。子才必見收，行待槐花黄。世有蕭穎士，當識古戰場。何假吴武陵，一賦袖阿房。

《懷清堂集》卷十八

贈孫孝廉侍史谷音

［清］俞汝言

侍史清如玉，疑從緱嶺來。才偏憐穎士，技欲勝方回。眉語令人醉，歌停待客催。何當蒙繡被，青翰一帆開。

沈季友編《檇李詩繫》卷二四

伍　贈答

（一）書答

重與蕭十書

李　燈

再覽來封，皆如一面。秋熱未解，所履如何？某拙疾，但昧於理耳。崔子日月漸遠，弟故人情多，一慟深衷，豈易論也！委曲具悉。待彼官到，若有商量，與申後意。彼有人作主人否？承即欲還，豈不能一至此也。外郡感别，情不易言。道路無留滯，朝廷待士，論屈日深，佇聞鳴躍，勿至斷絶。弟多才博識，言成楷模，某棄廢之人，何能爲也？言談次可吹噓之，合不負公私，亦親故之情耳。千萬千萬。不具。李憕諮。

《英華》卷六七八

答蕭十書　　韋述

述白：忽枉書問，詞高理博，尋翫反復，罔知厭倦。述聞登太山者，覩蕠薄而迷其方面；涉瀛洲者，挹波濤而懵其淺深。蓋廣大則昧，然難爲究□。足下貫穿群言，靡不該覽，聞一以知十，切問而近思，□詞人之淵藪。僕誠不敏，何以當斯乎？足下無棄芻蕘，輕投瓊玖，講學先訓，譏（《英華》校曰「疑」）所企予，所（《英華》校「一作啓」）發微言，孰不賈勇。謹當掃陋巷之庭宇，望君子之軒車。博約之道，以俟會面。韋某頓首。

《英華》卷六七八。按此當是爲答穎士《贈韋司業書》而作。

（二）贈詩

寄蕭穎士補正字　一本無補正字三字　　鄒象先

六月度開雲。三峰翫山翠。爾時黃綬屈，别後青雲致。

按《紀事》，象先尉臨涣。穎士自京邑無成東歸，有贈象先詩。來年蕭補正字，象先寄詩，重述前事，蕭後亦有答詩。《全詩》卷二五七「開」一作「闕」。鄒象先，開元二十三年進士，與蕭穎士爲同年生，仕臨涣尉。詩一首。

送蕭穎士（一作夫子）赴東府得路字 劉太真撰序

賈邕

蕭夫子赴東府，門人送者十二人，劉太真爲之序云：先師微言既絶者千有餘載，至夫子而後洵美無度，得夫天和。頃東倭之人，逾海來賓，舉其國俗，願師於夫子，弗敢私；請表聞於天子，夫子辭以疾而不之從也。退然貧居，述作萬卷，去其浮辭，存乎正言。昔《左氏》失於煩，《穀梁》失於短，《公羊》失於俗，而夫子爲其折衷。王公交辟，拒而不應。從官三年，始參謀於洛京，家兄與先鳴者六七人，奉壺開筵，執弟子之禮於路左。太真以文求進，以無聞見舉，而不吝爲夫子羞。春雲輕陰，草色新碧，皎皎匹馬，出於青門。吾徒喟然，瞻望不及。賦詩仰餞者，自相里造、賈邕以下，凡十二人，皆及門之選也。（按序稱賦詩十二人，《紀事》以鄔載不預會，僅得九人之詩。所闕者，相里造及劉太真詩，其一人并姓名亦逸之矣。穎士門人可考者，自賦詩諸賢外，有尹徵、王恒、盧異、盧士式、趙匡、閻士和、柳并及李陽［冰］、李幼卿、皇甫冉、陸渭。而賈邕之受業，在穎士客濮陽時云。）

子欲適東周，門人盈岐路。高標信難仰，薄官非始務。綿邈千里途，裴回四郊暮。征車日云遠，撫已慚深顧。

以下十首俱出《全詩》卷二百九。按賈邕，天寶九年登進士第。詩一首。太真存詩三首，見《全詩》卷二五二。

送蕭穎士（一作夫子）赴東府得適字　　劉舟（一作冉）

大名掩諸古，獨斷無不適。德遂天下宗，官爲幕中客。驪山浮雲散，灞岸零雨夕。請業非遠期，圓光再生魄。

劉舟，天寶中登進士第。詩一首。

送蕭穎士（一作夫子）赴東府得離字　　長孫鑄

大德詎可擬，高梧有長離。素懷經綸具，昭世猶安卑。落日去關外，悠悠隔山陂。我心如浮雲，千里相追隨。

長孫鑄，天寶十二年登進士第，詩一首。

送蕭穎士（一作夫子）赴東府得還字

房由

夫子高世蹟，時人不可攀。今予亦云幸，謬得承温顔。良策資入幕，遂行從近關。青春灞亭别，此去何時還。

房白，天寶中登進士第。詩一首。按「由」原作「白」，參本書附録柒《門弟子考》「房由」條。

送蕭穎士（一作夫子）赴東府得引字

元晟

吾見夫子德，誰云習相近。數仞不可窺，言味終難盡。處喧慮常澹，作吏心亦隱。更有嵩少峰，東南爲勝引。

元晟，河南府進士。詩一首。

送蕭穎士（一作夫子）赴東府得淺字

劉太冲

吾師繼微言，贊述在墳典。寸禄聊自資，平生宦情鮮。逶遲東州路，春草深復淺。日遠夫子門，中心曷由展。

按「州」一作「周」。劉太冲，彭城人，天寶十二年登進士第。詩一首。

送蕭穎士（一作夫子）赴東府得草字 姚發

天生良史筆，浪跡擅文藻。中夏授參謀，東夷願聞道。行軒覬春日，餞席藉芳草。幸得師季良，欣留篋笥寶。

姚發，天寶十二年登進士第。詩一首。

送蕭穎士（一作夫子）赴東府得往字 鄭愕

斤溪數畝田，素心擬長往。緊君曲得引，使我纓俗網。風塵豈不勞，道義成心賞。春郊桃李月，忍此戒征兩。

鄭愕，天寶十二年登進士第。詩一首。

送蕭穎士（一作夫子）赴東府得散字 殷少野

官閒幕府下，聊以任縱誕。文學魯仲尼，高標嵇中散。出門時雨潤，對酒春風暖。感激知己恩，別離魂欲斷。

殷少野，天寶十二（一作六）年登進士第。詩一首。

送蕭穎士（一作夫子）赴東府得君字

鄔　載

策名十二載，獨立先斯文。邇來及門者，半已昇青雲。青雲豈無姿，黄鵠素不群。一辭芸香吏，幾歲滄江濆。散職既不羈，天聽亦昭聞。雖承急賢詔，未謁陶唐君。薄俸還自急，此言那足云。和風媚東郊，時物滋南薰。蕙草正可摘，豫章猶未分。宗師忽千里，使我心氛氳。按「邇」一作「爾」，「聽」一作「聰」，「陶唐」一作「唐虞」。

鄔載，天寶十二年登進士第。詩一首。

冬夜宴蕭十丈因餞殷、郭二子西上　并序

息夫牧

序云：冬十有二月，家君宰邑許下，夫子問津穎上，二賢將馳會府，皆適兹土。夜處狹室，列座有位，尊卑儼如。或捧觴上壽，或摳衣請益。始敦詩以説禮，終講信而修睦。然後文飽於道，義潤其身。頃夫子升堂之後，若盧、賈、劉、尹之徒，半紀間接武鳴躍，實夫子訓之導之斯至也。今殷、郭二子，天資才幹，而加之鏃羽，觀光王

庭，俯拾地芥，其誰曰不然。飛霜靄林，寒氣總至，月落西户，夜將向晨，座隅謙謙，畢醉温克，則知孔門宴餞，異於他日，二三子終身識之。夫子以家君政事，百里無事，命門弟子賦詩鳴琴，亦以釋仳離之怨焉。小子不敏，忝居門人之末，敢不敬書其事。詩曰：

有琴斯鳴，于宰之庭。君子莅止，其心孔平。政既告成，德以永貞。鳴琴有術，于潁之畔。彼之才髦，其年未冠。聞詩聞禮，斐兮璨璨。鳴琴其怡，于潁之湄。二子翰飛，言戾京師。有鬱者桂，爰（一作載）攀其枝。琴既鳴矣，宵既清矣。烘煁有煒，酒醴惟旨。喟我寤嘆，吁其別矣。

詩載《文粹》卷九六，《紀事》卷二十采入，見《全詩》卷二五二。按《文粹》所載詩序，啓首有「志有之，事三如一者，惟君父師乎？所以生之，教之，禄之。生而不教，不可立也；教而不成，不可禄也。故師勉乎教，而學者勵乎己，已立學成而會友以講之。是以伯魚趨庭，曾參避席，卜商投杖，厥義於是乎在」一段。詩作於天寶十三載冬十二月，在許昌。

陸 師友考

從今存文獻勾稽，與蕭穎士相交遊者約五十人，有師長與同年、同道友好及前賢達官等群體，以前兩者爲衆，規模和層次在唐代文士中並不十分突出。他與前賢達官的交往，出於開、天之際干謁求官的需求，也有引薦後進、照顧友朋等目的。此外多是經史學者和中下層文人，如韋述、元德秀、獨孤及等，亦頗多無名之輩，如賈至、顔真卿之輩固是寥寥無幾，與當時文學名家李、杜、王、孟等人的交往，尚無跡可尋。「其交遊也，緣類而有義」（《荀子·君道》），蕭穎士的交遊特徵，與其以經史學術立身，以弘揚古文相號召，以昌明師道爲己任的人生追求正相發明。

孫 逖

蕭穎士座主。兩《唐書》有傳。潞州涉縣人。幼而英俊，文思敏速。年十五，謁雍州長史崔日用，以《土火爐賦》訂交。開元初，應哲人奇士舉，授山陰尉，遷秘書正字。十年（七二二），登文藻宏麗科，拜左拾遺。爲張説所重，日遊其門，轉左補闕。黄門侍郎李暠鎮太原，辟爲從事，嘗作《伯樂川記》，叙李暠與蒲州刺史李尚隱遊伯樂川事，爲文士盛稱。二十一年入爲考功員外郎、集賢修撰，選貢士二年。二十四年拜中書舍人，丁父喪免。二十九年服闋，復舊職，且充河東黜陟使。天寶三載（七四四），權判刑部侍郎。五載，以風病求散秩，改太子左庶子。逖掌制誥八年，時論以爲自開元已來，與蘇頲、齊澣、蘇晉、賈曾等爲王言之最。逖善思，文理精練。張九齡視其草，卒不能易一字。以疾沉廢累年，轉太子詹事。上元中（七六〇—七六一）卒。廣德二年（七六四）贈尚書右僕射，謚曰文。有集三十卷。有三子。

逖知開元二十二年、二十三年貢舉，蕭氏在二十三年中第。李都撰《唐故御史中丞汀州刺史孫（瑝）公墓誌銘并序》：「曾伯祖文公諱進（按當作逖）……文公開元中爲考功郎，連總進士柄，非業履可尚，不得在選，其登名者有柳芳、顔真卿、李華、蕭穎士之徒，時號得人。」（《唐代墓誌彙編續集》咸通〇八九）李華《楊騎曹集序》曰：「弘農楊君諱拯（《英華》、《全文》作「極」）……舉進士，時刑部侍郎樂安孫公逖以文章之冠爲考功員外郎，精試群材。君以南陽張茂之、京兆杜鴻漸、瑯邪顔真卿、蘭陵蕭穎士、河東柳芳、天水趙驊、頓丘李琚、趙郡李崿、李傾、南陽張階、常山閻防、范陽張南容、高平郗昂等連年高第，華亦與焉。」（《李遐叔文集》卷一。按岑氏謂柳芳開元二十九年及第）孫逖亦重穎士才華。《舊唐書·孫逖傳》:「拔李華、蕭穎士、趙驊登上第,逖謂人曰:『此三人便堪掌綸誥。』」(按本年尚有蕭氏友賈季鄰、張南容、楊拯、張暈、鄒象先等及第)《舊唐書·韋述傳附蕭穎士傳》曰:「(穎士)開元二十三年登進士第,考功員外郎孫逖稱之於朝。」時蕭氏以聰儁過人,富詞學,被賈曾、席豫、張垍及韋述等引爲談客,知名於時。開元二十九年五月,蕭氏自入京待選,有《贈韋司業書》追述此間事云:「忽記往年奉詣時,足下云:『孫大所言第一進士,子則其人。』……若由此見知,僕不才者,幸嘗遇賞于孫氏。」蕭氏有當世名,孫逖有賞拔之功。

李華

華(約七一五—七六六)字遐叔,趙郡贊皇人。華長穎士二歲,與之共遊太學,同年登第,爲至交,並爲古文先驅,世號「蕭李」。獨孤及《趙郡李公中集序》云:「天寶中,公與蘭陵蕭茂挺、長樂賈幼幾勃焉復起,振中古之風,以宏文德。」(《毘陵集》卷十三)梁肅《唐左補闕李翰前集序》曰:「唐有天下幾二百載,而文章三變……天寶以還,則李員外、蕭功曹、賈常侍、獨孤常州比肩而作,故其道益熾。」(《文粹》卷九二)又《新唐書·蕭穎士傳》曰:「嘗兄事元德秀,而友殷寅、顔真卿、柳芳、陸據、李華、邵軫、趙驊,時人語曰:『殷顔柳陸，李蕭邵趙。』以能全其交也……獨華與齊名，世號蕭李。」皆一時俊傑，且爲天下知音之楷模。今存蕭氏詩文未見提及李華之處，當有文字失落。但《舊唐書·李華傳》載穎士論李華《含元殿賦》、《祭古戰場文》優劣事，亦見相知之深。而李華集中涉及穎士者，有集序，有祭文，有詩及論，皆作於蕭氏身後。《祭蕭穎士文》云「華疇昔之歲，幸忝周旋。足下不棄愚劣，一言契合。古稱管鮑，今則蕭李」，自謂與穎士「平生相知，情體如一」。《寄趙七侍御并序》之「昔日蕭邵遊，四人才成童。屬詞慕孔門，入仕希上公」等句，追憶與趙驊、蕭穎士、邵軫三人早年同遊太學時事。《三賢論》則曰「余兄事元魯山，而友劉、蕭二功曹……予知三賢也深」。《揚州功曹蕭穎士文集序》因與穎士「平生最深」，受穎士子蕭存所托而作，都是研究蕭氏生平思想的重要資料。蕭氏有身後名，李華居功甚偉。

趙　驊

驊字雲卿，鄧州穰（今河南鄧縣）人，祖籍天水。兩《唐書》有傳。驊志學善屬文。開元二十三年，孫逖拔李華、蕭穎士及趙驊同登上第，「謂人曰：『此三人便堪掌綸誥。』」（《舊唐書·孫逖傳》）又《玄元皇帝賀聖祚無疆》爲天寶四載（七四五）宏詞科試題，驊與李岑、殷寅皆有此詩，知本年登制科。補太子正字，累授大理評事，貶北陽尉，移雷澤、河東二丞。河東採訪使韋陟表爲賓僚，繼爲陳留採訪使郭納支使。安禄山陷陳留，没於賊。蕭、邵、李、趙四友，唯李、趙受僞職。乾元初，華貶杭州司功，驊貶泉州晋江尉。數年改録事參軍，徵拜左補闕，未至，福建觀察使李承昭奏爲判官，授試大理司直、兼監察御史，試司議郎、兼殿中侍御史；入爲膳部、比部二員外及膳部、倉部二郎中，至秘書少監。建中四年（七八三）冬，涇原兵叛，竄於山谷，以疾終，贈華州刺史。趙驊早擅高名，入仕五十年，累經貶謫，歷三十年而入郎署，身爲散曹而俸禄單寡，以至亡歿。有《送晁補闕歸日本國》（《唐詩紀事》卷二七、《全詩》卷一二九）詩。驊在叛軍中，曾贖救江西觀察使韋儇族女，復東都後歸於其親，爲時議所重。「驊」一作「曄」，見《舊唐書》本傳。岑仲勉據曲石藏《趙益志》（大曆十四年立）題「祠部郎中趙驊文」，疑《舊唐書》本傳載其爲膳部郎中有誤，亦證以「驊」爲是（《元和姓纂》卷七）。子宗儒，仕至給事中、平章事、刑部尚書。

李華《三賢論》曰：「天水趙驊雲卿，才美行純……是皆厚於蕭者也。」又云「顔與陸據、柳芳最善，茂挺與趙驊、邵軫洎華最善，天下謂之『顔蕭之交』」。而《舊唐書・趙驊傳》稱「曄性孝悌，敦重交友，雖經艱危，不改其操」，其「少時，與殷寅、顔真卿、柳芳、陸據、蕭穎士、李華、邵軫同志友善，故天寶中語曰『殷顔柳陸，蕭李邵趙』，以其重行義，敦交道也」，又載《新唐書・趙宗儒傳》。《新唐書・蕭穎士傳》亦云：「嘗兄事元德秀，而友殷寅、顏真卿、柳芳、陸據、李華、邵軫、趙驊，時人語曰：「殷、顏、柳、陸，李、蕭、邵、趙。」以能全其交也。」所謂「才美行純」之譽，不誣也。李華《寄趙七侍御》詩述與蕭、趙、邵三人交往歷史甚清晰：「昔日蕭邵遊，四人纔成童（自注：華與趙七侍御驊、故蕭十功曹穎士、故邵十六軫，未冠遊太學，皆苦貧共弊。同年三人登科，相次典校，邵後三人及第也）。屬詞慕孔門，入仕希上公。緯卿陷非罪，折我昆吾鋒（自注：邵字緯卿，以寃横貶，卒南中）。茂挺獨先覺，拔身渡京虹。斯人謝明代，百代墜鵷鴻（自注：蕭天寶末知亂，棄官往江東，殯葬先人，逝于江南。黄按此四字一作「遊于汝南」）。世故墜横流，與君哀路窮（自注：逆胡陷兩京，華與趙受辱賊中）。相顧無死節，蒙恩逐殊封（自注：華貶杭州司功，趙貶泉州晋江尉）。天波洗其瑕，朱衣備朝容（自注：華承恩累遷尚書郎，趙恩累拜補闕、御史）。一别凡十年，豈期復相從。」（《文粹》卷十五下）又《大唐傳載》云：「蕭功曹穎士、趙員外驥（黄按當作驊），開元中同居興敬里肄業，共一靴，久而見東郭之跡。趙曰：『可謂馳於道路矣！』蕭曰：『無乃禄在其中。』」此是同遊太學時事，亦曾備歷苦辛。

邵　軫

李華《三賢論》曰：「汝南邵軫緯卿，詞學標幹……是皆厚於蕭者也。」又云「顏（真卿）與陸據、柳芳最善，茂挺與趙驊、邵軫洎華最善，天下謂之『顔蕭之交』。」並參「趙驊」條所引《舊唐書·趙驊傳》及《新唐書》之《蕭穎士傳》、《趙宗儒傳》。李華《寄趙七侍御》詩述及穎士、趙驊及邵軫數十年交誼，「昔日蕭邵游，四人才成童」句自注：「華與趙七侍御驊、故蕭十功曹穎士、故邵十六軫，未冠遊太學，皆苦貧共弊。同年三人登科，相次典校，邵後三人及第也。」又云「緯卿陷非罪，折我昆吾鋒」，自注：「邵字緯卿，以寃横貶，卒南中。」知邵氏爲汝南人，字緯卿，官司倉參軍，貶卒南中。李華稱「邵後三人及第」，時在開元二十五年，後李、蕭二年（《登科記考補正》卷八）。有《雲韶樂賦》（《英華》卷七三）。穎士《贈韋司業書》曰：「昔常話文章得失，論姓氏臧否，忤人雅意，累悔無及。友生邵軫，深以爲言。」知蕭、邵爲諍友。

張南容

張南容，范陽人。開元二十三年進士，蕭氏同年生。李華《楊騎曹集序》曰：「時刑部侍郎樂安孫公逖以文章之冠爲考功員外郎，精試群材。君以南陽張茂之、京兆杜鴻漸、瑯邪顔真卿、蘭陵蕭穎士、河東柳芳、天水趙驊、頓丘李琚、趙郡李寧、李傾、南陽張階、常山閻防、范陽張南容、高平郗昂等連年高第，華亦與焉。」按穎士《蓮蘂散賦》序云：「己未歲夏六月，旅寄韋城，憂傷感疾，腫生於左脇之下……友生于逖、張南容在大梁聞之，以言於方牧李公。」考開元七年（七一九）與大曆十四年（七七九）均爲「己未」，皆未當，則「己未」當作「乙未」，即天寶十四載（七五五）。時穎士旅居韋城（屬河南道滑州，治所在今河南滑縣東南）得疾，于逖、張南容時在大梁（即河南道汴州浚儀縣），求援於「方牧李公」，即河南採訪使、陳留太守李某，蒙賜蓮蘂散而獲愈。但未知張南容當時任職。檢《舊唐書・李寶臣傳》云：「寶臣暮年益多猜忌，以惟岳（寶臣子）暗懦，諸將不服，即殺大將辛忠義、盧俶、定州刺史張南容、趙州刺史張彭老、許崇俊等二十餘人，家口没入，自是諸將離心。建中二年春卒，時年六十四。」新傳記事同。按寶臣于寶應元年（七六二）歸順後，充成德軍節度使，河北三鎮之一，建中二年（七八一）正月卒。故張南容等當在建中元年被殺，時爲定州刺史，距援助穎士事逾二紀，二者應是一人。《英華》卷三四六收張南容《靜女歌》、《情人玉清歌》，《唐詩品彙》卷三一以《玉清歌》爲畢耀詩，注「文苑英華作張南容詩」，《石倉》卷一一六、《全詩》卷七七七同；《全詩》卷二五五在畢耀《玉清歌》下注「一作張南容詩」。

張暈（一作翬）

潤州曲阿人。開元二十三年進士，蕭氏同年生。潁士《送張暈下第歸江東詩》云「俱飛仍失路，綵服邇清波。地積東南美，朝遺甲乙科」（《唐詩紀事》卷十五），因兩人系同年進士，故「朝遺甲乙科」者，或指張暈制科落第事。詩又云「俱飛仍失路，綵服邇清波」者，當指張暈尚未釋褐，而潁士即赴莒縣救父，令「綵服」之望如水波之逝，尚無能爲之意也。詩又云「客愁千里別，春色五湖多」，最早當作於二十四年春。《石倉》卷四六、《全詩》卷一五四題《送張翬下第歸江東》。按高仲武《中興間氣集序》云，殷璠編《丹陽集》，「止録吴人」共十八位，在「曲阿九人」下有「校書郎張暈」，録絶句一首。傅璇琮考《丹陽集》編成於開元二十三年至天寶元年間，即張暈進士中第後曾任「校書郎」，唯時間不明。《吟窗雜録》卷二六稱「暈詩巧用文字，務在規矩」。並參《新唐志》别集類著録「包融詩一卷」、《唐音癸籤》卷三十「丹陽集」條等。《全詩》卷一一四録詩二首。

鄒象先

《姓纂》卷五「南陽新野」：「開元中有象先、紹先、彦先。象先生儒立，衡州刺史；彦先生穎，漳州刺史，云湛後。世居衡州。」按「湛」乃魏左將軍鄒軌子，晉侍中、少府，故知象先出南陽新野鄒氏。《唐詩紀事》卷二二「鄒象先」云：「象先尉臨涣。蕭穎士自京邑無成東歸，以象先同年生也，作詩贈之。來年，蕭補正字，象先寄詩，重述前事云：『六月度關雲，三峰翫山翠。爾時黄綬屈，别後青雲致。』蕭答云：『桂枝常共擢，茅茨冀同薦。一命何阻脩，載馳各州縣。壯圖悲歲月，明代耻貧賤。回首無津梁，衹令一毛變。』」故知鄒氏乃開元二十三年進士，蕭穎士同年生，曾任臨涣尉。《石倉》卷四六、《全詩》卷一五四録蕭詩，題《答鄒象先》。《全詩》卷二五七録鄒詩，題《寄蕭穎士補正字》，據題，知當作于天寶元年。

崔　圓

清河東武城人。兩《唐書》有傳。開元二十三年孫逖門下智謀將帥科得第（《定命録》），在穎士同年中最爲顯達。天寶末爲尚書郎兼蜀郡大都督府左司馬，知節度留後。玄宗幸蜀，特遷蜀郡大都督府長史、劍南節度，以安定乘輿功，即日拜中書侍郎、中書門下平章事，餘如故。天寶十五載（七五六）七月，肅宗即位，改元至德，玄宗命與房琯、韋見素並赴行在。時穎士在江左，爲淮南節度副大使李成式幕掌書記，十月作《與崔中書圓書》，從「敬想表妹珍儀、外甥休慰」語，二人當有姻戚關係，故雖勢位懸隔，仍敢「銜憤萬里，遠陳短見」。且欲借崔氏之力，使「親弟某乙」得「假以公乘，使江淮獲一親集」，有「時惟以小人之承舊愛之故，惠提獎之私，非所敢望」云云。

穎士有《爲揚州李長史賀立皇太子表》及《爲揚州李長史作千秋節進毛龜表》，乃開元後期爲揚州長史兼淮南道採訪使李知柔作；《爲李中丞賀赦表》和《爲李中丞作與虢王書》，是至德元載（七五六）八月、十月，爲淮南節度副大使、廣陵郡長史兼御史中丞李成式作，時爲掌書記兼揚州功曹參軍。此二人實爲穎士長官，不當以交遊論。

賈 曾

河南洛陽人。兩《唐書》有傳。睿宗景雲中（七一〇—七一一）爲吏部員外郎。時玄宗在東宫，拜曾爲太子舍人，因諫止太子訪召女樂，特授中書舍人，以父名忠，固辭，拜諫議大夫、知制誥。延和元年（七一二）七月草《睿宗命皇太子即位制》，復拜中書舍人（舊傳系於「開元初」，後此一年，此從《通典》卷一百四、《唐會要》卷二三）。與蘇晋皆以詞學見知，同掌制誥，時稱「蘇賈」。後坐事貶洋州刺史。開元六年（七一八）二月，玄宗特恩甄叙（《明皇雜録》卷下載張説貶岳州，因蘇頲上書述其忠貞，詔遷荆州長史，「由是陸象先、韋嗣立、張廷珪、賈曾皆以讜逐歲久，因加甄收」。），歷慶、徐、鄭、晋等州刺史，入拜光禄少卿。十四年遷禮部侍郎，次年卒。賈曾好佛，事見《宋高僧傳》卷五《唐中大雲寺圓暉傳》、卷七《後唐會稽郡大善寺虚受傳》、卷二六《唐今東京相國寺慧雲傳》；《俱舍論頌疏解》卷第一《阿毗達磨俱舍論略釋記》即由「正議大夫持節諸軍使晋州刺史賈曾撰」，見《大藏經》一八二三）。子至，參本考條目。按《舊唐書·蕭穎士傳》曰：「當開元中，天下承平，人物駢集，如賈曾、席豫、張垍、韋述輩，皆有盛名，而穎士皆與之遊，由是縉紳多譽之。」《舊唐書·韋述傳附蕭穎士傳》亦稱蕭穎士「聰儁過人，富詞學，有名於時，賈曾、席豫、張垍及述皆引爲談客」。賈曾卒於開元十五年（七二七），時穎士十一歲，則李華《揚州功曹蕭穎士文集序》稱穎士「十歲以文章知名」，當與賈曾的揄揚有關。

席　豫

字建侯，襄陽人。兩《唐書》有傳。天寶七載（七四八）正月，卒於禮部尚書任，年六十九（《舊唐書·玄宗紀下》、舊傳），故生於永隆元年（六八〇）。據孟二冬《登科記考補正》，大足元年（七〇一）張説知貢舉，豫登進士第，又登文擅詞場科（按新傳云「長安中，舉學兼流略、詞擅文場科，擢上第，時年十六」，但豫在長安中（七〇一—七〇四）已年逾二十，且應制科不當在進士登第之前，此或誤），以父喪罷。約神龍間（七〇五—七〇六），崔湜知舉，中手筆俊拔科，補襄邑尉。三年七月（即景龍元年七月，此從《通鑑》卷二百八）至闕下奏事，逢太子重俊蒙難，安樂自請爲皇太女事，豫上疏請立太子，對安樂頗有譏刺，「人爲寒懼」；太平公主聞其名，欲表爲諫官，豫恥受「詖謁」之名而遁去。開元二年（七一四）王丘知舉，登賢良方正科，授陽翟尉。又據新傳，在任爲觀察使薦，遷監察御史，出爲樂壽令，因母病，改懷州司倉參軍。至裴耀卿知舉之開元六年（七一八），復舉超拔群類科登第。以母喪去職。服除，授大理丞，遷考功員外郎。開元十二年三月，詔定「兵、吏兩司專定員外兩人判南曹事」制度，「以陳希烈、席豫判吏部南曹」（《元龜》卷六三〇），即在考功之任。按新傳有「豫典選六年」説，則豫掌銓事當止於開元十五年左右。遷中書舍人，與韓休、許景先、徐安貞、孫逖相次掌制誥，有能名。轉户部侍郎，充江南東道巡撫使兼鄭州刺史。又據新傳，開元二十一年，韓休自尚書右丞拜相，舉豫代己，玄宗以其任考功稱職，授吏部侍郎，有二十三年十二月，「今遣使侍中裴耀卿、副使吏部侍郎席豫持節册爾爲榮王妃」（《唐大詔令集》卷四十《册榮王鄭妃文》）事可證。此後出爲外任，據徐安貞《授席豫尚書右丞等制》所記銜名「門下朝散大夫使持節鄭州諸軍事守鄭州刺史上柱國席豫」(《英華》卷三八五),及《元龜》卷一六二載「(開元)二十九年五月,命大理卿崔翹、尚書右丞席豫……分行天下」事,當自鄭州復入爲右丞。按舊傳有「天寶初,改尚書左丞」事,當自右丞改官。天寶五載,進禮部尚書(此從《舊唐書·玄宗紀下》,新傳系於六載),累封襄陽縣子。卒贈江陵大都督,謚曰文。豫與弟晋以詞藻見稱,在温泉宫朝元閣應制,玄宗手詔贊「詩人之首出,作者之冠冕」。《全詩》卷一一一收詩五首,《全唐詩補編·續拾》補輯一首,又移正一首,《全文》收文三篇,不足辨其成就。長安南勝業坊有宅,見《長安志》卷八);女爲周哲滯妻(《太平廣記》卷三八六),系虔州刺史隴西李舟外祖父(梁肅《處州刺史李公墓誌銘》)。

席豫性謹畏,清直亡欲,居官不爲勢權所撼,以「典選得人,爲時所稱」,顔杲卿兄弟及路嗣恭等皆蒙其惠(見《新唐書》諸傳)。故《舊唐書·韋述傳附蕭穎士傳》云「蕭穎士者,聰儁過人,富詞學,有名於時,賈曾、席豫、張垍及述皆引爲談客」,《舊唐書·蕭穎士傳》稱「當開元中,天下承平,人物駢集,如賈曾、席豫、張垍、韋述輩,皆有盛名,而穎士皆與之遊,由是縉紳多譽之」(《新唐書·蕭穎士傳》稱「天寶初,穎士補秘書正字。于時裴耀卿、席豫、張均、宋遥、韋述皆先進,器其材,與鈞禮,由是名播天下」)者,實出於性情。

裴耀卿

耀卿字焕之（新《唐書》本傳），河東聞喜人（孫逖《裴公德政頌》）。兩《唐書》本傳皆載以童子舉得第，未記年月。然《裴公德政頌》云：「八歲神童擢第。」又王維《裴僕射濟州遺愛碑》：「八歲神童舉，試《毛詩》、《尚書》、《論語》及第。」（《英華》卷七七五）按兩傳及《舊唐書·玄宗紀下》載天寶二載（七四三）卒，年六十三，即開耀元年（六八一）生，當垂拱四年（六八八）得第。《遺愛碑》又云「解褐補秘書省校書郎，歷中宗安國相王府典籤」（按「中」字誤，「安國相王」旦乃睿宗），舊傳云「弱冠拜秘書正字，俄補相王府典籤」，與孫頌、新傳所記解褐官同。耀卿在相王府，與掾丘悦、文學韋利器同直，頗得看重。景雲元年（七一〇），睿宗即位，拜國子主薄。兩傳叙事至此接云「累遷長安令……在職二年，寬猛得中……十三年，爲濟州刺史」，《遺愛碑》則曰「轉國子主薄、檢校詹事府丞，學識宜在儒林，風度雅膺儲寀；河南府士曹參軍、考功員外郎，公府屈廊廟之才，曹無留事；仙郎明黜陟之法，野無遺賢。右司、兵部二郎中、長安縣令」云云，記載最詳。考蘇頲《授裴耀卿檢校考功員外郎制》云：「敕朝散大夫、行河南府士曹參軍裴耀卿……可檢校考功員外郎。」（《英華》卷三九一）又《唐語林》卷八：「神龍元年已來，累爲主司者……裴耀卿再，開元五年、六年。」且王泠然《上張燕公書》有「長安令裴耀卿於開元五年掌天下舉」（《唐摭言》卷六）云云，知裴氏授考功職在開元五年。又十三年自長安令出爲濟州刺史，因居長安令二年，則在七至十一年間爲右司、兵部二郎中甚明，其宦途清美，不可小覷。裴氏任長安令，廢京兆府承辦内廷採購的「配户和市之法」，改以「一切令出儲蓄之家，預給其直」的方式，公私兩便，裴氏以經濟見長的特點初見端倪。十三年冬十月至十一月間，玄宗東封泰山，途經濟州，「時大駕所歷凡十餘州，耀卿稱爲知頓之最」（《舊傳》）。《新傳》云：「耀卿置三梁十驛，科斂均省，爲東州知頓最。封禪還，次宋州，宴從官，帝歡甚，謂張説曰：『……今朕有事岱宗，而懷州刺史王邱餼牽外無它獻，我知其不市恩也。魏州刺史崔沔遣使供帳，不施錦繡，示我以儉，此可以觀政也。濟州刺史裴耀卿上書數百言，至曰：「人或重擾，即不足以告成。」朕置書座右以自戒，此其愛人也。』」）在濟州治河有功，「濟人爲立碑頌德」（《新傳》）。轉宣州，有「良吏」之稱（陳簡甫《宣州開元以來良吏記》）。《舊唐書·食貨下》云「十八年，宣州刺史裴耀卿上便宜事條……」則至此猶在。又轉冀州。入爲户部侍郎。二十年，副信安王禕討契丹，賫絹二十萬匹，賜立功奚官，處置得宜；冬，遷京兆尹（兩傳）。二十一年秋，霖雨傷稼，京城穀貴，玄宗將幸東都，「獨詔耀卿問救人之術」，裴氏建議從東都至關中沿河開漕運，置糧倉，從水路向京師轉運糧食，既省費足用，又可永免天災影響，玄宗深以爲然。此事最見裴氏才能，遂位極人臣。本年十二月，以黄門侍郎知政事扈從出關，充江淮河南轉運使，於河陰置河陰、集津、三門倉，引天下租由盟津泝河而西，前後三年，轉運七百萬石，省費三十萬緡，奏充所司和市和糴等錢（兩傳；《舊唐書·玄宗紀上》、《食貨志》、《裴寬傳》及《唐大詔令集》卷四五徐安貞《裴耀卿張九齡平章事制》）。二十二年（《舊唐書·李林甫傳》繫於二十三年）五月進侍中（《唐大詔令集》卷四五《裴耀卿侍中張九齡中書李林甫同三品制》）。二十四年十一月，轉運功成，罷侍中，拜尚書左丞相（兩傳及《唐大詔令集》卷六七孫逖《命宰臣等分祭郊廟社稷制》；《唐大詔令集》卷五五《裴耀卿張九齡尚書左右丞相制》則云「耀卿可守尚書右丞相，九齡可尚書左丞相」），罷知政事。累封趙城侯。天寶元年（七四二）進尚書左僕射，八月改右僕射，以李林甫代之（新傳、《舊唐書·玄宗紀下》，舊傳叙「左」「右」適倒）。二載七月丙辰薨，贈太子太傅，謚曰文獻。裴氏與張九齡善。乃韋述舅（《舊唐書·韋述傳》）。按《新唐書·蕭穎士傳》：「天寶初，穎士補秘書正字。于時裴耀卿、席豫、張均、宋遥、韋述皆先進，器其材，與鈞禮，由是名播天下。」蕭穎士開元二十九年底至京，天寶元年得官，八月離京，裴、蕭當在此間相遇過從。

張均　張垍

二張即開元賢相燕國公張説之子，洛陽人，事蹟附《舊唐書·張説傳》。均、垍皆蒙父蔭，垍又爲主婿，在玄宗朝備極寵渥。然二人皆因入相受阻而心懷怨望，在天寶十五載六月玄宗出逃後遲留不進，繼受僞職，背叛唐室。此後，垍死於軍中，肅宗赦均死罪，長流合浦。贊云「自武德已來，稱賢相者，房、杜、姚、宋四公，皆遭無賴子弟污圮先業，非獨燕國之不幸也」（《舊唐書》卷九七），然燕國風教，從此蕩然。按説傳，均、垍皆能文，開元中供奉翰林院。十八年，説卒，「居父憂服闋，均除户部侍郎，轉兵部。二十六年，坐累貶饒州刺史，以太子左庶子徵，復爲户部侍郎。九載，遷刑部尚書」，即開、天之際，張均爲户部侍郎時期，穎士與之有所來往。穎士撰有《爲邵翼作上張兵部書》，乃爲同鄉邵翼應武藝超絶舉，上書兵部侍郎張均求薦之書，其相交淵源即應追至此間。參後文「邵翼」條。《新唐志》别集類著録「張均集二十卷」，《全詩》卷九十存詩七首。

宋　遥

宋鼎《唐故上黨郡大都督府長史宋公（遥）墓誌銘并序》云：「公諱遥，字仲遠，廣平列人人也……自國子進士補東萊郡録事參軍，舉超絶流輩，移密縣尉……天寶六載二月五日終上黨公舍，享齡六十有五」(《唐代墓誌彙編》「天寶一一八」)。知弘道元年(六八三)生。《登科記考補正》謂景龍間(七〇七—七一〇)中進士第，又訂其在景雲三年(七一二)舉超越流輩科得第。

《墓誌銘》又云：「移密縣尉，擢監察御史、殿中侍御史侍御史内供奉。遷司勳員外郎、度支郎中，拜中書舍人，除御史中丞，錫緋魚袋。尋加朝散大夫，户部、禮部、吏部、再户部四侍郎，左丞……卜七載正月十一日葬洛陽縣清風鄉崇德里北邙原。」按《舊唐書·魏知古傳》稱知古知吏部尚書事時，「又擢用密縣尉宋遥」。考魏知古在先天二年冬至開元二年(七一二—七一四)間知東都吏部尚書事，則遥在密縣未久，即擢監察御史。又檢《舊唐書·嚴挺之傳》曰：「時黄門侍郎杜暹、中書侍郎李元紘同列爲相，不叶。暹與挺之善，元紘素重宋遥，引爲中書舍人。」考《舊唐書·玄宗紀上》，開元十四年(七二六)四月、九月，户部侍郎李元紘與檢校黄門侍郎杜暹先後拜相，因兩人不叶，于十七年六月甲戌同日罷去。即元紘引宋遥爲中書舍人，當在十四年，宋璟對此極表讚賞(《舊唐書·源乾曜傳》)。又《舊唐書·苗晋卿傳》曰：「(開元)二十九年，拜吏部侍郎，前後典選五年……時天下承平，每年赴選常萬餘人，李林甫爲尚書，專任廟堂，銓事唯委晋卿及同列侍郎宋遥主之。」按苗氏在「(開元)二十七年以本官權知吏部選事」，至「天寶三載閏二月轉魏郡太守充河北採訪處置使」，正合「前後典選五年」之數，時宋遥與之同列。則蕭穎士天寶初補秘書正字，正由宋遥注擬，自有交往。《新唐書·蕭穎士傳》曰：「天寶初，穎士補秘書正字。于時裴耀卿、席豫、張均、宋遥、韋述皆先進，器其材，與鈞禮，由是名播天下。」但宋遥掌天寶元年(七四二)冬選，卻釀成唐科舉史上一大醜聞。時宋、苗取六十四人判入等，判御史中丞張倚男奭入高等，有下第者借安禄山奏請有弊；次年正月二十一日玄宗親試，僅二十人稍優，而張奭不措一詞，時人謂之曳白，宋、苗等六人因而被貶(《唐會要》卷七四、《唐摭言》卷十五)。因憶嚴挺之以宋遥考吏部等第判事，曾斥其爲「小人」，似不誣也(《舊唐書·嚴挺之傳》)。

附《南部新書》戊卷記宋遥爲中丞時舊事：「開元末，功臣王逸客爲閑廄使，莊在泥溝西岸，數爲劫盜，捕訪不獲。嚴安之爲河南尉，以狀白中丞宋遥，遥入奏，始擒之，并獲賊腳崔誗。誗在安定公主錦坊，俱就執伏，搜得骸骨兩井。逸客以鐵券免死，流嶺表。從此洛陽北路清矣。」

韋 述

京兆人。兩《唐書》有傳。景龍三年(七〇九)進士,爲考功宋之問所重。歷右補闕、集賢院直學士,遷起居舍人。開元十八年(七三〇)兼知史官事,轉屯田員外郎,職方、吏部二郎中,學士、知史官事如故。二十七年轉國子司業,兼史職,充集賢學士。天寶初,歷左右庶子,加銀青。九載,兼充禮儀使,遷尚書工部侍郎,封方城縣侯。安史亂起,「述抱國史藏於南山,經籍、資産焚剽殆盡,述亦陷於賊庭,授僞官。至德二年收兩京,三司議罪,流於渝州,爲刺史薛舒困辱,不食而卒」(《舊唐書》本傳)。述篤志忘倦,好著書,累在書府四十年,居史職二十年,開元中從秘書監馬懷素等二十六人受詔于秘閣詳録四部書,勒成國史百二十卷,「蘭陵蕭穎士以爲譙周、陳壽之流」(《舊唐書·韋述傳》)。撰《唐職儀》三十卷、《高宗實録》三十卷、《兩京新記》五卷、《御史臺記》十卷、《開元譜》二十卷等。《全詩》卷一百八録詩四首。

穎士與韋述有多次交往。《贈韋司業書》云:「幼小日,曾竊窺足下所著《兩京新記》,長來追思,實爲善作人。」按《新記》成於開元十年(七二二),時穎士僅六歲,謂幼小日曾「竊窺」之,恐十餘歲時事,「長來追思,實爲善作人」,堪稱神交。二人首次相見,當在韋述新任吏部郎中之後。《書》又云：「頃數歲前，足下新除吏部郎中，時曾與都省之間昧然一謁，足下亦頗垂顧接，而今得無忘耶？」又云：「忽記往年奉詔時，足下云：『孫大所言第一進士，子則其人。』」按《舊唐書》本傳載述開元十八年兼知史官事，轉屯田員外，職方、吏部二郎中，至二十七年轉國子司業，則蕭、韋首次相見，當在開元二十三年蕭穎士中第後。《舊唐書·蕭穎士傳》曰：「當開元中，天下承平，人物駢集，如賈曾、席豫、張垍、韋述輩，皆有盛名，而穎士皆與之遊，由是縉紳多譽之。」適爲此間事。其次在開元二十九年（七四一）穎士晋京待選之時，曾求謁於門下，作《贈韋司業書》，云「以正月二十五日至自東京，參後迨兹，遽承足下屢垂訪引」，又有「足下本以道垂訪」語，知蕭氏在京，韋述曾予探訪。蕭氏本年參選，本願得秘書省一職，以爲著史之便，未果，遂借此書表達怨望之情，亦求垂顧。蕭氏尚有《仰答韋司業垂訪五首》，韋述作《答蕭十書》，以示勸慰。天寶元年，蕭氏得補秘書正字，或即此書之迴響耶？《舊唐書·韋述傳附蕭穎士傳》曰：「蕭穎士者，聰儁過人，富詞學，有名於時，賈曾、席豫、張垍及述皆引爲談客。」及《新唐書·蕭穎士傳》曰：「天寶初，穎士補秘書正字。于時裴耀卿、席豫、張均、宋遥、韋述皆先進，器其材，與鈞禮，由是名播天下。」所言交遊狀況當在此間。第三度相聚在天寶十載，即蕭氏受韋氏薦，選任史館待制之時。蕭氏《白鷴賦序》曰：「天寶辛卯歲，予旅泊江會……秋八月，自山陰前次東陽……會有命自天，召赴京闕。」《庭莎賦序》稱「天寶十載，予以史臣推擇，待詔闕下」，即《新唐書·蕭穎士傳》載「史官韋述薦穎士自代，召詣史館待制，穎士乘傳詣京師」事，也即《三賢論》謂「工部侍郎韋述修國史，推蕭同事」一語所指。天寶九載韋述遷工部侍郎，薦蕭氏爲史館待制。但蕭氏自廣陵入京後，因李林甫的干預而未得選叙，至十一載十月，李林甫卒，穎士才獲調河南府參軍事，即《庭莎賦序》謂「僻直多忤，連歲不偶。未選叙，求參河南府軍事」的背景。《新唐書·蕭穎士傳》稱「穎士乘傳詣京師。而林甫方威福自擅，穎士遂不屈，愈見疾，俄免官，往來鄠、杜間」，即蕭氏入京後，前任已免，新職未叙，曾於天寶十載秋至十一載十月間往來長安附近達一年許，這是他和韋述最後的相聚。述於穎士頗有提携之功。

楊浚（陽浚）

開元中爲校書郎，上《聖典》三卷（《新唐志》儒家類）。天寶十一載爲禮部侍郎，始更帖經法，開爲三行（《通典》卷十五、《元龜》卷六四〇）。楊浚共四知貢舉。天寶十二載首知貢舉，前後四牓共放一百五十人，有蕭氏門人長孫鑄、劉太沖、鄭愕、劉舟、殷少野、鄔載、房由（房白）、姚發中第。十三載再知貢舉，有蕭氏門人尹徵、劉太真及第，獨孤及也是本年進士。故《三賢論》謂「禮部侍郎楊浚掌貢舉，問蕭求人，海内以爲德選」，語意大半在此，足見交誼之深。後除左丞（《唐摭言》卷十四「主司稱意」）。十四載三月，與給事中裴士淹、太常少卿姚子彦往河南、河北、江淮宣慰（《元龜》卷一六二）。楊浚又作「陽浚」，岑仲勉引《唐故朝散大夫太子左贊善大夫隴西李府君（咄）墓誌銘并序》（《唐代墓誌彙編》「天寶二七一」），認爲李咄天寶十三載十一月卒，翌年十一月葬，撰人題「禮部侍郎集賢院學士陽浚撰」，當是一人。《全詩》卷一百二十録詩一首。

李　憕

蕭穎士在濮陽，有《答李清河書》及《重答李清河書》，李憕有《重與蕭十書》（《英華》卷六七八），皆以安排蕭氏友清河崔生的身後之事爲辭，知蕭、李有交。李憕時爲清河太守，故稱。憕，太原文水人，爲張説所重。兩《唐書》有傳。舊傳：「天寶初，出爲清河太守。十一載，累轉河東太守、本道採訪。」新傳詳曰：「天寶初，除清河太守。舉美政，遷廣陵長史……以捕賊負，徙彭城太守。封酒泉縣侯。連徙襄陽、河東，並兼採訪處置使。」按所謂「遷廣陵長史」，即《唐潤州幽棲寺玄素傳》載「天寶之初……禮部尚書李憕爲揚州牧」（《宋高僧傳》卷九。按李憕于十四載爲安禄山所殺，時爲禮部尚書、東都留守）事，知李憕在天寶元年至十一載間連守四郡。考《集古録目》收有《唐放生池石柱銘》,云「天寶十載,李憕爲襄陽太守」,並及襄陽太守、山南東道採訪使李憕撰《唐放生池碑》事(《寶刻叢編》卷三「襄州」引)。知天寶十載時李憕已至襄陽。按唐制,李憕當在天寶元年至清河(即貝州)三、四載之際至廣陵。以穎士《答李清河書》云「秋候尚熱,惟兄動静云云」,知作書時當以天寶三載(七四四)秋爲下限。

《答李清河書》,《英華》卷六八七舊署李嶠撰。檢《英華》在其上原録李嶠《與夏縣崔少府書》,因重出而删去,遂二題相連。但此書作者處實爲墨釘,即彭氏亦不以其爲李嶠作。

李　邕

李邕,廣陵江都人,書法家,亦長於碑頌。父善,嘗注《文選》。《舊唐書》本傳曰:「天寶初,爲汲郡、北海二太守……五載姦贓事發……敕刑部員外郎祁順之、監察御史羅希奭馳往就郡决殺之,時年七十餘。」《舊唐書·玄宗紀下》又云:「六載正月辛巳朔,北海太守李邕、淄川太守裴敦復並以事連王曾、柳勣,遣使就殺之。」新紀同。知天寶六載李邕卒於北海(即青州,治益都,在今山東)太守任。穎士有《爲李北海作進芝草表》,「李北海」即邕，穎士時在濮陽。《表》有「當九月而生，聿符陽數」語，至遲作於天寶五載（七四六）九月。李邕開元末爲滑州（即靈昌郡，治白馬，今屬河南安陽）刺史，天寶初爲汲郡（即衛州，治衛縣，今屬河南）太守，二地毗鄰，皆近濮陽，故蕭、李之交當早于在北海時。

賈　至

字幼幾。河南人。兩《唐書》有傳。父曾，睿宗朝諫議大夫、知制誥。玄宗立，制傳位册，復爲中書舍人、知制誥，遷禮部侍郎，開元十五年卒。賈至天寶元年（七四二）明經擢第，授校書郎，爲單父尉。天寶末爲中書舍人，從玄宗幸蜀，拜起居舍人、知制誥。肅宗即位，玄宗命撰《令肅宗即位詔》，有「父子繼美」之嘆。至德（七五六—七五七）中，坐事貶岳州司馬。乾元（七五八—七五九）中爲汝州刺史（《新唐書·肅宗紀》載乾元二年三月壬申，「東京留守崔圓、河南尹蘇震、汝州刺史賈至奔于襄、鄧」，又見《元龜》卷四四三。《全文》卷三六七有賈至《汝州刺史謝上表》）。《舊唐書·肅宗紀》載乾元二年五月「乃以汝州刺史劉展爲滑州刺史」，《通鑑》卷二二一同，可互證）。寶應初召還，二年（七六三），遷尚書左丞，曾駁禮部侍郎楊綰依古制取士議。廣德二年（七六四）轉禮部侍郎，因時艱歲歉，奏請兩都試舉人。知永泰元年（七六五）東都貢舉，加集賢院待制。大曆元年（七六六）遷尚書右丞，再知西京貢舉。三年正月，改兵部侍郎。累封信都縣伯。五年，轉京兆尹、兼御史大夫。七年，以右散騎常侍卒，年五十五，贈禮部尚書，謚曰文。有集十卷，《全詩》卷一三五詩一卷。

賈至與李、蕭爲文章復古之同道，《三賢論》：「長樂賈至幼幾，名重當時……是皆厚於蕭者也。」獨孤及《趙郡李公中集序》：「天寶中，公與蘭陵蕭茂挺、長樂賈幼幾勃焉復起，振中古之風，以弘文德。」（《毘陵集》卷十三）李舟亦云：「先大夫常因講文，謂小子曰：『吾友蘭陵蕭茂挺、趙郡李遐叔、長樂賈幼幾，洎所知河南獨孤至之，皆憲章六藝，能探古人述作之旨。賈爲玄宗巡蜀分命之詔，歷歷如西漢時文。若使三賢繼司王言，或載史筆，則典、謨、訓、誥、誓、命之書，可彷彿於將來矣。』」（《毘陵集原序》）舟，岑子也。《唐語林》卷二：「李華，字遐叔，以文學自名，與蕭穎士、賈幼幾爲友。華作賦云：『星鎚電交於萬緒，霜鋸冰解於千尋。擁梯成山，攢杵爲林。』穎士讀之，謂華曰：『可使孟堅瓦解，平子土崩矣。』幼幾曰：『未若「天光流於紫庭，測景入於朱户。騰祥靈於黯靄，映旭日之葱蘢。」』華曰：『某所自得，惟：「括萬象以爲尊，特巍巍於上京。分命徵般石之匠，下荆揚之材，操斧執斤者萬人，涉磧礫而登崔嵬。」不讓東、西二都也。』時人以華不可居蕭、賈之間。」固爲當世知音矣。

殷　寅

李華《三賢論》：「陳郡殷寅直清，達於名理……是皆厚於蕭者也。」知爲陳郡人，字直清。《三賢論》又云：「顔（真卿）與陸據、柳芳最善，茂挺與趙驊、邵軫洎華最善，天下謂之『顔蕭之交』。殷寅、源衍睦於二交之間。」則又與源衍爲友。《新唐書·蕭穎士傳》又云：「嘗兄事元德秀，而友殷寅、顔真卿、柳芳、陸據、李華、邵軫、趙驊，時人語曰：『殷、顔、柳、陸，李、蕭、邵、趙。』以能全其交也。」則殷寅與「顔蕭之交」諸人皆有交往。事蹟附《舊唐書·韋述傳》、《新唐書·殷踐猷傳》。父踐猷。顔真卿《曹州司法參軍秘書省麗正殿二學士殷君（踐猷）墓碣銘》：「君諱踐猷，字伯起，陳郡長平人……三子攝、寅、克齊等……寅聰達有精識，能繼先父之業，有大名於天下。舉宏詞，太子校書，永寧尉。捶殺謾吏，貶，移澄城丞。久疾將歿，顧瞻太夫人，欲訣不忍」（《全文》卷三四四）。按《銘》云太夫人乾元元年（七五八）卒，故寅當卒於此前。又《玄元皇帝賀聖祚無疆》爲天寶四載（七四五）宏詞科試題，李岑、趙驊及寅皆有此詩，知本年登制科。《顔幼輿神道碑》：「夫人陳郡殷氏……高士永寧尉寅之女弟。」（《全文》卷五〇三）權德輿《權隼墓誌銘》：「夫人陳郡殷氏……清河尉寅之女。」（《全文》卷三四一）又知其姻戚關係，及曾尉清河事，但與澄城丞未知先後。寅有「知人」之名，劉迅（字捷卿，知幾子）嘆爲「今黄叔度也」（《新唐書·劉迅傳》）。天寶間，王紹父端，與柳芳、陸據、殷寅友善，陸據嘗言「端之莊，芳之辯，寅之介，可以名世」（《新唐書·王紹傳》）。長於譜學，與李公淹、蕭穎士、孔至並爲世所稱（《新唐書·柳沖傳》）。《全詩》卷二五七存詩二首，卷二五二又有《銓試後徵山别業寄源侍御》。

源衍

李華《三賢論》：「河南源衍季融，粹微而周……是皆厚於蕭者也。」且與殷寅爲友，參「殷寅」條。又據開元二十八年（七四〇）四月陸據撰《源衍墓誌》（《全唐文補遺》册六），知爲河南人，字季融，尚書左丞光裕中子。開元中辟孝廉，調補郟城尉（屬河南道汝州），以家艱免。後授家令寺主簿。素清羸，若不勝衣，常以寒食散自强。二十八年夏四月，以疾終於河南私第，年三十四，葬於河南縣梓澤原，則生於中宗景龍元年（七〇七）。有二女，無子。衍與柳芳、王端、殷晋、顔真卿、閻伯嶼爲莫逆之交。《墓誌》云：「夫君辯不如柳，莊不如王，介不如陳郡，勇退不如顔氏，危言不如伯嶼。然此五君子，動静周旋，輒以君爲表綴。何哉？豈不以處衡軸之中，無適莫之謂。」兄湑，安史犯東京，爲江陵郡大都督府長史、本道採訪防御使、攝御史中丞。天寶十五載初，穎士爲源湑江陵府掌書記，或與此舊交有關。

孔至　源行恭

李華《三賢論》：「會稽孔至惟微，述而好古……是皆厚於蕭者也。」知爲會稽人，字惟微。《新唐書·蕭穎士傳》：「所與遊者，孔至、賈至、源行恭、張有略、族弟季遐、劉穎、韓拯、陳晋、孫益、韋建、韋收。」中宗時著作郎（《萬姓統譜》卷六八）。擅譜牒學（《新唐書·路敬淳傳》）。宋謝采伯《密齋續筆記》以「孔至氏族之學」有根柢，列爲唐初儒學代表成就之一。《新唐志》譜牒類著録《姓氏雜録》一卷。《封氏聞見記》卷十「討論」：「著作郎孔至，二十傳儒學。撰《百家類例》，品第海内族姓，以燕公張説爲近代新門，不入百家之數。駙馬張垍，燕公之子也，盛承寵眷，見至所撰，謂弟埱曰：『多事漢，天下族姓，何關尔事，而妄爲升降。』埱素與至善，以兄言告之。時工部侍郎韋述諳練士族，舉朝共推，每商榷姻親，咸就諮訪。至書初成，以呈韋公，韋公以爲可行也。及聞垍言，至懼，將追改之，以情告韋。韋曰：『孔至休矣！大丈夫奮筆，將爲千載楷則，奈何以一言而自動摇！有死而已，胡不可也。』遂不復改。」又見《唐語林》卷二。源行恭事蹟未詳。

張有略

李華《三賢論》：「南陽張有略維之，履道體仁……是皆厚於蕭者也。」知爲南陽人，字維之。並參《新唐書·蕭穎士傳》。肅宗時大理評事（《毘陵集》卷十四《送薛處士業遊廬山序》）。

張遯

李華《三賢論》：「有略族弟遯季遐，温其如玉……是皆厚於蕭者也。」並參《新唐書·蕭穎士傳》。按陳簡甫《宣州開元以來良吏記》曰：「有若司功掾張遯者，清而廉，謹而信，非自公無以舉，非禄稍無以入。私謁杜於居官，餽贈絶於故吏，肅肅然有寒松真玉之操焉。由是累辟使車，令奉丹墀，青冥之階，其在兹也。」（《英華》卷八三〇）簡甫，子昂子，記末云「大曆已酉歲三月二十五日記」，知作於代宗大曆四年（七六九）己酉，則張遯於肅、代間爲宣州司功掾。張遯有《唐立後漢世祖祠堂記》，梁遊楚八分書，天寶二年四月立（《金石録》卷七）。

劉　穎

李華《三賢論》：「中山劉穎士端，疏明簡暢……是皆厚於蕭者也。」知爲中山人，字士端。並參《新唐書·蕭穎士傳》。曾仕刑部員外郎（《姓纂》卷五）。與李華、韓拯等爲揚州慶雲寺律師一公「塵外之友」（《毘陵集》卷九《唐故揚州慶雲寺律師一公塔銘并序》），據序，一公師於「寶應元年冬十月十六日終於杭州龍興寺」。《新唐志》著録「《劉穎集》十卷」，《舊唐志》「穎」作「潁」，岑氏疑是一人。

韓　拯

李華《三賢論》：「潁川韓拯佐元，行備而文……是皆厚於蕭者也。」並參《新唐書·蕭穎士傳》。知爲潁川人，字佐元。與李華、劉穎等皆爲揚州慶雲寺律師一公「塵外之友」（參「劉穎」條）。

陳正卿

李華《三賢論》：「潁川陳晋正卿，深於《詩》、《書》……是皆厚於蕭者也。」知名晋，字正卿，以字行。潁川人，穎士同鄉。並參《新唐書·蕭穎士傳》。正卿作《續尚書》，《新唐志》書類著録云：「纂漢至唐十二代詔策、章疏、歌頌、符檄、論議成書，開元末上之，卷亡。」穎士有《爲陳正卿進〈續尚書〉表》。又存《望雲物賦》（《英華》卷十一）。

孫　益

李華《三賢論》：「樂安孫益盈孺，温良忠厚……是皆厚於蕭者也。」知爲樂安人，字盈孺。並參《新唐書·蕭穎士傳》。天寶時擢書判拔萃科，有《對西陸朝覿判》（《全文》卷四〇三）。

韋　建

李華《三賢論》：「京兆韋建士經，中明外純……是皆厚於蕭者也。」並參《新唐書·蕭穎士傳》。知京兆人，字士經；一字正封，仕至秘書監，出龍門公房（《新唐書·宰相世系表四上》）。《姓纂》卷二「京兆諸房韋氏」曰：「伯陽，倉部郎中，生建、迢、造。建，太子詹事致仕。」檢《唐會要》卷六七載貞元五年（七八九）三月，以前太子詹事韋建爲秘書監，又與蕭昕、鮑防並致仕，仍給半禄及賜帛，其俸料悉絶，致仕官給半禄料由此始。《長安志》卷九載南靖恭坊有「秘書監致仕韋建宅」，故《姓纂》當省「秘書監」，又見《元龜》卷五五、卷五〇六、卷八九九，皆作「少詹事」。劉長卿有《客舍贈别韋九建赴任河南韋十七造任鄭縣就便覲省》（《英華》卷二八四，又見《劉隨州集》卷七、《全詩》卷一五〇）乃兄弟同赴任所，詩云「與子頗疇昔，常時仰英髦。弟兄盡公器，詩賦凌風騷。頃者遊上國，獨能光選曹……且副倚門望，莫辭趣府勞。桃花照綵服，草色連青袍」，當同爲縣尉（《全詩》卷二五七小傳作「縣令」，誤。按造仕至大理評事）。李嘉祐有《司勳王郎中宅送韋九郎中往濠州》（《英華》卷二七一，又見《全詩》卷二〇六），此「韋九郎中」或即韋建。今存《名田判》（《英華》卷五二六）、《黔州刺史薛舒神道碑》（《英華》卷九二四）二文。《全詩》卷二五七存詩二首，但以其爲開、天間人不確切。

韋收

李華《三賢論》：「京兆韋收仲成，遠慮而深……是皆厚於蕭者也。」並參《新唐書・蕭穎士傳》。知字仲成。京兆人，出平齊公房。肅宗初爲東川節度嚴武判官（《舊唐書・嚴震傳》），仕至殿中侍御史（《新唐書・宰相世系四上》）。

殷　晋

開元二十九年初，穎士入京待選，其《贈韋司業書》曰：「幼小日，曾竊窺足下所著《兩京新記》……所知殷晋，亟接清言，僕幸因之，飽於餘論。」（《英華》卷六七八）知殷氏與韋、蕭皆有交往，據「韋述」條考，時在開元二十三年穎士中第之前。

柳　芳

李華《三賢論》：「河東柳芳仲敷，該練故事……是皆厚於蕭者也。」又《新唐書・郗士美傳》：「父友蕭穎士、顔真卿、柳芳與相論繹，嘗曰：『吾曹異日當交二郗之間矣。』」按士美父即郗純。並參《新唐書・蕭穎士傳》、《新唐書・趙宗儒傳》，宗儒即趙驊子。

芳字仲敷，蒲州河東人。《新唐書》有傳，載「開元末擢進士第」，《登科記考》附於開元二十三年，又録爲開元二十九年進士。岑仲勉《訂補》以「進士不再舉」爲據，認爲「宜留廿九年之條，删去廿三年之重見也」，《登科記考補正》從此説。今按《全唐文補遺》册八有撰於開元二十三年十月的《王府君（景元）墓誌銘并序》，署名「前鄉貢進士河東柳芳」。誌主開元二十二年卒，次年十月葬，則柳芳至遲是二十三年進士。且依《孫公（逖）

墓誌銘并序》云：「文公開元中爲考功郎，連總進士柄……其登名者有柳芳、顔真卿、李華、蕭穎士之徒，時號得人。」又李華《楊騎曹集序》：「時刑部侍郎樂安孫公逖以文章之冠爲考功員外郎，精試群材。君以南陽張茂之、京兆杜鴻漸、瑯邪顔真卿、蘭陵蕭穎士、河東柳芳、天水趙驊、頓丘李琚、趙郡李峯、李頎、南陽張階、常山閻防、范陽張南容、高平郗昂等連年高第，華亦與焉。」按孫逖在開元二十二、二十三年兩知貢舉，顔氏與李、蕭相繼登科，而孫《誌》列柳在顔前，或應補入二十二年。《新傳》於中第後云「由永寧尉直史館。肅宗詔芳與韋述綴輯吴兢所次國史」，頗爲減省，今合《廣記》卷二二三「柳芳」條載「後二年，果及第，歷校書郎，畿尉、丞，遊索於梁宋間。遇太常博士有闕，工部侍郎韋述知其才……遂舉之於宰輔。恩敕除太常博士」（出《定命録》），及相關記載，當自校書郎出爲永寧尉，再受詔直史館，參撰國史。上元中（七六〇—七六一）坐事徙黔中，繼爲左金吾衛騎曹參軍、史館修撰。在黔中時，因高力士亦貶巫州，從其質開元、天寶及禁中事，作《問高力士》；又推衍義類，成編年體《唐曆》四十篇。貞元初，李吉甫與柳芳子冕在貶途中話及高力士舊事，原本也應來自柳芳。再經李吉甫講與李德裕，大和八年由李德裕寫出十七條，題《次柳氏舊聞》，此爲後話。約代宗時除太常博士，撰《皇室永泰新論》二十卷（《舊唐書·代宗紀》載永泰二年十月由宗正卿吴王祇奏上，又見《唐會要》卷三六。按

《全詩》卷二五二有薛業《洪州客舍寄柳博士芳》，知柳、薛亦有交；薛業又與趙驊、張有略爲友，參獨孤及《送薛處士業遊廬山序》；又杜甫《赤甲》云：「卜居赤甲遷居新，兩見巫山楚水春……荆州鄭薛（鄭審、薛據）寄書近，蜀客郗岑（郗昂、岑參）非我鄰。」即與杜甫亦有交往）。以右司郎中、集賢殿學士卒。

柳芳與王端、陸據、殷寅友善。據嘗言：「端之莊，芳之辯，寅之介，可以名世。」（《新唐書·王紹傳》）也與韋述爲良友，「述卒後，所著書有未畢者，多芳與續之成軸也」（《唐國史補》卷上，又見《唐語林》卷二）。《新唐志》著録《大唐宰相表》三卷，但以《唐曆》四十卷叙開天之事而知名，舒元輿有詩云「將尋國朝事，靜讀柳芳曆。八月日之五，開卷忽感激」（《全詩》卷四八九《八月五日中部官舍讀唐曆天寶已來追愴故事》，八月五日乃玄宗生辰，即千秋節）。子登、冕。

陸　據

李華《三賢論》曰：「河南陸據德隣，恢恢善於事理……是皆厚於蕭者也。」《舊唐書·蕭穎士傳》：「然而（穎士）聰警絶倫，嘗與李華、陸據同遊洛南龍門，三人共讀路側古碑，穎士一閲，即能誦之，華再閲，據三閲，方能記之。議者以三人才格高下亦如此。」並參

《新唐書·蕭穎士傳》。

據字德隣，河南人。兩《唐書》有傳。少孤，文章俊逸，言論縱横，神寓警邁，善物理。傳稱年三十餘始遊京師，舉進士，公卿覽其文而稱重之，辟爲從事。累官至司勳員外郎。天寶十三載卒。乃開元、天寶間名位不振之知名文士。據與王紹父端、柳芳、殷寅友善，嘗言「端之莊，芳之辯，寅之介，可以名世」（《新唐書·王紹傳》）。按《舊傳》曰：「陸據……舉進士。」未明年月。孟二冬據開元二十八年（七四〇）四月陸據撰《源衍墓誌》署「前鄉貢進士」，謂擢第當在此前（《登科記考·附考·進士科》）。考《大唐故尚書司勳員外郎河南陸府君（據）墓誌銘并序》云：「伊有唐天寶十有三載十二月戊戌，尚書司勳員外郎陸公捐館于長安崇義里之私第，春秋五十有四……公諱據，字據……故今爲洛陽人也……廿七，進士擢第。」《全唐文補遺》（千唐志齋新藏專輯）以新、舊傳載事蹟相較，所云占籍、卒年及終官皆同，知爲一人，字一作據，天寶十三載（七五四）年五十四，當大足元年（七〇一）生；從「廿七，進士擢第」，知開元十五年（七二七）登科，與常建、王昌齡同年，可補《登科記考補正》所闕。撰《唐贈太子少保顔維貞碑》，天寶六年六月立在萬年縣（《寶刻叢編》卷八）。

李 岑

隴西成紀人。開元二十七年（七三九）進士擢第。其子舟嘗曰：「先大夫常因講文，謂小子曰：『吾友蘭陵蕭茂挺、趙郡李遐叔、長樂賈幼幾，洎所知河南獨孤至之，皆憲章六藝，能探古人述作之旨。賈爲玄宗巡蜀分命之詔，歷歷如西漢時文。若使三賢繼司王言，或載史筆，則典、謨、訓、誥、誓、命之書，可彷彿於將來矣。』」（《毘陵集序》）知與蕭、李等爲同道。

賈至《授李岑工部員外郎制》：「京兆府兵曹參軍李岑敏而好學，出言有章，累登甲乙之科，當居匡輔之任……可工部員外郎。」（《英華》卷三九二）依賈至知制誥之年，知岑在至德初授工部員外郎。岑也有《玄元皇帝應見賀聖祚無疆》詩，與殷寅、趙驊同作，乃天寶四載博學宏詞科試題，知該年制科登第，與「累登甲乙之科」合。梁肅《處州刺史李公（舟）墓誌銘》曰：「水部郎中、眉州刺史某，以宏材廣化，實公之烈考。」（《英華》卷九五一）當自工部員外郎累遷此二職。杜甫有《送李校書二十六韻》，乾元元年（七五八）作，「李校書」即李舟，時年十九。詩云「李舟名父子，清俊流輩伯」，《集千家注杜工部詩集》卷四、《補注杜詩》卷六取梁文所叙二職爲李岑作注，《全詩》卷二一七同。按乾元中尚有宋州刺史李岑，《全詩》卷二五八小傳作「天寶中宋州刺史」，不確（參顔真卿《李公（光弼）神道碑銘》、《宋州官吏八關齋會報德記》，權德輿《劉公（昌）神道碑》，《舊唐書·李光弼傳》、《劉昌傳》，《新唐書·王茂元傳》、《杜兼傳》，《通鑑》卷二二二）。

顔真卿

李華《三賢論》：「尚書顔公，重名節，敦故舊，與茂挺少相知。顔與陸據、柳芳最善，茂挺與趙驊、邵軫洎華最善，天下謂之『顔蕭之交』。」又《新唐書·蕭穎士傳》：「嘗兄事元德秀，而友殷寅、顔真卿、柳芳、陸據、李華、邵軫、趙驊，時人語曰：『殷顔柳陸，李蕭邵趙。』以能全其交也。」然二人集中皆不見交往之跡，唯知蕭存嘗從顔氏在湖州撰《韻海鏡源》（《湖州烏程縣杼山妙喜寺碑》）。

獨孤及

世言獨孤與蕭、李爲古文同道，《舊唐書·獨孤郁傳》云：「獨孤郁，河南人。父及，天寶末與李華、蕭穎士等齊名。」然二人集中不見交往之跡。

郗純（即郗昂、郤昂）

字高卿。高平金鄉（今屬山東濟寧）人。按金鄉舊屬漢山陽郡，即北魏高平郡，唐時屬兖州，故亦可稱「兖州金鄉人」（《新唐書・郗士美傳》）。子士美，兩《唐書》本傳載父純與顔、蕭、李爲友，遂爲世交。《舊唐書・郗士美傳》：「郗士美字和夫，高平金鄉人也。父純，字高卿，爲李邕、張九齡等知遇，尤以詞學見推，與顔真卿、蕭穎士、李華皆相友善……士美少好學，善記覽，父友顔真卿、蕭穎士輩嘗與之討論經傳，應對如流。既而相謂曰：『吾曹異日當交於二郗之間矣！』」唐人避文宗諱，多稱「郗純」爲「郗昂」；「郤」通「郗」，故又作「郤昂」（《英華》卷六九），岑仲勉考之甚詳（《姓纂》卷二）。李華《楊騎曹集序》謂「君以南陽張茂之、京兆杜鴻漸、瑯邪顔真卿、蘭陵蕭穎士、河東柳芳、天水趙驊、頓丘李琚、趙郡李寧、李傾、南陽張階、常山閻防、范陽張南容、高平郗昂等連年高第，華亦與焉」，「高平郗昂」即其人也。

純有《梓材賦》（《英華》卷六九），乃開元二十二年進士科試題，知是年在孫逖門下及第，與杜鴻漸、顔真卿等同年。《舊唐書・郗士美傳》稱其「繼以書判制策，三中高第」，不詳其時，然後「登朝歷拾遺、補闕、員外、郎中、諫議大夫、中書舍人」，新傳稱「自拾遺七遷至中書舍人」。《唐語林》卷五又載其「後與杜黄裳同學於嵩陽，二人同中第」，然《柳宗元集》載杜爲寶應二年（七六三）進士，後開元廿二年幾三十年。考羊士諤有《乾元初嚴黄門自京兆少尹貶巴州刺史》詩，注「時郤詹事昂自拾遺貶清化尉，黄門年三十餘，且爲府主，與郤意氣友善，賦詩高會」云云。按嚴武乾元元年（七五八）六月貶巴州，時郗昂貶清化（屬巴州），約行至江夏至江陵一帶遇李白，白有《送郗昂謫巴中》詩（《李太白集注》卷三五《年譜》），即郗純不當在寶應二年中進士第甚明。在巴州有《陪嚴使君暮春五言二首》（《輿地碑記目》卷四「巴州碑記」，注「在南龕，詩甚典麗」）。大曆二年（七六七），杜甫遷居赤甲山，嘗詠及其人，《赤甲》云：「卜居赤甲遷居新，兩見巫山楚水春……荆州鄭薛（鄭審、薛據）寄書（一作詩）近，蜀客郗岑（郗昂、岑參）非我鄰。」據羊氏注，郗純或於清化召還爲補闕，繼爲尚書員外郎。檢常衮《授郗昂知制誥制》曰：「敕朝散大夫、檢校尚書司勳郎中郗昂……可守諫議大夫、知制誥，散官如故。」（《英華》卷三八二）又按常衮於「寶應二年（七六三，即廣德元年），選爲翰林學士、考功員外郎中、知制誥，依前翰林學士。永泰元年（七六五），遷中書舍人」（《舊唐書》本傳），則此制最早作於此時，郗純以檢校尚書司空郎中遷諫議大夫、知制誥，當於大曆初遷中書舍人。《唐語林》卷五又云「郗以安禄山僞官貶歙縣尉，黄裳入相後，除中書舍人」，因杜黄裳是在憲宗以太子身份在順宗朝監國時入相的，故此記亦有誤。郗純在任因「處事不回，爲元載所忌」，又以魚朝恩牙將李琮辱京兆尹崔昭事爲國恥，詣元載抗論，不獲從，以疾辭官，退歸洛陽凡十年，號伊川田父。大曆十四年（七七九）五月，德宗即位；閏五月，崔祐甫入相，召拜左庶子、集賢學士，以年老乞身，除太子詹事致仕，賜金紫放還。《新唐志》著録《郗純集》六十卷，及郗昂《樂府古今題解》三卷，注「一作王昌齡」，亦見《崇文總目》卷一；《才命論》一卷，注「張騖譔，郗昂注。一作張説譔，潘詢注」。據《金石録》，有《八馬坊碑》，約作於開元二十五年，韋崇訓行書；又爲《兵部郎中張君碑》撰銘，大曆十三年立；另有《光福寺詩》。

郗純爲人耿直純樸。《國史補》「宰相無德」云：「郗昂與韋陟友善，因話國朝宰相。陟曰：『誰最無德？』昂誤對曰：『韋安石也。』已而驚走出。逢吉温於街中，温問『何此蒼惶？』答曰：『適與韋尚書話，國朝宰相最無德者，本欲言吉頊，誤言韋安石。』既而又失言。復鞭馬而走，抵房相之第。琯執手慰問之，復以房融爲對。昂有時稱，忽一日觸犯三人，舉朝嗟嘆，惟韋陟遂與之絶。」清陳廷敬云「郗昂一日三回誤，阮籍頻年到處迷」（《午亭文編》卷十五《自嘲戲爲俳體二首呈敦復》），即詠此事。又《唐語林》卷五曰：「郗昂性捷直，源乾曜嘗戲之曰：『謝安云「郗生可謂入幕之賓矣！」豈非遠祖否？』郗曰：『猶勝以氏爲禿髮。若不遇後魏道武，稱曰同源，賜之源氏，豈可列《姓苑》乎？』源遂屈。」亦見其性情。

元德秀

李華自言「余兄事元魯山，而友劉、蕭二功曹」（《三賢論》），又備述三賢所與遊者，然無一語涉及元、蕭之交。檢元結《元魯縣墓表》及兩《唐書》元德秀傳亦然。《新唐書·蕭穎士傳》云「嘗兄事元德秀，而友殷寅、顔真卿……」，蓋效李華筆法耳。唯穎士有《重陽日陪元魯山德秀登北城矚對新霽因以贈别》詩一首，序云「時元兄屢有掛冠之意」，是今存交往唯一證據。按元氏嘗三仕，開元二十一（七三三）年中進士第後，即丁母艱；至二十三年服除，補南和尉；然後當最早於二十七年轉左龍武軍録事參軍；至天寶初爲魯山令，三年秩滿後歸隱陸渾，卒（見本書卷六《重陽日陪元魯山登北城矚對新霽因以贈别》一詩箋證，亦可參黄大宏《唐人元德秀仕履考》，見《古籍整理研究學刊》二〇一四年第五期）。故此詩當作于天寶元年（七四二）重陽。考穎士《登臨河城賦并序》云「天寶元年秋八月，奉使求遺書於人間。越來月，届於臨河之舊邑」語，即穎士以秘書正字之職，自京往趙衛間括求遺書；其八月離京，當先南抵魯山晤元氏，作詩以贈別」，再行北上，十月至相州臨河（治所在今河南安陽）。詩云「山縣繞古堞，悠悠快登望……彭澤興不淺，臨風動歸心」者，所用陶彭澤的典故與元德秀的身份正合，亦照應「時元兄屢有掛冠之意」一語。詩又云「中歡愴有違，行子念明發。僅能泯寵辱，未免傷別離」者，「行子」系潁士自稱，知在途中；「僅能泯寵辱」者，知時爲官身，卻深懷不滿，故反用陶淵明「願言誨諸子，從我潁水濱」（《示周續之祖企謝景夷三郎》）詩意，有「何日謝百里，從君漢之澨」之句。

陸　棣

潁士有《舟中遇陸棣兄西歸數日得廣陵二三子書知遲晚次沙墊西岸作》。《新唐書·宰相世系三下》：「棣，嘉興令。」乃杭州刺史彥恭子。餘無考。

于　逖

《篋中集》詩人。據陶敏考，乾元元年（七五八）卒，約五十九歲（《唐才子傳校箋補正》卷三）。《唐才子傳》卷三「張衆甫」條曰：「同在一時者，有趙微明、于逖、蔣涣、元季川，俱山巔水涯，苦學貞士，名同蘭茝之芳，志非銀黄之術，吟詠性靈，陶陳衷素，皆有佳篇，不能湮落。惜其行藏之大概，不見於記録，故缺其考詳焉。」按儲仲君考，張衆甫開元三年（七一五）生，建中三年（七八二）卒，既稱「同在一時者」，于逖亦是玄、肅時人。李頎天寶八年（七四九）有《答高三十五留别便呈于十一》，「高三十五」乃高適，「于十一」即于逖。李白天寶十年冬作《留别于十一兄逖裴十三遊塞垣》，獨孤及《夏中酬于逖畢燿問病見贈》和穎士作於天寶十四載之《蓮蘂散賦》，皆可爲證。頎詩云「累薦賢良皆不就，家近陳留訪耆舊」，陳留乃汴州郡名；白詩云「天張雲卷有時節，吾徒莫嘆羝觸藩。于公白首大梁野，使人悵望何可論」，大梁乃汴州浚儀縣，而蕭賦序亦稱于逖時在大梁，則爲汴州人。頎詩又有「寄書寂寂于陵子，蓬蒿没身胡不仕」。藜羹被褐環堵中，歲晚將貽故人恥」，據詩題，正是「便呈于十一」的部分，知仍居家未仕；獨孤及詩也有「出處未易料，且歌緩愁容。願君崇明德，歲暮如青松」句，再合上引李白詩，竟是一生沉淪不遇。《篋中集》收于逖《野外行》、《憶舍弟》二首，前云「小弟髮亦白，兩男俱不强」，後云「衰門少兄弟，兄弟唯兩人」，知有二子，且家門蕭索。

柳　淡

穎士婿。名淡，字中庸，以字行。河東虞鄉人。柳宗元父之族兄弟，《先君石表陰先友記》曰：「柳氏兄弟者，先君族兄弟也。最大并，字伯存，爲文學，至御史，病瞽，遂廢。次中庸、中行，皆名有文，咸爲官，早死。」李敬彝《柳尊師真宫誌銘》：「尊師姓柳氏，諱默然，字希音，河東虞鄉人也……父淡，幼善屬文，學通百氏，詔受洪州户曹掾，不就，高論于賢侯之座以終世。户曹娶揚府蕭功曹穎士女，生尊師。尊師生三歲而失怙恃。」（《唐代墓誌彙編》「開成〇四五」）按《柳尊師真宫誌銘》，尊師開成五年（八四〇）卒，年六十八，當大曆八年（七七三）生，其三歲時當大曆十年，即柳淡卒年。趙璘《因話録》卷三亦云：「功曹以其子妻門人柳君諱澹字中庸，即余之外王父也。」又《元和姓纂》卷七「河東柳氏」：「淡字中庸，洪府户曹。」皎然有《送柳淡扶侍赴洪州》，當爲送其赴任而作，詩云「中林許師友，忽阻夙心期。自顧青緺好，來將黄鶴辭。」題注：「此子素少宦情，共予有西山之好。」「青緺」，青綬也。但據尊師誌，實未就。顔真卿《登峴山觀李左相石尊聯句》（《全詩》七八八）詩之作者有柳淡，知大曆八年曾赴浙東。武宗諱炎，兩火相重者皆須改易，如「談」作「譚」，「淡」作「澹」，故柳淡又作「柳澹」，《唐音》卷十唐詩遺響三注柳中庸「名談」者誤。令狐楚《御覽詩》收柳中庸詩九首，《全詩》卷二五七有詩十三首。李端有《送張芬歸江東兼寄柳中庸》、《留别柳仲庸》、《宿瓜洲寄柳中庸》、《江上别柳中庸》、《江上逢柳中庸》、《溪行逢雨與柳中庸》六詩，知二人交好。柳氏有《丁評事宅秋夜宴集》，未知「丁評事」何人。

《酉陽雜俎續集》卷四：「集賢校理鄭符云：『柳中庸善《易》，嘗詣普寂公，公曰：「筮吾心所在也。」柳云：「和尚心在前簷第七題。」復問之，在某處。寂曰：「萬物無逃於數也，吾將逃矣。」嘗試測之。柳久之瞿然曰：「至矣！寂然不動，吾無得而知矣。」』」按普寂乃神秀弟子大照禪師，則柳淡亦曾接觸過禪宗。

劉方平

河南人。兩《唐書》無傳。《紀事》卷二八「劉方平」條：「方平與元魯山善，不仕，蓋邢襄公政會之後也。蕭穎士云『山東茂異，有河南劉方平』。」《唐才子傳校箋》卷三：「劉方平，河南人。白皙美儀容。二十工詞賦。與元魯山交善。隱居穎陽大谷，尚高不仕。皇甫冉、李頎等相與贈答，有云：『籬邊穎陽道，竹外少姨峰。』神意淡泊。善畫山水，墨妙無前。汧國公李勉延致齋中，甚敬愛之，欲薦於朝，不忍屈，辭還舊隱。工詩，多悠遠之思，陶寫性靈，默會風雅，故能脱略世故，超然物外，區區斗筲，何足以繫劉先生哉！有集今傳。」據傅璇琮考證，方平本匈奴後裔。高祖政會，隨李淵起兵，封邢國公，仕至洪州都督。祖奇，武后時典選舉，官至吏部侍郎，萬歲通天二年（六九七）因謀反被殺。父微，吴郡太守、江南採訪使。方平雖隱居不仕，但清俞樾《茶香室續鈔》卷三《唐詩人劉方平家世最貴》條叙其出身顯貴，且歷五代至宋，「科名德業相繼，又爲過之」，在唐詩人中，竟在高適、盧綸之上，而世不知也。

《紀事》卷四七「沈仲昌」條載沈氏「登天寶九年進士第」，且録穎士《送劉方平沈仲昌秀才同觀所試雜文》云：「山東茂異，有河南劉方平、臨汝沈仲昌，以郡府計偕之尤，當禮闈能賦之試。」則劉方平亦當同試，但未中第。李頎《送劉方平》云：「綺紈遊上國，多作少年行。二十二詞賦，惟君著美名。童顔且白晳，佩德如瑶瓊。荀氏風流盛，胡家公子清。有才不偶誰之過，肯即藏鋒事高卧。洛陽草色猶自春，遊子東歸喜拜親。漳水橋頭值鳴雁，朝歌縣北少行人。別離斗酒心相許，落日青郊半微雨。請君騎馬望西陵，爲我殷勤弔魏武。」（《全詩》卷一三三）當與蕭文同時作，傅先生認爲亦是送其下第東歸而作，且引「二十二詞賦」作「二十工詞賦」，認爲當生於開元十八、十九年（七三〇—七三一）。陶敏則認爲，方平此行非自長安「東歸洛陽」，按詩中提及的地理，應是「自洛陽經衛州赴相州」探望其父親，詳《唐才子傳校箋》册五卷三。傅先生尚舉皇甫冉《寄劉方平》詩中「十年不出蹊林中，一朝結束甘從戎」（八八二補遺），及卷二四九《寄劉方平》詩中「潘郎作賦年，陶令辭官後。達生貴自適，良願固無負」爲據，認爲方平雖未中第，但曾事戎幕，約在三十餘歲後，歸隱于穎水大谷。

《新唐志》謂劉方平「與元魯山善」，又見《紀事》。然檢《全詩》，以皇甫冉與之唱和最多，有《答張諲劉方平兼呈賀蘭廣》、《劉方平西齋對雪》、《劉方平壁畫山》、《寄劉方平》、《秋夜戲題劉方平壁》（以上卷二四九），《寄劉方平大谷田家》、《之京留别劉方平》（以上卷二五〇）和《寄劉方平》（見八八二補遺），共八首；方平有《秋夜寄皇甫冉鄭豐》（卷二五一）。方平又有《寄嚴八判官》、《寄隴右嚴判官》二詩，陳尚君考證「嚴八」即嚴武，曾爲「隴右節度使哥舒翰奏充判官」（《舊唐書》本傳），可從。

方平善畫山水，亦工詞賦，周君巢《劉倫墓誌銘》稱「（倫）弱冠與從父兄劉方平以能詩齊名」（《全唐文補遺·千唐志齋新藏專輯》）。令狐楚纂《唐御覽詩》一卷收「劉方平而下迄於梁鍠凡三十人詩二百八十九首」，方平存十三首（《直齋書録解題》卷十五）。《才調集》卷七録二首。《新唐志》别集類著録詩一卷，今存《全詩》卷二五一。

沈仲昌

穎士有《送劉方平沈仲昌秀才同觀所試雜文》（《紀事》卷四七），知沈氏登天寶九載（七五〇）進士第。《金石録》卷七「唐烏程令韋君德政碑」云：「沈務本撰，沈仲昌正書。

肅宗至德二載二月。（韋君名承慶）」今碑在烏程縣治。故《佩文齋書畫譜》卷二八書家傳七稱爲「肅宗時人」。大曆八年（七七三）前後，在湖州參與浙東聯唱及助魯公編成《韻海鏡源》一書（《湖州烏程縣杼山妙喜寺碑》），則至此尚在。存《狀江南十二詠·八月》一首云：「江南仲秋天，鱏鼻大如船。雷是樟亭浪，苔爲界石錢。」又與嚴維、劉蕃、鮑防、謝良輔、丘丹、吕渭、鄭槪、陳元初、迥等作《酒語聯句各分一字》詩，有「兀然落帽灌酒卮」句（《全詩》卷七八九）。按蕭文稱「臨汝沈仲昌」，似爲臨汝人。然沈氏皆出自吴興（《姓纂》卷七），且沈務本即吴興人，仲昌爲其書碑，又在湖州助魯公撰書等，頗疑其亦本出吴興，臨汝或是遷居之地，或是應試解送之州府名。

邵　翼

穎士有《爲邵翼作上張兵部書》。《書》云「某汝潁儒家子，先人以文至尚書郎。今僕不肖，持七尺之軀，蹶張角力，爲褒衣者所不見禮」，知邵翼爲汝潁人，穎士同鄉，因應武藝超絶舉而由穎士代筆上書求薦，餘無考。

「張兵部」乃張均，張説長子，兩《唐書》有傳，曾兩居兵部侍郎。張説開元十八年十二月薨，據《舊唐書》本傳，均服闋除户部侍郎，繼轉兵部。按二十二年正月，與職方郎中韋述等參議祭器(《舊唐書·禮儀志》、《唐會要》卷十七祭器議。《唐僕尚丞郎考》認爲「二十二」當是「二十三」之誤,《新唐書·韋縚傳》與之同),時爲兵部侍郎。舊傳記二十六年坐累貶饒州刺史,徵還後復爲户部侍郎,九載遷刑部尚書,即在開元二十二年至二十六間爲兵侍,然未見再居此職的記載。新傳則曰:「後襲燕國公,累遷兵部侍郎。以累貶饒、蘇二州刺史,久之,復爲兵部侍郎。」按此,張均確有兩入兵部事。考孫逖《張均襲封燕國公制》載張均銜爲「門下正議大夫行尚書兵部侍郎上柱國」(《英華》卷四一六),應是開元二十一年復起至二十四年間事,與前述參議祭器事時間合。孫逖又有《授張均兵部侍郎制》,均時爲「正議大夫行尚書户部侍郎上柱國燕國公」(《英華》卷三八八),可證張均兩爲兵侍事,其間居户部。再考西安府儒學有玄宗御製序並注及書之《孝經碑》,稱「孝經臺後有天寶四載九月一日銀青光禄大夫國子祭酒上柱國臣李齊古上表」(《金石文字記》卷四),載李林甫以下諸臣四十五人銜名,正有「正議大夫行兵部侍郎賜紫金魚袋上柱國燕國公臣張均」(《經義考》卷二二四《唐明皇孝經注》)。知孫逖《授張均兵部侍郎制》作于天寶初,即張均徵還後,自户侍再轉兵侍,天寶四載九月正在任。又據《舊唐書》本傳,知孫逖開元二十四年拜中書舍人,以父喪免,二十九年服闋復職,至天寶五載改散秩,前後掌誥八年;張均再轉兵侍時,正在孫逖再掌制誥期間。穎士本傳載天寶初爲張均、韋述輩所重，而張均正在天寶四載前後再居兵侍，知是書約作於天寶時期。

宋　華

穎士《菊榮一篇五章并序》云：「久寓大邑，賢宰宋侯惠而好予，賦《鳴蟬》以貺别。」又宋華《蟬鳴一篇五章序》有「僻守外邑，而蘭陵子相過」（《文粹》卷十一）云云，知其有交。然《全詩》卷二五七小傳云其爲「濮陽宰」。按蕭詩「大君是毗」句注：「宋即太尉文貞公之子也。」考大曆五年十二月顔真卿撰《宋公神道碑銘》曰：「（開元）二十五年仲冬月十九日寢疾……追贈太尉，謚曰文貞公。」知「太尉文貞公」即宋璟。又云「公有七子……華，判入高等，登封尉、尉氏令」（《顔魯公集》卷四），亦知華乃璟第六子，邢州南和人。《舊唐書·宋璟傳》載璟七子居官無德，盡喪「廣平之風教」，「華、衡，居官皆坐贓，相次流貶」。但諸書無載華居濮陽宰事。《新唐書·宰相世系五上》「宋氏」仍曰「華，尉氏令」，故《全詩》小傳當以穎士「久寓大邑」爲濮陽，故記宋華時爲濮陽令事無據。又《故河南府新安縣丞清河崔公（諶）墓誌銘》署「右金吾衛録事參軍宋華撰」（《全唐文補遺》第六輯），而崔諶葬於開元二十五年四月二十三日，若二宋華爲一人，當在開元末任右金吾衛録事參軍，後歷登封尉、尉氏令。

趙　載

穎士有《□□趙載同遊焦湖夜歸作》詩。「焦湖」即巢湖，在廬州巢縣。詩云「仙尉俯勝境，輕橈恣遊衍」，似趙載時任巢縣尉，穎士與之同游而作此詩。淮南道治揚州廣陵郡，爲大都督府。穎士於天寶八載授廣陵府參軍事，九載夏「拂衣海岳」，本詩當作於此間。

張志尹

穎士有《過河濱和文學張志尹》詩（首見《全詩》卷一五四，因未知更早的出處，歸屬頗有疑）。《舊唐書·職官三》載親王府文學掌讎校典籍、侍從文章，從六品上；太子文學掌侍奉文章，正六品下。未知張氏所任，事亦無考。詩云「瑟瑟寒原暮」，時當歲暮。

柒　門弟子考

蕭氏名高天下，所到之處，士子望風而至，問學請益，因有「夫子」之號。而蕭穎士一生仕途困躓，功業未就，唯以教授生徒、提拔後進最見成績，亦頗以此自命。今考其設帳時地，以天寶前期在濮陽、天寶十一載前後在長安兩個階段爲主，共得門弟子廿余人。穎士殷勤指導，諸弟子皆有所成，「半紀間接武鳴躍」（息夫牧《冬夜宴蕭十丈因餞殷郭二子西上詩序》），多登進士第，頗有學者、達官及隱士之徒。師生關係融洽活潑，令人想見其善爲人師之道。考諸文獻，知蕭門之盛，于有唐一代堪稱典範，應予表彰。因蕭門諸弟子事蹟多隱而未彰，故本考亦兼及其人生平，以便利用。

（一）濮陽弟子

天寶元年八月，蕭穎士以秘書正字身份，從長安往趙、衛之地訪求遺書，最終被謫免職，遂留客濮陽（今屬河南），開啓了傳道授業的夫子生涯。關於免職緣由，李華《揚州功曹蕭穎士文集序》稱「親故請君著書，未終篇，御史中丞以君爲慢官離局，奏謫罷職」，《新唐書》本傳云「淹久不報，爲有司劾免」，二説不同。其實，蕭氏志在著史，其《贈韋司業書》已有明白的表述，「慢官」、「不報」之語，無非託辭，怕是掛冠而去了。蕭氏被免官時間不詳，但不應晚於天寶二年初，約天寶五載底仍在濮陽，故前後留居達四、五年之久。蕭氏有《爲李北海作進芝草表》，乃爲北海太守李邕作。考《舊唐書·李邕傳》曰：「天寶初，爲汲郡、北海二太守。」至天寶五載，因所謂「姦贓事發」，「六載正月辛巳朔」（《舊唐書·玄宗紀下》），被李林甫遣使杖殺于北海郡，《新唐書·玄宗紀》記事同。知李邕在二州實爲五年。《唐刺史考全編》系李邕約天寶元年至三載在汲郡，天寶四載至六載在北海，當是。據蕭《表》中「當九月而生」語，應作於天寶四載或五載的九月。陳鐵民《蕭穎士繫年考證》亦持此説。這是今可考知蕭穎士在濮陽的時間下限。

穎士在濮陽，尚與清河太守李憕有往來，現存《答李清河書》、《重答李清河書》及《重與蕭十書》，皆爲處理蕭氏亡友清河崔生的身後之事，亦涉及蕭氏的行蹤。如《答李清河書》提及「昨自歷亭路還至臨清」，《重答李清河書》又云「臨清傳馬子遠至昌樂」云云，濮陽（在今河南北部）在黄河南岸，北渡河可至魏郡（即魏州，在今河北大名東北，唐時在今河北、山東交界處），再向上即清河郡（即貝州，今河北清河西北，治所在今邢臺清河，唐時在今河北、山東交界處）。檢歷亭（今屬山東德州武城縣）在清河縣西北，臨清（今山東臨清）在清河縣以南，昌樂（今河南濮陽南樂）屬魏郡，又在臨清之南；濮陽更在昌樂以南百餘里。按書叙，穎士處理亡友之事，曾自歷亭至臨清，再至昌樂，最後回到濮陽。這雖然是今知他在濮陽時期的一次出行綫路，但大致是他向北活動的範圍。有意思的是，這幾個地方大致位於永濟渠之南北。即蕭穎士在濮陽的活動，與永濟渠提供的交通條件極有關係。

蕭氏設帳濮陽事見《新唐書》本傳，云：「留客濮陽。於是尹徵、王恒、盧異、盧士式、賈邕、趙匡、閻士和、柳并等皆執弟子禮，以次授業，號蕭夫子……穎士樂聞人善，以推引後進爲己任，如李陽、李幼卿、皇甫冉、陸渭等數十人，由奬目，皆爲名士。天下推知人，稱蕭功曹。」因知濮陽弟子有尹徵等八人，李陽［冰］等受其援引，列於後。但陸渭事蹟無考，故不單列，共爲十一人。

尹徵

李華《三賢論》曰：「天水尹徵之誠，明貫百家之言。」知字之誠，天水人。穎士《江有歸舟并序》云：「吾嘗謂門弟子有尹徵之學，劉太真之文，首其選焉。今兹春連茹甲乙，淑問休闡，爲時之冠。浹旬有詔，俾徵典校秘書，且馳傳隴首，領元戎書記之事。四牡騑騑，薄言旋歸。聲動日下，浹於寰外。而太真元昆，前已甲科，未始間歲，翩其連舉。」(《文粹》卷九六)《新唐書·柳并傳》又云「并與劉太真、尹徵、閻士和受業於穎士」，尹徵以「博聞彊識」得到讚賞，以學術爲蕭門弟子之首，由此可證。又《紀事》卷二七載太沖於「天寶十二年陽浚舍人下登第」，而《文粹》卷九六在「前已甲科」句下注「太真兄太沖以去歲登科」，蕭序又有尹徵與太真於「今兹春連茹甲乙」，及「太真元昆，前已甲科，未始間歲，翩其連舉」等語，知二人同爲天寶十三載進士。《登科記考》列入相應年份，味蕭序所云「浹旬有詔，俾徵典校秘書，且馳傳隴首，領元戎書記之事」語，當是説尹徵中第後，受詔爲秘書省校書郎，繼出爲掌書記。按「隴首」當指「隴首山」，以代隴右之地，天寶六載十一月至十五載，以哥舒翰鎮隴右。尹徵乃天水人，其入隴右幕，亦屬榮歸矣。

王　恒

《書史會要》云，「王恒能精學書」，乃「自貞觀至元和間，並能精學書篆章分，各著名當時者」之一(《六藝之一録》卷三二七引)，當是其人，乃以書法聞名，餘無考。

盧異(一作盧冀)

《江有歸舟并序》稱「且後進而余師者,自賈邕、盧冀之後,比歲舉進士登科」。按「異」「冀」形近,當是一人。賈邕爲天寶九載進士,蕭序作於天寶十三載,則盧異當在此間登第。《登科記考補正》卷二七《附考·進士科》據蕭序收入盧冀,唯云「與賈邕比歲舉進士登科」,引文誤。

盧士式

據《唐越州焦山大曆寺神邕傳》,常州暨陽人釋神邕精通内外典,且長於賦詩。安史亂中東歸,經襄陽,被御史中丞庾光先邀留數月,與著作郎韋子春論學而折服之,中書舍人苑咸嘆爲「塵外摩尼,論中師子」。釋神邕旋居故鄉法華寺,與「殿中侍御史皇甫曾、大理評事張河、金吾衛長史嚴維、兵曹吕渭、諸暨長丘丹、校書陳允初賦詩往復,盧士式爲之序,引以繼支、許之游,爲邑中故事。邕修念之外,時綴文句。有集十卷,皇甫曾爲序」(《宋高僧傳》卷十七),則盧士式於玄、肅之際在常州與神邕等人往來賦詩,恐未入仕。

賈　邕

天寶九載進士，李暐侍郎門下登第。十二載春，在長安送蕭氏赴河南府參軍事職，有《送蕭穎士（一作夫子）赴東府得路字》（《紀事》卷二七、《全詩》二〇九）。劉太真《詩序》云：「賦詩仰餞者，自相里造、賈邕以下，凡十二人，皆及門之選也。」《江有歸舟并序》亦云：「且後進而余師者，自賈邕、盧冀之後，比歲舉進士登科，名與實皆相望騰遷，凡十數子。」

趙　匡

趙匡以治《春秋》名世，可能是最能發揚師門學術傳統的弟子之一。但世言唐人治《春秋》的學術統緒，皆説趙匡師從啖助，又傳陸質，並爲當世大儒。因爲趙匡曾爲啖助審訂《春秋集注總例》等遺作，其《春秋闡微纂類義疏》之遺説則保存在陸質的《春秋集傳纂例》十卷之中（清馬國翰《玉函山房輯佚書》輯存一卷），即昭示了這一學術關係的存在，也是以趙匡爲啖助「高第」（《新唐書・啖助傳》）的緣由。但穎士同是深知《春秋》者，作於開元二十九年的《贈韋司業書》就自述曾研讀《春秋》，「思欲依魯史編年，著《歷代通典》」的志向；又以《春秋》「爲百王不易法」，並「依《春秋》義類爲傳百篇」（《新唐書》本傳），則趙匡從蕭氏所學，若説與《春秋》絶無關係，恐不足信。陸質的《春秋例統序》是當事人言及啖、趙、陸學術關係的直接文獻，其談到啖助自潤州丹陽主簿秩滿後，家於其地，自上元辛丑歲（肅宗上元二年，七六一）至大曆庚戌歲（即大曆五年，七七〇）完成「集三傳釋《春秋》」之業，有「趙子時宦於宣歙之使府，因往還浙中，途過丹陽，乃詣室而訪之，深話經意，事多響合」（《全文》卷六一八）語。知趙匡當在宣歙節度使府時，方與啖助有交往。此與「大曆已後，專學者，有……啖助、趙匡、陸質《春秋》」（《唐國史補》卷下），及「大曆時，助、匡、質以《春秋》……皆自名其學」（《新唐書・啖助傳》）云云，時、地皆可互證，上距師從蕭氏已歷約三十年，即趙匡所以探訪啖助，並能與之「深話經意」，其淵源不能不追溯到濮陽。

《新唐書・啖助傳》云：「匡者，字伯循，河東人。歷洋州刺史，質所稱爲趙夫子者。」《元和姓纂》卷七河東趙氏：「匡，洋州刺史。」又《直齋書録解題》卷三春秋類：「《春秋集傳纂例》十卷、《辨疑》七卷，唐給事中吴郡陸質伯淳撰。初，潤州丹陽主簿趙郡啖助叔佐明《春秋》，傳洋州刺史河東趙匡伯循，質從助及伯循傳其學。」凡此皆記匡字伯循，河東人。但衢本《郡齋讀書志》卷三春秋類「《春秋微旨》六卷」條云「匡字伯修，天水人」，元梁益《詩傳旁通》卷三及卷十四亦記爲「天水人」。考柳宗元《唐故給事中皇太子侍讀陸文通(質)先生墓表》謂「有吴郡人陸先生質，與其師友天水啖助洎趙匡能知聖人之旨」(《柳河東集》卷九)云云，故以匡爲天水人，當爲「天水啖助洎趙匡」一語連帶所致誤。又《柳河東集注》卷九和《五百家註柳先生集》卷九皆注匡「字伯淳」，與《郡齋讀書志》記「字伯修」，也屬淆誤。

《春秋例統序》記啖助卒於「大曆庚戌歲」，趙匡此前曾「宦於宣歙之使府」，「是冬也，趙子隨使府遷鎮於浙東。淳痛師學之不彰，乃與先生之子異躬自繕寫，共戴以詣趙子，趙子因損益焉，淳隨而纂會之，至大曆乙卯歲(大曆十年，七七五)而書成」(《全文》卷六一八)。按《唐方鎮年表》卷五，知「宣歙之使府」，指宣歙觀察使陳少遊府；大曆五年九月，陳少遊改充浙江東道團練觀察使，至九年八月爲皇甫温所代，與《春秋集傳》成書時間約合，此間一直在陳少遊幕中。《五百家註柳先生集》卷九、《詩傳旁通》卷三「趙子」皆言其歷淮南節度判官，非是。匡任洋州刺史，又見吕温《代國子陸博士進集注春秋表》：「臣……以故洋州刺史臣趙匡爲益友。」(《英華》卷六一一)依理應在出陳少遊幕之後，《唐刺史考全編》卷二〇九繫於「約大曆中」，恐誤。在任有《舉選議》(《通典》卷十七、《英華》卷七六五)，署「趙匡本」，校「一無本字」。

閻士和

《新唐書・柳并傳》謂「（柳）并與劉太真、尹徵、閻士和受業於潁士」，「潁士常曰：『太真，吾入室者也；斯文不墜，寄是子云。徵博聞彊識，士和鉤深致遠，吾弗逮已……』」又載「士和字伯均，著《蘭陵先生誄》、《蕭夫子集論》，因権歷世文章，而盛推潁士所長，以爲聞蕭氏風者，五尺童子羞稱曹、陸」。知爲門下高弟，然二文皆佚，不得預聞其所論内容，甚可憾焉。李嘉祐《秋曉（一作晚）招隱寺東峰茶宴送内弟閻伯均歸江州》曰：「莫怪臨岐獨垂淚，魏舒偏念外家恩。」（《全詩》卷二〇七）《英華》卷二一五題注云：「送内弟閻伯均歸江州。」知閻、李爲姻親，且家於江州。女冠李季蘭《送韓揆之江西》曰：「萬里西江水，孤舟何處歸。湓城潮不到，夏口信應稀。」《才調集》卷十録此詩，題注「或刻《送閻伯均往江州》」，則閻氏確爲江州人。李季蘭《得閻伯鈞書》又曰：「情來對鏡懶梳頭，暮雨蕭蕭庭樹秋。莫怪闌干垂玉箸，只緣惆悵對銀鈎。」又《送閻二十六赴剡縣》曰：「流水閶門外，孤舟日復西。離情遍芳草，無處不淒淒。妾夢經吴苑，君行到剡溪。歸來重相訪，莫學阮郎迷。」（《李冶詩集》）兩首皆入《才調集》卷十，此「閻二十六」當即閻士和，從詩意看，二人顯然情非尋常。另外，李冶既送閻氏往剡縣，當至東南，其與釋皎然往來密切，或與此有關，今《杼山集》有六首詩與閻氏有關，如《古別離》（代人答閻士和）（又見《全詩》卷二一六）、《和閻士和望池月答人》、《舟行懷閻士和》（皆見《全詩》卷八一六），又《和閻士和李蕙冬夜重集》（《全詩》卷八一七）、《留別閻士和》、《誚士和別》（皆見《全詩》卷八一九）。尤可注意者，《和閻士和李蕙冬夜重集》云：「郡理日閑曠，洗心宿香峰……珮玉行山翠，交麾動水容。如何股肱守，塵外得相從。」皎然乃僧人，所謂「交麾動水容」及「如何股肱守，塵外得相從」者，必指閻氏而言，則其曾守一州乎？包何《同閻伯均宿道觀有述》云：「南國佳人去不回，洛陽才子更須媒……縱令奔月成仙去，且作行雲入夢來。」（《全詩》卷二〇八）按詩意送別，比閻氏爲「南國佳人」，又有「奔月成仙」之説，或是爲其赴東南之任而作。

柳　并

天寶十二載，劉太沖登進士第。十三載，太沖弟太真與尹徵及第，夏五月，蕭氏時爲河南府參軍，在洛陽餞太真昆仲榮歸江表，有《江有歸舟并序》。序云「余羈宦此都，色斯云舉；彼吴之丘，曾是昔遊」，乃翹首征途矣。又云「南條北固，朱方舊里，昔與太真初會於兹。余之門人有柳并者，前是一歲，亦嘗覯兹地。其請業也，必始乎此焉。并也有尹之敏、劉之工，其少且疾，故莫之逮。太真亦嘗曰：『何敢望并。』并與真，難乎其相奪矣。緬彼江陰，京阜是臨；言念二子，從予於此；爾云過之，其可忘諸。同是餞者，賦《江有歸舟》，以寵夫嘉慶焉爾」（《文粹》卷九六）。序文雖送新進士昆仲，然極道柳并之才，是重其人，亦見其尚未登科；所謂「同是餞者」，知柳氏亦在洛陽。柳氏《新唐書》有傳，略述生平云：「柳并者，字伯存。大曆中，辟河東府掌書記，遷殿中侍御史。喪明，終於家。初，并與劉太真、尹徵、閻士和受業於潁士，而并好黄、老。潁士常曰：『……并不受命而尚黄、老，予亦何誅？』」按《原化記》有「河東柳并爲監察御史，入嶺推覆」（《太平廣記》卷四三三「柳并」）語，知爲河東人，大曆中（七六六－七七九）入嶺南，當在遷殿中侍御史之前。因喪明還家，或入德宗朝而終。同時亦見柳氏雖爲弟子，卻自有學術，而蕭氏不以爲意，尤見師道之昌明。《新唐書・蕭潁士傳》曰：「安禄山寵恣，潁士陰語柳并曰：『胡人負寵而驕，亂不久矣。東京其先陷乎？』即託疾游太室山。」柳并又曾爲《蕭功曹集》十卷作序（《直齋書録解題》卷十六），知二人絶非泛泛之交。其弟柳淡乃潁士婿。

李陽［冰］

李陽無考，《全詩》卷二〇九疑爲李陽冰。《舊唐書・李華傳》：「華嘗爲《魯山令元德秀墓碑》，顔真卿書，李陽冰篆額，後人爭模寫之，號爲四絶碑。」《元豐九域志》卷五：「《龍興寺損律師和尚碑》，李華文，張從申書，李陽冰篆額，時人謂之四絶碑。」李華、顔真卿皆爲蕭氏至交，李陽冰以書事與其人來往，文獻卻不載李陽與蕭氏交往事，頗疑李陽即李陽冰之訛。

李幼卿

李幼卿（？—七七六）與獨孤及爲至交，事蹟多見於獨孤氏詩文。《瑯琊溪述并序》曰：「隴西李幼卿，字長夫，以右庶子領滁州。」末云「是歲大曆六年，歲在辛亥春二月丙午」（《毘陵集》卷十七），故爲隴西人，字長夫。幼卿先爲太子通事舍人（《寶刻叢編》卷八），據序云，大曆六年（七七一）以中庶子出守滁州。獨孤及《祭滁州李庶子文》首稱「常州刺史獨孤及謹以清酌嘉蔬之奠，敬祭於故右庶子、滁州刺史、揚州大都督府司馬兼侍御史隴西李長夫之靈」，即李氏卒於任，而獨孤氏時爲常州刺史。考獨孤及《常州刺史謝上表》云：「臣伏奉去年十二月二十三日敕，授臣使持節常州諸軍事、守常州刺史……今以三月十七日到州上訖。」指大曆八年底，獨孤及由舒州調任常州，至九年三月到任事。又梁肅《朝散大夫使持節常州諸軍事守常州刺史賜紫金魚袋獨孤公行狀》曰「擢拜常州刺史……爲郡之四載，大曆十二年四月壬寅晦暴疾薨於位」（《英華》卷九七二），與崔祐甫《唐故常州刺史獨孤公神道碑銘并序》云「奄忽捐館。其時也，大曆十二年夏四月二十九日；其地也，常州之路寢」（《文粹》卷五八）同，即大曆十二年四月獨孤及卒於常州，在州四載，幼卿必卒於此前。

獨孤及《祭滁州李庶子文》又有「往歲滁城之會，俱未以少别爲感……孰知此際，以是永訣」語，則二人曾會於滁州，乃大曆九年春獨孤氏自舒州往常州時事，此後有詩簡往來。《毘陵集》卷三附李幼卿《前年春與獨孤常州兄花時爲别，倏已三年矣。今鶯花又爾，睹物增懷，因之抒情，聊以奉寄》詩曰「近日霜毛一番新，别時芳草兩迴春」。按題中「前年春與獨孤常州兄花時爲别，倏已三年矣」，當即獨孤氏所云「往歲滁城之會」事，以首尾三年算，至第三年時，亦可稱「别時芳草兩迴春」，即當大曆十一年春。獨孤及《答李滁州見寄》則曰「相逢遽嘆别離牽，三見江臯蕙草鮮。白髮俱生歡未再，滄洲獨往意何堅」，詩意與之皆合。再綜合獨孤及大曆十二年四月卒，李幼卿至遲當卒於十一年。《毘陵集》卷三尚載獨孤及滁、常唱和之作《送李滁州題庭前石竹花見寄》、《得李滁州書以玉潭莊見託因書春思以詩代答》、《題玉潭》、《答李滁州憶玉潭新居見寄》四首。

幼卿守滁有善政，《瑯琊溪述并序》言「滁人饑者粒，流者占，乃至無訟以聽」，故多暇日，遂詩酒縱遊，「因鑿石引泉，釃其流以爲溪，溪左右建上下方作禪堂、琴臺以環之」；泉名庶子泉，溪名琅琊溪，禪堂即寶應寺（與僧法深共建，見明宋濂《文憲集》卷二《遊琅琊山記》），詠歌其間，所作《新鑿琅邪泉題記》，及李陽冰作《庶子泉銘》，均由李陽冰篆額，存諸石壁（《墨池編》卷六、《小畜集》卷五《八絶詩序》、《文忠集》卷五三《石篆詩并序》）。北宋至道元年，王禹偁自翰林學士出官滁上，效舊事，作古詩八章，刻石於寺（《小畜集》卷五《八絶詩序》）。又嘗遊衢州石橋寺，成詩四首，與劉迥、李深、謝勮、羊滔、薛戎遊石橋寺詩彙爲一集，謝良弼作序，元和七年十二月十二日刊成二碑（《寶刻叢編》卷十三衢州「唐遊石橋序并詩」）。朱彝尊云其碑嘉靖時尚存，此後官三衢者改修府志，盡删唐人之詩，遂盡遺逸（《曝書亭集》卷四九《跋石橋寺六唐人詩》）。

幼卿守滁時，在常州義興（今江蘇宜興）創玉女潭別業，號蒙溪幽居（李幼卿《前年春與獨孤常州兄花時爲別……》題注）。義興即漢陽羨舊地，山林幽美，富於泉石之勝，李氏居此，頗助歌詠。宋周必大《泛舟録》稱「潭在四山中……唐權德輿、李幼卿、獨孤及皆有詩」（《文忠集》卷一六八）。明文徵明《玉女潭山居記》：「玉女潭在張公洞西南，相去不三里，而近相傳玉女嘗修煉於此。唐以前名賢勝士多此遊覽，而李幼卿、陸希聲蓋嘗居之，一時倡酬篇詠，流傳至今，有以想見其盛也。」（《甫田集》卷十九）幼卿至滁後，因獨孤及改守常州，遂將山居託付友人，所謂「日日思瓊樹，書書話玉潭」（獨孤及《得李滁州書以玉潭莊見託因書春思以詩代答》），此地成了他們的情感紐帶。從獨孤及《題玉潭》、《答李滁州憶玉潭新居見寄》諸作，猶見二人身在宦途，心向山林的精神世界。

今存《前年春，與獨孤常州兄花時爲别，倏已三年矣……》及《遊爛柯山四首》諸詩，見《全詩》卷三一二。《集古録目》記其有《唐石門湯泉記》（《寶刻叢編》卷八藍田縣），未知存否。石門湯泉在藍田縣南四十里湯峪，有泉五，曰玉女、融雪、連珠、漱玉、濯纓，可療風濕。

皇甫冉

唐人記冉事蹟，以獨孤及《唐故左補闕安定皇甫公集序》（《毘陵集》卷十三）最早亦最詳贍，高仲武《中興間氣集》、姚玄《極玄集》的記載與《新唐志》的著録一樣，多本於獨孤氏《集序》，間有補充。《唐才子傳》再參考其詩作，綴爲小傳，經傅璇琮先生探幽抉隱，詳爲箋釋，已無可發明。爲備體例，略叙如下。冉（七一六、七一七—七六九、七七〇）字茂政，晋高士皇甫謐之後，安定朝那（唐時屬原州，乃漢安定郡地，今屬寧夏固原彭陽）人；祖無逸，隋唐間徙京兆萬年（今陝西西安），曾祖敬德時已居丹陽（今屬江蘇）。

《集序》謂：「十歲能屬文，十五歲而老成，右丞相曲江張公深所嘆異，謂清穎秀拔，有江、徐之風。伯父秘書少監彬尤器之，自是令問休暢，舉進士第一。」按《新唐書·蕭穎士傳》稱「穎士樂聞人善，以推引後進爲己任，如李陽、李幼卿、皇甫冉、陸渭等數十人，由奬目，皆爲名士」，則「令問休暢」者，應包括穎士的推引之功，師生結緣或在開元後期。天寶十五載舉進士第。至德時歷無錫尉，營别墅陽羨山中。上元二年，劉長卿自嶺南貶所北歸，遇於江浙。召入爲左金吾衛兵曹參軍。代宗廣德二年八月，宰相王縉持節都統河南、淮西、淮南、山南東道節度行營事，辟爲掌書記。大曆二年召爲左拾遺，轉右補闕，奉使江表，至丹陽省家而卒，年五十四。冉善詩，能得崔顥、王維詩法而入其門徑，單刻本《中興間氣集》卷上評其詩「巧於文字，發調新奇，遠出情外……可以雄視潘、張，平揖沈、謝」。「大曆十才子」之一。冉弟曾亦善詩，兄弟盛名相亞，時人「方之景陽、孟陽」。《新唐志》著録《皇甫冉詩集》三卷，《全詩》編爲兩卷。李嘉祐有《同皇甫冉登重玄閣》、《送皇甫冉往安宜》（《全詩》卷二〇七）二詩，重玄閣在蘇州重玄寺，詩云「誰憐遠作秦吴别，離恨歸心雙淚流」，即李氏將入長安，以詩留别，或即冉爲無錫尉之時。安宜即楚州寶應縣（今屬揚州），肅宗上元三年於安宜得定國寶十三枚，改元，仍改安宜爲寶應，此詩當作於此前。

（二）長安門人

天寶九載，韋述遷尚書工部侍郎，薦蕭氏爲史館待制。十載秋，蕭氏自廣陵入京，因李林甫作梗而未償所願。十一載十月林甫卒，遂調河南府參軍事，至十二載春赴任，首尾滯京約三年。其間仕途雖無進展，然著書立説、教書育人頗有成績。十二載春，爲送蕭氏赴任，門人集於長安東門賦詩送别，劉太真所作《蕭夫子赴東府送别詩序》云其「退然貧居，述作萬卷，去其浮辭，存乎正言。昔左氏失於煩，穀梁失於短，公羊失於俗，而夫子爲其折衷。王公交辟，拒而不應。從官三年，始參謀於洛京」（《唐詩紀事》卷二七），主要説著史之事，同時所聚一批門弟子，可謂長安門人。蕭氏《江有歸舟并序》云：「且後進而余師者，自賈邕、盧（冀異）之後，比歲舉進士登科，名與實皆相望騰遷，凡十數子。」按賈、盧皆爲蕭氏濮陽弟子，長安門人即此「十數子」也。劉太真《序》又云「蕭夫子赴東府，門人送者十二人」，又「家兄與先鳴者六七人，奉壺開筵，執弟子之禮於路左……賦詩仰餞者，自相里造、賈邕已下，凡十二人，皆及門之選也」。但據《唐詩紀事》卷二七載，預會賦詩者僅賈邕、劉舟、長孫鑄、房由、元晟、劉太沖、姚發、鄭愕、殷少野九人，鄔載有詩，卻「不預此會」；

又未見太真及相里造之詩，則有一人並姓名及詩皆已逸去。今太真序及十人詩皆見《全詩》卷二〇九。又檢《登科記考補正》，知天寶九載賈邕中第；十二載有劉舟、長孫鑄、房由、劉太沖、鄭愕、殷少野在楊浚門下登第；《紀事》載姚發亦是十二載進士，徐考、孟補皆失收；又鄔載或在十三載登第。以上七名本年進士與序稱送别門人有「家兄與先鳴者六七人」之語相合。鄔載詩曰「邇來及門者，半已昇青雲」，當就此而言，可謂人才濟濟。故李華《三賢論》云「禮部侍郎楊浚掌貢舉，問蕭求人，海内以爲德選」者，亦可謂是内舉不避親也。而穎士於開元二十三年（七三五）登第，十八年後居官尚賤，故其《留别二三子得韻字》云「二紀尚雌伏，徒然忝先進」。英英爾衆賢，名實鬱雙振……相與愛後時，無令孤逸韻」者，不免情懷鬱鬱。《江有歸舟并序》又云：「其他自京畿太學，踰于淮泗，行束脩已上，而未及門者，亦云倍之。」然文獻無徵，只可闕如。綜上，共得劉舟等十二人，雖有闕漏出入，仍合於「門人十二」之説。

劉舟（一名冉）

天寶十二載進士。《紀事》載劉舟「天寶十六年陽浚舍人下登第」，徐松認爲「天寶無十六年，六字誤」，附入十五載。孟補以「汲古閣本《唐詩紀事》俱作『十二年』」，故改正。

有《送蕭穎士（一作夫子）赴東府得適字》曰：「大名掩諸古，獨斷無不適。德遂天下宗，官爲幕中客。驪山浮雲散，灞岸零雨夕。請業非遠期，圓光再生魄。」（《紀事》卷二七、《全詩》卷二〇九）

《紀事》載舟「一作冉」，則事蹟可從獨孤及《宋州送姚曠之江東劉冉之河北序》略窺一二，曰：「春葉尉吴興姚曠至自洛陽，中山劉冉至自長安，俱以文博我，相與交歡於睢渙之涘……凡旬有五日，而姚適吴，劉濟河，余歸梁，各有四方之事，將爲千里之别。夏四月，抗手於盧門，議别故也……子其行矣，别何爲者！北斗在巳，南風始來；蘩臺草長，京口水闊。何以送遠，唯當賦《伐木》，以爲仁人之贈。」（《毘陵集》卷十四）按「睢渙之涘」指襄邑。陳琳《爲曹洪與魏文書》曰「睢渙者，學藻繢之綵息」，李善注引《陳留記》曰：「襄邑，渙水出其南，睢水經其北。」（《文選》卷四一）唐時屬宋州。「蘩臺」即「叢臺」，又名武靈叢臺，相傳建於趙武靈王時期，故名，在邯鄲城中。又按「北斗在巳，南風始來」，夏四月之象也。即獨孤及與劉、姚二人在天寶十二載三、四月間遇於襄邑，歷旬有五日，因「各有四方之事」而别。據序，劉冉乃中山人，當在送别蕭氏後，於赴任邯鄲途中與二人相遇，留此驚鴻一瞥。

長孫鑄

天寶十二載進士。《送蕭穎士（一作夫子）赴東府得離字》曰：「大德詎可擬，高梧有長離。素懷經綸具，昭世猶安卑。落日去關外，悠悠隔山陂。我心如浮雲，千里相追隨。」（《紀事》卷二七、《全詩》卷二〇九）《元和姓纂》卷七河南洛（陽）縣「長孫氏」載「仲宣孫鑄，倉部員外郎」，出西魏大司空、上黨公長孫紹遠一系。

房由（原作白）

天寶十二載進士。《送蕭穎士（一作夫子）赴東府得還字》曰：「夫子高世跡，時人不可攀。今予亦云幸，謬得承温顔。良策資入幕，遂行從近關。青春灞亭别，此去何時還。」（《紀事》卷二七、《全詩》卷二〇九）《紀事》載「房白」於「天寶十三年陽浚侍郎下登第」，徐考從之。孟補考汲古閣本《唐詩紀事》「十三年」作「十二年」，且「房白」當「房由」之誤，故移正並正名。按《唐代墓誌彙編》（天寶二五六）天寶十三載閏十一月十一日《大唐故永王府録事參軍盧府君（自省）墓誌銘并序》署「前國子進士房由撰」，陳尚君《〈登科記考〉正補》稱此房由與房白「似即一人」。又《唐尚書省郎官石柱題名考》卷十二「户部員外郎」一載「房由，又度中、祠外」，引《新表河南房氏》曰：「兵部郎中德懋元孫申，度支郎中。」趙鉞按：「『申』疑誤。」今檢《新唐書・宰相世系一下》「河南房氏」，「申」確作「由」。又戴叔倫有《襄州遇房評事由》詩（《唐百家詩選》卷七），郎士元有《送彭偃房由赴朝因寄錢大郎中李十七舍人》（《英華》卷二七二）。綜上，房由出河南房氏，兵部郎中德懋（爲吴王長史時，與劉孝孫同撰《事始》）玄孫；進士登第後，或曾以大理評事入襄州幕，後歷户部及祠部員外郎，終度支郎中；與戴、郎等人有交。

元　晟

《送蕭穎士（一作夫子）赴東府得引字》曰：「吾見夫子德，誰云習相近。數仞不可窺，言味終難盡。處喧慮常澹，作吏心亦隱。更有嵩少峰，東南爲勝引。」時爲「河南府進士」（《紀事》卷二七、《全詩》卷二〇九）。皇甫冉有《送元晟還歸潛山所居》（《中興間氣集》卷上，《極玄集》卷下題《送元晟歸潛山》），曰：「深山秋事早，歸去復何如。裛露收新稼，迎寒葺舊廬。題詩即招隱，作賦是閒居。別後空相憶，嵇康懶寄書。」《英華》卷二七二題作「還於潛山所居」，「潛山」在杭州於潛縣。皇甫冉卒於大曆五年，此詩當作於此前，可見元晟志在隱居之意。皎然有《對陸迅飲天目山茶因寄元居士晟》，有「知君在天目，此意日無涯」（《英華》卷二五七）句，「君」即元晟，天目山亦在於潛。李端亦有《送元晟歸江東舊居》，曰：「澤國舟車接，關門雨雪乖。春天行故楚，夜月下清淮。講易居山寺，論詩到郡齋。蔣家人暫别，三路草連堦。」（《全詩》卷二八五）不知與皇甫之作孰爲先後，但「江東舊居」仍當指「潛山所居」而言，則元氏當於大曆初隱居杭州於潛以終老，以談易論詩爲歸趣了。

姚　發

其《送蕭穎士（一作夫子）赴東府得草字》曰：「天生良史筆，浪跡擅文藻。中夏授參謀，東夷願聞道。行軒翫春日，餞席藉芳草。幸得師季良，欣留篋笥寶。」（《紀事》卷二七、《全詩》卷二〇九）餘事未詳。

鄭愕　陸淹

愕爲天寶十二載進士。《送蕭穎士（一作夫子）赴東府得往字》曰：「斤溪數畝田，素心擬長往。緊君曲得引，使我纓俗網。風塵豈不勞，道義成心賞。春郊桃李月，忍此戒征兩。」（《紀事》卷二七、《全詩》卷二〇九）天寶十三載秋至十四載底間，蕭氏去河南府參軍事職，行至「二室之間」，作《江有楓并序》曰：「江有楓，思陸、鄭二友吴會舊遊，且疾讒也。」詩云「我友于征，彼鄭之子。如琇如英，德音孔明」，自注云「彼鄭之子，愕也」。又，皇甫冉《九日寄鄭愕》曰：「重陽秋已晚，千里信仍稀。何處登高望，知君正憶歸。還當采時菊，應未授寒衣。欲識離居恨，郊園晝掩扉。」（《極玄集》卷下，題注「本集愕作豐」）。《江有楓并序》又及陸姓之友，且詩云「我朋在矣，彼陸之子。如松如杞，淑問不已」，自注云「彼陸之子，淹也」，亦當是蕭氏弟子，無考。

殷少野

天寶十二載進士。《送蕭穎士（一作夫子）赴東府得散字》曰：「官閒幕府下，聊以任縱誕。文學魯仲尼，高標嵇中散。出門時雨潤，對酒春風暖。感激知己恩，别離魂欲斷。」（《紀事》卷二七、《全詩》卷二〇九）餘事不詳。

鄔載

蕭氏赴任，諸弟子送别，鄔載不預會，但存《送蕭穎士（一作夫子）赴東府得君字》詩曰：「策名十二載，獨立先斯文。邇來及門者，半已昇青雲。青雲豈無姿，黄鶴素不群。

一辭芸香吏，幾歲滄江濆。散職既不羈，天聰亦昭聞。雖承急賢詔，未謁陶唐君。薄俸還自急，此言那足云。和風媚東郊，時物滋南薰。蕙草正可摘，豫章猶未分。宗師忽千里，使我心氛氲。」（《紀事》卷二七、《全詩》卷二〇九）

《紀事》原稱其於「天寶十三年陽浚侍郎下登第」，徐氏從之，孟補據汲古閣本《唐詩紀事》「十三」作「十二」改正。然《石倉》卷一二二録前詩，題《留别》，首云「策名十二載，獨我厄斯文」，次句獨異於《紀事》和《全詩》，實以群儕高第，獨我落第爲言。考《全唐文補編》第二輯《騫晏墓誌銘》載騫氏「天寶四載祔葬」，文署「國子進士鄔載撰」，則自天寶初以國子生應舉，至此尚未得第。《紀事》卷二七曰：「鄔載有文名，與錢起友善。起同載旅寓關中，起有詩云『文士皆求遇，今人誰至公。靈臺一寄宿，楊柳再春風。更惜忘形友，頻年失志同……杳悲問唐舉，何路出屯蒙。』」錢起是天寶七載進士，詩云「靈臺一寄宿，楊柳再春風。更惜忘形友，頻年失志同」，必作於登第之前，而兩人已相識二載，則鄔載求取功名有年矣。錢起《送鄔三落第還鄉》又曰：「十年失路誰知己，千里思親獨遠歸。」（《全詩》卷二三六）按「鄔三」即鄔載，詩旨與前詩相近，「十年失路誰知己」之嗟嘆，與鄔載「策名十二載，獨我厄斯文」的失意感相合，詩句當以《石倉》本爲是。而鄔載所以「不預此會」，可能正在落第還鄉途中，則送别蕭氏之詩，或是後來補作。此説倘不誤，《紀事》稱其「天寶十三年陽浚侍郎下登第」仍可能是事實，當與劉太真、尹徵、元結、獨孤及等同年。又劉長卿《過鄔三湖上書齋》曰：「何事東南客，忘機一釣竿。酒香開甕老，湖色對門寒。向郭青山送，臨池白鳥看。見君能浪跡，予亦厭微官。」（《全詩》卷一四八）儲仲君繫於至德二載，「湖上書齋」當在太湖附近（《劉長卿詩編年箋注》），時長卿釋褐長洲尉，故稱「微官」。按此，鄔載或在登第後再次還家，或因安史之亂爆發，終老於鄉。

張讀《宣室志》卷五云「開元中，江南大水，溺而死者千數，郡以狀聞。玄宗詔侍御史鄔載往巡視之」，頗令人疑惑。若鄔載在開元中任從六品下的侍御史，何以在天寶十二載時有「策名十二載，獨我厄斯文」之嘆呢？或小説家言不堪爲據乎！

相里造

《姓纂》卷五相里氏「魏郡冠氏縣」條載相里氏郡望西河，後魏清河太守、洛干侯相里僧伽因封始居冠氏縣；僧伽五代孫諶，仕唐爲梁卿令、潞國公；曾孫相里造，生友弘、友諒；弟回，位太子中允，生友略，試校書郎。據獨孤及《祭相里造文》，字公度，仕至河南少尹，卒贈禮部侍郎。按《全文》卷六四六李絳《兵部尚書王紹神道碑》：「夫人相李（里）

氏……故河南少尹知府事贈工部侍郎造之長女。」即相里造卒贈工部侍郎。《祭相里造文》又曰：「舒州刺史獨孤及謹以清酌之奠，敬祭於河南少尹贈禮部侍郎相里公之靈。」（《毘陵集》卷二十）按獨孤及於大曆五至八年間爲舒州刺史，則相里造至遲卒於大曆八年。李頎《送相里造入京》曰：「子月過秦正，寒雲覆洛城。嗟君未得志，猶作苦辛行……春官含笑待，驅馬速前程。」（《全詩》卷一三四）知曾自洛赴京應舉，未知中舉否。但入京時間當在天寶十二載前。

《祭相里造文》又曰「伊昔密薦可否，廷折凶佞，京師童兒，亦知公名。其後江人、杭人，頌德不暇；洛表耆老，傒公而蘇，秉公論者無賢不肖，孰不謂公致君致身，方自此始」數句，概括了相里造在代宗朝的仕宦經歷，即以户部郎中出歷江州、杭州刺史和河南少尹，以及爲官蹇諤的特點。所謂「伊昔密薦可否，廷折凶佞」者，事關相里氏爲官大節，獨孤氏特爲表出，後世表彰其人，以此爲最。《封氏聞見記》卷九「謇諤」曰：「相里造爲禮部郎中時，宦官魚朝恩用事，薰灼内外。朝恩稱詔集百僚，有所評議，恃恩陵轢，旁若無人，宰相元載以下唯唯而已。造挺然衆中，抗言酬對，往復數四，略無降屈之色，朝恩不悦而去，朝廷壯之。」又見《唐語林》卷三。知「凶佞」指肅、代之際的權閹魚朝恩，然敘事含混，時間及事由皆不可知。《新唐書·魚朝恩傳》取此入傳，又踵事增華之曰：「凡詔會群臣計事，朝恩怙貴，誕辭折愧坐人出其上，雖元載辯彊亦拱默，唯禮部郎中相里造、殿中侍御史李衎酬詰往返，未始降屈，朝恩不懌，黜衎以動造。又謀將易執政以震朝廷，乃會百官都堂，且言：『宰相者，和元氣，輯群生。今水旱不時，屯軍數十萬，饋運困竭，天子卧不安席，宰相何以輔之？不退避賢路，默默尚可賴乎？』宰相俯首，坐皆失色。造徙坐從之，因曰：『陰陽不和，五穀踴貴，皆軍容事，宰相何與哉！且軍拏不散，故天降之沴。今京師無事，六軍可相維鎮，又屯十萬，饋糧所以不足，百司無稍食，軍容爲之，宰相行文書而已，何所歸罪？』朝恩拂衣去，曰：『南衙朋黨，且害我。』」此叙相里造爲魚朝恩折辱朝臣及謀易執政事兩度抗言酬對事，即獨孤氏文所謂「廷折凶佞」之意，但繫時仍不確。檢《舊唐書·魚朝恩傳》曰：「（大曆）三年，讓判國子監事，加韓國公。章敬太后忌日，百寮於興唐寺行香，朝恩置齋饌於寺外之車坊，延宰臣百寮就食，朝恩恣口談時政，公卿惕息，户部郎中相里造、殿中侍御史李衎以正言折之，朝恩不悦，乃罷會。」首次明確了相里造與李衎的抗爭，事在祭奠章敬太后（即肅宗吴皇后，代宗生母）之後。然「章敬太后忌日」所指仍不明，且相里氏當時任官又生異説。考《元龜》卷四五九曰：「相里造代宗朝爲户部郎中。永泰元年正月壬子，章敬皇太后忌辰，百僚於興唐寺行香，内侍魚朝恩置齋饌於寺外之商販車坊，延宰相及臺省官就食。朝恩恣口談時政，公卿惕息，造與殿中侍御史李衎以正言折之。」按此與前述三書所記顯然爲一事，叙緣由最清晰。且因《封氏聞見記》究屬異聞雜記，相里造時爲禮部郎中之説雖爲《新唐書》所本，畢竟不如《舊唐書》及《元龜》更可信。然永泰元年時，相里造以區區户部郎中身份對抗權閹，令人心折。《容齋五筆》卷三「相里造」條就在全引上揭《新唐書·魚朝恩傳》文字後説：「此段載於唐史宦者傳中，不能記相里造之本末。予謂造當閹侍威權震主，生殺在手之時，以區區一郎吏而抗身與爲敵，後來名人議論及叙列忠言鯁詞，未見有稱述之者，《通鑑》亦不書，聊記於此，以章潛德。」其煌煌大節，堪與顔魯公《與郭僕射書》（即《爭座位帖》）相頡頏。

《祭相里造文》接云「其後江人、杭人，頌德不暇；洛表耆老，徯公而蘇」，指隨後出爲江、杭二州刺史及河南少尹事。前考相里造至遲於大曆八年卒於河南少尹，則從永泰元年（七六五）推至大曆八年（七七三），時間跨度與外任狀況大抵相當。今略考如下：相里造當於永泰元年出爲江州刺史，約大曆二年四月由李芃代任。《舊唐書·李芃傳》：「芃乃請於秋浦置州……李勉然其計，以聞，代宗嘉之。以宣州之秋浦、青陽、饒州之至德置池州焉，芃攝行州事……居無何，魏少遊代勉爲使，復署奏檢校虞部員外郎，賜金紫，爲都團練副使。頃之，攝江州刺史。」據《新唐書·地理志》，析宣、饒之地置池州的時間正在永泰元年。又據《舊唐書·代宗紀》，大曆二年夏四月以江南西道都團練觀察等使李勉爲京兆尹，以刑部侍郎魏少遊爲代，知李芃隨後由池州轉任江州即在本年。幾處記載完全吻合，即相里造至江州與李芃轉任池州的時間正相一致。然後李芃至江州，相里造至杭州，皆合三年一任的制度。本乎此，《唐刺史考全編》將相里造在江州的時間定爲大曆四年至五年，且置於李芃之後，實有可議。

李華《送張十五往吴中序》引南陽張士容語曰「相里杭州、刑部郎李君以道教我，以文博我，將求飦粥於二賢，可乎？」（《英華》卷七二〇）吴筠《天柱山天柱觀記》：「州牧相里造、縣宰范愔，化洽政成……大曆十三年正月十五日中嶽道士吴筠記。」（《英華》卷八二二）白居易《冷泉亭記》：「先是領郡者，有相里君造虚白亭。」（《白居易集》卷二六）虚白亭在杭州。《劉隨州集》卷一又有《朱放自杭州與故相里使君立碑回因以奉簡吏部楊侍郎製文》等，皆證其曾爲杭州刺史。考《舊唐書·代宗紀》曰：「（大曆二年七月）以杭州刺史張伯儀爲安南都護。」相里造當隨後赴任杭州，則《唐刺史考全編》將赴杭時間定於大曆七年之前，仍可議。包何有《相里使君第七男生日》詩（《全詩》卷二〇八），未知何時所作。

《唐刺史考全編》又將相里造任河南尹事繫於約大曆七年，不當。按李絳《兵部尚書王紹神道碑》，相里造實爲「故河南少尹知府事」，非始終有河南尹之實，計到任時間自不能遲至大曆七年。據《舊唐書·代宗紀》，大曆二年七月以張延賞爲河南尹，六年五月遷御史大夫，繼爲揚州大都督府長史、淮南節度使。即相里造以少尹知府事當始於大曆六年初，任職河南當在大曆五年中，則兩度轉任時間皆合於制度。《南部新書》癸卷載其在河南故事曰：「大曆年中，河南尹相里造剥洛陽尉苗登，有尾長二尺餘。」詳見《太平廣記》卷二五五「崔護」曰：「唐劉禹錫云：崔護不登科，怒其考官苗登，即崔之三從舅也。乃私試爲判頭，毁其舅曰：『甲背有猪皮之異。』人問曰：『何不去之，有所受？』其判曰：『曹人之坦重耳，駢脅再觀；相里之剥苗登，猪皮斯見。』初，登爲東畿尉，相里造爲尹，曾欲笞之，袒其背，有猪毛長數寸。故又曰：『當偃兵之時，則隧而無用；在穴食之日，則揺而有求。』皆言其尾也。」（出《嘉話録》）

劉太沖

天寶十二載進士，劉太真兄。《送蕭穎士（一作夫子）赴東府得淺字》曰：「吾師繼微言，贊述在墳典。寸禄聊自資，平生宦情鮮。逶遲東州（一作周）路，春草深復淺。日遠夫子門，中心曷由展。」（《紀事》卷二七、《全詩》卷二〇九）

顔真卿有《送劉太沖序》，乃行書典範，米芾謂其「神采艷發，龍蛇飛動，覩之驚人」

《弇州續稿》卷一六七《題顔魯公汝越帖》)。元郝經《跋魯公送劉太冲序帖》詩曰「魯公筆法皆正筆，出奇獨有劉太冲」(《陵川集》卷九)，即詠此帖在顔氏書跡中的特出之處，太冲之名亦因之而傳。此序乃大曆七年春，顔氏罷撫州刺史任後，爲送舊友西遊而作。序云：「劉太冲，彭城之華望者也。自開府垂明於宋室，澤州考績於國朝，道素相承，世傳儒雅，尚矣……則公山、正禮，策高足於前；冲與太真，嗣家聲於後，有日矣！昔余作郡平原拒胡羯，而請與從事；掌銓吏部，第甲乙而超升等夷。爾來蹉跎，猶屑卑位，雖才不偶命，而德其無隣，故冲之西遊，斯有望矣。江月弦魄，秦淮頂潮，君行句溪，正及春水。勖哉之子，道在何居。」(《顔魯公集》卷十二)按此言太冲兄弟才具，爲仕途不偶鳴不平，而對其西遊寄予厚望。序云太冲「彭城之華望者也」，乃稱美其門望，兩《唐書》太真傳謂爲「宣州人」，是(參「劉太真」條)。「開府垂明於宋室」者，即劉宋元勳劉穆之也，卒贈開府儀同三司。「澤州考績於國朝」者無考。公山、正禮者，皆後漢司徒、太尉劉寵弟劉方子，《後漢書・劉寵傳》：「方有二子，岱字公山，繇字正禮，兄弟齊名稱。」李賢引《吴志》注曰：「平原陶丘洪薦繇，欲令舉茂才，刺史曰：『前年舉公山，柰何復舉正禮？』弘曰：『若使明君用公山於前，擢正禮於後，所謂御二龍於長塗，騁騏驥於千里，不亦可乎？』」顔氏以此表達了對太冲昆仲的讚美和期待。「昔余作郡平原拒胡羯，而請與從事；掌銓吏部，第甲乙而超升等夷。爾來蹉跎，猶屑卑位」，則有關太沖仕歷。天寶十二載夏，顔真卿出爲平原太守。安史亂起，兩河郡縣相繼陷落，顔氏奮力平叛，聲震朝野，時太沖爲其從事。寶應二年三月至八月間，顔氏以吏部侍郎掌銓選事，曾「超升等夷」，提拔太沖，但太沖才不偶命，蹉跎卑位。按裴度《劉府君（太真）神道碑銘》，永泰二年（即大曆元年，七六六），太真因父若筠有疾，不赴李光弼辟命，「與元兄營甘鮮之膳」（《全文》卷五三八），或太沖爲侍親而歸鄉里，遂困守家園。至顔氏罷撫州任，因返京而重逢，遂有此序，後事未詳。

劉太真

太真，太沖弟，天寶十三載進士。生平詳見門人中書舍人裴度撰《劉府君（太真）神道碑銘并序》，云劉氏歸葬後，獨子諷卒，「孤孫曰祐，僅毁齒矣」，故由諫議大夫杜羔以下廿二門生共立此碑，以志哀悼。宋人朱翌《讀劉太真碑》詩云「斷畫豈如弦可續，闕文猶冀石能言。鬣村故址今仍在，螭首遺蹤碎莫存」（《灊山集》卷二），知宋時已殘。裴銘載太真字仲適，「族彭城，晉永嘉末，衣冠南渡，遂爲金陵人」（《全文》卷五三八）。顔真卿《送劉太沖序》云太沖乃「彭城之華望者也」，與裴銘所謂「族彭城」者，皆美其舊望也。後因南遷，爲金陵人。但兩《唐書》本傳皆稱「宣州人」。考韓翃有《寄丹陽劉太真》（《瀛奎律髓》卷四六，《英華》卷二五四作韋翃《寄劉太真》）詩，此「丹陽」乃漢武時舊名，即唐宣城郡。裴銘述太真歸葬事曰：「以貞元八年三月八日，薨於餘干縣之旅館，春秋六十八……以言歸兆域，未叶蓍龜，權窆於丹陽縣之別墅。至貞元十八年十月十九日，方從理命，克葬於宣城郡溧水縣方墟之古原。」知太真臨終有「言歸兆域」之命，因「未叶蓍龜」，權葬於丹陽縣別墅；十年後才遵從「理命」（按指臨終遺言）而終葬，即「方墟古原」必是劉氏祖塋，益知劉氏爲宣州溧水（今屬南京）人。溧水舊屬揚州，武德九年改屬宣州，故「金陵人」即「宣州人」。太真卒於貞元八年（七九二）三月八日，年六十八，當生於開元十一年（七二三）。

太真《上楊相公啓》云：「伏念早年僻居江介，泛窺經典，莫究宗源。天寶中，常遇故揚州功曹蘭陵蕭君，語及文學，許相師授，而家貧世亂，不克終之。」（《文粹》卷八五）因文有「今過五十」之語，乃大曆中所作，自言少時師事蕭穎士事，當是兩《唐書》本傳載其「少師事詞人蕭穎士」的依據之一。裴銘亦曰：「公十有五而志於學，弱冠以行義修潔，詞藻瑰異，名聲藉甚於諸公間。當時文士蘭陵蕭茂挺，才高意廣，誘接甚寡，一見公，便延之座右，以孔門高第不在兹乎！」知蕭氏對其期許甚高。顧況《信州刺史府君集序》云：「公姓劉氏，名太真。天寶中，與兄太沖登秀才之科，蘭陵蕭茂挺目以丘門游、夏。」（《華陽集》卷下)按孔門高第子游(名言偃)與子夏(名卜商)皆長與文學,見《論語·先進》,則數語所述事實合。蕭、劉初交之時間、地點亦可循,穎士《江有歸舟并序》曰:「南條北固,朱方舊里,昔與太真初會於兹。」按「南條北固」即北固山,在丹徒,即「朱方」舊地,唐時屬潤州丹陽郡,即太真初在東南向蕭氏請業,又在長安延續了師生關係。蕭氏在開元二十六前後爲揚州參軍,大抵是二人相遇的時間上限,但過從時間應極有限。從蕭氏生平,其與太真當在天寶十載後重逢於京邑,時穎士爲史官韋述推薦,自越奉召還京,待制史館,太真因成蕭氏長安門人之一。

銘又曰:「天寶中,與伯氏太冲迭升太常第,議者榮之。」又《江有歸舟并序》曰:「吾嘗謂門弟子有尹徵之學,劉太真之文,首其選焉。今兹春連茹甲乙,淑問休闡,爲時之冠……而太真元昆,前已甲科,未始間歲,翩其連舉。」前「尹徵」條已考太真於十三載中進士第。蕭序又接云「夏五月,回櫂京洛,告歸江表。岵兮屺兮,歡既萃矣。兄矣弟矣,榮斯繼矣。」即太真於當年夏五月告歸宣州故里,兄弟繼美,告慰雙親,亦「議者榮之」之謂也。蕭序又云:「予羈宦此都,色斯云舉;彼吴之丘,曾是昔遊。心乎往矣,有懷伊阻。」知時在河南府任,自謂遠舉避世,而心向吴地,此序乃遥贈太真也。

裴銘又叙太真歸鄉後,因安史亂起,中原擾攘,遂留村廬,讀書奉親,至廣德二年(七六四）才獲徵辟。曰：「至廣德二年，江淮宣慰使、御史大夫李公季卿薦授左衛兵曹。永泰二年，河内副元帥太尉李公弼（黄按當是李光弼）聞風加禮，致望參贊，除大理評事……及淛淮而北，稍遠家庭，以干戈未弭，亂離斯瘼，倘貽憂於一夕，又焉用乎三牲？乃飛咫尺之書，布方寸之心，而理歸棹。李公初甚遲之，迄用嗟悼。」李季卿乃適之子，肅宗朝由中書舍人坐貶通州别駕。廣德元年，代宗即位，以京兆少尹起復，尋復中書舍人，拜吏部侍郎，俄兼御史大夫奉使河南、江淮宣慰，振拔幽滯，進用忠廉，太真即其一也。但銘云「薦授」，實是薦而未授。故永泰二年（七六六）又有李光弼以大理評事徵召，初應詔命，終以時局動盪及居家奉親爲由而辭歸。太真兄弟在鄉里頗有孝悌之名。大曆三年（七六八）二月，李栖筠爲蘇州刺史兼御史中丞、浙西團練觀察使，表其爲常熟令。太真以其地近家，「入則安親，出則養人」，遂到官，「不逾歲而一邑自化」。未幾父卒。除服後，入浙東觀察使陳少遊幕爲掌書記，奏授監察御史。銘曰：「除服，浙東觀察使陳少遊虚右職而勤請焉。公以陳之鎮宣城也，實厚於諫議府君，歲時禮遺，不絶於道，乃從之。」考陳少遊於大曆五年九月自宣歙池觀察使改浙東觀察使，八年十月遷揚州大都督府長史、充淮南節度使（太真有《爲陳大夫謝上淮南節鎮表》，大曆八年作，載《英華》卷五八四），則太真父或當卒於大曆三年，故於五年入陳少遊幕。考顔真卿《玄真子張志和碑》載張志和隱會稽東郭時，「浙江東觀察使御史大夫陳公少遊聞而謁之……仍命評事劉太真爲敘，因賦《柏梁》之什」，知太真在浙東幕先帶評事銜，「奏授監察御史」事在其後。銘又曰：「及陳之移鎮揚州，又爲節度判官，再遷至侍御史。」則隨著幕職改變，朝職亦有升遷。陳少遊于德宗興元元年（七八四）底卒於淮南任，太真在幕中直到德宗即位，以起居郎徵拜入朝時止，可見賓主融洽；且太真入朝，陳少遊應有力焉。《舊唐書》本傳云其「又常敘少遊勳績，擬之桓、文，大招物論。」（亦見《新唐書》本傳）按陳氏在淮南的作爲，確與「上顯忠義，下除凶害」之「桓、文之事」不相侔，太真所敘顯然出於私衷，《舊唐書》本傳稱其「性怯懦詭隨」，較裴銘的溢美誇飾，或近其實。

裴銘載「德宗皇帝即位，徵拜起居郎，載筆丹陛，休風藹然。改尚書司勳員外郎，尋轉吏部員外郎……名著南宫，望歸西掖。遷駕部郎中、知制誥……以稱職賜緋魚袋。建中四年夏，正授中書舍人。是冬狂寇竊發，乘輿薄狩，奔走陪扈，遑恤其家。興元反正，拜工部侍郎。屬兩河兵旱，徭費騷然，慎選名臣，往勞來之，乃召入内殿，親承中旨。德宗嘉之，遂賜金紫，充河東澤潞恒冀易定等道賑給宣慰使。」按此乃建中、興元（七八〇—七八四）間事也，五年中自從六品下的起居郎遷至正四品上的工部侍郎，再賜金紫，出使宣慰，可謂仕途顯達，在蕭氏門人中居官最顯。貞元元年（七八五）二月，河南、河北饑，米斗千錢，與工部尚書賈耽分往東都、兩河宣慰（《舊唐書·德宗紀上》）。轉刑部侍郎。據《舊唐書·韓滉傳附弟洄傳》載，貞元二年正月，太真因黨於宰相盧杞得罪，改秘書監。三年，拜禮部侍郎，知貞元四年貢舉，次年三月坐事貶信州刺史（參《舊唐書·德宗紀下》），卒於任。裴銘讚太真知舉，「天下賓王之士，尚實遠名者竊相賀矣。秉公心而排群議，履正道而杜私門，以爲聳善興能，試言考藝，若求虛譽、護小嫌，是全身之計，非取士之方也，乃貶抑浮僞，仍歲不回」；對其被貶緣由則曰「適值時棟變更，朝柄奪移，怒不在公，而乃於公矣」，即是政治鬥爭的犧牲品。《舊唐書》本傳稱其被謫是因「宰執姻族，方鎮子弟，先收擢之」之故，與新傳謂其「多取大臣貴近子弟」一致。裴氏語焉不詳，不如兩傳之直截了當爲可信也。

《舊唐書》本傳稱「太真尤長於詩句，每出一篇，人皆諷誦」。貞元四年九月，德宗賜宴曲江亭，親制《重陽賜宴詩》六韻，命群臣應和，「上自考其詩，以太真及李紓等四人爲上等」，事又見《舊唐書·德宗紀下》。《新唐志》著録《劉太真集》三十卷，存詩三首，載《全詩》卷二五二，無以見其成就。唯太真有《顧十二左遷，過韋蘇州、房杭州、韋睦州三使君，皆有郡中燕集詩，辭章高麗，鄙夫之所仰慕。顧生既至，留連笑語，因亦成篇，以繼三君子之風焉》詩，韋應物曾以《酬劉侍郎使君》相和。據傳璇琮《韋應物繫年考證》，韋應物貞元四至六年在蘇刺任。而韋贄于貞元四至七年在睦刺任，房孺則在貞元四、五年間復刺杭州，顧況被貶饒州司户在貞元五年，也即太真詩之作年。詩云「牧此彫弊甿，屬當賦斂秋」，知時當秋天，被貶信州約半載。

（三）其他

蕭氏門人尚有戴叔倫、息夫牧等，當在天寶後期從其請業。

戴叔倫

權德輿《戴公（叔倫）墓誌銘》曰：「公早以詞藝振嘉聞，中以材術商功利，終以理行敷教化。師履素王之訓，周旋君子之儒。淑聲休問，苾芬四暢。初摳衣於蘭陵蕭茂挺，以文學政事見稱蕭門。」《新唐書》本傳亦云：「戴叔倫字幼公，潤州金壇人。師事蕭穎士，爲門人冠。」然授業時間未明。按蔣寅考戴氏生平甚詳（參《唐才子傳校箋》卷五），今參酌己意，略作梳理。權德輿《戴公墓誌銘》載「維貞元五年夏四月，容州刺史經略使侍御史譙縣男戴公至部之三月，以疾受代，回車甌駱。六月甲申，次於清遠峽而薨。春秋五十八。明年正月庚申，返葬於金壇玉京原之舊封」（《權德輿文集》卷二一四）。從貞元五年（七八九）上推，知生於開元二十年（七三二）。袁本《郡齋讀書志》稱戴氏是「貞元十六年進士」，辛氏從之，徐松《登科記考》又本之辛氏，按之卒年，皆當誤；孟補移至卷二七《附考》。衢本《郡齋讀書志》言「中進士第」，又《英華》卷一四八「省試」類有戴氏《曉聞長樂鐘聲》詩，則登第事不虚，唯年月不詳，蔣氏認爲「約在至德二載（七五七）至廣德二年（七六四）之間」，未言理據。然據此及權誌所説，戴氏向蕭氏請業，大抵以天寶末年爲下限。

息夫牧

漢有息夫躬，《漢書》本傳載爲河内河陽（今河南孟縣）人，牧當與之同族。其《冬夜宴蕭十丈因餞殷郭二子西上詩序》（《文粹》卷九六）稱「小子不敏，忝居門人之末」，故《全詩》卷二五七小傳謂爲「蕭穎士門人」。序云：「冬十有二月，家君宰邑許下，夫子問津潁上，一賢將馳會府，皆適兹土……頃夫子升堂之後，若盧、賈、劉、尹之徒，半紀間接武鳴躍，實夫子訓之導之斯至也。今殷、郭二子，天資才幹，而加之鏃羽，觀光王庭，俯拾地芥，其誰曰不然……夫子以家君政事，百里無事，命門弟子賦鳴琴，亦以釋仳離之怨焉。」知作於許州許昌，其父爲縣宰，因蕭氏「問津潁上」，殷、郭「將馳會府」，而集於此地。序又云「若盧、賈、劉、尹之徒，半紀間接武鳴躍」，指太沖兄弟及尹徵等相繼中第事，則以天寶十三載爲下限，故息夫序當作於本年冬十二月。蕭氏「問津穎上」之事，乃自河南府去職後的歸家之舉，「穎上」即穎州汝陰郡（今安徽阜陽）。「會府」指尚書省，序稱二子「觀光王庭，俯拾地芥」，當與應舉有關，但不知何人也。綜此，息夫牧當爲蕭氏天寶後期門人。

捌　蕭存資料

穎士有二子，李華《祭揚州功曹蕭公文》：「存、實等泣血千里，羈旅相依，聞其一哀，心骨皆斷。」按蕭實湮没無聞，克嗣家聲者，唯存而已矣。

蕭存（七三九—八〇〇）事蹟見《因話録》卷三，又附《新唐書·蕭穎士傳》。傳叙蕭存「亮直有父風」、「能文辭」，爲浙西觀察使李栖筠表爲常熟主簿，佐顔真卿等撰《韻海鏡源》，因惡裴延齡爲官而棄職隱廬山；及韓文公訪其舊居，經贍其女，賦詩痛其無嗣等事，頗爲世傳，見採於《古今事文類聚後集》卷十一、《翰苑新書前集》卷十六、《吴郡志》卷十二、《玉海》卷四五《古今事文類聚新集》卷十二、《古今事文類聚外集》卷十五、《萬姓統譜》卷二九、《山堂肆考》卷七八、《姑蘇志》卷四一等，不俱引。《因話録》記韓詩有異文，爲《詩話總龜》卷四三、《義門讀書記》卷三十等所據，凡此從後文所録韓詩及注可備見之也。韓若雲《韓仙傳》語多不經，但記蕭存事蹟仍近其實。

尚書比部郎中蕭府君墓誌銘

［唐］符　載

嗚呼！蘭陵蕭君，藴賢人之業，藏佐世之德；大君未盡其力，生人未享其福。鍾厲遘痾，殞靈休時，哀哉！君諱存，字成性，梁武帝季子鄱陽王恢之裔。五世祖唐刑部尚書生雍州都督，都督生左衛長史元恭，長史生密州莒縣主簿旻，主簿生揚州府功曹穎士。穎士字茂挺，特達聰明，業于上才，以詩書禮樂、皇帝王霸之術爲己任。開元中進士擢第。靈鳳神龍，焕乎文章；高價風馳，撼動八荒。是時顒顒昂昂，賢儁之士，揖涯岸，趨聞望，如百川之委溟海，群山之仰嵩岱。君即功曹之子也。禀乾坤清粹之氣，聚而爲德義，散而爲識度；行可以輔教，才可以拯時。大抵根儒術，尚名理，喜言人之善，鋤人之惡。其餘九流百氏，質文沿革，雖千古敻絶，如以眸子視左右掌也。大曆初，與昌黎韓愈、天水趙贊、博陵崔造素友善齊名。

李大夫栖筠領浙西，掇華刈楚，遂奏授蘇州常熟縣主簿。顔太師真卿典吴興，纂文編韻，延納以脩術（疑）之任。宰相劉公晏司轉運，與能咨畫，奏授左金吾衛兵曹參軍。明年遷廷尉評。建中包諫議佶掌鹽鐵，聆風欽舊，奏授監察御史。明年轉殿中侍御史。自貞元元年夏至十年春，凡再爲侍御史，四爲尚書郎。初，御史大夫張滂董戎，天子之俾君留務于上國，時主計者張權侵官，交關有司。君不阿撓，庭辯可否，哆南箕，燭光芒，繇是愁憤，乞守外職，竟罷歸潯陽。

君有草堂在廬山下紫霄峰。晚節學無生，得禪悦之味。每天氣寥朗，神有所詣，輒駕紫騮，携酒壺學業，同紫府之客，恣遊其上，弄泉坐石，不記早暮。無幾何，登黄石巖之絶巔，谷飈飂，丁毒腑臓，右體麻痺不仁。雖藥膳充席（疑），岐和疊跡，不得施其力焉。春秋六十二，十五年冬十月五日遘疾，十六年冬十月五日卒於潯陽湓城之私第，遂以是年十一月十二日權窆于承仙之西岡，未克葬於臨汝故也。凡纓紱之倫，痛環璧之破碎，悲豫章之摧拔，莫不驚惋憯怛，嚮風凄欷焉。

夫人河東裴氏，王父璡，越州倉曹參軍事。皇考光輔，蘇州吴縣丞。資淑和之氣，承禮義之訓，陰範内則，璨然有光。有子四人，曰夐、曰東、曰愿、曰奂，咸端素温良，克荷家聲；吞茹荼蓼，若絶生理。

今相國齊公抗、河南尹張式、給事許孟容、鄭郢州正則、兵部楊郎中憑、憑弟吏部郎中凝、盧補闕景亮、陸殿中澧，投分許與，期於莫逆。衆君子振鱗奮翼，日薄霄漢；君未中壽，獨歸泉壤。叵有豪曹，歷有飛黄，不發不馳，埋骨摧銼，可哀也哉！可哀也哉！相國於君有死生之交情，至於葬舊鄉，撫嵇紹，蓋餘力也，足以慰其精靈焉。載後學小子，日遊於藩，故遺芳盛烈，備得詳悉，見託誌録，銜酸爲銘。銘曰：

崇山鬱鬱連西岡，青龍白虎爲壽堂。靈其少安樂且康，旐頭不明歸舊鄉。

《全文》卷六九一。按《誌》載蕭存貞元十六年冬十月五日卒於溢城，春秋六十二，知生於開元二十七年（七三九）。又云存字成性，而諸書載曰「伯誠」，世亦莫辨。前引李華《祭文》云穎士有二子，曰存、實。戴叔倫、陳翊及韓愈皆有詩稱蕭存爲「蕭二」，則固當有一「蕭大」，即蕭實也，唯位望不顯而已。則李華《文集序》所云「君有子一人曰存」，及《新唐書・蕭穎士傳》只及蕭存者，唯存能嗣家聲而已。且應是蕭實字伯誠，蕭存字成性，名、字之義既合，「伯」字亦有着落。存字成性，從清人李光地所論可見其義，曰：「存、養二字，本出《孟子》。《孟子》曰：『苟得其養，無物不長。操則存，舍則亡。』又曰：『存其心，養其性，蓋人心惟危，存者所以使之安。道心惟微，養者所以使之著。』是《孟子》本指，惟存爲收斂寧静之意，若養則當致其滋培充擴之功矣。程朱引來，卻俱用爲收斂寧静之名，而於理實不相悖。蓋心性是一是二，未有不存其心而能養其性者，亦未有能養其性而心有不存者。故心上亦可用養字，養心莫善於寡欲是也。性上亦可用存字，成性存存是也。要之心性俱是本原工夫，若言心學而只著存字，不幾釋老之空虚乎。」（《榕村語録》卷二三）故知存心養性，蓋一事耳。此雖理學家言論，然本諸孟子，與穎士思想必不相悖。

《英華》卷九四一《尚書比部郎中蕭府墓誌銘》，署元載撰，實與符載文同。考《舊唐書·代宗紀》載大曆十二年三月庚辰，宰相元載、王縉得罪下獄，辛巳賜元載自盡。即元載在蕭存卒前二十三年已伏辜，與「載後學小子，日遊於藩」之言無涉，元、蕭二人亦絶無交往，《英華》署誤，作符載是。

湖州烏程縣杼山妙喜寺碑銘

［唐］顔真卿

州西南杼山之陽，有妙喜寺者，梁武帝之所置也。大同七年夏五月，帝御壽光閣，會所司奏請置額，帝以東方有妙喜佛國，因以名之。舊置在州西金斗山。唐太宗文皇帝升極之六年春二月，移於此山。山高三百尺，週迴一千二百步，蓋昔夏杼南巡之所。今山有夏王村，山西北有夏駕山，皆后杼所幸之地也。晋吴興太守張玄之《吴興疏》云：烏程有墟名東張，地形高爽，山阜四周。即此山也。其山勝絶，遊者忘歸，前代亦名稽留山。寺前二十步，跨澗有黄浦橋，橋南五十步又有黄浦亭，並宋鮑昭送盛侍郎及庾中郎賦詩之所。其水自杼山西南五里黄蘗山出，故號黄浦，俗亦名黄蘗澗，即梁光禄卿江淹賦詩之所。寺東偏有招隱院，其前堂西厦謂之温閣。從草堂東南，屈曲有懸巖，徑行百步，至吴興太守何楷釣臺；西北五十步，至避它城。按《説文》云：它，虵也。上古患虵，而相問：

得無它乎？蓋往古之人築城以避它也。有處士竟陵子陸羽《杼山記》所載如此。其臺殿廊廡建立年代，並具於記中。

大曆七年，真卿蒙刺是邦。時浙江西觀察判官、殿中侍御史袁君高巡部至州，會於此土，真卿遂立亭於東南。陸處士以癸丑歲冬十月癸卯朔二十一日癸亥建，因名之曰三癸亭。西北於藂桂之間創桂棚，左右數百步，有芳林茂樹，悉産丹、青、紫三桂，而華葉各異。樹桂之有支徑，以袁君步焉，因呼爲御史徑。真卿自典校時，即考五代祖隋外史府君與法言所定《切韻》，引《説文》、《蒼雅》諸字書，窮其訓解。次以經史子集中兩字已上成句者，廣而編之，故曰《韻海》；以其鏡照原本，無所不見，故曰《鏡源》。天寶末，真卿出守平原，已與郡人渤海封紹、高篔、族弟今太子通事舍人渾等修之，裁成二百卷。屬安禄山作亂，止具四分之一。及刺撫州，與州人左輔元、姜如璧等增而廣之，成五百卷。事物嬰擾，未遑刊削。大曆壬子歲，真卿叨刺於湖，公務之隙，乃與金陵沙門法海、前殿中侍御史李萼、陸羽、國子助教州人褚冲、評事湯某、清河丞太祝柳察、長城丞潘述、縣尉裴循、常熟主簿蕭存、嘉興尉陸士修，後進楊遂初、崔弘、楊德元、胡仲，南陽湯涉、顔祭、韋介、左興宗、顔策，以季夏於州學及放生池日相討論；至冬，徙于兹山東偏。來年春，遂終其事。前是顔渾、正字殷佐明、魏縣尉劉茂、括州録事參軍盧鍔、江寧丞韋寧、壽州倉曹朱弁，後進周愿、顔暄、沈殷、李莆亦嘗同修，未畢，各以事去。而起居郎裴郁、秘書郎蔣志、評事吕渭、魏理、沈益、劉全白、沈仲昌、攝御史陸向、沈祖山、周閬，司議丘悌、臨川令沈咸，右衛兵曹張著、兄謩、弟薦、蔿，校書郎權器、興平丞韋桓尼，後進房夔、崔密、崔萬、竇叔蒙、裴繼，姪男超、峴，愚子頑、顧，往來登歷。時杼山大德僧皎然工於文什，惠達、靈煜味於禪誦，相與言曰：昔廬山東林，謝客有遺民之會；襄陽南峴，羊公流潤甫之詞。况乎兹山深邃，群士嚮集，若無記述，何以示將來。乃左顧以求蒙，俾記詞而藏事。銘曰：

夏后南巡，山名是因。梁王東揆，寺牓攸詢。形勝天絶，規模鼎新。避它城古，垂釣臺堙。棚以桂結，浦由黄申。二庾迢遞，三癸嶙峋。徑列御史，傳紆逸人。紛吾著書，群彦惠臻。海韻鏡源，自秋徂春。編同貫魚，學比成麟。幸託勝引，亟倍僧珍。庶斯見傳，金石不泯。

《全文》卷三三九。按宋人留元剛《顔魯公年譜》「（大曆）八年癸丑」云：「公年六十五，正月至任，七月追建《放生池碑銘》。按《杼山妙喜寺碑》云：大曆七年，蒙刺是邦，觀察判官御史袁君高巡部，會於此土，遂立亭於東南。陸處士以癸丑歲冬十一月癸卯二十一日癸亥建，名之曰三癸。又云自典校時著《韻海鏡源》，未遑刊削。壬子歲叨刺于湖，公務之隙，與沙門法海、李崿、陸羽、褚沖、湯某、柳察、潘述、裴循、蕭存、陸士修、楊遂初、崔弘、楊德元、胡仲、湯涉、顏祭、韋介、左興宗、顏策，以季夏於州學及放生池討論，至冬徙于兹山，來年春遂終其事考之，乞御書題額，恩敕批答。碑陰記公七年秋九月歸至東京，起家除湖州刺史。來年春正月至任。《放生池碑》後亦書云：七年秋九月己亥，蒙除不應。壬子之九月至京，癸丑之正月至任。而壬子之季夏，已與群士討論於州學；冬復徙于杼山。癸丑之春，遂成書而終事。碑銘曰『三癸嶙峋』，又曰『紛吾著書，群彦惠臻』，言群彦著書於三癸之亭也。夫既大曆七年蒙刺是邦，癸丑十月方有此亭，安得壬子之冬，群彦已集。是必寺碑傳寫，於金石剥落之餘，誤以癸丑爲壬子，當終事於甲寅之春也。」考其意，乃謂顏氏於大曆七年壬子至京，八年癸丑正月至湖州，十月成三癸亭，自不能于壬子季夏即與群士討論於州學，又冬徙杼山，而於癸丑春成書，即「壬子季夏」當「癸丑季夏」之誤，而「癸丑之春」又必爲「甲寅之春」，知書成於大曆九年。

顏魯公行狀

［唐］殷　亮

公初在平原，未有兵革之日，著《韻海鏡源》，成一家之作。始創條目，遂遇禄山之亂，寢而不修者二十餘年。及至湖州，以俸錢爲紙筆之費，延江東文士蕭存、陸士修、裴澄、陸漸、顏祭、朱弁、李莆、清河寺僧智海，兼善小篆書吴士湯涉等十餘人，筆削舊章，該搜群籍，撰定爲三百六十卷。大凡據《法言》、《切韻》次其字，按經史及諸子語，據音韻次字成句者刊成文，裁以類編。又按《倉雅》及《説文》、《玉篇》等，其義各注其下，謂之字腳。「韻海」者，以牢籠經史之語，依韻次之，其多如海；「鏡源」者，八體之本，究形聲之義，故曰「鏡源」。綿亘數載，其功乃畢。表奏上之，有詔付所司藏之於書府。大抵求經史撰集篇賦，利於後學焉。

節録自《全文》卷五一四。殷亮，唐給事中，魯公門客。

祭秘書包監文　［唐］權德輿

維貞元八年歲次壬申五月朔日，故吏部員外郎蕭存、太常博士權德輿、大理寺丞王純等，謹以清酌庶羞之奠，敬祭于故秘書包七丈之靈。

節録自《英華》卷九八三

送蕭二　［唐］戴叔倫

擬向田間老此身，寒郊怨别甚於春。又聞故里朋遊盡，到日知逢何處人。

《全詩》卷二七四

送别蕭二

[唐]陳　翊

橘花香覆白蘋洲，江引輕帆入遠遊。千里雲天風雨夕，憶君不敢再登樓。

《全詩》卷三〇五。「翊」一作「詡」。翊字載物，閩縣人。大曆中登進士第。貞元中官户部郎中、知制誥。詩十卷，今存七首。岑仲勉《唐人行第録》：「戴、陳二人時代與蕭相及，此蕭二均有爲存之可能。」

題西林寺故蕭二郎中舊堂公有女爲尼在江州

[唐]韓　愈

孫曰：蕭郎中名存，字伯誠，穎士之子。與公兄會厚善。公自少爲存所知，及自袁州還，過存廬山故居，而存諸子皆前死，有一女爲尼，公爲經紀其家。西林即江州廬山寺也。江州一作女(黄按當作「汝」)州。

中郎有女能傳業，韓曰：蔡中郎邕女名琰，字文姬。興平中，天下喪亂，爲胡騎所獲。曹操痛邕無嗣，以金贖之。因問曰：聞夫人家先多墳籍，猶能記憶否？曰：昔亡父賜書四千卷，流離塗炭，罔有存者。今所誦憶，裁四百餘篇。于是繕寫送之，文無遺誤。伯道無兒可保家。樊曰：鄧攸字伯道，爲河南太守。永嘉末，以石勒之亂，負妻而逃。擔其兒及其弟子綏，恐不能兩全，乃謂其妻曰：吾弟早亡，惟有一息，理不可絶，乃自棄其兒而逃。曰：幸而得存，後當有子。過江，仕終尚書右僕射，卒以無嗣。時人義而哀之曰：天道無知，使鄧伯道無兒。偶到匡山曾住處，孫曰：廬山亦名匡山。幾行衰淚落烟霞。補注：趙璘《因話録》所載公詩與此略異，今録于此。《遊廬山過蕭金部山居》：中郎有女能傳業，伯道無人可主家。今日匡山過舊隱，空將衰淚對烟霞。

［宋］魏仲舉編《五百家注昌黎文集》卷十。宋王伯大重編《别本韓文考異》卷十、《東雅堂昌黎集註》卷十題《遊西林寺題蕭二兄郎中舊堂》，句同《五百家注昌黎文集》，有詳注。《全唐詩録》卷四九録此詩，題同《别本韓文考異》、《東雅堂昌黎集註》，句同《五百家注昌黎文集》，注：「蕭二郎中名存，字伯誠，穎士之子，與公兄會、梁肅友善。惡裴延齡之爲人，棄官歸廬山。公自少爲存所知，及自袁州還，過存廬山故居，而存諸子前死，有一女爲尼，公爲經紀其家。西林即江州廬山寺也。今猶有蕭存、魏弘、李勃同遊大林題名。」然宋莊綽撰《雞肋編》卷上云：「退之……又《題西林寺故蕭二郎中舊堂》云：『中郎有女能傳業，伯道無兒可保家。』唐趙璘《因話録》載此詩，以『保』爲『主』，下二句云『今日匡山過舊隱，空將衰泪對烟霞』。」即詩題及句皆有異文。又載《萬首唐人絶句》卷三、《唐詩品彙·唐詩拾遺》卷四，題同《五百家注昌黎文集》，然洪邁書題中「江州」即作「汝州」。《全詩》卷三四四録詩，題同《全唐詩録》，且注諸本異同。

遊大林寺

［唐］白居易

余與河南元集虚、范陽張允中、南陽張深之、廣平宋郁、安定梁必復，范陽張特，東林寺沙門法演、智滿、士堅、利辯、道深、道建、神照、雲臯、息慈、寂然，凡十七人，自遺愛草堂歷東西二林，抵化城，憩峰頂，登香爐峰，宿大林寺。大林窮遠，人迹罕到，環寺多清流、蒼石、短松、瘦竹，寺中唯板屋木器。其僧皆海東人，山高地深，時節絶晚。于時孟夏月，如正二月天，梨桃始華，澗草猶短。人物風候與平地聚落不同，初到怳然若别造一世界者。因口號絶句云：「人間四月芳菲盡，山寺桃花始盛開。長恨春歸無覓處，不知轉入此中來。」既而周覽屋壁，見蕭郎中存、魏郎中弘簡、李補闕渤三人姓名、文句，因與集虚輩嘆且曰：此地實匡廬間第一境。由驛路至山門，曾無半日程，自蕭、魏、李遊，迨今垂二十年，寂寥無繼來者。嗟乎！名利之誘人也如此。時元和十二年四月九日。樂天序。

《白居易文集校注》卷六。《文粹》卷九六、《英華》卷七一一、《文章辨體彙選》卷三三二題《遊大林寺序》。宋陳舜俞《廬山記》卷二叙山北篇第二引此文，且叙韓愈作《題西林寺故蕭郎中舊堂詩》事，云：「今好事者榜其詩于西林。韓集中無蕭郎中名，或疑是蕭穎士，非也。穎士困躓不達，正所謂蕭郎中存也。」

韓仙傳

［唐］韓若雲

予大周之韓原人，始氏以國。秦、楚迸滅，後有叔通子者，奔武城，遂姓韓氏。因契夙器，遊於海東，足成仙聖，枝蔓蘿蔕，牽連不已。漢之東西、晉之前後，史譜已載。高宗永徽四年癸丑，先祖曰仲卿者，刺史，江南人，受德濟，遂家於鄧州之南陽松水焉。玄宗天寶壬午九日，先父生，有異質。既長，以孝著名，諱曰愍，尋改曰會，應代宗廣德元年癸卯鄉舉。大曆二年丁未秋，仲卿祖薨，先父盡大禮，襯掩於匡廬之五老峰下。卜者曰：「得此者，位極人臣。二十年後有仙者出。」先父與姑子蕭存築舍於西林寺，守墓焉。蕭存歷官至郎中，惡裴延齡，不仕，歸養於兹。明年，戊申上元，繼祖母賀氏生叔愈。五年庚戌，叔三歲而賀母死，先父拊之。先父歷官起居舍人。十二年丁巳五月，先父坐元載，貶嶺表，既歸南陽。叔日記數百言，通六經、百學。建中四年癸亥，朱泚亂，先父携叔奔遷韶嶺。先父爲人善清言，有文章高世。江南宣城有别業，先父亦就居。八月有詔徵，先父以衰頽不可就，因二辭，遂爲訕謗不用。及韶嶺兵尅復歸，苦勵叔以讀。興元元年甲子登薦，時叔年十八也。貞元元年乙丑，謂叔曰：「吾蚤失怙恃，吾母清河崔氏亦卒。汝母生汝即捐，而幸成大人矣。我年過半，所不盡恨者，汝嫂吕氏之不嗣也。天欲何爲！」言已淚下。叔曰：「弟所得生，兄之育也。弟之成人，兄之教也。弟立身過望，兄德勝天矣。德必厚福，況垂世乎！兄其（按當作毋）憂。」先父稍解。七月，爲叔娶扶風之竇女焉。先父禱於嶽神之西。夢曰：「虎榜中鄉闈，庭分桂一枝。最憐雙遂後，賓雁各于飛。」明年丙寅三月七日甲寅之辰，而吾孀竇氏忽見丹鶴飛入中庭。先父亦見，隨入方舍，絶無影迹。六月乙未七日庚申之酉，而予生時也。天垂吾異，地應百祥，鄉里有見老鶴翔空者。先父以鶴爲名，謂叔曰：「昔卜吾父五老葬地者，開府子儀郭公也。謂我有仙者出丁未，迄今二十載，合其讖矣。」叔曰：「異教也。神仙杳芒，兄何獨取乎？吾聞周孔正世，餘不復知矣，未聞以黄老之無君父者可以定天下也。弟每不深恨此輩。他日有望，必人其人，火其書，明道以導，盡去其教而後已。」先父嘿然。

初，蒼梧之野，賓龍峰西北有洞曰皇老。東華李公、西城王公，相傳道綮，合桯神丹。予以太素稟質，太易賦性，太極會形，冲冲冥冥，莫可先悟，遂托形於胎仙氏，時東漢之明帝永平庚申中秋也。西晋惠帝元康九年己未，予生二百有四，嘘吸踵固，輕翮虚静，故獲遠考。龍沙起運，有仙者迭出。予於皇老洞遇李、王二翁在焉。予翱翔空際，倏忽漢落，穿雲漠，舞松風，上下於紫翠之間。是夕七夕也。月影垂鈎，織星半渡，電光羅動於銀津間。人籟家家，寒光拂拂，露含山草，猿抱枯藤，二翁對酌，童子捧符。一童進朱橘嚼酒，談及妙旨，略曰：「人稟先天，溺於後天。雖一草一木，莫不皆然。但能回神於外明，定神於内官，馳神於空窟，知神之舍，返神之遊，則天地之精華可收，吾神之妙用亦能沉潛以和，對谷以應。明而靈，靈而神，神而至神，而又至於身外，飛神則得仙矣。」西城曰：「所以謂其能明能靈者何？」翁曰：「人物最關性命者，神也。生虚則爲氣，生濕則爲精，生夢則爲魂，生形則爲魄，生想則爲意，至於肌膚四大，莫不曰神而感也。於此上安身，天地之自然，聖神之造化自得矣。」談至東方欲白，天景漸收，啓明高可丈許。予聞之，心竅洞明，長唳數聲，翁不覺失聲曰：「是兒悟矣！悟矣！」予得領微旨，即以神神之道治於洞口，仙翁去矣，香風閬閬，瀑布乍響；洞烟裊裊，梅魂如恍。予饑茹渴吸，自擔清賞。時有蒼猿公玄元丈人寓焉，遂爲誓好。然山崣峰岋，雲深樹合，雖老樵熟獵，無能見者。唐貞元之元乙丑又四百八十六年矣。上帝若曰：「延康立極，赤明開圖，仙當用薦，厥補神都。用敕汝無量大通神霄仙卿吕巘，遍訪塵寰，超凌上品，以佐太上無爲，玄元至化。惟卿勿怠，如敕恪行。」純陽翁遂飛歷八都，無地不涉。忽一日，憩於蒼梧之陽，予已洞識矣。予更名冰壑老人，與玄元丈人共謁焉。翁固知之，僞問曰：「子何人耶？」予口致詞曰：「山林老隱，端悟性宗，幸值三生，何逢仙聖。雖飲松流，啖雲實，獨甘恬苦，願剖冰壺，開玉藏，發我盲聾，是爲野人之至望。」翁笑曰：「子野則野矣，人或未然。姑試子。」遂示詩曰：「兩口談玄并是虚，山高下品亦非居。洞前縱有千年計，濱海蓬萊總不如。」其意諭以蒼梧雖美，塊中耳！不若蓬萊之能久居，而其中微示以吕嵓洞賓字意猿。初不悟也，遂輕之。予跪進曰：「公非純陽吕翁耶？」翁曰：「子言是也，可教。」遂以鉄丸三枚，命曰：

「二子服之，可立死而化於人道，予將度汝爲仙。」猿畏拒之，予欣受而次第吞之，但覺神凌至虚。翁乘之而起，猿哀號不已。予再瀆之，翁曰：「子仙緣猶隔一世耳！托質於人，吾當再度汝矣。」飄飄而上，越東海，入方丈之顛，見東華翁曰：「美則美矣，恨毛團耳。可更其身，當躋上域。」遂命翁送之。翁領予神，逕抵唐國之松水，投予於吕母之懷，囑予曰：「汝勿言，吾來視汝。」遂降生焉。蓋吾母乃翁之從孫也。未幾，先父與叔棲扶風賓館。次年丁卯，苦疫，先父卒於八月十二。死經時，復起索書，囑叔曰：「賀母生伊亦此時，我於此上獨堅持。今朝長嘆歸乎數，維汝憐孤立我兒。」叔曰：「分内事也，兄何憂耶？視弟爲不義耶？」遂嚙指爲誓，先父揮淚而逝。時人有議叔傷遺體者，叔曰：「不然，兄何瞑安耶？」聞者皆歎服。叔慟毁將絶，親隣百計慰問，遂上山陽野雲葬焉，蓋以匡廬之遠故也。叔侍先母以母道，晨夕問寢。先母頗識字句，亦嘗勸學。貞元五年己巳，先母亦殁。時予年四歲，淑儀慈色，尚可記十之二。予抱負宿興，皆委於叔也。八年，予七歲矣，然猶記翁不言之囑，終不呼一字。叔不悦曰：「是兒癡物也！寧聲耶？蒻靈耶？何日得清爽耶？」强笑而負之，遂爽爲小字。十年甲戌，叔舉進士歸。予喜，失聲曰：「叔歸矣！」予叔母趨視，果然，與叔大以爲樂。是夜恍惚瞢矇，次辰遂瘖，不能出一聲，但哭咷而已。叔求之百計，莫可瘳。午陰正庭，忽有道人，黄裳紫冠來謁，謂能發我聲，蓋吕翁也。叔喜，繈予與視。翁笑曰：「而忘予勿言之訓耶？」予不覺律管發輝，答曰：「有罪！有罪！」遂爲予名，曰：「可名湘，可字清夫。他日當爲我方外弟子。」叔大誕之，叱之出，予遂能言。

次年乙亥，叔譏陽城，作《爭臣論》，拜御史大夫。十四年戊寅，大夫孟東野、張籍，叔友也，媒於東閣學士林圭國甫之女於予而娶之。女善談詠，小字蘆芳。予年少，不喜女容，近之則自赧，終不一與。予十三歲矣，叔日以經史爲訓。予頗敏，擇穎上先生師焉。先生死，予合（《四庫》作舍，下同）於家，叔親教之。四月十四壬申，吕翁變名宫無上，謁叔，談及群書百家，無不熟獵。叔延三宿，大以爲奇，遂命館側，予師之。既居，晝則訓予修身治國之道，夜則授予内鍊童真之道，予深信之。翁曰：「修身可人爵而老死，迷真修真可登仙而長生不朽，二者不可並學，子欲何擇？」予曰：「貴不可久，仙願學焉。」翁喜而教之。然蒼梧之事，予皆忘矣。未幾，爲叔宴集。時堦下有匠者，用銅錢汁補鐵甑者。時翰林虞公命予對曰：「銅鑼補鐵甑。」予對曰：「鉛汞合金丹。」座上皆詫。叔曰：「汝何以知之？」予曰：「師教之也。」言未已，侍兒進曰：「宫先生夜夜教公子以神仙之事。」叔愈怒，撻予，索翁責之曰：「吾兒儒外之習，吾不之講。始吾以汝爲高士也，禮之！汝敢以惑世誣民之事以摇其心耶？速去，勿致辱耳！」翁笑而去，囑予曰：「子能憶昔蒼梧之苦，當來終南之碧雲峰求我。去此三百里，子不惜，則一大失矣。」予日夜慕之，甚於父母。中宵，予亦遁。叔嚎泣，大索三月，不能得。予道經鄜南峰老嫗一宿，嫗惑予以美女，予力卻之。彼策杖而逼，予終不伏。天曉，則茅屋、嫗女皆不見，予始去。蓋翁一試也。又過太白嶺下。是時，聞有虛言，叔覓官追者，不敢晝行。是夜，月明當空，忽見前林密處燈火交遞。予趨進，則白骨叢雜。有一厲鬼執予曰：「子非韓爽乎？」予跪曰：「是也。」鬼曰：「子父母得汝而亡，子叔俯汝而生，恨不汝撐天破浪，以光世代，子欲逃何地耶？汝不肖子也！予得而食之。」予曰：「我所以逃者，宫仙人之教也。」鬼曰：「宫仙人，妖士也。汝聽其惑，汝父令我先食之矣！」予曰：「宫仙人教我以善。既死，我已捨心事彼，我亦當死以求見耳。請食之！」鬼曰：「汝歸去，吾或可恕。」予曰：「有死不歸。」言已，鬼曰：「吾去喚同輩來，當分食汝。」言已不見。予奔。蓋翁二試也。入長樂坡，道見一布裹。予開視之，烹羊蹄一具、酒一壺。時予甚饑，思必有主，坐守之。少焉，一婢遠哭而來。予還之。拜謝而去，即不見。蓋翁三試也。轉沙溝界，予餒甚，坐石下。有二夫逐豕，見予曰：「子爲我守此豕片時，我有遺豕，往尋之。」復遺予以熟食，予飼而飽。二夫去，中餉不至。有一虎自叢莽中出，欲搏豕。予曰：「受人之托而爲汝搏，是不忠也。願自代。」因納豕於蓁刺中而身當之，虎回首大吼，遂入嵓穴，莫知所之。少焉，二夫長笑而來，牽豕而去。蓋翁四試也。予前不十里，路岐甚岔，有農夫罔，以迷路不覺，逃至扶風柳林。有丐者深酗酒，極醉，當於要路，詈罵千百，以至萬計。予不敢答。索予錢，予罄囊與之。又索米，予止二升一合，並與之，方稍解而去。蓋翁五試也。既達終南界，問碧雲峰於樵人。時一羸樵甚醜，答予曰：「子欲訪誰耶？」予曰：「宮先生耳。」曰：「宮先生，吾故識也。始以美名重，世人皆畏之。既而久居，犬彘不爲也。因淫盜無常，人不與食，今將死矣。子訪何益？彼不死，吾輩欲執於官以誅耳！子勿貽池魚之禍，速去之。」予曰：「予此來欲見，後可雖有禍，願爲之死。」彼曰：「子非智士也，去去去！彼可於紅樹下蓁中求之。」言已而去。數步，復回顧予曰：「惜哉！此子送命九泉也。」予雖信之，心終不退。進山，壑極險，攀緣而上。蓋翁六試也。已而挽烟蘿，步劍石，迴紜苔草，涉歷蒲蘆，雖狼窮虎止之地，無不經涉。果見盤陰之下有紅樹焉，蓋老楓也。下得一破茅舍，遠睨烟火微出。予手分刺棘而入，則破壁敗爐，藤榻石枕，先生弱瘦，不可目視，雙眸不開。釜有殘豆羹，案有破書半卷，視之，命書也。先生狂呼大哭，不省人，故予再三喚之。先生曰：「汝鬼耶？取我耶？」予拜泣曰：「弟子湘也。自先生教我而來，如忘父母。今日帶月披霜，未避險夷，求見先生，以復昔約，先生何外我耶？」先生曰：「我記之矣。我先以文學有罪於世而逃，既而衣食不給，復肆張於汝叔，而復以妄言誘汝，以至今日。老天使我受此苦者，正此報也。子可回，勿悞青芳光景也。我頭下有金二餅，可供歸費，子歸。」可薦我於九泉下。況此地虎狼交雜，蛇虺出入，雖一薪一汲，必逢百度，子不可久。」予曰：「弟子此遇，心方得已。雖虎蛇飡啖，甘苦不辭。先生昔爲我師，今日既見先生困憊而離，禽獸不爲也。願以死同。」先生泣曰：「子今日好心矣。我死，何以報之！」予曰：「先生但安心以自保耳。」三日後，先生謂予曰：「我思泉水，子往求之。」予遂去，山壑之下，群草交翠，密封湍流。予方就汲。忽一蛇，長計丈許，盤旋張口如箕，欲相啖狀。予跪祝曰：「人世萬物，必有靈識。我師得罪天地，以致疾疢，思飲甘泉，命之於我。我以委身師事，敢不忠罄。子既我傷，將賜我水，以周師急。我必返身，任汝啖也。」言已，蛇蜿蜒數折，草蔓皆伏，威聲如風，灌耳而去。蓋翁七試也。得水而歸，先生飲之遽起，而大笑曰：「子非下品人也！吾非宫無上也。宫字無上，吕也。吾初唐之洞賓也。七度試子，皆合天格，子可教矣！」遂引予出舍。不二里，山景異常，指一峰巒曰：「此碧雲峰也。」一喝而白壁開曳，予視即如王宫帝闕，金紫交映，彤碧混合，如白晝焉。少焉，二童曰：「翁待師久矣。」携入大殿下。一翁居上，環目方面，高冠坐首。先生曰：「此東華李公也。吾昔年事，汝知否？」予都不悟。先生命再拜。東華翁曰：「可取飲飲之。」少頃，童進醴，予飲之，肌骨皆寒，先二世事無不記憶，方再拜曰：「一迷不覺十四載矣！」翁笑而納之。時貞元十五年八月中秋也，予年十有四。翁復引予謁雲房鍾離翁、西城王翁、火龍鄭翁，而授予以道。越一百二十有四日而成道。予謁上帝，帝曰：「子來！授汝開元演法大闡教化普濟仙卿。」予謝而退。遊蓬島，但見琳宫貝闕，天影彩霞，自然吟咏，仙侣徘徊，誠所謂「試向崑崙巔上望，十二樓臺無處尋」也。三十日，復召謂曰：「卿叔韓愈，乃吾仙甫冲和後身也。微過謫世，子何不往度乎？」予遂領旨而下，則山川變態，人物流移，恍然腥塵中耳。

永貞元年乙酉，因叔先十四年言旱饑（《四庫》作饑），罪於德宗，黜爲山陽令。次年取歸，經湖南，遊衡山。宿二日，雲房、純陽翁更爲二道士，勸叔曰：「人世轉丸，命數飛燕，光陰不可得，美官不可久。公胡不相將猿鶴久世以長生耶？」叔叱之曰：「何物妖士，敢興蠱語。」二翁遁之。元和五年，進官河南方西令，轉國子博士。十年乙未，叔爲考功郎中、知制誥。十二年丁酉，憲宗正旦朝賀，留宰相裴度、妻父林圭及叔宴之，問曰：「今歲豐儉若何？」叔失對曰：「儉。」上曰：「何以知之？」叔曰：「去冬無雪，故知儉。」上曰：「可禱乎？」叔曰：「人主至誠，熒惑失度尚從之，況雪乎！」時諷諫耳。不意憲宗出旨，遂的限於叔，三日精禱致雪。叔大惶措。予喜曰：「叔可度矣！」時高第百餘，日肆雌黄老氏之教，言必深惡。予遂出榜，擔頭曰：「賣風雲雨雪。」市夫訝予，妄報於叔。叔收予。

予已異形，叔不能識。詰之曰：「上以年歉，預禱雪以示豐。汝何人耶？敢言慢乎！敢曰賣乎！」予鼓掌胡盧而笑曰：「人以爲難。吾身中先天坎離，太極混合，乾坤尚可顛倒，況後天之雨雪乎？」叔曰：「汝可祈，則爲我試。」予曰：「諾。」索酒大醉，遂登壇。半日黳雲漫野，寒氣侵骨，天光一合，六出立降，深可尺許。裴、張諸公大以爲異，叔謬曰：「人君至誠，人臣至專所爲耳！豈一道士之力耶？」衆皆不服其論。予大笑而退。是日，拜刑部侍郎。宴賀，予謁之，始也善待，既而接待中微語勸以急流之説。叔果大怒而斥之。予曰：「神仙有變化之妙，公不可爲泛。」叔曰：「汝能盡一杯之酒，能置諸公醉耶？」予曰：「甚易耳！公當隨我。」叔曰：「汝爲之。」予遂取所佩葫蘆，徑可一寸，高可寸許，盛酒半杯即滿，因而遍席勸之。凡三十人，各記三十巡，中宵不竭，衆皆駭。叔曰：「此民間漏酒法也。」叔復曰：「汝可召二妓飲舞乎？」予曰：「亦易。」予面空召之，仙妓立降。衆又異。叔曰：「幻術也。」叔曰：「可召鶴乎？」予即召鶴下舞，尋化爲羊，口出歌賦，其中無過勸叔之修省也。叔皆以爲幻。予大言曰：「公欲爲天子耶？貴極人臣，尚不知遺禍而早退，一旦誅貶，風塵千里，凍餒而死，妻子榮禄，可復得耶？」叔大怒，叱予出。次日復謁，則已重門鎖鑰，不可入矣。予飛空而入，至中霤而下。衆皆驚。叔曰：「何來？」予曰：「上壽耳。」叔曰：「何覝？」予曰：「金蓮耳。」遂索火一缶，予投以丹。少頃，蓮花大發，高可三尺，碧盤寶華，靡不一具。中一葉，自然成聯云：「雲横秦嶺家何在，雪擁藍關馬不前。」叔視之曰：「此何語也？」予曰：「公遭誅竄，可當驗之。」叔大忌之，執予供。予立書曰：「供狀：列仙年甲不具，生於松水，長入蓬萊。三台護生，五炁全體。身朝元始，出入雲衢。恭東華爲主，歸鍾吕爲師。丹藥度群黎，跨鶴遊海島。因愈叔遭險，命入刑因。暫假下瑶池，拔救來鄉貫。一報鞠育，二謁祖宗。今承供審，大羅天甫開元演法大闡教化普濟仙卿松水昌黎郡仲卿嫡孫清夫謹狀。」叔再三視之，不覺淚下。予遂示以原形，叔大哭曰：「子何風顛如是耶！吾慕汝念汝，如刃碎中心，子何忍心耶！」予曰：「姪上朝天帝，今爲仙宰。思叔之德，慮叔之難，特相援耳！」叔曰：「汝勿妄言。」既而見竇母，則蒼顔矣。而予妻尚在，予不之顧。諸公爲之大慶一日。叔誕時上元也，予捧蟠桃一枚爲壽，衆爲奇遇。叔曰：「此冬桃耳。善藏者能留之，何異？」予知不可度，呈以詩曰：「青山雲水窟，此地是吾家。寶鼎藏金虎，元田養白鴉。一瓢藏世界，三尺斬妖邪。解造逡巡酒，能開頃刻花。有人如效此，同往翫仙葩。」叔曰：「子去家二十年，尚荒凉貧窶如是，而更復誘我耶？」百計諭之，終不就。予留詩於壁曰：「我欲隨公去，千言固不從。藍關雪深處，來歲更相逢。」叔覧之，揮泣而罷。十三年戊戌，叔進吏部侍郎。時鳳翔寺塔有佛指骨放光，上遣中使迎之。叔面諍之。上不聽，罷朝。次年骨至，上留禁中一月，送諸寺，人皆大惑。叔表諫數百言，陳梁武故事。上怒，收欲誅之。宰相裴度、崔群、林圭爲言，乃貶潮之刺史。叔別家往官，經藍關。秦嶺正值大雪，馬僊於道，從者二人皆遁去。叔獨無倚，待死而已。予冒雪見之，叔號呼百狀，悲喜交集，始曰：「子先言誠有驗矣！予迷耳。」遂成完詩曰：「一封朝奏九重天，夕貶潮陽路八千。本爲聖朝除弊政，豈知衰朽喪殘年。雲横秦嶺家何在，雪擁藍關馬不前。知汝遠來應有意，好收吾骨瘴江邊。」予勸曰：「叔今上不得於君王，中致離於祖禰，下不及於妻子，近有頹於千金軀，正此可隨姪以效長生耳。」叔曰：「君命謫潮，予當匍匐事命。力不足，死亦理順。而欲我隨遁，是逐君怒。逐君怒，是不忠。縱仙可學，安可成乎？予有死而已，汝勿言。況君限有罪於家，汝嬸母置何地耶？予囊有糇可旬日，待雪霽，乞諸郵驛耳。」予感其忠，請命於帝。帝曰：「卿當隨事，可緩化之。」予得旨，遂謂叔曰：「可携姪往乎？」叔曰：「此過望也。」越七日，過嶺，予爲之買蹇僕而行。逾月入潮，訟政之間，予有神識，叔得振威。一廣溪有鱷魚食人及畜，叔作文以祭。予敕神殺之，懸首以示。民大奇。叔方知敬於予也。予日以勇退爲勸。叔曰：「吾但得歸見宗祖，即當隨侍，任所之耳。」予曰：「不然。姪之來者，報叔舊德也。方今吾叔窮極，叔尚不知從。他日歸，有妻子之私，何言及此！」叔曰：「予負今日語，天當殛誅。雖今日之潮陽，亦不可得。」予信之不更，瑣常教之導引禦瘴，復教之守神。叔從之。穆宗立，長慶元年辛丑，徙叔於袁州。予隨去。時袁有盜群百哨於山林，害占二縣，民奔之。予議叔收，叔失策。予曰：「易也。」予雪夜獨騎仗劍入巢際，賊遥見大懼。予命神吏縛之首者三人，餘皆縱其散遁，救民萬計。叔得功，觀察王公表之。二年召歸。叔過匡廬之五老峰，謁祖墓，經蕭存舊址。存初與先父共廬於兹，字伯誠，隱此而死。叔少爲所俯。存有子，蚤死；移(《四庫作遺》)女蕭小貞，出家爲尼於西林菴。叔訪之，號泗終日，勸其復俗，終不就。因遺金貳拾兩於家，立其孫凌漢焉。叔見小貞之操，題其壁曰：「中郎有女能傳業，伯道無兒可保家。今日匡山過舊隱，空將衰淚洒烟霞。」予進曰：「此女可度之。」叔曰：「能乎？」予遂贈藥一粒，曰：「汝孝敬可重，吾叔、吾父、汝父所愛，吾固報汝以此也。」女再拜而退。是夕服之，神思精爽，見寺神，謂曰：「韓相公姪非人也，見位天仙也，汝可師之。」次辰，女羅地而告曰：「妾父之死，妾獨捐生，欲報至恩，故假於釋。今者，吾師大仙也，願度頑形，願補陋濁。」予愍之，遂以丹餌之。是夕化，叔泣而瘞之。予因送於龜臺金母，易名瓊瓊，侍衛以長生焉。朝見，拜國子祭酒。叔已皓首矣，始見家族。予妻已卒於元和十五年庚子矣。叔二子源、滚。滚死明年，勸之，叔曰：「神僊可唾手於功名乎？」予曰：「何難？」叔曰：「子欲我從遊，但能取進士，予傾服之。」予曰：「諾。」叔遂薦予於太學。明年甲辰，予以《天馬》、《長門》、《泰階》三賦登柏耆榜，列名十二。予不仕，詭以風症，上疏辭曰：「臣以猥木得薦天匠，危棟既倖，疲癃忽作。思輔神綏，永膺台化；天命止在，空苦微軀。臣松水有尺壑，可保勞頓。乞恩歸祿，以藏筋骨，無任感躍。」上宣旨曰：「卿以雋英，作朕高柱；艾年微困，何致重辭。命諸方藥，以瘳肺腑。卿其尚忠，勉進針石，是爲朕快。」醫工來治，予示以死脈。果復命，上遂允歸。叔始誠信。五月拜吏部侍郎，得復舊爵。時蒼梧之玄元丈人已生於霸陵西村朱氏，年三十。呂翁遊五臺，來爲貧道者乞食於家。朱氏名拾得，敬之。飲餘，翁命之飲，遂啜之。翁復以劍囊寄之，出舍遺金二餅，彼遂封之。翁至而還，翁領之，過澧水，悞墜劍於深波，命取之。彼即捨生以赴，未及中流而劍自浮。隨新豐，翁醉甚，逐之，跪而不去。既而引劍欲殺之，亦不去，并無逆色，翁方解。翁過涇水，道見一乞兒索食。翁撻之，即死。尋又一丐者來見之，即曳翁以償。翁不辭，謂拾得曰：「子可歸，吾就死矣。」彼嚎哭曰：「撻之者我也。汝何以誣我師耶？」遂拔劍自刎。翁大喝一聲，二乞兒俱不見，謂曰：「子可教。」遂相持而來京師。之長安門，見予曰：「子何久於風塵耶？」予曰：「盡在三日。」翁曰：「是兒，汝友也，當於藍關，可並度之。」予諾。翁去，留拾得於藍關之九曲溪洞，曰：「子待七日，子師至矣。」予歸。是夜下元，寒魄穿櫺，燈清籟靜，紙帳梅花，槐風竹戛，清入兩耳。時有孤鶴倚苔，斷琴在壁，與叔寢於書屋，再諭之曰：「上帝以叔仙根道骨，昔者命姪往度，叔堅不從，故有大患。今叔大事已矣，潮陽叔之親誓又完矣，何不去之？」叔曰：「仙人不常見，吾老死於鄉黨足矣！吾恐朽骨不可長修，衰氣不可壽世，棄於山野，死無名也。姪有至諒，幸爲我思。」予曰：「姪隨叔有年，叔猶不知耶！姪之大道，可以窮桑田，朽山嶽，竭海源，雖日月更變，不致敗此身也。叔如不學，恐貽譴於天，天必加誅！又豈憲宗之法耶？」叔曰：「易則易矣！何物色可隱去耶？」予遂以竹杖化叔之形，了無一缺，死卧於席。叔遂隨遁。予餌以飛舉之藥，風騰於藍關之巔，安之仙景，相與拾得爲友，而復命於帝。帝曰：「卿可度之。」予歸，詭號雙目，爲叔之師。予問曰：「汝思家耶？」叔曰：「已脱業舍，委身大道，復何思耶？」予又曰：「思汝姪耶？」叔曰：「聽命在師，思彼何益。」予遂授以至道，百日而神識洞達，始有沖和之悟。時長慶四年甲辰冬十一月也，叔年五十有七，予年三十有九。其家見其死，源弟尚幼，門人李漢，隴西人也，葬叔假屍於鄉。上愍其忠，禄其子源，追贈禮部尚書、昌黎伯，謚曰文。予方蜕其舍於終南，飛其神於衡嶽之眇。上詔之，始入太清，而拾得道亦就隨去。帝曰：「子功成矣！向何迷耶？」不贅叔於上仙列，遣予送於崑崙爲使焉。叔方大悔。予復奏舉祖、考，皆允。取予之父母前七代、予後一代，皆附以太陰鍊形之妙，皆入崑崙。予相繼送之而去。拾得命爲神霄仙伯焉。

《説郛》卷一一二下。此傳融彙韓文公軼事而成，小説家言，自不可爲信據。如傳文以「予」一人通貫前後，且「仲卿」爲祖，「叔」爲文公，則「先父」當指文公伯兄韓會，「予」自當是會子韓老成。然傳文又稱呂翁命「予」爲「湘」，則系老成之子，且屢以「雪擁藍關」爲度化文公之仙機，其誤嫁叔祖、侄孫故事於叔侄之跡甚明。又傳稱湘字「可夫」，「叔二子源、滚」，及蕭存爲韓湘「姑子」等事，亦無史據。此外所言蕭存故事，大抵有所本。

封仲堅挽詞

［金］段克已

但怪經過少，那知生死分。繐帷徒見像，尊酒罷論文。楄柎人爲具，丘墳誌共聞。世無韓吏部，爲爾惜盧殷。

窀穸無時旦，行年甫過先。歸心終莫遂，遺恨竟空填。伯道名雖著，中郎業不傳。素書功未卒，誰爲理殘編。自注：君嘗集素書等，未竟而逝，好事分去，皆寶藏之。

賣藥安期老，看書祇自資。依依姑射恨，渺渺奉先思。誰恤蕭存後，徒昌東野詩。孤魂招不得，獨坐涕垂頤。

《二妙集》卷三。原係五首，録三首。其三「徒昌東野詩」句，用典誤，當是韓愈詩。

唐音癸籤

［明］胡震亨

胡元瑞嘗考唐人父子、兄弟文學並稱，及諸家生平遭遇窮達之不同，載《詩藪外編》，讀者觀其人而論其世。家之盛者固可慕遇之，窮者猶可引而自慰也。爰稍增訂，録左方。

父子則……蕭穎士、蕭存……

［明］胡震亨撰《唐音癸籤》卷二八談叢四

參考文獻

春秋地理考實，［清］江永撰，道光九年廣東學海堂刻本

唐六典，［唐］李林甫撰，中華書局，二〇〇五

元和郡縣圖志，［唐］李吉甫撰，賀次君點校，中華書局，一九八三

元和姓纂，［唐］林寶撰，岑仲勉校記，中華書局，一九九四

通典，［唐］杜佑撰，中華書局，一九八四

舊唐書，［後晋］劉昫撰，中華書局，一九七五

新唐書，［宋］歐陽修撰，中華書局，一九七五

唐會要，［宋］王溥撰，中華書局，一九五五

資治通鑑，［宋］司馬光撰，中華書局，一九五六

唐尚書省郎官石柱題名考，［清］勞格、趙鉞著，徐敏霞、王桂珍點校，中華書局，一九九二

唐方鎮年表，吴廷燮撰，中華書局，一九八〇

宋高僧傳，［宋］釋贊寧撰，中華書局，一九八七

郡齋讀書志校證，［宋］晁公武撰，孫猛校證，上海古籍出版社，二〇一一

唐詩紀事，［宋］計有功撰，上海古籍出版社，一九八八

書小史，［宋］陳思撰，臺灣商務印書館，一九八三

書史會要，［元］陶宗儀撰，上海書店，一九八四

登科記考補正，（清）徐松撰，孟二冬補正，北京燕山出版社，二〇〇三

杜詩詳註，［唐］杜甫撰，［清］仇兆鼇註，中華書局，一九七九

白居易文集校注，［唐］白居易撰，謝思煒校注，中華書局，二〇一一

唐文粹，［宋］姚鉉編，《中華再造善本》影印南宋紹興九年臨安府刻本

唐文粹，［宋］姚鉉編，浙江人民出版社影印榆園刻本

文苑英華，［宋］李昉編，中華書局影印宋刻配明刊本，一九六六

文苑英華，［宋］李昉編，《中華再造善本》影印宋嘉泰元年至四年周必大刻本

册府元龜，［宋］王欽若編，中華書局影印本，一九六〇

會稽掇英總集點校，鄒志芳點校，人民出版社，二〇〇六

蕭茂挺文集，文淵閣《四庫全書》本

蕭茂挺集，《常州先哲遺書》第一集第十册，二〇一〇

歷代賦彙，[清]陳元龍輯，北京圖書館出版社據清康熙四十五年刻本影印，一九九九
全唐詩，[清]彭定求等輯，中華書局，一九六〇
全唐詩，[清]彭定求等輯，上海古籍出版社據清康熙揚州詩局本影印，一九八六
全唐文，[清]董誥編，中華書局影印本，一九八三
全唐文紀事，[清]陳鴻墀編，世界書局，一九六七
全上古三代秦漢三國六朝文，[清]嚴可均輯，中華書局，一九五八
全唐文補遺，吴鋼編，三秦出版社，一九九四—二〇〇六
全唐文補編，陳尚君編，中華書局，二〇〇五
隋唐嘉話　朝野僉載，[唐]劉餗撰，程毅中點校，[唐]張鷟撰，趙守儼點校，中華書局，一九七九
明皇雜録　東觀奏記，[唐]鄭處誨，裴庭裕撰，田廷柱點校，中華書局，一九九四
博異志　集異記，[唐]谷神子，薛用弱撰，王達津點校，中華書局，一九八〇
大唐傳載　幽閒鼓吹　中朝故事，[唐]佚名，中華書局，一九五八
原化記，[唐]皇甫氏，《太平廣記》本
唐國史補　因話録，[唐]李肇，趙璘撰，上海古籍出版社，一九七九

雲溪友議，［唐］范攄纂，叢書集成初編本，中華書局，一九八五
唐摭言，［五代］王定保撰，上海古籍出版社，一九七八
唐語林，［宋］王讜撰，周勛初校證，中華書局，一九八七
太平廣記，［宋］李昉等編，中華書局，一九六一
南部新書，［宋］錢易撰，黄壽成點校，中華書局，二〇〇二
説郛三種，［明］陶宗儀等編，上海古籍出版社，一九八八
隋唐史，岑仲勉著，高等教育出版社，一九五七
杜甫年譜，四川省文史研究館，四川人民出版社，一九五八
中國歷史紀年表，萬國鼎撰，萬斯年、陳夢家補訂，中華書局，一九七八
唐人行第録，岑仲勉著，上海古籍出版社，一九七八
唐宋墓誌：遠東學院藏拓片圖録，饒宗頤編著，香港中文大學中國文化研究所史料叢刊（二），中文大學出版社，一九八一
中國歷史地圖集，譚其驤主編，中國地圖出版社，一九八二
唐僕尚丞郎表，嚴耕望撰，中華書局，一九八六
唐代科舉與文學，傅璇琮著，陝西人民出版社，一九八六

唐才子傳校箋，傅璇琮主編，中華書局，一九八七
唐刺史考全编，郁賢皓著，江蘇古籍出版社，一九八七
唐代墓誌彙編，周紹良編，上海古籍出版社，一九九二
唐代墓誌彙編續集，周紹良，趙超編，上海古籍出版社，二〇〇一
唐代揚州史考，李廷先著，江蘇古籍出版社，二〇〇二
文苑英華校記，傅增湘撰，北京圖書館出版社，二〇〇六
全唐詩作者小傳補正，陶敏著，遼海出版社，二〇一〇
蕭穎士研究，潘吕棋昌著，文史哲出版社，一九八三
蕭穎士事蹟考，俞紀東，中華文史論叢，一九八三年第二輯
蕭穎士繫年考證，陳鐵民，文史（第三十七輯），一九九三
蕭穎士習籍世系和生平仕履考，姜光斗，南通師專學報，一九九三年第四期
蕭穎士事蹟繫年考辨，喬長阜，江南學院學報，二〇〇〇年第三期
蕭穎士研究，張衛宏，西北大學博士學位論文，二〇〇七
唐人元德秀仕履考，黄大宏，張曉芝，古籍整理研究學刊，二〇一四年第五期